I0585586

# ZUFLUCHT FÜR REESE

## Die Zuflucht in den Bergen, Buch 3

## SUSAN STOKER

Titelbild entworfen von: Chris Mackey, AURA Design Group
ISBN Taschenbuch: 978-1-64499-363-7
Besuchen Sie Susan im Netz!
www.stokeraces.com
facebook.com/authorsusanstoker
twitter.com/Susan_Stoker
bookbub.com/authors/susan-stoker
instagram.com/authorsusanstoker
Email: Susan@StokerAces.com

# EBENFALLS VON SUSAN STOKER

### Die Zuflucht in den Bergen
*Zuflucht für Alaska*
*Zuflucht für Henley*
*Zuflucht für Reese*
*Zuflucht für Cora*
*Zuflucht für Lara*
*Zuflucht für Maisy*
*Zuflucht für Ryleigh*

### Das Bergungsteam vom Eagle Point
*Ein Retter für Lilly*
*Ein Retter für Elsie*
*Ein Retter für Bristol*
*Ein Retter für Caryn*
*Ein Retter für Finley*
*Ein Retter für Heather*
*Ein Retter für Khloe*

### SEALs of Protection: Legacy
*Ein Beschützer für Caite*

1

*Ein Beschützer für Brenae*
*Ein Beschützer für Sidney (1 July)*
*Ein Beschützer für Piper (1 Aug)*
*Ein Beschützer für Zoey (1 Sept)*
*Ein Beschützer für Avery (1 Dec)*
*Ein Beschützer für Kalee (1 Mar)*
*Ein Beschützer für Jane*

## Die SEALs von Hawaii:

*Die Suche nach Elodie*
*Die Suche nach Lexie*
*Die Suche nach Kenna*
*Die Suche nach Monica*
*Die Suche nach Carly*
*Die Suche nach Ashlyn*
*Die Suche nach Jodelle (11 Juli)*

## Delta Team Zwei

*Ein Held für Gillian*
*Ein Held für Kinley*
*Ein Held für Aspen*
*Ein Held für Jayme*
*Ein Held für Riley*
*Ein Held für Devyn*
*Ein Held für Ember*
*Ein Held für Sierra*

## Mountain Mercenaries:

*Die Befreiung von Allye*
*Die Befreiung von Chloe*
*Die Befreiung von Morgan*
*Die Befreiung von Harlow*
*Die Befreiung von Everly*
*Die Befreiung von Zara*

*Die Befreiung von Raven*

## Ace Security Reihe:
*Anspruch auf Grace*
*Anspruch auf Alexis*
*Anspruch auf Bailey*
*Anspruch auf Felicity*
*Anspruch auf Sarah*

## Die Delta Force Heroes:
*Die Rettung von Rayne*
*Die Rettung von Emily*
*Die Rettung von Harley*
*Die Hochzeit von Emily*
*Die Rettung von Kassie*
*Die Rettung von Bryn*
*Die Rettung von Casey*
*Die Rettung von Wendy*
*Die Rettung von Sadie*
*Die Rettung von Mary*
*Die Rettung von Macie*
*Die Rettung von Annie*

## SEALs of Protection:
*Schutz für Caroline*
*Schutz für Alabama*
*Schutz für Fiona*
*Die Hochzeit von Caroline*
*Schutz für Summer*
*Schutz für Cheyenne*
*Schutz für Jessyka*
*Schutz für Julie*
*Schutz für Melody*
*Schutz für die Zukunft*

# KAPITEL EINS

Gus »Spike« Fowler runzelte irritiert die Stirn, während er versuchte, es sich mit seinem großen Körper in dem viel zu kleinen Flugzeugsitz bequem zu machen und die düsteren Gedanken zu verscheuchen. Seitdem Bubba, ein ehemaliger Kamerad vom Militär, ihn angerufen und gefragt hatte, ob er etwas von Woody, einem anderen Mitglied ihrer Einheit, gehört habe, hatte Spike ein ungutes Gefühl im Bauch.

Spike vermisste seine Teamkameraden, aber nicht den ganzen Mist, den sie als Soldaten der Delta Force hatten machen müssen. Sie hatten ihr Leben öfter aufs Spiel gesetzt, als man zählen konnte, und es war eine Erleichterung gewesen, das alles hinter sich zu lassen und sich Brick und den Männern der *Zuflucht* anzuschließen.

Aber als Bubba ihn anrief und ihm erzählte, dass Woody nach Kolumbien geflogen war, nachdem er von einer Frau gehört hatte, die für sie bei einem Einsatz als Übersetzerin gearbeitet hatte, und seitdem nichts mehr von ihm gehört worden war, stellten sich Spike die Haare im Nacken auf. Dieses Gefühl der Beklemmung plagte ihn immer noch.

Und es wurde noch schlimmer, als er erfuhr, dass Woodys jüngere Schwester Reese nach Südamerika fliegen wollte, um ihren Bruder zu suchen.

Spike hatte die Beziehung zwischen den beiden Geschwistern immer bewundert, auch wenn er sie nicht ganz verstand. Er stand seiner eigenen Familie nicht sonderlich nahe. Er hatte sie seit Jahren nicht mehr gesehen und als er das letzte Mal über die Weihnachtsfeiertage nach Hause gefahren war, hatte er es bereut. Seine Eltern wussten nicht, warum er sich in den Wäldern New Mexicos »versteckt« hatte, und er und seine Schwester hatten absolut nichts gemeinsam und sich deshalb auch wenig zu erzählen.

Jack Woodall und seine Schwester standen sich jedoch sehr nahe. Sie war zwei Jahre jünger als Woody, der sie übermäßig beschützen wollte. In den ruhigeren Zeiten während der Einsätze hatte er das Team mit Geschichten über Reese unterhalten, und der Stolz in seiner Stimme, wenn er darüber sprach, wie weit sie es nach ihrem College-Abschluss gebracht hatte, war deutlich zu hören. Reese ihrerseits schrieb ihrem Bruder ständig E-Mails, wenn sie außer Landes waren, und wenn möglich, reiste sie dorthin, wo er stationiert war, um für ihn da zu sein, wenn er aus dem Geschehen zurückkam.

Als er nach seiner Entlassung aus dem Militär nach Kansas City, Missouri zog, folgte Reese ihm.

Spike beneidete Woody und Reese um ihre enge Beziehung. Er hatte sie auch ein paarmal getroffen und war von der Frau persönlich sehr beeindruckt gewesen. Sie war groß, nur ein paar Zentimeter kleiner als er mit seinen ein Meter achtzig, trug ihr blondes Haar meist zu einem unordentlichen Dutt hochgesteckt und sie schien immer zu lächeln. Ihr kurvenreicher Körper sorgte auf jeden Fall auch dafür, dass sie auffiel. Sie war freundlich, temperamentvoll und machte ihre Arbeit voller Leidenschaft ... und er hatte das Gefühl, dass sie Letzteres auch im Schlafzimmer zeigen würde.

Sie war wunderschön, innen und außen. Aber Spike hatte nie angedeutet, dass er sich zu der Frau hingezogen fühlte – und seine Teamkameraden auch nicht –, aus Respekt vor ihr und Woody. Nicht dass Woody etwas dagegen gehabt hätte, wenn einer seiner Freunde mit seiner Schwester ausgegangen wäre; es war eher so, dass ihre Jobs so unsicher waren. Als Deltas waren sie mehr im Einsatz als zu Hause, und sie wussten alle, dass jede ernsthafte Beziehung eine große Herausforderung wäre, sowohl für sie als auch für ihre Partnerinnen.

Außerdem ... wenn sie auf Missionen waren, *redete* das Team miteinander. Über die Frauen, mit denen sie ausgegangen waren, über sexuelle Eroberungen, die Dinge, die sie getan hatten, und die Dinge, die sie noch tun *wollten*. Nach allem, was sie sich in den langen Nächten in den Schützengräben anvertraut hatten, wäre es äußerst unangenehm, mit der Schwester *irgendeines* Teamkameraden auszugehen.

Trotzdem hatte er in den Jahren, seit er aus dem Militär ausgeschieden war, ein paarmal an Reese gedacht. Er fragte sich, ob sie immer noch in Kansas City in der Nähe ihres Bruders lebte. Ob sie geheiratet und Kinder bekommen hatte.

Offenbar lauteten die Antworten ja, nein und nein. Nachdem er mit Bubba gesprochen hatte, erfuhr Spike, dass sie immer noch Single war, immer noch in Missouri lebte und ihrem Bruder immer noch sehr nahestand.

Deshalb war er gerade auf dem Weg dorthin. Er wollte sich mit Reese treffen, um herauszufinden, wo Woody hingereist war, und um ihr zu versichern, dass es ihrem Bruder wahrscheinlich gut ginge und er die Zeit mit

Isabella, der Übersetzerin, die er offenbar nie vergessen hatte, genoss.

Aber tief in seinem Inneren war Spike besorgt. Es war nicht normal, dass Woody so völlig spurlos von der Bildfläche verschwand. Und die Tatsache, dass er keinen Kontakt zu seiner Schwester hatte, machte Spikes Bedenken noch größer.

»Hör auf, dir Sorgen zu machen«, bemerkte Tiny vom Sitz neben ihm.

Spike blickte zu seinem Freund und Mitbesitzer der *Zuflucht* hinüber und seufzte. »Ich kann nicht anders. Und zum hundertsten Mal, du hättest nicht mitkommen müssen.«

Tiny zuckte mit den Schultern. »Ich denke schon. Tonka und Brick wollten ihre Frauen nicht verlassen, und wir haben beide eine ähnliche Ausbildung bei der Spezialeinheit mitgemacht. Wenn etwas nicht stimmt, können wir zusammenarbeiten, um deinen Freund zu finden und ihn sicher nach Hause zu bringen.«

Spike konnte nicht leugnen, dass es durchaus positiv war, Tiny an seiner Seite zu haben, wenn er nach Kolumbien reisen müsste. Tiny war zwar ein SEAL und er ein Delta, aber er hatte nicht unrecht, dass sie eine ähnliche Ausbildung hatten.

»Erzähl mir mehr über Woody, die Übersetzerin, die er gesucht hat, und die Schwester«, befahl Tiny.

»Woody ist ein paar Jahre jünger als ich, aber er war ein verdammt guter Delta. Er war immer bereit, alles zu tun, was nötig war, um die Mission zu erfüllen. Manchmal war er impulsiv, aber wir konnten ihn meistens im Zaum halten.«

»Es überrascht dich also nicht, dass er nach Kolumbien geflogen ist, als er hörte, dass die Übersetzerin in Schwierigkeiten stecken könnte«, entgegnete Tiny.

Spike schüttelte den Kopf. »Nein, aber das liegt nicht an seiner impulsiven Art. Er und Isabella hatten von Anfang an eine Verbindung. Wir haben es alle gesehen. Aber sie taten beide ihr Bestes, um die Dinge professionell zu halten. Die Mission, die wir dort unten hatten, war nicht besonders gefährlich. Wir arbeiteten mit dem Nationalen Militär zusammen, genauer gesagt mit ihrer Spezialeinheit AFEAU, und führten eine gemeinsame Mission durch. Isabella wurde unserer Gruppe zugeteilt, um bei Bedarf zu übersetzen. Als wir das Land verließen, tauschten sie ihre Kontaktdaten aus. Soweit ich bisher wusste, war das auch schon alles.

Aber jetzt hat Bubba mir erzählt, dass sie seitdem in ständigem Kontakt stehen. Er sagte, dass Woody Spanisch lernt und dass er und Isabella immer geplant hatten, sich irgendwann wiederzusehen. Als er hörte, dass sie Hilfe braucht, hat er wohl keinen Augenblick gezögert und ist sofort dorthin aufgebrochen.«

»Hilfe wobei?«, wollte Tiny wissen.

»Ich weiß nicht genau. Bubba wusste es auch nicht und anscheinend hat Woody Reese nicht genau gesagt, was los war. Nur, dass Isabella ihn um Hilfe gebeten hat, um sie und ihren Bruder aus dem Land zu bringen«, erklärte Spike.

»Das hört sich nicht gut an«, erwiderte Tiny und schüttelte den Kopf. »Wie alt ist ihr Bruder?«

Spike runzelte die Stirn, während er versuchte, sich zu erinnern. »Ich bin mir nicht sicher, aber ich glaube, er ist achtzehn oder neunzehn.«

»Also kein Kind mehr.«

»Nein, definitiv kein Kind mehr. Er war ein Teenager, als wir im Land waren, aber ich kann mich nicht erinnern, dass Isabella viel über ihn erzählt hat, außer dass sie ihn nach dem Tod ihrer Eltern allein großgezogen hat.«

»Wenn sie also für euer Team übersetzt hat, während ihr

in Kolumbien wart, muss sie ziemlich gute Beziehungen haben. Die AFEAU ist eine Organisation, die sich normalerweise sehr bedeckt hält. Könnte sie sich bei der Regierung unbeliebt gemacht haben?«, fragte Tiny, wobei er leise sprach, damit niemand etwas mitbekam. Nicht dass das wahrscheinlich wäre. Die Sitze um sie herum waren leer, denn das Flugzeug war nicht voll besetzt, was eine Erleichterung war.

»Alles ist möglich. Ich mache mir mehr Sorgen darüber, dass Woody sich nicht bei Reese gemeldet hat. Er würde seiner Schwester auf keinen Fall – und ich meine auf *gar keinen* Fall – absichtlich Sorgen bereiten. Sie stehen einander sehr nahe.«

»Ja, das ist definitiv kein gutes Zeichen«, stimmte Tiny zu.

Sie schwiegen, während sie sich weiter ihrem Ziel näherten. Bis Tiny schließlich fragte: »Also, wie lautet der Plan?«

Spike zuckte mit den Schultern. »Mit Reese reden. Herausfinden, was Woody ihr erzählt hat, wenn sie überhaupt etwas weiß. Herausfinden, ob sie überreagiert, vielleicht Tex fragen, ob er die Adresse der Übersetzerin herausfinden kann, und dann notfalls nach Kolumbien fliegen, um uns zu vergewissern, dass Woody in Ordnung ist.«

Er war nicht überrascht, als Tiny einfach nickte. »Weiß Reese, dass wir kommen?«, fragte er.

Spike seufzte. »Nein. Ich habe ihre Nummer von Bubba bekommen, aber sie hat nicht abgenommen, als ich angerufen habe. Aber sie kennt mich. Wir haben uns schon ein paarmal getroffen.«

»Sie wird wahrscheinlich denken, dass du da bist, um ihr schlechte Nachrichten zu überbringen«, warnte Tiny.

Spike runzelte die Stirn. Verdammt. Daran hatte er gar nicht gedacht. Und er wollte sie auf keinen Fall verunsichern. Es fühlte sich einfach ... *falsch* an, dass jemand mit ihrem sonnigen Gemüt auch nur einen Moment Angst spüren sollte. »Wenn das so ist, werde ich ihr als Erstes mal versichern, dass wir nicht da sind, um ihr eine Todesnachricht zu überbringen«, beschloss er.

Die beiden Freunde verstummten wieder und Spike konnte nicht umhin, sich zu fragen, was wohl mit Woody los war. Wo war er? Steckte er in Schwierigkeiten oder genoss er einfach die Zeit mit der Frau, die er im Laufe der Jahre kennengelernt hatte? Spike konnte sich nicht entscheiden und dachte, es könnte beides sein. Er glaubte nicht, dass Woody so rücksichtslos wäre, seiner Schwester Sorgen zu bereiten, aber wenn er und Isabella nach jahrelanger Trennung die verlorene Zeit wieder aufholten, war es möglich, dass er den Rest der Welt um sich herum einfach vergessen hatte ... oder er hatte nicht das Bedürfnis, mit seiner Schwester über sein Liebesleben zu sprechen.

Aber in Anbetracht der Tatsache, wie nahe Reese und er sich standen, sagte Spikes Gefühl ihm, dass das nicht der Fall war.

Der Flug schien ewig zu dauern. Und je länger sie in der Luft waren, desto angespannter wurde Spike. Immer mehr Szenarien gingen ihm durch den Kopf, warum Woody nicht mit Reese und seinen Freunden kommunizierte.

Als sie landeten, war Spike nervös und unruhig. Es war lange her, dass er sich so angespannt gefühlt hatte, und das gefiel ihm nicht.

Als er gerade ein frischgebackener Soldat der Delta Force geworden war und seine ersten Missionen antrat, war er ausgeglichen und ließ sich durch nichts aus der Ruhe bringen. Aber mit jeder Mission und angesichts des Todes und der Zerstörung, die die meisten von ihnen mit sich brachten, hatte sich diese Tatsache langsam verändert.

Seine Nerven lagen blank und bei jedem Einsatz dachte er nur noch daran, was alles schiefgehen könnte.

Zwei verschiedene Therapeuten versicherten ihm, dass das, was er fühlte, normal sei ... aber es fühlte sich nicht normal an, sich ständig vorzustellen, wie seine Teamkameraden in die Luft gesprengt wurden, oder sich zu fragen, wie es sich anfühlen würde, auf eine Sprengfalle zu treten. Als er die negativen Gedanken nicht mehr loswerden konnte und sein Körper vor Einsätzen buchstäblich zusammenbrach – er zitterte, musste sich übergeben und konnte sich nicht mehr konzentrieren –, wusste Spike, dass es Zeit war auszusteigen.

Er hasste es, aufhören zu müssen. Er war nicht dazu erzogen worden aufzugeben, aber er wollte auf keinen Fall, dass sein mentaler Zustand das Leben seiner Teamkameraden in Gefahr brachte. Als er sich schließlich mit ihnen zusammensetzte, um es ihnen zu erklären, war er überrascht zu erfahren, dass sie alle mit den gleichen Problemen zu kämpfen hatten. Sie hatten zwar keine körperlichen Symptome, aber die Tatsache, dass sie als Deltas ständig im Einsatz waren und ihr Leben aufs Spiel setzten, hatte dem ganzen Team zugesetzt.

Sie waren alle etwa zur gleichen Zeit aus dem Militär ausgeschieden, und obwohl Spike nicht regelmäßig Kontakt zu seinen ehemaligen Teamkameraden hielt, freute er sich immer, wenn er hörte, wie gut es ihnen ging.

Spike nahm einen tiefen Atemzug. Er musste sich zusammenreißen. Für Woody. Er musste dafür sorgen, dass Reese keinen Grund zur Besorgnis hatte. Dass sie ihm vertraute herauszufinden, was mit ihrem Bruder passiert war.

Es handelte sich hierbei nicht um einen Einsatz der Delta Force. Er würde es schaffen. Er hatte keine andere Wahl.

# KAPITEL ZWEI

»Sie ist nicht hier«, bemerkte Bubba unnötigerweise.

Spikes ehemaliger Teamkamerad hatte ihn und Tiny vom Flughafen abgeholt, und sie waren direkt zu Reeses Wohnung gefahren. Nur dass sie auf ihr Klopfen hin nicht die Tür geöffnet hatte. Und sie ging auch nicht an ihr Telefon.

Spike hatte ein schlechtes Gefühl bei dieser Situation. Es war eine Sache, dass ihr Bruder vermisst wurde, aber die Tatsache, dass Reese auch nicht zu erreichen war, gefiel ihm nicht.

Bubba rief einige Leute an, die er in der Stadt kannte, um herauszufinden, ob Reese auf der Arbeit war. Sie hatten bereits mit einem Nachbarn gesprochen, der sich nicht daran erinnern konnte, sie in letzter Zeit gesehen zu haben. Spike wusste aus dem Bauch heraus, dass sie sie in Kansas City nicht finden würden.

Woody hatte sich immer darüber lustig gemacht, wie stur seine Schwester sein konnte. Sie war impulsiv und handelte, ohne nachzudenken, vor allem wenn sie sich Sorgen um jemanden machte. Spike vermutete, dass Reese es sattgehabt hatte, herumzusitzen und sich Sorgen um ihren Bruder zu machen. Dass sie sich entschlossen hatte, nach Kolumbien zu fliegen, um selbst nachzusehen, ob es ihm gut ging.

Er nahm sein Handy aus der Tasche und wählte die Nummer von Tex.

Tex war ein ehemaliger SEAL und ein Computergenie, der den Besitzern der *Zuflucht* immer gesagt hatte, dass sie nicht zögern sollten, sich bei ihm zu melden, wenn sie etwas brauchten – *egal was*. Er war ein wichtiger Grund dafür, dass es *Die Zuflucht* überhaupt gab ... er hatte Brick, dem ehemaligen SEAL, der die Idee zu dieser Einrichtung gehabt hatte, geholfen, all die Männer zu finden, die später seine Miteigentümer geworden waren.

»Was ist los?«, fragte Tex sofort mit seinem leichten Südstaatenakzent, den er nie ganz verloren hatte, obwohl er schon seit Jahren nicht mehr in Texas lebte.

So schnell er konnte, erklärte Spike, wo er war und warum, und sagte dann: »Wir können Reese, Woodys Schwester, nicht finden. Ihr Wagen steht nicht vor ihrer Wohnung, sie geht nicht ans Telefon und ihre Nachbarn haben sie seit ein paar Tagen nicht mehr gesehen.«

»Du glaubst, sie ist nach Kolumbien geflogen«, bemerkte Tex.

»Ich hoffe sehr, dass ich falschliege, aber ich gehe ebenfalls davon aus«, stimmte Spike zu.

»Okay, warte mal kurz ...«

Spike widerstand dem Drang, mit dem Fuß zu wippen, als er hörte, wie Tex auf seiner Tastatur herumtippte. Abwesend bemerkte er, dass die Hand, mit der er das Telefon an sein Ohr hielt, zitterte ... und sein Puls war ebenfalls schneller als sonst. Er *hasste* es, wie sein Körper mittlerweile auf eine Gefahr reagierte.

Trotzdem brachte ihn seine momentane Unruhe zum

Nachdenken. So hatte er sich nicht gefühlt, als Jasna, die Tochter der Therapeutin der *Zuflucht*, vermisst wurde und sie alle verzweifelt nach ihr gesucht hatten. Und sein Herzschlag war auch nicht höher als hundert gewesen, als sie herausgefunden hatten, dass ein Sexualtäter auf dem Gelände der *Zuflucht* herumschlich und versuchte, Bricks Frau Alaska zu entführen.

Er hatte gehofft, dass er endlich mit dem ganzen Mist in seinem Kopf fertiggeworden war und das alles hinter sich gelassen hatte. Es war sehr entmutigend festzustellen, dass dem nicht so war. Dass sein Körper ihn immer noch im Stich ließ, wenn er am stärksten sein musste. Was ihn besonders verwirrte, war die Tatsache, dass er gerade jetzt so reagierte, wo er doch die jüngsten erschütternden Ereignisse mit Alaska und Jasna so gut verkraftet hatte.

Aber er hatte keine Zeit, lange darüber nachzudenken, bevor Tex erneut das Wort ergriff.

»Also, es sieht so aus, als wäre sie vor vier Tagen abgereist. Sie ist mit der Nachtmaschine von Kansas City nach Dallas geflogen und dann nach Kolumbien, wo sie am nächsten Morgen angekommen ist. Ich sende dir die Adresse des Hotels, in dem sie ein Zimmer gebucht hat.«

Spike war erleichtert, dass Reese nicht tot in einem Leichenschauhaus irgendwo in Kansas City lag, aber weniger erfreut zu hören, dass sein Verdacht sich bestätigt hatte. »Hast du eine Ahnung, wo Isabella wohnt?«

»Ich habe die Adresse der Übersetzerin herausgefunden, aber die ist mehrere Jahre alt«, erklärte Tex. »Die schicke ich dir ebenfalls.«

»Danke.« Spike holte tief Luft. »Hast du sonst nichts über Reese gefunden? Sie hat keinen Rückflug gebucht? Kannst du ihr Handy orten?«

»Nein, nein und nein«, erwiderte Tex und zerstörte

damit Spikes Hoffnung auf eine schnelle Lösung der Situation.

»So ein Mist«, fluchte er.

»Ich habe dir und Tiny einen Flug gebucht«, bemerkte Tex. »Der Flieger geht in drei Stunden. Ich werde auch weiterhin von hier aus helfen, aber ich denke, wenn ihr vor Ort seid und ihr Hotel aufsucht, um Reese zu finden, oder mit den Angestellten sprecht, um zu sehen, was ihr herausfinden könnt, bringt euch das viel weiter als alles, was ich aus der Ferne tun kann.«

Das war genau Spikes Meinung. »Denke ich auch.«

»Lass dein Handy an«, bemerkte Tex entschieden. »Ich sorge dafür, dass ihr internationale Anrufe tätigen könnt, und erwarte, dass ihr euch regelmäßig meldet. Ich kann euch auch verfolgen, wenn ihr die Handys eingeschaltet lasst. Wenn ich nicht regelmäßig von euch höre oder wenn ihr untertaucht, schicke ich Verstärkung los.«

Spike spürte, wie eine Welle der Erleichterung durch ihn ging. Bei den meisten Missionen waren er und sein Team auf sich allein gestellt. Wenn es hart auf hart kam, war keine Hilfe zu erwarten, denn vieles von dem, was sie taten, war streng geheim. Sie gingen in Länder, in denen sie nicht sein durften, wie Nordkorea, Iran, Russland und China, und die USA konnten keinen internationalen Zwischenfall riskieren, wenn sie erwischt wurden.

Die Gewissheit, dass Tex ihnen Rückendeckung gab, war eine große Erleichterung für ihn, aber keineswegs eine Überraschung. Tex' Lebensaufgabe schien es zu sein, so vielen Menschen wie möglich zu helfen, egal auf welche Weise. Er war buchstäblich in allen militärischen Kreisen bekannt, egal wie geheim die Organisationen auch sein mussten. Er war wie Kevin Bacon, der mit fast jedem Menschen im Land auf irgendeine Weise verbunden war.

»Spike?«, fragte Tex. »Verstanden?«

»Verstanden«, entgegnete Spike. »Und danke.«

»Warum bedanken sich die Leute nur ständig bei mir?«, grummelte Tex. »Ich schicke dir alle neuen Informationen, die ich bekomme. Passt auf euch auf.«

Dann unterbrach der ältere Mann die Verbindung. Spike holte tief Luft und wandte sich an Tiny. »Sieht aus, als würden wir nach Südamerika aufbrechen.«

Er schien nicht überrascht oder gar besorgt zu sein. Er nickte nur und fragte dann: »Was hat Tex gesagt?«

»Reese ist nach Kolumbien geflogen«, informierte er seine Freunde. »Ich habe die Adresse des Hotels, das sie gebucht hat, und die letzte bekannte Adresse von Isabella. Aber das war's auch schon.«

»Verdammt!«, rief Bubba aus und steckte sein Handy ein. »Was soll ich tun?«

»Wenn du etwas von Woody hörst oder irgendetwas darüber, was vor sich geht, sag mir Bescheid«, bat Spike.

»Das ist doch klar. Brauchst du Ausrüstung?«

Mist. Er hätte etwas von seinen eigenen Sachen mitbringen sollen. Das war nur ein weiterer Beweis dafür, dass Spike nicht so viel nachgedacht hatte, wie er es hätte tun sollen. »Ja, das wäre toll«, erklärte er seinem Freund. »Unser Flug geht in drei Stunden«, mahnte er. »Wir müssen uns also beeilen.«

Bubba nickte nur und führte sie den Weg die Treppe hinunter zum Parkplatz.

»Glaubst du, das wird schlecht ausgehen?«, fragte Tiny, als sie dem ehemaligen Delta folgten.

»Sagen wir einfach, ich habe kein gutes Gefühl«, sagte Spike zu ihm.

Tiny nickte erneut, als hätte Spike seine eigenen Gefühle über die Situation bestätigt.

Drei Stunden später, nachdem er sich die Ausrüstung von Bubba geliehen und das Flugzeug nach Kolumbien bestiegen hatte, machte Spike sein Handy an und klickte auf die Datei, die Tex geschickt hatte. Er scrollte durch die Textseiten und blieb bei einem Bild von Reese Woodall hängen. Wenn überhaupt, war sie noch hübscher geworden, seit er sie das letzte Mal gesehen hatte. Sie hatte immer noch ihre langen blonden Haare und blauen Augen, aber sie hatte noch mehr Kurven als früher. Und Spike fand das gut. Ihre Figur war einfach *umwerfend*. Er hatte schon immer eine Schwäche für gut gebaute Frauen gehabt. Er hatte nichts gegen dünne Frauen, aber seiner Meinung nach gab es nichts Schöneres, als seine Finger in den runden Hintern einer Frau zu vergraben, während sie auf seinem Schwanz saß ... und zu sehen, wie ihre Brüste bei jeder ihrer Bewegungen wackelten und bebten.

Er mochte ein bisschen mehr Fleisch auf den Knochen einer Frau, und mit ihrem Aussehen, ihrer Persönlichkeit und ihrer Intelligenz war Reese buchstäblich der Inbegriff von allem, was er sich von einer Partnerin wünschte.

Beim Lesen des Profils, das Tex zusammengestellt hatte, durchfuhr Spike ein Anflug von Stolz. Er wusste bereits, dass Reese klug war, aber sie war in ihrem Ingenieurbüro aufgestiegen und hatte immer schwierigere Projekte übernommen. Außerdem engagierte sie sich in ihrer Freizeit ehrenamtlich in einem Tierheim, einem Frauenzentrum und in einem Kinderhort. Tex hatte sogar einen Videoclip von ihr ausgegraben, in dem sie eine Rede bei einer Spendenaktion hielt. Sie war witzig, einnehmend und ihr Lächeln erhellte die ganze Bühne.

Natürlich war niemand perfekt. Spike erinnerte sich daran, wie Woody ständig darüber schimpfte, dass seine Schwester sich nicht genügend um ihre eigene Sicherheit kümmerte. Dass sie nicht zweimal darüber nachdachte, wenn sie nach einer Schicht in einem Obdachlosenheim in einem nicht so guten Viertel der Stadt im Dunkeln zu ihrem

Wagen ging. Wie sie sich weigerte zuzugeben, wenn sie im Unrecht war. Dass sie Designerhandtaschen so sehr liebte, dass ihre Sammlung lächerliche Ausmaße annahm.

Spike konnte das meiste davon nicht bestätigen, aber in Anbetracht der Tatsache, dass er sich gerade auf einem Flug nach Kolumbien befand, war es klar, dass Reese immer noch nicht sonderlich auf ihre eigene Sicherheit achtete.

Es war ihm fast peinlich, wie oft er sich diesen Videoclip angesehen hatte. Gut, dass Tiny ein paar Reihen vor ihm saß und sein plötzliches Interesse an Woodys Schwester nicht hinterfragen konnte.

Aber je mehr seine Bewunderung für die Frau wuchs, desto besorgter wurde er. Wo steckte sie? Hatte sie ihren Bruder gefunden? Hatte jemand ihr oder Woody etwas angetan? Er hatte zu viele Fragen und nicht annähernd genügend Antworten.

Die kurze Reise nach Missouri, um sich und Reese zu versichern, dass es seinem alten Freund gut ging und er nicht in Gefahr war, hatte sich in etwas verwandelt, das sich viel dringlicher anfühlte. Für Spike ging es nicht mehr darum, Woody zu finden, sondern darum, sich zu vergewissern, dass es Reese gut ging. Dass sie sich nicht in etwas verrannt hatte, das ihr über den Kopf gewachsen war.

Er wusste nicht, warum er sich solche Sorgen um eine Frau machte, die er kaum kannte ... aber das tat er. Er hatte das seltsame Gefühl, dass er etwas Großes verpassen würde, sollte Reese etwas zustoßen.

Es war nicht normal, dass er sich zu einer Frau hinge-zogen fühlte und sich um sie sorgte, mit der er seit Jahren nicht mehr gesprochen hatte. Aber an seinen zitternden Händen, der Tatsache, dass ihm ganz flau im Magen war, und seinem wild klopfenden Herzen konnte er sehen, dass er es wahrscheinlich für den Rest seines Lebens bereuen würde, wenn er sie nicht finden und sicher in die Staaten zurückbringen würde.

Spike holte tief Luft und versuchte, die Kampf-oder-Flucht-Reaktion seines Körpers in den Griff zu bekommen. Er musste seine Emotionen unter Kontrolle bringen, um bei der Landung in Höchstform zu sein. Reese verließ sich auf ihn. Und auch Woody. Vielleicht sogar Isabella und ihr Bruder.

Aber irgendetwas stimmte nicht. Spike war sich dessen ziemlich sicher. Er und Tiny würden herausfinden, was es war ... und alles tun, um alle sicher und gesund nach Hause zu bringen.

---

Reese fragte sich zum hundertsten Mal, was zum Teufel sie da überhaupt tat. Was hatte sie dazu bewogen, allein nach Kolumbien zu reisen?

Ihr Bruder war der Grund – oder besser gesagt, der *Mensch*, wegen dem sie gekommen war. Als er noch beim Militär war und unzählige Einsätze absolvierte, hatte sie sich ständig Sorgen um ihn gemacht. Damals war es nicht ungewöhnlich gewesen, wochenlang nichts von ihm zu hören.

Aber das hier war anders.

Woody war nicht mehr beim Militär. Und er hatte *versprochen*, sich wieder zu melden. Er hatte gesagt, dass er nach Kolumbien fliegen würde, um Isabella, die Frau, in die er schon immer verliebt war, zu treffen und nach Missouri zu bringen.

Am ersten Tag, an dem sie nichts von ihm hörte, war Reese nicht sonderlich besorgt gewesen. Aber als ein weiterer Tag verging, dann ein dritter, und er weder auf ihre SMS noch auf ihre Sprachnachrichten reagierte, wusste sie aus dem Bauch heraus, dass etwas nicht stimmte.

Sie rief sogar Bubba an, einen von Woodys alten Teamkameraden, der in Kansas City lebte, und auch er hatte nichts von ihrem Bruder gehört. Er hatte sein Bestes getan, um ihr zu versichern, dass es Woody wahrscheinlich gut ging und dass er durchaus in der Lage war, auf sich selbst und auch auf Isabella und ihren Bruder aufzupassen, aber Reese war sich da nicht so sicher. Je länger er sich nicht bei ihr meldete, desto mehr Angst hatte sie, dass ihr Bruder gefoltert wurde oder irgendwo in eine dunkle Zelle geworfen worden war.

Das war nicht rational. Es gab für niemanden einen Grund, ihren Bruder zu entführen. Aber sie konnte trotzdem nicht aufhören, daran zu denken. Und mal ehrlich, wie viel spielte Vernunft bei einer Entführung eine Rolle? Sie hatte keine Ahnung, was sie tun sollte, wenn etwas Schlimmes passiert wäre, aber sie hatte das tief sitzende Bedürfnis, in jedem Fall im selben Land wie Woody zu sein.

Also hatte sie aus einem Impuls heraus ein Flugticket gekauft und war nach Kolumbien geflogen. Dummerweise hatte sie niemandem gesagt, wo sie hinwollte. Sie hatte ihrem Chef eine E-Mail geschickt, in der sie ihm mitteilte, dass sie sich eine Woche freinehmen müsse, und da sie selten Krankheits- oder Urlaubstage nahm, bekam sie ihren Antrag sofort genehmigt.

Noch schlimmer war, dass sie ihr Handy auf der Toilette des Flughafens in Dallas vergessen hatte und es erst bemerkte, als sie wieder im Flugzeug war. Reese hatte wirklich manchmal das Gefühl, ein richtiggehender Pechvogel zu sein.

Sie hatte in ihrem Hotel in Bogotá eingecheckt und dann ein Taxi zu der Adresse genommen, die Woody ihr für

Isabella gegeben hatte, aber es war niemand zu Hause. Sie versuchte, mit den Nachbarn zu sprechen, aber die sprachen entweder kein Englisch oder machten nicht auf, wenn Reese klopfte. Sie rief in Dutzenden von besseren Hotels in der Stadt an, um herauszufinden, ob Woody irgendwo ein Zimmer gemietet hatte. Aber auch hier reichten ihre Spanischkenntnisse meist nicht aus.

Jetzt wusste sie nicht mehr, was sie als Nächstes tun sollte. Sie hatte keine Ahnung, wie sie ihren Bruder ausfindig machen konnte. Es war verdammt frustrierend, aber Reese konnte sich nicht dazu durchringen, nach Missouri zurückzukehren. Woody war irgendwo in diesem Land, und sie würde nicht eher ruhen, bis sie ihn gefunden hatte.

Aber das musste erst einmal warten. An ihrem zweiten Tag in der Stadt hatte sie etwas gegessen, das sie nicht vertragen hatte, und saß die letzten anderthalb Tage in ihrem Hotelzimmer fest, wo sie sich abwechselnd übergab oder auf dem Klo hockte. Sie hatte Angst, sich zu weit vom Bad zu entfernen.

Es war ihr peinlich und unangenehm. Sie war den ganzen Weg nach Südamerika geflogen, um ihren vermissten Bruder zu finden, nur um dann von einem dummen Hotdog, den sie auf der Straße gekauft hatte, in die Knie gezwungen zu werden.

Okay, es war nicht wirklich ein Hotdog gewesen ... aber es hatte irgendwie wie einer ausgesehen.

Ihr Magen knurrte, während Reese auf dem Doppelbett in ihrem kleinen Hotelzimmer lag und an die Decke starrte. Sie hatte endlich wieder Hunger, aber sie wollte nicht riskieren, etwas zu essen und ihre Magenprobleme zu verschlimmern. Sie war sich ziemlich sicher, dass das verdorbene Lebensmittel, das sie zu sich genommen hatte, inzwischen durch ihren Körper gewandert war, Gott sei

Dank. Aber sicher war sicher. Oder ... sicherer. Und es war ja nicht so, dass sie am Verhungern war.

Reese wusste sehr wohl, dass sie übergewichtig war. Sie hatte verschiedene Trainingsmethoden ausprobiert, aber ehrlich gesagt hatte ihr keine davon gefallen. Sie hatte es mit Gehen, Fahrradfahren, Joggen (was ein Witz war), Schwimmen, Pilates, Wassergymnastik und sogar Yoga versucht. Am Ende hatte sie jedes Mal aufgegeben. Und das war ein Problem für jemanden, der Essen so sehr liebte.

Da sie abnehmen musste, war diese Magenverstimmung vielleicht etwas Gutes.

Sie seufzte und dachte über den *wahren* Grund für ihre Liebe zum Essen nach ... sie aß, wenn sie einsam und unglücklich war. Und mit jedem Jahr, das verging, und jeder erfolglosen Verabredung aß sie mehr und mehr.

Sie hatte versucht, mit Kollegen auszugehen, mit katastrophalen Ergebnissen. Sie hatte es mit dem Online-Dating versucht, was noch schlimmer war. Sie war noch nicht so tief gesunken, dass sie Woody gebeten hätte, sie mit einem seiner Freunde zu verkuppeln ... aber sie zog es ernsthaft in Erwägung.

Das Problem war, dass Reese keine Ahnung hatte, wo sie einen Mann finden konnte, der wirklich mehr als nur Sex wollte. Selbst die älteren Männer, mit denen sie ausgegangen war, hatten keine Lust auf eine langfristige Beziehung gehabt. Ihre wenigen Freundinnen hatten das Glück, ihre Ehemänner auf dem College kennengelernt zu haben. Aber Reese dachte langsam, dass sie für immer Single bleiben würde.

Das war schrecklich. Sie hielt sich für einen guten Menschen. Sie spendete für wohltätige Zwecke, half anderen ehrenamtlich, hatte einen gut bezahlten Job, war nicht dumm ... und selbst mit ihrem Übergewicht fand sie sich nicht hässlich. Aber immer wieder passierte es, dass die

Männer sich nach der ersten Verabredung nicht die Mühe machten, sie zu kontaktieren.

Sie schämte sich zuzugeben, dass sie sogar ihre lebenslangen Vorbehalte beiseitegeschoben und sich ein paar One-Night-Stands gegönnt hatte, in der Hoffnung, dass die sexuelle Chemie tiefere Gefühle für sie oder ihre Verabredung auslösen würde. Sie hatte damit nur erreicht, dass sie sich billig fühlte, also hatte sie das schnell wieder aufgegeben.

Außerdem war das Ausziehen vor einem wildfremden Menschen nicht gerade ihre Vorstellung von Spaß. Sie sagten immer die richtigen Worte, behaupteten, dass sie sie sexy fänden, aber sie konnte die Enttäuschung – manchmal sogar den Abscheu – in ihren Augen und ihrer Körpersprache sehen.

Reese seufzte, als ihr Magen wieder knurrte. Sie musste sich etwas zu essen besorgen. Dieses Mal würde sie schlauer sein und nur abgepackte Lebensmittel kaufen. Nichts von den Straßenhändlern, auch wenn es noch so gut roch. Und auf Eis in ihrem Getränk verzichten – das war eines der ersten Dinge, die Woody ihr von seinen Reisen nach Übersee eingebläut hatte.

Sie setzte sich auf und war fest entschlossen, etwas zwischen die Kiemen zu bekommen, auch wenn es nur ein Schokoriegel aus dem kleinen Laden unten im Hotel war. Dann würde sie sich überlegen, wo sie sich als Nächstes auf die Suche nach ihrem Bruder machen würde.

Sie war noch nicht einmal aus dem Bett aufgestanden, als es an ihrer Tür klopfte.

Reese erstarrte und blickte auf die Holztür auf der anderen Seite des Zimmers. Sie hatte keine Ahnung, wer davorstehen könnte. Schließlich war es ja nicht so, dass sie jemanden in Kolumbien kannte. Für einen kurzen Moment fragte sie sich, ob Isabella oder Woody gehört hatten, dass sie hier war und nach ihnen suchte, und ob sie gekommen waren, um ihr zu sagen, dass es ihnen gut ginge und sie nach Hause zurückkehren könne.

Der Gedanke ließ sie augenblicklich erschaudern. Wenn es Woody gewesen wäre, hätte er sofort ihren Namen gerufen. Damit sie wusste, dass er es war.

Sie stand auf und schlich so leise wie möglich zur Tür. Sie hatte die Absicht, so zu tun, als sei sie nicht da, aber sie wollte trotzdem sehen, wer da klopfte.

Reese lehnte sich gegen die Tür, hielt den Atem an und spähte durch den Spion hinaus.

Alles, was sie sehen konnte, war ein grüner Augapfel, der ihr entgegenblinzelte.

Keuchend stolperte sie zurück und starrte auf die geschlossene Tür.

»Reese? Ich weiß, dass du da bist. Ich habe gesehen, wie sich das Licht verändert hat, als du durch den Spion geschaut hast. Mach die Tür auf. Wir müssen reden.«

Die Stimme des Mannes war tief und sexy, wie die des Sprechers einiger ihrer Lieblingshörbücher. Sie bebte am ganzen Körper und versuchte verzweifelt zu entscheiden, was sie tun sollte.

»Reese? Du kennst mich doch. Ich heiße Gus Fowler. Ich bin ein Freund deines Bruders. Wir waren in demselben Delta-Team.«

Reese blinzelte verwirrt und blieb wie erstarrt stehen. *Gus?*

Sie kannte ihn tatsächlich – sie war schon immer in den Mann verknallt gewesen.

Sie konnte sich noch an das erste Mal erinnern, als sie ihn gesehen hatte. Sie hatte ihren Bruder von einem seiner Einsätze abgeholt und alle seine Teamkameraden kennengelernt. Aber der Einzige, der wirklich einen bleibenden Eindruck hinterlassen hatte, war Gus ... den ihr Bruder und seine Freunde Spike nannten. Er hatte nicht viel geredet oder gelächelt, aber sie hatte den ganzen Abend über seinen Blick auf ihr gespürt.

Sie waren alle zusammen essen gegangen und Gus hatte sich auf die eine Seite von ihr gesetzt und Woody auf die andere. Sie fühlte sich in seiner Gegenwart so unsicher, dass sie schließlich einen Salat bestellt hatte. Es war lächerlich; sie hatte sich bemüht, sich nicht der öffentlichen Meinung zu beugen und in einem Restaurant einen Salat zu bestellen, obwohl sie eigentlich einen Burger haben wollte ... aber er hatte sie aus dem Konzept gebracht.

Als er ihr eine seiner Pommes frites anbot, konnte sie nicht widerstehen. Im nächsten Moment hatte er sein riesiges Steak in zwei Hälften geschnitten und die Pommes mit ihr geteilt. Danach war es ihr total peinlich gewesen, dass sie die Hälfte seiner Mahlzeit gegessen hatte. Als Woody sich deshalb über sie lustig machte, hatte Gus ihm gesagt, er solle die Klappe halten und sie in Ruhe lassen.

Er hatte ein markantes Kinn, hohe Wangenknochen und die grünsten Augen, die sie je gesehen hatte. Als sie ihn das letzte Mal gesehen hatte, waren seine Haare etwas schütter gewesen, aber das störte sie nicht. Wie sollte es auch, wenn er der maskulinste Mann war, den sie je in ihrem Leben getroffen hatte? Und als er seine Jacke auszog, sodass die Tätowierungen zum Vorschein kamen, die seinen rechten Arm von der Schulter bis zum Handgelenk bedeckten, wäre sie auf der Stelle fast geschmolzen.

Aber Reese hätte es niemals in Erwägung gezogen, mit einem ehemaligen Militärkameraden ihres Bruders auszugehen. Sie waren ... intensiv. Dominant. Und körperlich perfekt in jeder Hinsicht, soweit sie das beurteilen konnte. Sie würde da nie mithalten können, und sie wollte es auch gar nicht versuchen.

Aber das hieß nicht, dass sie nicht über die Jahre hinweg

an Gus gedacht hatte. Sie war zu feige, Woody nach ihm zu fragen, aber er hatte einmal beiläufig erwähnt, dass er und sechs andere Männer sich zusammengetan hatten, um eine Art Resort für Männer und Frauen zu eröffnen, die an einer posttraumatischen Belastungsstörung litten. Sie würde Woody nie erzählen, dass sie sofort nach der *Zuflucht* gesucht und sich die Webseite angesehen hatte.

Soweit sie es beurteilen konnte, ging es Gus und seinen neuen Freunden sehr gut, und sie war stolz auf ihn, dass er anderen im Kampf gegen ihre Dämonen half.

»Reese?«

Verdammt. Sie stand da und starrte ins Leere, und der Mann, an den sie dachte, stand vor ihrer Tür.

»Was machst du denn hier?«, platzte sie heraus und hätte sich am liebsten selbst geohrfeigt. Sie hätte still sein sollen. Irgendwann wäre er gegangen. Vielleicht.

»Bubba hat angerufen. Er sagte, du hättest nichts von Woody gehört. Ich bin nach Kansas City gefahren, um mit dir zu reden, aber du warst schon weg. Mach die Tür auf.«

Reese blinzelte. Er war nach Kansas City gefahren? Das hatte sie auf keinen Fall von ihm erwartet. Ohne nachzudenken, ging sie zur Tür, schloss auf und öffnete sie.

Sie starrte den Mann an, der vor ihr stand.

Großer Gott, die Jahre hatten es gut mit ihm gemeint. Verdammt noch mal.

Warum war das so? Warum schienen Männer mit Würde zu altern, während Frauen ... okay, während *sie* selbst nur noch breiter und faltiger wurde?

Er lächelte sie an, machte aber keine Anstalten, ihr Zimmer zu betreten.

Und dieses Lächeln ...

Reese spürte ein Kribbeln zwischen den Beinen und tat ihr Bestes, um es zu ignorieren. Dieser Mann war nichts für sie. Nein, nun, da sie ihn nach all den Jahren wiedersah, wurde ihr nur noch bewusster, wie weit außerhalb ihrer Liga er wirklich war. Und sie musste sich darauf konzentrieren, Woody zu finden.

»Das ist Tiny, ein Freund von mir. Dürfen wir reinkommen?«

Zum ersten Mal bemerkte Reese den Mann, der hinter Gus stand. Und sie hatte das Gefühl, dass ihr der Mund offen stehen blieb, aber sie konnte sich nicht zurückhalten. Gus sah gut aus, aber der Mann an seiner Seite war ... wunderschön. Mit seinem dunklen Haar und den stechenden haselnussbraunen Augen erinnerte er sie an einen berühmten Schauspieler, aber sie konnte ihn im Moment nicht einordnen.

Dann fiel ihr ein, dass sie ihn von einem Bild auf der Webseite der *Zuflucht* kannte. Sie hatte es sich oft genug angeschaut, um zu wissen, dass er einer der sieben Besitzer der *Zuflucht* war.

»Ähm ... ja. Kommt rein«, stotterte sie und trat einen Schritt zurück.

Gus und der andere Mann traten ein und machten die Tür hinter sich zu. Sie bewegten sich nicht von der Tür weg, so als wollten sie ihr Freiraum lassen und verhindern, dass sie sich in irgendeiner Weise unwohl fühlte. Reese wusste das zu schätzen. Sie fühlte sich unbehaglich. Sie vertraute Gus. Er war der Freund ihres Bruders. Aber es war seltsam, dass er *hier* war.

»Im Ernst, Gus, was machst du hier?«, fragte sie, während sie ins Zimmer zurückging und sich auf das Fußende des Bettes setzte.

Gus' Lippen zuckten amüsiert. »Ach, weißt du, wir haben uns gedacht, dass Bogotá ein toller Ort für einen Urlaub sein könnte.«

Reese runzelte die Stirn, dann schnaubte sie. »Du machst Witze, oder?«

»Ja, Reese, das war ein Scherz. Wir haben gehört, dass du hierhergekommen bist, um Woody zu suchen, und wir wollten dir helfen.«

»Helfen?«, fragte sie skeptisch. »Ihr wollt mich also nicht nach Hause schleppen?«

»Würdest du denn mitkommen, wenn ich dich darum bitten würde?«, erkundigte er sich und legte den Kopf leicht schräg.

»Nein«, erklärte Reese mit Nachdruck.

»Wir wollen dir also helfen, deinen Bruder zu finden, damit wir *alle* nach Hause zurückkehren können.«

Ihr Respekt vor dem Mann stieg exponentiell an. Der schnellste Weg, sie zu verärgern und eine Trotzreaktion bei ihr auszulösen, bestand darin, ihr zu sagen, dass sie etwas nicht tun durfte. Sie nahm an, dass Gus das wahrscheinlich wusste, denn Woody beschwerte sich ständig über diesen Charakterzug. Sie hatte keinen Zweifel daran, dass er nicht begeistert über ihre Anwesenheit hier war, aber wenigstens machte er sich nicht gleich über sie lustig und bezeichnete sie als Närrin, weil sie hergekommen war.

»Was hast du herausgefunden? Du bist jetzt schon eine Weile hier.«

Reese spürte, wie ihr Gesicht warm wurde, und fand es schrecklich, dass sie rot wurde. »Ja, ähm, also ... ich bin am ersten Tag zu Isabellas Adresse gefahren und sie war nicht da. Und ich konnte niemanden dazu bringen, mit mir zu reden. Zumindest niemanden, der Englisch sprach«, erklärte sie und hoffte, dass diese Information ausreichen würde, um Gus von der Frage abzulenken, was sie seitdem gemacht hatte. Aber natürlich hatte sie nicht so viel Glück.

»Und dann? Was ist mit den letzten zwei Tagen? Wo hast du gesucht?«

Reese schaute auf ihre Hände hinunter. Das musste ihr nicht peinlich sein. Ihr Körper tat nur das, was Körper tun, wenn sie in fremden Ländern sind und mit fragwürdigen Fleischprodukten von einem noch fragwürdigeren Verkäufer auf der Straße vollgestopft werden.

»Ich war hier.«

Sie schaute zu Gus und Tiny auf und sah, dass beide Männer sie aufmerksam beobachteten.

»Hier?«, fragte Gus. »Im Hotelzimmer? Ist alles in Ordnung mit dir?«

Reese seufzte. Sie musste ihnen sagen, warum sie in ihrem Zimmer war und nicht auf der Suche nach Woody. »Ich habe etwas gegessen, das ich nicht vertragen habe. Aber jetzt geht es mir wieder einigermaßen gut. Alles in Ordnung. Wunderbar.«

»Montezumas Rache«, murmelte Tiny mitfühlend.

Anstatt die Tatsache zu ignorieren, dass sie sich die letzten zwei Tage die Seele aus dem Leib gekotzt hatte, ging Gus zu ihr hinüber und setzte sich neben sie auf das Bett. »Das ist schlimm. War es wegen der Eiswürfel in deinen Getränken?«

Reese wollte eigentlich nicht darüber reden. Aber wenn er es gelassen sehen konnte, konnte sie es auch. Sie schüttelte den Kopf. »Nein. Woody hat mir gesagt, ich solle meine Getränke immer ohne Eis bestellen, wenn ich in einem fremden Land bin. Ich war hungrig und frustriert, als ich von Isabellas Wohnung zurückkam. Ein Typ verkaufte Hotdogs auf der Straße, und ich konnte nicht widerstehen.«

Gus verzog das Gesicht.

»Ja, ich weiß«, erklärte Reese und schüttelte den Kopf. »Es war dumm.«

»Nicht unbedingt. Es gibt viele Straßenverkäufer, bei denen man gefahrlos essen kann.«

»Wann hast du das letzte Mal einen Hotdog mit fragwürdigem Fleisch von einem Straßenverkäufer gegessen?«, hakte sie nach.

Gus' Lippen zuckten erneut amüsiert. »Ähm ... noch nie.«

»Na also«, bemerkte Reese und verdrehte die Augen. »Jedenfalls habe ich das Zimmer nicht verlassen, weil, na ja, du weißt schon.« Sie gestikulierte in Richtung des kleinen Badezimmers. »Aber jetzt geht es mir besser. Wie ist der Plan, Woody zu finden?«

»Wir haben noch nichts gegessen«, erklärte Gus, ohne auf ihre Frage einzugehen. »Wir sind direkt vom Flughafen hierhergekommen. Wie wäre es, wenn wir runter ins Restaurant gehen und etwas bestellen? Während wir essen, können wir über unsere nächsten Schritte sprechen.«

Reese öffnete den Mund, um zu sagen, dass sie keinen Hunger habe, aber ihr dummer Magen entschied sich, genau in diesem Moment zu knurren. Lautstark.

»Also, damit wäre diese Frage beantwortet. Du bist wahrscheinlich auch dehydriert. Tiny, gehst du nach unten und besorgst uns einen Tisch? Reese und ich kommen gleich nach.«

Sein Freund lächelte und nickte, bevor er sich zur Tür wandte. Reese fragte sich, warum Gus mit ihr unter vier Augen sprechen wollte.

Sobald die Tür geschlossen war, drehte er sich zu ihr um und griff nach ihrer Hand. Seltsamerweise war sie nicht sauer darüber. Wäre er jemand anderes gewesen, hätte sie ihre Hand weggezogen und ihn gefragt, wie er dazu komme, sie ohne Erlaubnis anzufassen. Das war ihre übliche Reaktion auf jeden, der sich allzu vertraut verhielt. Aber ... hier handelte es sich um Gus. Sie kannte ihn. Irgendwie. Und was noch wichtiger war: Er war da, weil er sich um ihren Bruder sorgte.

Und sie konnte insgeheim zugeben, dass es alles andere als unangenehm war, wenn dieser Mann sie anfasste.

Als er mit dem Zeigefinger über die weiche Haut auf der

Innenseite ihres Handgelenks fuhr, bekam sie eine Gänsehaut auf den Armen. Sie betete, dass er es nicht bemerkte, während sie versuchte, sich wieder in den Griff zu bekommen.

»Geht es dir wirklich gut?«, fragte er leise. »Ich habe mir auch schon einmal den Magen verdorben. Wir waren auf einer Mission in Venezuela und ich habe dummerweise einen Drink von einem Einheimischen angenommen, den wir beeindrucken wollten. Die nächsten zwei Tage habe ich mir gewünscht, ich wäre tot. Ich konnte mich nicht weiter als drei Meter von einer Toilette entfernen. Die Jungs waren mitfühlend, aber sie haben mich auch ziemlich verarscht ... kein Wortspiel beabsichtigt.«

Reese war zu sehr von seinem Grinsen abgelenkt, um zu antworten.

»Jedenfalls hat es eine Weile gedauert, bis ich wieder einigermaßen auf dem Damm war. Das braucht dir nicht peinlich zu sein. Ganz im Ernst.«

Ja, klar. *Nicht* peinlich. Als wäre das möglich. »Okay«, entgegnete sie so locker wie möglich und versuchte, sich wie eine Frau zu verhalten, die sich nicht schämt, mit diesem Mann über Durchfallprobleme in einem fremden Land zu sprechen. *Ja. Klar.*

»Wir werden Woody finden«, versicherte Gus ihr als Nächstes.

Reese war sich bewusst, dass er ihre Hand nicht losgelassen hatte, aber sie wollte nicht diejenige sein, die diesen ... Moment ... oder was auch immer sie gerade hatten, unterbrach. »Natürlich werden wir das«, erwiderte sie so selbstbewusst, wie sie konnte.

Gus lächelte. Diesmal war es ein richtiges Lächeln. Nicht nur ein amüsiertes Zucken seiner Lippen oder ein selbstironisches Grinsen. Dann wurde er wieder ernst.

»Traust du Tiny und mir zu, dass wir ihn finden und zurück nach Missouri bringen?«

»Ja. Aber wenn du mich bitten möchtest, nach Hause zurückzukehren, während ihr ihn sucht, lautet die Antwort nein.«

Er seufzte. »Ich musste es versuchen.«

»Du wusstest, dass ich Nein sagen würde?«, fragte sie unwillkürlich.

»Ja. Nach allem, was Woody über dich erzählt hat, hatte ich das Gefühl, dass du darauf bestehen würdest, aktiv mit zu suchen.«

Es war ein gutes und zugleich seltsames Gefühl, die Bestätigung zu bekommen, dass ihr Bruder mit seinen Teamkameraden über sie gesprochen hatte. Mit diesem Mann. »Ich bin nicht dumm. Ich weiß, dass ich nicht die Fähigkeiten habe, die du oder mein Bruder habt. Aber ich bin auch nicht hilflos. Manchmal fällt es den Leuten leichter, mit einer Frau zu reden, als mit einem Mann. Und nichts für ungut, aber du bist ein bisschen einschüchternd. Vielleicht könnte ich für dich und Tiny eine Bereicherung darstellen.«

Sie schätzte es, dass Gus ihre Worte nicht sofort abtat. »Vielleicht. Lass uns etwas essen und dafür sorgen, dass du ausreichend Flüssigkeit zu dir nimmst, dann können wir unsere nächsten Schritte planen. Ich hoffe, es stört dich nicht, wenn Tiny und ich noch mal zu Isabella gehen und dort selbst an die Tür klopfen.«

»Ganz und gar nicht. Vielleicht ist sie in den letzten zwei Tagen zurückgekommen. Sie und Woody könnten im Urlaub gewesen sein und jetzt sind sie wieder da.« Das glaubte sie eigentlich nicht, aber sie konnte es immerhin hoffen.

Gus wies ihren Gedanken nicht zurück, aber er stimmte ihr auch nicht zu. Reese musste zugeben, dass er sehr diplomatisch war, und das wusste sie zu schätzen. »Hoffentlich bekommen wir dort mehr Informationen ... oder von meinem Freund in den Staaten, der sein Möglichstes tut, um weitere Hinweise zu finden. Und jetzt gehen wir etwas essen.«

Er stand auf, ohne ihre Hand loszulassen, und zog sie damit auf die Füße. Reese protestierte nicht, als er sie zur Tür führte.

Um ehrlich zu sein, war sie erleichtert, dass Gus hier war. Nicht nur, weil sie sich bei ihm sicher fühlte – was seltsam war, da sie noch nicht sonderlich viel Zeit in seiner Gegenwart verbracht hatte; da er zusammen mit ihrem Bruder ein Delta gewesen war, beunruhigte sie die Tatsache nicht, dass sie ihm so schnell vertraute –, sondern auch, weil sie keine Ahnung hatte, was sie als Nächstes tun sollte, um Woody zu finden.

Ihr gingen die Ideen aus, und da sie kein Spanisch sprach, waren ihre Möglichkeiten begrenzt. Dass Gus und sein Freund hier waren, war ein Segen. Ihre Hoffnung wuchs, dass sie Woody und Isabella finden würden und dass es ihnen allen gut gehen würde.

# KAPITEL DREI

Spike gab sich Mühe, Reese nicht anzustarren. Sie war noch hübscher als auf dem Bild, das Tex geschickt hatte. Vielleicht lag es daran, dass sie älter war und mehr Selbstvertrauen zu haben schien. Vielleicht lag es daran, dass sie so bezaubernd errötet war, während sie versuchte, einem Gespräch darüber auszuweichen, was sie in den letzten zwei Tagen getan hatte. Was auch immer es war, Spike musste sich immer wieder ins Gedächtnis rufen, dass er hier war, um Woody zu finden ... und nicht, um die Schwester seines Freundes zu verführen.

Außerdem lebte Reese in Missouri und er in New Mexico. Selbst wenn sie sich gut verstehen würden, gab es in der Nähe der *Zuflucht* nicht allzu viele Ingenieurjobs, von denen er wusste.

Obwohl ... das *Los Alamos National Laboratory* war nur einen Katzensprung entfernt. Und dabei handelte es sich um eine der größten Wissenschafts- und Technologieeinrichtungen der Welt. Die Mitarbeiter forschten in den Bereichen nationale Sicherheit, Weltraumforschung, Kernfusion, erneuerbare Energien, Medizin, Nanotechnologie und wahrscheinlich noch in Bezug auf viele andere Dinge, von denen er keine Ahnung hatte. Spike wusste aus dem Gespräch mit Woody, dass Reese eine der besten Ingenieurinnen auf ihrem Gebiet war. Er vermutete, dass ein Ort wie Los Alamos sich die Gelegenheit nicht entgehen lassen würde, sie einzustellen.

Er schüttelte gedanklich den Kopf und konzentrierte sich auf das Hier und Jetzt. Sie mussten Woody finden und nach Hause bringen, bevor er über etwas anderes nachdenken konnte ... nämlich darüber, ob der Funke, der zwischen ihm und Reese zu sprühen schien, überhaupt überspringen würde. Ihm war nicht entgangen, wie sie ihn angestarrt hatte, als sie die Tür zu ihrem Zimmer aufgemacht hatte. Die Art, wie sich ihre Schultern entspannt hatten, als er ihre Hand genommen hatte. Und auch nicht die Gänsehaut, die sich auf ihren Armen gebildet hatte, als er mit seinem Finger über ihr Handgelenk gestrichen hatte, um sie zu beruhigen.

Sie hatten Mittagessen bestellt und Spike konnte nicht umhin, sich an eine andere Zeit und einen anderen Ort zu erinnern, als er sein Steak und seine Pommes mit ihr geteilt hatte. Heute war sie in Anbetracht des Zustands ihres Magens klug und bestellte Suppe und Brötchen.

»Also, Woody ist hier, um Isabella zu besuchen. Was wissen wir über sie?«, fragte Tiny.

Er freute sich über die Frage seines Freundes – Spike fiel es schwer, seine Aufmerksamkeit von Reese abzulenken – und holte sein Handy heraus, um die Informationen abzurufen, die Tex geschickt hatte. »Sie ist achtundzwanzig und arbeitet seit etwa einem Jahrzehnt für die kolumbianische Regierung«, erklärte er.

»Sie war noch sehr jung, als sie anfing«, bemerkte Tiny.

Spike nickte zustimmend. »Das ist mir auch aufgefallen. Aber als wir sie kennenlernten, war sie äußerst professionell und kompetent, obwohl sie damals noch ziemlich jung war. Sie hat ihren Bruder alleine großgezogen und ihr Job ermöglichte es ihr, genügend Geld zu verdienen, um gut über die Runden zu kommen.«

»Woody sagte, dass Angelo, ihr Bruder, es schwer hatte. Das war einer der Gründe, warum er herkommen wollte«, fügte Reese hinzu.

»Inwiefern schwer?«, fragte Tiny.

Reese zuckte mit den Schultern. »Ich weiß es nicht. Woody hat mir nicht viel erzählt. Nur, dass er endlich seinen Hintern hochkriegen und tun wollte, was er schon vor Jahren hätte tun sollen. Ich glaube, er hatte immer das Gefühl, zu alt für sie zu sein ... nicht dass acht Jahre ein großer Altersunterschied sind. Aber sie liebt auch ihren Job als Übersetzerin. Woody wollte sie nicht davon abhalten. Und obwohl sein Interesse an ihr im Laufe der Zeit noch größer geworden ist und sie ständig in Kontakt blieben, glaube ich, dass er sie auch ein bisschen erwachsen werden lassen wollte ... damit sie sich sicher war, was sie wollte.«

Spike seufzte. »Aber irgendetwas muss passiert sein. Sie muss ihm etwas Entscheidendes erzählt haben, das ihn dazu gebracht hat, so plötzlich aus einer Laune heraus hierherzukommen.«

»Ich glaube nicht, dass es aus einer Laune heraus war«, erklärte Reese ernst. »Ich habe das Gefühl, dass er schon lange darüber nachgedacht hatte. Was auch immer sie ihm gesagt hat, hat ihm wahrscheinlich nur den letzten Anstoß gegeben, den er brauchte. Ich persönlich bin froh, dass er endlich etwas unternommen hat, denn dass die beiden sich zueinander hingezogen fühlen, ist offensichtlich. Seit er aus dem Militär ausgeschieden ist, hat er keine Freundin mehr gehabt, und es war mehr als klar, dass Isabella der Grund dafür war.«

»Aber?«, fragte Tiny.

Reese sah ihn mit hochgezogenen Augenbrauen an. »Aber was?«

»Ich höre an deinem Tonfall, dass du nicht vollständig damit einverstanden warst.«

Sie seufzte. »Es ist nicht so, dass ich etwas dagegen hatte, dass er mit Isabella zusammen ist. Aber sie ist hier, und er ist in Missouri. Und sie wird ihren Bruder auf keinen Fall verlassen, wenn er nicht in die Staaten kommen will. Nicht nachdem sie ihn praktisch im Alleingang großgezogen hat. Ich weiß, das ist furchtbar egoistisch, aber ich will wirklich nicht, dass Woody hierherzieht. Ich ... ich würde ihn zu sehr vermissen.«

Wieder einmal war Spike beeindruckt von Reeses Beziehung zu ihrem Bruder. Er verstand sie vielleicht nicht, aber er respektierte sie. Und das beruhte auf Gegenseitigkeit. Woody sagte immer, dass der wichtigste Mensch in seinem Leben seine Schwester sei. Wenn sie *jemals* etwas bräuchte, würde er alles dafür tun, um es ihr zu geben.

Und dann war da noch das Versprechen, das er Spike abgerungen hatte ...

Er erinnerte sich an diese besonders erschütternde Mission. Sie waren von feindlichen Truppen eingekesselt gewesen, überall um sie herum hagelte es Kugeln ... und Woody hatte sich an Spike gewandt und ihn schwören lassen, dass er sich um Reese kümmern würde, sollte ihm etwas zustoßen. Dass er dafür sorgen würde, dass es ihr gut ging. Natürlich hatte Spike ohne Wenn und Aber zugesagt.

Bevor Woody sich wieder darauf konzentrierte, das Feuergefecht zu überleben, hätte Spike schwören können, dass er seinen Freund etwas vor sich hin murmeln hörte, wie viel einfacher es wäre, auf Reese aufzupassen, wenn Spike sie heiraten würde.

Er hatte keine Gelegenheit, Woody zu bitten, das zu wiederholen, und keiner der beiden hatte es je wieder erwähnt, nachdem sie sicher in die Staaten zurückgekehrt waren.

Jetzt, da er neben Reese saß und aus erster Hand ihre Liebe zu Woody, ihre Hartnäckigkeit und ihren Mut sah, nach Kolumbien zu kommen, obwohl sie nicht einmal wusste, wo sie anfangen sollte zu suchen ... dachte Spike plötzlich, dass, wenn er *überhaupt jemandem* eine so große Bitte erfüllen würde, es wahrscheinlich diese Frau sein würde, die mehr über das Erbringen von Opfern wusste als die meisten anderen.

Er hatte in der Vergangenheit schon andere Frauen geliebt. Zumindest hatte er *geglaubt*, sie zu lieben. Aber jetzt war er sich nicht mehr so sicher. Nicht nachdem er gesehen hatte, wie weit Reese zu gehen bereit war, um ihren Bruder zu finden. Seiner eigenen Schwester stand er nicht sonderlich nahe. Natürlich würde er versuchen, sie zu finden, wenn sie vermisst würde ... aber im Stillen gab er zu, dass das eher mit familiären Verpflichtungen zu tun hätte als mit einer tiefen Verbindung zu seiner Schwester.

Wenn er ehrlich war, war er ein bisschen eifersüchtig auf die Beziehung von Woody und Reese.

Spike schwor sich in diesem Moment, alles zu tun, was nötig war, um Bruder und Schwester wieder zu vereinen.

»Ich verstehe das«, erklärte Tiny. »So ging es mir auch mit meinem Bruder«, bemerkte Tiny.

Spike blickte seinen Freund überrascht an. Er hatte ihn noch nie von einem Bruder sprechen hören.

»Er ist gestorben«, erklärte Tiny schlicht, um Spikes offensichtliche Neugier zu befriedigen. »Er war ein Marine. Ich war zu der Zeit auf einer Mission und habe es erst erfahren, als ich nach Hause gekommen bin. Da war es schon zu spät, um mich von ihm zu verabschieden. Bis heute frage ich mich, ob er wusste, dass ich nicht da war. Und das Schlimmste ist, dass er ganz allein war. Unser Vater sitzt im

Gefängnis und unsere Mutter ist ein paar Jahre vor ihm gestorben. Ich hätte alles für ihn getan ... aber als es wirklich darauf ankam, habe ich ihn im Stich gelassen.«

Reese beugte sich vor und ergriff seine Hand. »Du hast ihn nicht im Stich gelassen«, erklärte sie nachdrücklich.

Spike war erschrocken über die Vehemenz in ihrem Tonfall und Tiny sah das offensichtlich genauso, denn er starrte sie mit großen Augen an.

»Wenn dein Bruder überhaupt etwas wusste, dann, dass du da gewesen wärst, wenn du gekonnt hättest, dessen bin ich mir sicher. Er war beim Militär. Das heißt, er wusste, dass du auf einer Mission warst und nicht einfach nach Hause kommen konntest, wann immer du wolltest. Ich war nicht beim Militär und wusste trotzdem, dass Woody, wenn ich während seiner Abwesenheit verletzt worden wäre, seine Prioritäten bei seinem Team und seiner Mission setzen musste. Tief in meinem Herzen hätte ich gewusst, dass er unterwegs war, um die Welt zu retten, und das ist eine viel wichtigere und nützlichere Aufgabe, als in einem Krankenhaus zu sitzen, meine Hand zu halten und sich hilflos zu fühlen. Und ... ich gehe noch einen Schritt weiter und sage, dass dein Bruder wahrscheinlich *froh* war, dass du nicht da warst.«

»Froh?«, fragte Tiny mit erstickter Stimme.

»Nicht weil er dich nicht geliebt hat oder weil er wütend auf dich war oder so. Sondern weil er gewollt hätte, dass du dich an ihn erinnerst, wie er war, als es ihm gut ging. Nicht in seinem schwächsten Moment in einem Krankenhausbett«, erklärte Reese sanft.

Während Tiny ihre Worte verdaute, konnte Spike nicht anders, als seine Hand auf Reeses Oberschenkel unter dem Tisch zu legen. Er wollte sie wissen lassen, dass er zu schätzen wusste, was sie tat. Er musste in diesem Moment eine Verbindung mit ihr aufbauen.

Sie sah ihn kurz an und wandte die Aufmerksamkeit dann wieder Tiny zu.

»Ja«, erwiderte er seufzend nach einer langen Pause. Dann drückte er ihre Hand und schob seinen Stuhl zurück. »Ich gehe mal kurz auf die Toilette. Ich bin gleich wieder da.«

Spike sah seinem Freund hinterher und wusste, dass er etwas Privatsphäre brauchte, um seine Fassung wiederzuerlangen. »Danke«, sagte er leise zu Reese.

Sie drehte sich zu ihm um und legte ihre Hand auf seine, die immer noch auf ihrem Bein ruhte. »Solange ich denken kann, habe ich zu Woody aufgeschaut. Er war für mich immer ein Held. Immer wenn er auf einer Mission war, habe ich mir ständig Sorgen gemacht ... und ich weiß, dass er in größerer Gefahr war, als mir bewusst war. Aber ich war immer stolz auf ihn.«

»Er ist auch stolz auf dich. Ich kann dir gar nicht sagen, wie oft er uns von deinen akademischen Leistungen erzählt hat.«

Reese verdrehte die Augen. »Genau dafür wollen alle Mädchen bekannt sein.«

Spike verstärkte seinen Griff um ihren Oberschenkel. »Ich muss sagen, ich bin viel lieber mit einer klugen Frau zusammen als mit einer, die zwar hübsch ist, aber nichts in der Birne hat.«

Als sie nur noch mehr die Augen verdrehte, war es offensichtlich, dass sie dachte, er würde ihr etwas vormachen, und Spike wollte sie davon überzeugen, dass er es ernst meinte. »Als ich auf dem College war, hatte ein Freund von mir eine Freundin, die sich darüber beschwert hat, dass *Pittsburgh Steelers* ein abwertender Name für ein Footballteam sei ... weil Leute, die Dinge stehlen, nicht anders können.«

Reeses Lippen zuckten amüsiert.

»Eine andere seiner Freundinnen wollte wissen, warum alkoholfreie Cocktails Virgin – also Jungfrau – heißen.«

Sie grinste leicht.

»Und wieder eine andere wollte wissen, warum die hungernden Menschen auf der Welt nicht einfach in den nächsten Walmart gehen und Fertignudeln kaufen, weil die so billig sind.«

Reese brach in Gelächter aus. »Okay, okay, ich glaube dir«, sagte sie, als sie sich wieder unter Kontrolle hatte.

»Und wenn eine Frau klug ist *und* auch gut aussieht«, fuhr Spike fort, »dann ist sie absolut unwiderstehlich.«

Sie starrten einander einen langen Moment an und Spike stellte sicher, dass er sich klar ausgedrückt hatte, bevor Reese errötete und auf die leere Schüssel vor sich hinunterblickte.

Spike ärgerte sich darüber, dass er sie in Verlegenheit gebracht hatte, und wusste, dass seine oberste Priorität sein musste, Woody zu finden, und drückte noch einmal ihr Bein, bevor er seine Hand unter ihrer wegzog und seine Serviette nahm, um sich den Mund abzuwischen.

Er beschloss, dass es ein guter Zeitpunkt war, das Thema zu wechseln, und sagte: »Wenn wir hier fertig sind, gehen wir zu Isabella rüber. Mal sehen, ob wir noch etwas von den Nachbarn erfahren können, und dann sehen wir weiter. Wenn du hierbleiben und dich ausruhen willst, weil du schon dort warst, holen wir dich ab, bevor wir woanders hingehen.«

»Nein.«

»Nein? Nein was?«, wollte Spike wissen.

»Ihr lasst mich nicht zurück. Wo immer *ihr* hingeht, gehe *ich* auch hin. Ihr werdet nicht ohne mich abhauen und euren streng geheimen Militärkram machen.«

Spike konnte sich ein Grinsen nicht verkneifen. »Streng

geheimen Militärkram«, wiederholte er mit einem kleinen Lachen.

»Ja, was auch immer ihr macht. Ihr würdet mich in Nullkommanichts abservieren, und das lasse ich nicht zu.«

»Erstens werden wir nicht Türen einreißen und Leute mit Waffengewalt festhalten, um Antworten zu bekommen. Ich glaube, deine Fantasie läuft Amok. Wir werden dasselbe tun, was du getan hast ... versuchen, mit den Leuten zu reden, um herauszufinden, ob sie Woody oder Isabella in letzter Zeit gesehen haben. Zweitens werden wir dich nicht einfach abservieren.«

Sie blickte ihn skeptisch an.

»Werden wir nicht. Wir respektieren dein Bedürfnis, deinen Bruder zu finden. Du wärst schließlich nicht den ganzen Weg hierhergekommen, wenn du nicht besorgt wärst und er dir nicht am Herzen läge.«

Spike hob eine Hand, als sie den Mund öffnete, und fuhr fort, bevor sie ihn unterbrechen konnte. »Wenn es schiefgeht, werde ich dich so schnell an einem sicheren Ort verstecken, dass dir schwindelig wird. Woody würde mich persönlich umbringen, wenn dir auch nur ein Haar gekrümmt wird. Ich habe also kein Problem damit, dass du mitkommst, während wir versuchen, an Informationen zu kommen, aber wenn ich denke, dass die Dinge in *irgendeiner* Weise gefährlich werden, bist du raus.«

»Das ist nicht in Ordnung«, erklärte sie mit einem Stirnrunzeln.

»Wann hast du das letzte Mal eine Waffe abgefeuert?«, fragte er.

Reese presste die Lippen zusammen.

»Das habe ich mir schon gedacht. Was ist, wenn du vor jemandem wegläufst, der dich unbedingt in die Finger kriegen will, um dich zu verletzen?«

»Das ist nicht fair«, protestierte sie.

»Natürlich ist es das nicht. Der Umgang mit Verbrechern und Mistkerlen ist *nie* fair. Du musst in Sicherheit und gesund sein, wenn wir Woody finden. Wenn du das nicht bist, wird er durchdrehen. Und wenn Isabella verletzt wird, muss er seine Loyalität zwischen euch beiden aufteilen, was ihn leichtsinnig genug machen könnte, etwas Dummes zu tun, was wiederum uns allen schaden könnte.«

»Jetzt bist du einfach nur gemein«, schmollte Reese.

»Ich bin realistisch. Woody wird sowieso ausflippen, wenn er erfährt, dass du hier bist. Kolumbien ist zwar nicht so gefährlich wie ein aktives Kriegsgebiet, aber es gibt immer noch jede Menge Korruption und Leute aus der Drogenszene, die nicht zögern würden, eine hübsche Amerikanerin für ihre eigenen schändlichen Absichten zu entführen. Ich habe bereits versprochen, dich auf dem Laufenden zu halten. Ich bitte dich doch nur darum, dass du, wenn es hart auf hart kommt, Tiny und mich die Dinge regeln lässt und an dem sicheren Ort bleibst, an dem wir dich verstecken.«

Sie starrte ihn einen Moment lang an, und Spike hielt den Atem an. Er wünschte, er könnte sie in ihrem Hotelzimmer verstecken und sie dort festhalten, bis er ihren Bruder gefunden hatte, aber nach allem, was Woody im Laufe der Jahre über seine Schwester erzählt hatte, wusste Spike, dass das nicht infrage kam.

»In Ordnung.«

Er wartete darauf, dass sie mehr sagte. Als sie das nicht tat, fragte er: »In Ordnung? Du tust, was Tiny und ich sagen, und bist einverstanden, wenn wir dir sagen, dass du zurückbleiben sollst, weil es zu gefährlich ist?«

Reese seufzte. »Ja. Hör zu, ich bin nicht dumm, Gus. Ich habe keine Ahnung, was ich tun würde, wenn mir jemand eine Waffe vor die Nase hält. Ich bin wirklich gut in Mathe oder in der elementaren Quantenmechanik, wenn es darum geht, eine Gleichung zu lösen, die gleich eins ist, wie zum Beispiel bei der Herleitung des Stefan-Boltzmann-Gesetzes, aber laufen ist nicht mein Ding. Genauso wenig, wie sich aus Handschellen zu befreien, die hinter meinem Rücken an eine Wand gekettet sind, während ein Drogenbaron meine letzten Worte filmt, um sie meinem Bruder zu schicken, damit er dreißig Millionen Dollar von ihm erpressen kann.«

Jetzt war es an Spike, in Gelächter auszubrechen. »Genau«, sagte er und starrte sie einen Moment lang an.

»Was?«, fragte sie ein wenig angriffslustig.

»Ich mag dich«, platzte er heraus.

Sie schaute erst überrascht, dann verwirrt und schließlich skeptisch. »Du kennst mich doch gar nicht.«

»Deine Lieblingsserie, als du klein warst, waren Wiederholungen von *Wonder Woman* mit Lynda Carter. Du magst Joghurt mit Kirschen, aber nicht mit Beeren. Du bist ein Morgenmensch. Du hast in deinem Leben schon unzählige Bücher gelesen, weil du Bücher dem Fernsehen oder Kino vorziehst, und du hast in den letzten drei Jahren mehr als zehntausend Dollar für wohltätige Zwecke gespendet«, zählte Spike auf, ohne mit der Wimper zu zucken.

Reese blieb der Mund offen stehen. »Was ... wie ... du meine Güte!«

Spike lächelte. »Ich kenne dich«, sagte er unnötigerweise. »Woody hat eine große Klappe. Aber es gibt noch hundert andere Dinge, die ich über dich wissen *will*, aber nicht weiß.«

Er wartete ... denn er wusste, dass sie seine Aussage nicht so stehen lassen konnte. Das war noch etwas, was er über diese Frau wusste. Ihre Neugierde war extrem. Das machte sie zu einer so guten Ingenieurin.

»Zum Beispiel?«

»Was du bei einer ersten Verabredung gern machst. Ob

du nur mit einer Decke oder auch mit einem Bettlaken darunter schläfst. Welches dein absolutes Lieblingsbuch ist. Was du am liebsten zum Nachtisch isst. Ob du jemals in Betracht ziehen würdest, mit einem ehemaligen Soldaten auszugehen, der nach allem, was er erlebt hat, manchmal Schwierigkeiten hat, ein normales Leben zu führen.«

Den letzten Teil wollte er eigentlich nicht ausplaudern. Aber nach einer langen Pause zuckte sie mit den Schultern und sagte: »Was ist schon normal?« Dann fügte sie hinzu: »Und es gibt wirklich keinen Grund für ein zusätzliches Bettlaken. Ich verstehe nicht einmal, wozu das gut sein soll.«

Spike grinste.

»Können wir jetzt aufbrechen?«, fragte Tiny und setzte sich auf seinen Stuhl.

Er zuckte überrascht zusammen. Mist, sein Freund hatte ihn total überrumpelt, was gar nicht zu Spike passte. Normalerweise war er immer auf der Hut vor allen. Wenn man so viele Hinterhalte überlebt hatte wie er, war das normal.

»Ja, wir können los«, versicherte Reese ihm. »Bist du auch so weit?«

»Ja, ich bin auch so weit«, erklärte Tiny mit einem kleinen Lächeln. »Und wie oft sollen wir einander noch versichern, dass wir so weit sind?«

»Ich würde sagen, noch viele Male«, entgegnete Spike.

Das Kichern, das von Reese kam, fühlte sich wie eine warme Decke an. Es gefiel ihm, wenn sie glücklich war.

»Gut. Ich zahle, dann können wir los«, erklärte Tiny mit einem weiteren kleinen Lächeln, das diesmal an Spike gerichtet war. Und es war tatsächlich eher ein Grinsen.

»Lass es einfach auf das Zimmer schreiben«, entgegnete Reese, als er aufstand.

»Kommt nicht infrage«, erwiderte Tiny, während er auf die Rezeption zuging.

Sie wandte sich an Spike und schimpfte: »Ihr seid genau wie Woody.«

»Ja«, stimmte Spike zu. »Komm, lass uns mal sehen, was wir über deinen Bruder und Isabella herausfinden können.« Er hielt ihr die Hand hin … und es erfüllte ihn mit großer Befriedigung, als sie seine Hand ergriff und sich von ihm aufhelfen ließ.

Diese Frau war so weit außerhalb von Spikes Liga, dass er keine Ahnung hatte, was ihre Worte vorhin bedeutet hatten. Oder wer Stefan Boltzmann war oder was zum Teufel sein Gesetz mit Mathematik zu tun hatte. Das war auch egal. Je mehr Zeit er mit ihr verbrachte, desto mehr wollte er über sie herausfinden.

Aber zuerst … mussten sie Woody finden. Dann würde er sich über die Tatsache Gedanken machen, dass er sich mehr zu Reese Woodall hingezogen fühlte als seit langer Zeit zu irgendeiner anderen Frau.

# KAPITEL VIER

Reese fiel es schwer, sich auf die anstehende Aufgabe zu konzentrieren. Sie konnte nur auf Gus' Hintern starren, als er vor ihr die Treppe zu Isabellas Wohnung hinaufging. Der Mann war nicht nur gut gebaut, er war auch lustig. Und rücksichtsvoll. Und als er seine Hand auf ihr Bein gelegt hatte, während sie Tiny tröstete, hatte es sie all ihre Kraft gekostet, sich nicht an ihn zu lehnen.

Es war auch eine nette Abwechslung, dass er sich von ihrer Intelligenz nicht abgeschreckt fühlte. So viele andere Männer in ihrer Vergangenheit hatten behauptet, ihre Intelligenz würde sie nicht stören, nur um noch im selben Atemzug etwas zu sagen oder zu tun, was ihre Worte Lügen strafte.

Aber jetzt war weder die Zeit noch der Ort, um sich darüber Gedanken zu machen, dass ein Mann wie Gus ihr so viel Aufmerksamkeit schenkte.

Als Reese sich umsah, erschauderte sie. Die Gegend hier war nicht die beste, aber auch nicht die schlechteste. Sie hatte nur das ungute Gefühl, beobachtet zu werden. Das hatte sie schon einmal gespürt, als sie hier war, aber jetzt schien es noch schlimmer zu sein. Sie war dankbar dafür, dass sowohl Tiny als auch Gus anwesend waren. Durch sie fühlte sie sich viel sicherer.

Es gefiel ihr nicht, dass Gus ihr gesagt hatte, sie müsse im Hotel bleiben, wenn es brenzlig werden würde, aber sie wollte auch keine Gefahr darstellen. Schließlich waren Tiny, Gus und Woody knallharte Typen, die darauf trainiert waren, richtig zu reagieren, wenn es hart auf hart kam. Tiny war zwar ein Navy SEAL, aber sie glaubte, dass er genauso fähig war wie ihr Bruder und Gus.

Sie hingegen war vollkommen hilflos. Als Woody versucht hatte, ihr beizubringen, wie man sich aus Handschellen befreit, hatte sie kläglich versagt, wie sie Gus erzählt hatte. Es war kurz nachdem er aus der Armee entlassen worden war, und er wollte ihr unbedingt ein paar fortgeschrittene Selbstverteidigungstechniken beibringen.

Als er sie packte, konnte sie sich nicht aus seinem Griff befreien, egal wie sehr sie es versuchte oder wie viele Tricks er ihr gezeigt hatte. Die Kabelbinder hatten ihre Handgelenke aufgeschürft, und auch daraus hatte sie sich nicht befreien können. Am Ende, nach stundenlangem Training, hatte er ihr einfach gesagt, dass sie besser nicht in eine Situation geraten solle, in der sie sich körperlich verteidigen musste, sonst wäre sie geliefert.

Damals war sie wütend, aber er hatte recht. Sie war viel besser darin, ihren Verstand zu benutzen, um sich aus Situationen zu befreien, als mit roher Gewalt. Wenn Gus und Tiny also dachten, dass sie in eine gefährliche Situation geraten könnten, war es für sie mehr als in Ordnung zurückzubleiben, während sie die Sache in die Hand nahmen.

Der Gedanke, dass Woody in Gefahr sein könnte, machte sie zwar nicht glücklich, aber sie kannte ihre Grenzen.

»Bleib dicht bei mir«, bat Gus leise, als sie sich Isabellas

Tür näherten. Es war offensichtlich, dass er die Spannung in der Luft ebenfalls spürte. Reese fragte sich, ob er auch spürte, dass sie beobachtet wurden, und dachte sich, dass das wahrscheinlich der Fall war.

Er klopfte an die Tür, aber niemand antwortete. Genau wie vor ein paar Tagen, da hatte Reese das Gleiche erlebt. Aber anders als bei ihrem Besuch holte Tiny etwas aus seiner Tasche, trat dicht an den Türknauf und öffnete ihn innerhalb von Sekunden.

»Was ... wie?«, stotterte sie, als Gus seinen Arm um ihre Taille legte und sie ins Innere der Wohnung schob.

»Bleib hier«, befahl er, bevor er und Tiny durch die Wohnung schlichen. Das war das einzige Wort, das sie finden konnte, um zu beschreiben, wie sie sich bewegten. Keiner der beiden hatte eine Waffe, aber es war offensichtlich, dass sie sehr vorsichtig waren und wahrscheinlich jeden entwaffnen konnten, dem sie begegneten.

Sie schaute sich um, während die Jungs weg waren. Die Wohnung war klein und aufgeräumt. Aber nicht steril. Sie sah bewohnt aus ... gemütlich. Hier und da gab es ein paar Bilder an der Wand. Schuhe lagen auf dem Boden, wahrscheinlich hatte sie jemand ausgezogen, als er nach Hause gekommen war. Ein kleiner Fernseher stand auf einem Tisch an der Wand und ein paar DVDs waren wahllos an der Seite gestapelt. Eine zerknitterte Decke lag auf einem alten hellbraunen Sofa. In der Küche standen ein paar alte Geräte auf dem Tresen, aber in dem Regal neben der Spüle war kein schmutziges Geschirr zu sehen.

Alles in allem hatte Reese den Eindruck, dass die Leute, die hier lebten, nicht reich waren, aber sie hatten sich mit dem, was sie hatten, ein gemütliches Zuhause geschaffen.

Gus und Tiny kehrten in den Wohnbereich zurück.

»Sind sie hier?«, fragte Reese unsicher. Denn wenn sie da waren, war das nicht gut.

»Nein, die Wohnung ist leer«, entgegnete Tiny.

»Atme tief durch, Reese«, sagte Gus und trat so nahe an sie heran, dass er in ihren persönlichen Bereich eindrang. Sie standen sich fast Auge in Auge gegenüber, und sie versuchte, ihre Muskeln zu entspannen. »Sie sind nicht hier. Wir werden die Räume gründlich durchsuchen und nach Hinweisen suchen, durch die wir sie finden könnten.«

Reese atmete tief durch und nickte.

»Wir haben wahrscheinlich nicht viel Zeit«, bemerkte Tiny. »Es ist sehr wahrscheinlich, dass wir gesehen wurden, als wir hier reinkamen.«

»Du hast auch gespürt, dass wir beobachtet worden sind?«, fragte Gus.

»Oh ja.«

»Ich auch. Mehr als beim letzten Mal, als ich hier war«, meldete Reese sich zu Wort.

Gus nickte. »Irgendetwas stimmt nicht. Ich weiß nicht was, aber es liegt eine gewisse Anspannung in der Luft. Als ob die Bewohner verängstigt sind und darauf warten, dass etwas passiert.«

»Dann lasst uns mal nach Hinweisen suchen und dann schnellstmöglich von hier verschwinden«, schlug Tiny vor.

»Reese, du nimmst die Küche und das Wohnzimmer und Tiny und ich durchsuchen die Schlafzimmer«, beschloss Gus.

Einen Moment lang war sie überrascht, dass er sie helfen ließ, aber dann straffte sie die Schultern. Warum konnte sie *nicht* helfen? Sie war hier und sie kannte ihren Bruder besser als jeder andere Mensch.

Gus warf ihr einen Blick zu, und einen Moment lang schien es, als wollte er noch etwas sagen, aber er nickte ihr nur zu und ging zurück in den Flur, der zu den Schlafzimmern führte.

Zehn kurze Minuten später war Reese bereits frustriert.

Beide Zimmer waren klein, also war ihre Suche schnell erledigt, und sie hatte nichts gefunden, was ihr helfen würde, den Aufenthaltsort von Woody und Isabella ausfindig zu machen. Sie fand nur verdorbene Lebensmittel in dem kleinen Kühlschrank und eine beunruhigend leere Speisekammer. Sie hatte den Eindruck, dass es Isabella selbst gut ging. Sie hatte einen guten Job bei der Regierung und verdiente – nach dem zu urteilen, was Woody ihr erzählt hatte – für die Gegend ganz gut.

Aber wenn sie sich das Essen in der Küche und sogar die spärlichen Möbel im Wohnzimmer ansah, schien das nicht der Fall zu sein. Sie hörte Tiny und Gus auf dem Flur reden, als sie sich noch einmal im Zimmer umsah.

Und da bemerkte sie etwas.

Sie ging in die Ecke des Wohnzimmers, bückte sich und hob die kaputte Uhr auf dem Boden auf. Es war Woodys. Darauf hätte sie alles verwettet, was sie besaß. Ihr Vater hatte sie ihm gekauft, als er der Delta Force beigetreten war, und ihr Bruder hatte sie jeden Tag getragen, weil sie ihn an seine Familie erinnerte.

Er war hier gewesen – und es musste etwas passiert sein, damit er sie hier zurückgelassen hatte.

Bei näherer Betrachtung sah Reese, dass das Armband kaputt war. Der Stift, der es am Gehäuse selbst hielt, war herausgesprungen. Oberflächlich betrachtet bedeutete das nicht viel ... aber sie war trotzdem besorgt.

Sie drehte sich um und wollte nach Gus rufen, als sie sah, wie er und Tiny den Flur verließen und sehr besorgt aussahen.

»Wir gehen«, sagte Gus abrupt und hielt ihr seine Hand hin.

Ohne nachzudenken, ging Reese auf ihn zu und ließ sich von ihm den Arm um die Taille legen, während er sie zur Tür führte.

»Was habt ihr gefunden?«, fragte sie.

»Etwas, das auf Probleme hindeutet«, murmelte Tiny.

»Was ist das?«, fragte Gus, der nicht auf ihre Frage antwortete, sondern mit einem Nicken auf ihre Hand deutete.

Reese hielt den Gegenstand hoch. »Es ist …«

»Woodys Uhr«, beendete Gus den Satz für sie.

»Sie lag auf dem Boden an der Wand. Er nimmt sie nie ab. Ich mache mich immer über ihn lustig, weil seine Haut unter der Uhr ganz weiß ist, wo sie an seinem Handgelenk anliegt.«

»Ja«, sagte Gus abwesend, während er die Uhr einsteckte.

Tiny schaute aus dem Spion an der Tür und runzelte die Stirn. »Wir haben Gesellschaft«, informierte er sie.

»Verdammt. Wie nahe?«, fragte Gus.

»Sie kommen die Treppe hoch. Wir müssen den Hinterausgang nehmen.«

Den Hinterausgang? Moment, sie waren im ersten Stock. Da gab es keinen Hinterausgang.

Reese schaute zwischen den beiden Männern hin und her, hatte aber keine Zeit mehr, Fragen zu stellen, bevor Gus sie umdrehte und den Flur entlangführte.

Sie betraten das große Schlafzimmer und Tiny ging sofort zum Fenster. Vorsichtig spähte er durch die Jalousien und nickte. »Alles klar.«

Während Tiny das lächerlich kleine Fenster öffnete, legte Gus seine Hände auf ihre Schultern. »Wir müssen durch das Fenster verschwinden.«

Reese wollte »Das ist ja wohl offensichtlich« sagen, aber sie hielt sich zurück und er sprach weiter.

»Wir haben ein paar beunruhigende Dinge in Angelos Zimmer gefunden. Ich vermute, dass derjenige, der uns bei unserer Ankunft beobachtet hat, jemanden angerufen und über unsere Anwesenheit informiert hat.«

»Jemanden, mit dem wir nicht reden wollen«, schlussfolgerte Reese.

»Ganz genau. Aber wir haben eine Adresse gefunden, also werden Tiny und ich sie überprüfen, sobald wir dich ins Hotel gebracht haben.«

Ihr erster Instinkt war es, zu protestieren und darum zu betteln, mitgehen zu dürfen, aber sie hatte es versprochen. Also nickte Reese einfach.

»Danke«, erklärte Gus aus tiefster Seele, und trotz der Umstände konnte Reese nicht umhin, ein kleines Kribbeln in sich zu spüren, weil es ihm gefallen hatte, wie sie sich verhielt.

»Das wird ganz schön eng.«

Reese drehte sich bei Tinys Worten um und schaute aus dem Fenster, das hoch in der Wand eingelassen war. »Ganz schön eng? Da passt ihr auf keinen Fall durch.« Verdammt, es war schon fraglich, ob sie überhaupt durchpassen würde. Sie war viel ... runder ... als Tiny oder Gus. Sie hatten aber mehr Muskeln als sie und breite Schultern.

Dann fiel ihr etwas anderes ein. »Ähm, bitte sag mir, dass es da draußen eine Feuerleiter gibt.«

»Das nicht, aber es gibt eine stabile Regenrinne, die genauso gut als Leiter herhalten kann. Ich gehe zuerst, dann kommst du nach mir raus und ich helfe dir beim Abstieg. Spike geht als Letzter und gibt uns von oben Deckung.«

»Moment mal, er gibt uns Deckung? Wovor?«, fragte Reese, als ein lauter Knall von der Vorderseite der Wohnung ertönte.

»Mist. Wir müssen verschwinden«, erklärte Tiny, während er sich an der Fensterbank festhielt, hochsprang und seine Beine wie eine Art Zirkusakrobat aus dem

Fenster schwang. Sein Kopf war in Sekundenschnelle verschwunden.

»Ich weiß nicht so recht, Gus«, bemerkte Reese, aber er ließ ihr keine Zeit, darüber nachzudenken, was sie tun sollten. Er beugte sich einfach vor und hob sie hoch, als wäre er Rhett Butler und sie Scarlett O'Hara aus *Vom Winde verweht*.

Völlig perplex – niemand hatte sie in ihrem ganzen Leben jemals so getragen – schlang Reese ihren Arm um Gus' Hals, während er ihre Beine aus dem Fenster streckte.

»Dreh dich mit dem Gesicht zum Gebäude, wenn du da draußen bist. Stütze dich mit den Füßen an der Regenrinne ab, um deinen Abstieg zu verlangsamen.«

»Oh mein Gott, oh mein Gott, oh mein Gott«, murmelte Reese, während sie sich am Fensterbrett festhielt. Sie wollte Gus gerade sagen, dass sie das auf keinen Fall schaffen würde, als sie einen lauten Knall aus dem Inneren der Wohnung hörte. Derjenige, der an der Eingangstür war, hatte sie offensichtlich aufgebrochen, und wenn sie sich nicht zusammenriss, bestand die große Gefahr, dass Gus verletzt wurde ... oder noch schlimmer. Er hatte keine Waffe und derjenige, der die Tür eingetreten hatte, *hatte* wahrscheinlich eine.

Schneller als sie es für möglich gehalten hätte, drehte sich Reese mit dem Gesicht zum Gebäude und zwang sich, ihren Todesgriff von der Fensterbank zu lösen. Sie spürte Tinys Hand auf ihrer Wade und das gab ihr den Mut, sich an der Regenrinne festzuhalten und ihren Körper langsam nach unten gleiten zu lassen.

Sie wagte es nicht, nach oben *oder* unten zu schauen, sodass sie Gus über sich mehr spürte als sah. Sie seufzte erleichtert auf, dass er nicht mehr in der Wohnung war, und setzte ihren Abstieg fort. Bis zum Boden war es nicht sehr weit, da sie sich nur im ersten Stock befanden.

Sie hörte einen Schrei über ihrem Kopf – und das

reichte ihr als Anlass, sich noch mehr zu beeilen. Sie lockerte ihren Griff und rutschte die Regenrinne hinunter, als hinge ihr Leben davon ab. Und als sie noch mehr laute, wütende Schreie auf Spanisch hörte, ging sie davon aus, dass das tatsächlich auch der Fall sein könnte.

Noch bevor ihre Füße den Boden berührten, packte Tiny sie an der Taille und schob sie vor sich her, weg von dem Gebäude. »Geh!«, sagte er eindringlich.

»Gus!«, protestierte sie.

»Ich bin hier.«

Reese war noch nie so erleichtert gewesen, die Stimme eines Menschen zu hören. Dann legte *er* seine Hand auf ihren Rücken und drängte sie loszulaufen.

Sie hatte so viele Fragen … was hatten sie in Angelos Zimmer gefunden, wer waren die Männer, die in die Wohnung eingebrochen waren, wohin wollten sie, wo war Woody … aber jetzt war nicht der richtige Zeitpunkt.

Als ein lauter Schuss hinter ihnen ertönte, drängte Gus sie, schneller zu laufen.

Reese war keine gute Läuferin. Im Hinblick darauf hatte sie die Wahrheit gesagt. Aber im Moment fühlte sie sich, als könnte sie jeden Olympiasieger in den Schatten stellen. Die Tatsache, dass jemand auf sie *schoss*, gab ihr die nötige Motivation, ihren Hintern in Bewegung zu setzen.

Sie, Tiny und Gus liefen um Gebäude herum, über Straßen und sogar durch einen bewaldeten Park. Aber Gus erlaubte ihr nicht, langsamer zu werden, und jetzt, da sie nicht mehr in unmittelbarer Gefahr waren – sie hatte keine Schüsse mehr hinter sich gehört –, merkte sie, dass sie wie eine untrainierte, übergewichtige Vierunddreißigjährige atmete, deren einziger Sport darin bestand, ein paarmal am Tag zu ihrem Wagen zu gehen.

»Nur noch ein Stückchen weiter«, ermutigte Gus sie und sie stellte fest, dass er dabei *kein bisschen* außer Atem klang.

Reese sparte ihren Atem und nickte nur. Sie wollte diese Männer auf keinen Fall aufhalten. Wenn ihnen ihretwegen etwas zustoßen würde, würde sie sich das nie verzeihen. Sie waren ihretwegen hier. Weil sie hierhergekommen war, um ihren Bruder zu suchen.

Sie hätte um Hilfe bitten sollen. Stattdessen war sie davon ausgegangen, sie würde nach Kolumbien kommen und ihn innerhalb weniger Stunden finden. Für eine kluge Frau war sie unglaublich dumm gewesen. Die Freunde ihres Bruders waren ehemalige Soldaten der Spezialeinheit. Sie hätte also einen von ihnen anrufen sollen.

Aber jetzt war es zu spät. Sie hatte sich die Suppe eingebrockt und jetzt musste sie sie auslöffeln. Sie ignorierte das Stechen in ihrer Seite und dass die tatsächliche Suppe, die sie vorhin gegessen hatte, wieder hochzukommen drohte. Sie musste so gut wie möglich mit den Geschehnissen fertigwerden und durfte nicht zur Belastung werden.

Aber das war leichter gesagt als getan. Vor allem wenn sie das Gefühl hatte, keinen Sauerstoff mehr in ihre Lunge zu bekommen.

»Wir halten hier kurz an«, erklärte Gus, und Reese war noch nie in ihrem Leben so froh über fünf einfache Worte gewesen. Sie lehnte sich an die Seite des Gebäudes, neben dem sie angehalten hatten, beugte sich vor und versuchte, so gut es ging, wieder zu Atem zu kommen, während Tiny und Gus über ihr hinweg redeten.

»Was jetzt?«, fragte Tiny. »Wir könnten im großen Bogen zu dem Haus zurückkehren, um unseren Mietwagen zu holen.«

»Ich glaube, sie haben ihn schon bemerkt.«

»Ja. Und wenn sie die sind, für die wir sie halten, dann wissen sie auch schon, wer wir sind – und warum wir hier sind.«

Reese richtete sich auf. »Wer sind diese Leute?«, fragte

sie so normal sie konnte. Sie sah, wie Tiny und Gus einen Blick wechselten. »Bitte lügt mich nicht an«, bat sie. »Ich schätze, da wir aus einem verdammten Fenster geklettert sind und die Leute auf uns geschossen haben, sind sie nicht gerade das Empfangskomitee der Nachbarschaft.«

Gus trat ganz nahe an sie heran und Reese schaute zu ihm auf. »Ohne es genau zu wissen, können wir nur vermuten, dass sie zum Kartell gehören.«

Reese zwang sich, äußerlich nicht zu reagieren. Sie wollte hart und stark sein. Aber innerlich flippte sie total aus. »Zu einem Drogenkartell?«, fragte sie.

Gus' Lippen zuckten amüsiert, aber dann wurde er ernst. »Ja.«

Reese schluckte schwer. »Okay. Und was jetzt?«

Gus starrte sie einen Moment lang mit einem Blick an, den sie nicht deuten konnte.

»Was?«

»Du flippst nicht aus?«, fragte Gus.

»Würde es helfen, wenn ich es täte?«

»Nein.«

»Wenn du dich dann besser fühlst, werde ich später ausflippen. Sobald wir Woody, Isabella und ihren Bruder gefunden haben und von hier verschwunden sind.«

»Also gut. Ich vermute, sie wissen, wer wir sind, und da wir ein Zimmer in demselben Hotel gemietet haben, in dem du wohnst, werden sie nicht lange brauchen, um herauszufinden, dass wir mit derselben Frau zusammen sind, die vor ein paar Tagen an der Wohnung war.«

»Es ist also nicht sicher, jetzt dorthin zurückzukehren.«

»Genau«, bestätigte Gus.

»Was ist dann der Plan?«

»Ich denke, wir holen Woody und die anderen«, sagte Tiny neben ihnen.

Reese zuckte zusammen. Sie hatte fast vergessen, dass er

da war. Da Gus so nahe bei ihr stand und sie so aufmerksam beobachtete, hatte sie nur ihn wahrgenommen.

Tiny hielt einen Zettel hoch.

»Was ist das?«

»Es war in einer Schachtel mit den Drogen, die wir in Angelos Zimmer gefunden haben.«

»Er hatte Drogen in seinem Zimmer?«, fragte Reese.

»Ja«, entgegnete Tiny grimmig.

»Das kann nicht gut sein«, bemerkte sie, was sich wie eine totale Untertreibung anhörte.

»Wo ist es?«, fragte Gus seinen Freund.

Tiny deutete mit einem Kopfnicken auf sein Handy, mit dem er die Adresse nachgeschlagen hatte. »In den Wäldern außerhalb von Bogotá.«

»Wie weit außerhalb?«, fragte Gus.

»Etwa fünfzig Kilometer östlich der Stadt.«

Reese hatte plötzlich ein flaues Gefühl im Magen.

»Verdammt. Wir brauchen ein Transportmittel«, bemerkte Gus.

»Und ich denke, ein Anruf bei Tex, um herauszufinden, worauf wir uns einlassen, wäre auch keine schlechte Idee«, fügte Tiny hinzu.

»Aber wir wollen ihnen nicht viel Zeit geben, um sich auf unsere Ankunft vorzubereiten«, entgegnete Gus. »Es wäre also nicht klug, bis morgen zu warten.«

Reese drehte den Kopf hin und her, während die Männer ihre nächsten Schritte besprachen.

»Woher bekommen wir ein Fahrzeug?«, fragte Tiny.

Gus presste nachdenklich die Lippen aufeinander.

»Was ist mit dem da?«, platzte Reese heraus und zeigte auf einen alten Pritschenwagen, der in einer Gasse auf der anderen Straßenseite geparkt war.

Beide Männer drehten den Kopf zu ihr um.

Sie verdrängte ihre Verlegenheit über das, was sie gleich

zugeben würde. »Ich meine, ihr könnt das sicher auch ... aber diese älteren Modelle sind ziemlich leicht kurzzuschließen. Wir könnten etwas Geld oder etwas anderes an seiner Stelle zurücklassen.«

»Du weißt, wie man einen Wagen kurzschließt?«, fragte Tiny ungläubig.

Sie zuckte mit den Schultern und nickte.

»Heirate mich auf der Stelle«, scherzte er.

Reese grinste.

Gus runzelte die Stirn. »Ich weiß nicht so recht.«

»Wie sollen wir denn sonst hinkommen?«, fragte Tiny. »Du hast nämlich recht, wir müssen dorthin gelangen und sehen, was los ist, bevor jemand Zeit hat, sich auf unser Eintreffen vorzubereiten. Du weißt genauso gut wie ich, dass die Typen in der Wohnung uns nicht einfach so davonkommen lassen werden. Sie werden wissen wollen, warum wir dort waren und was wir wollten. Und es ist wahrscheinlich, dass die Drogen etwas mit Woodys Verschwinden zu tun haben.«

»Du glaubst, dass der Bruder dealt?«, fragte Gus.

»Ich habe keinen blassen Schimmer. Aber hier gilt es als sicher, Teil des Kartells zu sein. Und jemanden wie Isabella zu haben, der für sie übersetzt, wäre ein Segen.«

»Was glaubst du, was Woody damit zu tun hat?«, fragte sie.

»Vielleicht war er einfach nur zur falschen Zeit am falschen Ort?«, entgegnete Tiny achselzuckend. »Ich weiß es nicht. Aber wir haben im Moment keine anderen Spuren. Wenn wir zu dieser Adresse kommen und dort nichts finden oder Woody und die anderen nirgendwo zu sehen sind, können wir nach Bogotá zurückkehren und weitersuchen.«

Gus blickte zu Reese und dann wieder zu seinem Freund.

»Wenn du mich im Hotel zurücklässt, könnten diese

Männer kommen und mich schnappen«, bemerkte sie. »Sie könnten versuchen, Informationen über euch beide aus mir herauszubekommen.« Sie sagte das nicht, um ein Drama zu machen oder sie zu manipulieren. Sie war wirklich besorgt darüber, in dieser Situation allein zurückzubleiben. »Wenn ihr nicht bei mir gewesen wärt, hätte ich niemals aus der Wohnung herauskommen können. Ich bin mit euch beiden sicherer als allein. Ich verspreche, dass ich die Schießerei und das Herumschleichen euch überlassen werde. Ich bleibe da, wo ihr mich hinschickt – aber bitte lasst mich mit euch kommen.«

Gus sah seinen Freund an.

»Deine Entscheidung«, entgegnete Tiny.

Gus seufzte und sah sie wieder an. »Wenn dir etwas zustößt, wird Woody mir nie verzeihen«, erklärte er.

»Wenn ich mit euch zusammen bin, wird mir nichts passieren.« Reese war keine Hellseherin. Sie hatte keine Ahnung, was in der Zukunft passieren würde, aber eines wusste sie ohne den *geringsten* Zweifel: Sie glaubte von ganzem Herzen an ihre Worte.

»Also gut. Aber wenn ich dir sage, dass du etwas tun sollst, dann tust du es. Unverzüglich. Ohne zu fragen. Hast du verstanden?«

Reese nickte schnell.

»Das werde ich noch bereuen«, sagte Gus mehr zu sich selbst als zu ihr, aber er schaute in beide Richtungen die Straße rauf und runter. Es war niemand zu sehen.

»Kommt schon. Nehmen wir es in Angriff. Du kannst zeigen, was du draufhast«, erklärte er ihr.

»Und du lässt etwas Geld anstelle des Wagens da?«, fragte sie, als die drei schnell über die Straße gingen und sich in die Gasse duckten.

»Du hast ein weiches Herz«, murmelte Gus und drehte sich vom Wagen weg, um Wache zu halten.

Reese zuckte mit den Schultern und lehnte sich auf die Fahrerseite, um sich an die Arbeit zu machen.

»Ich sage nicht, dass das etwas Schlechtes ist, es ist mir eben nur aufgefallen«, erwiderte Gus. »Und ja, ich werde ein paar Pesos dalassen. Es wird nicht reichen, um die Kosten für den Pritschenwagen zu decken, aber ich wäre überrascht, wenn das Ding überhaupt läuft.«

Innerhalb von Sekunden hatte Reese den Motor angelassen und Gus starrte sie bewundernd an. »Das ging ja schnell.«

»Ich bin eben gut«, prahlte sie.

Gus und Tiny lachten leise.

»Du setzt dich in die Mitte«, erklärte Tiny. »Ich fahre.«

Reese wollte protestieren, aber sie hatte Gus versprochen, ohne Widerspruch das zu tun, was die beiden verlangten. Also rückte sie in die Mitte des Sitzes und saß bald zwischen den beiden großen Männern. Tiny fuhr rückwärts aus der Gasse und Reese hielt den Atem an, bis sie weit von dem Ort entfernt waren, an dem sie den Wagen gestohlen hatten.

»Ruf Tex an«, befahl Tiny. »Er soll möglichst viel darüber herausfinden, wohin wir unterwegs sind. Je mehr Informationen wir haben, desto besser ist es für uns.«

Reese blieb ruhig, als sie die Stadt in Richtung Osten verließen. Sie hatte keine Ahnung, wohin sie fahren würden, aber sie betete, dass es zu Woody führen würde.

# KAPITEL FÜNF

Spike gefiel das nicht. Ganz und gar nicht.

Reese bei sich zu haben veränderte alles. Er hatte sich keine großen Gedanken darüber gemacht, sich in Gefahr zu begeben, während er noch Teil des Teams einer Spezialeinheit war. Er tat, was er tun musste, und das war's. Aber die Angst und die Entschlossenheit in Reeses Augen zu sehen, als er sie quasi aus dem Fenster bugsiert hatte, wollte er nicht noch einmal erleben.

Sie war so verdammt mutig gewesen, und er war so wahnsinnig stolz auf sie. Aber das bedeutete nicht, dass er auch wollte, dass sie sich mit ihm und Tiny auf die Suche nach ihrem Bruder machte. Er hätte sie viel lieber an einem sicheren Ort versteckt. Aber genau das war das Problem. Er hatte keine Ahnung, wo »sicher« im Moment war.

Und obwohl es ihm Sorgen bereitete, was sie vorfinden würden, wenn sie die Adresse, die sie in Angelos Zimmer gefunden hatten, erreichten, bemerkte Spike, dass seine Hände nicht zitterten. Ihm war nicht übel.

Er wusste nicht warum. In Situationen, in denen er in vergleichbarer Gefahr gewesen war, vielleicht sogar weniger, hatte sein Körper darauf reagiert. Der einzige Unterschied bestand nun allerdings darin, dass nicht nur sein Leben in Gefahr war oder das von Tiny, sondern auch das von Reese. Wenn überhaupt, sollte sein Körper jetzt *heftiger* reagieren. Stattdessen war es, als erkannte sein Verstand, wie wichtig es war, sich zusammenzureißen, um dafür zu sorgen, dass Reese in Sicherheit war.

Was auch immer der Grund sein mochte, er war erleichtert, dass er zumindest äußerlich ruhig wirkte, auch wenn die ganze Situation ihm immer noch Kopfzerbrechen bereitete.

Spike warf einen Blick auf Reese und hätte sie am liebsten sofort in die Arme genommen. Sie saß kerzengerade zwischen ihm und Tiny in dem alten Pritschenwagen. Sie hatte die Augen weit aufgerissen und die Hände im Schoß zusammengeballt. Sie sah verzweifelt aus, und das gefiel Spike ganz und gar nicht.

Er hatte mit Tex gesprochen und der hatte ihnen anhand von Satellitenbildern so gut wie möglich erklärt, wohin sie fahren mussten. Es gab ein Haus mitten im Dschungel. Es war keine Villa, aber auch keine heruntergekommene Hütte wie die meisten Häuser in einem nahe gelegenen Dorf. Und in Anbetracht der Tatsache, dass sie in Angelo Hernandez' Zimmer Drogen im Wert von mehreren Tausend Dollar gefunden hatten, war es sehr wahrscheinlich, dass sie zu einer Art Drogenlager unterwegs waren.

Zu diesem Zeitpunkt konnte Spike nur spekulieren, aber er und Tiny unterhielten sich kurz und kamen überein, dass Angelo wahrscheinlich mit den Drogen überfordert war und dem Kartell Geld schuldete – und dass sie gekommen waren, um es einzutreiben. Vielleicht wussten sie bereits, dass Isabella zweisprachig war, und fanden, dass sie eine Bereicherung für ihre Organisation darstellen würde. Oder sie hatten die Schwester entführt, um dafür zu sorgen, dass Angelo tat, was sie wollten.

Oder vielleicht hatten sie sie aus noch verabscheuungswürdigeren Gründen entführt.

Aber die Tatsache, dass Woody ebenfalls entführt worden war, war kein gutes Zeichen. Er hatte sich bestimmt gewehrt. Die Entführung eines amerikanischen Staatsbürgers konnte eine Goldgrube sein ... wenn ein Lösegeld gezahlt wurde. Aber Reese hatte keine Forderung erhalten.

Spike brummte der Kopf, wenn er daran dachte, was mit seinem Freund passiert sein könnte. Und es bestand die Möglichkeit, dass die drei gar nicht dort waren. Es war möglich, dass Woody und Isabella sich in einem romantischen Liebesnest versteckten, während Angelo mit Freunden abhing.

Aber Spike glaubte nicht daran. Genauso wenig wie Tiny und Reese.

Als er die Frau neben sich noch einmal ansah, dachte er daran, wie sie den Pritschenwagen, in dem sie gerade saßen, so einfach kurzgeschlossen hatte. Wie sie darauf bestanden hatte, dass er dem Besitzer etwas Geld hinterließ. Sie überraschte ihn immer wieder.

Das Überraschendste von allem ... Spike fand, dass er sich im Moment so lebendig fühlte wie seit Jahren nicht mehr. Und das lag weder am Adrenalin noch daran, dass sein Leben in Gefahr war.

Ohne nachzudenken, bewegte er seine Hand, griff hinüber und legte sie auf Reeses unruhige Hände in ihrem Schoß. Sie zu berühren wurde zu einer Notwendigkeit, nicht nur, um sie zu beruhigen.

»Also ... du kennst dich mit Fahrzeugen aus, was?«, fragte er, um sie von dem abzulenken, was am Ende ihrer Fahrt auf sie zukam.

Sie zuckte mit den Schultern. »Als wir klein waren,

bastelte Woody ständig an irgendwelchen Motoren herum, und da ich ihn vergötterte und alles tun wollte, was er tat, lernte ich so viel wie möglich darüber.«

»Ich kann mir gerade vorstellen, wie du hinter ihm hergelaufen bist, als du noch klein warst«, erklärte Spike mit einem kleinen Lächeln.

»Wie sehr ich ihm auf die Nerven gegangen bin, meinst du«, entgegnete Reese. »Hat er dir erzählt, wie ich ihm und seiner Verabredung ins Autokino gefolgt bin?«

Tiny lachte leise hinter dem Lenkrad, aber Spike wandte den Blick nicht von Reese ab. »Nein.«

»Nun, er war in der zehnten Klasse und hatte gerade seinen Führerschein gemacht. Ich hasste das Mädchen, mit dem er zusammen war. Sie war eine totale Schlampe, und obwohl ich nur zwei Jahre jünger war als sie, behandelte sie mich, als wäre ich fünf. Außerdem verhielt sie sich vor Woody auf eine bestimmte Art und Weise und hinter seinem Rücken anders. Sie tat so, als wäre sie der netteste Mensch der Welt, wenn er in der Nähe war, und wenn er nicht da war, fing sie Streit mit anderen Mädchen an und schikanierte sie, bis sie weinten. Ich habe versucht, meinen Bruder zu warnen, aber er wollte nicht hören. Schließlich war ich ja nur seine nervige kleine Schwester.«

»Was hast du gemacht?«, wollte Spike wissen.

Reese grinste und Spike konnte nicht anders, als sie absolut bezaubernd zu finden.

»Zuerst habe ich meinen Eltern gesagt, dass ich nach oben gehe, um für eine Prüfung zu lernen, die ich in der nächsten Woche habe. Dann habe ich mich rausgeschlichen und bin mit meinem BMX-Rad zum Autokino gefahren. Ich bin unter dem Zaun hindurchgeschlüpft und habe Woodys Wagen gefunden. Sie saßen auf dem Rücksitz und knutschten natürlich rum. Ich wusste, wie sehr seine Verabredung Ungeziefer und Krabbeltiere hasste, also ...

hatte ich ein paar Spinnen mitgebracht, die ich zu Hause gefangen hatte, und ließ sie durch ein zerbrochenes Fenster in den Wagen, während sie zu sehr mit dem Rumknutschen beschäftigt waren, um mich zu bemerken. Und mit ein paar meine ich etwa fünfzig von den Mistviechern.«

Tiny brach in Gelächter über ihre Dreistigkeit aus.

Reese grinste noch breiter. »Sie ist total ausgeflippt. Und als Woody zum Getränkestand lief, um Papiertücher zu holen, um die Sauerei aufzuwischen, da sie ihr Getränk verschüttet hatte, hatte sie sich neben den Wagen gestellt und ich hatte mich darunter versteckt. Ich habe sie am Knöchel gepackt – und dann ist sie wirklich ausgeflippt. Als Woody zurückkam, brabbelte sie von einem Mörder, der im Autokino lauerte. Als Woody niemanden in der Nähe des Wagens fand, meinte sie, dass es dort spuken würde und sie von einem Geist gepackt worden wäre!

Es war urkomisch. War das kindisch? Ja … aber ich war damals tatsächlich noch ein Kind. Und glaub mir, das Mädchen hatte es verdient. Als Woody nach Hause kam, war ich wieder in meinem Zimmer und tat ganz unschuldig so, als würde ich lernen. Etwa eine Woche später machte er mit ihr Schluss, weil er es nicht ertragen konnte, dass sie ständig von dem Vorfall erzählte und behauptete, ein Geist hätte sie gepackt. Erst als wir beide auf dem College waren, habe ich ihm gestanden, was ich getan hatte.«

»War er sauer?«, fragte Tiny mit einem breiten Grinsen im Gesicht.

»Nein. Er sagte, er habe die ganze Zeit gewusst, dass sie eine Schlampe ist, aber da er ein Teenager war und sie dafür bekannt war, dass sie leicht zu haben war, war es ihm damals egal«, erklärte Reese lachend.

Spike konnte sich gut vorstellen, wie die schelmische junge Reese die Freundin ihres Bruders gequält hatte.

Das Grinsen auf ihrem Gesicht verblasste und sie sah zu ihm hinüber. »Glaubst du, es geht ihm gut?«

Und schon kippte die Stimmung im Pritschenwagen von einer amüsanten Geschichte zu einer eher unangenehmen Stimmung. »Ja«, versicherte er ihr, ohne zu zögern.

»Das kannst du nicht wissen.«

»Doch, das kann ich und das tue ich. Dein Bruder und ich haben schon viel zusammen durchgemacht. *Sehr viel.* Du weißt, dass ich dir keine Details verraten kann, aber es reicht, wenn ich sage, dass Woodys Fähigkeit, sich selbst und die Menschen um ihn herum zu beschützen, legendär ist. Und vielleicht finden wir ihn, Isabella und Angelo nicht einmal an der Adresse, zu der wir unterwegs sind«, gab Spike zu bedenken.

»Allerdings glaubst du das nicht«, stellte sie fest. »Sonst würden wir ja nicht unsere Zeit verschwenden.« Sie warf ihm einen Blick zu. »Mir ist klar, dass du und Tiny vielleicht mehr wisst, als ihr mir sagt. Vielleicht habt ihr in der Wohnung noch etwas gefunden, das ihr für euch behalten wollt. Und ehrlich gesagt ist mir das auch egal. Ich will nur Woody finden und mich davon überzeugen, dass er in Sicherheit ist.«

Spikes Hochachtung vor der Frau neben ihm stieg noch ein wenig mehr.

»Reden wir über den Plan, wenn wir dort sind, oder was?«, fragte sie als Nächstes.

Spike sah Tiny einen Moment lang über ihren Kopf hinweg an, bevor sein Freund die Aufmerksamkeit wieder auf die Straße richtete.

»Der Plan sieht vor, dass wir diesen Schrotthaufen an einem sicheren und abgelegenen Ort parken und uns dann umsehen. Du bleibst beim Wagen, während wir reingehen, hoffentlich Woody finden und dann von dort verschwinden.«

Reese verdrehte die Augen. »Genau, weil es so einfach sein wird«, entgegnete sie sarkastisch.

Spike zuckte mit den Schultern. »Manchmal ist es das.«

Sie presste die Lippen zusammen und starrte aus der Windschutzscheibe.

Spike gefiel es nicht, dass sie ihn so einfach überging. »Ich lüge nicht und versuche auch nicht herunterzuspielen, was vor sich geht. Du weißt genauso gut wie ich, dass es nie eine gute Idee ist, sich mit dem Kartell anzulegen. Aber im Ernst, manchmal ist es am besten, nicht zu viel nachzudenken oder zu viel zu überlegen, um ein Problem anzugehen.«

Reese schaute ihn wieder an. Sie nickte zögernd.

»Ich war mal auf einer Mission«, erzählte Tiny, »und da ging es darum, ein Haus voller Aufständischer zu stürmen, eine bestimmte hochrangige Zielperson zu identifizieren und sie zum Verhör auf den Stützpunkt zu bringen. Wir verbrachten zwölf Stunden damit, einen sehr komplizierten Plan auszuarbeiten, um nicht nur in das Haus zu gelangen, sondern auch herauszufinden, welcher der Männer unser Mann war, wenn wir es geschafft hatten, und ihn herauszuholen, ohne jemand anderen zu töten, was einen internationalen Zwischenfall und möglicherweise ein Feuergefecht ausgelöst hätte, das wir nicht gewonnen hätten, da wir zehn zu eins in der Unterzahl gewesen wären.

Am Ende sagte unser Teamleiter: ›Scheiß drauf‹, ging zu der verdammten Tür, klopfte an und bat darum, mit der Zielperson zu sprechen. Nach ein paar Worten willigte der Mann tatsächlich ein, mit uns zum Stützpunkt zu kommen, um mit unserem Kommandanten zu reden. Es war unglaublich, aber es hat funktioniert.«

»Du meinst also, wenn wir an die Tür klopfen und nach Woody fragen, bringen sie ihn raus?«, fragte Reese mit einem Gesichtsausdruck, der deutlich machte, dass sie Tiny für völlig verrückt hielt.

Er lachte leise. »Nein. Ich will damit nur sagen, dass wir hier sitzen und eine Million Szenarien durchspielen könnten, aber ohne zu wissen, wie das Haus aufgebaut ist, wie viele Leute sich dort aufhalten, wie die Gegend um das Haus herum aussieht, und hundert andere kleine Details ist jeder Plan, den wir machen, schon im Vorfeld zum Scheitern verurteilt.«

»Ich improvisiere nur ausgesprochen ungern«, murmelte Reese.

Spike konnte ihr nicht wirklich widersprechen. Er war im Moment nicht begeistert von all den unbekannten Faktoren, aber Tiny hatte recht. Sie konnten nichts planen, ohne die entsprechenden Informationen zu haben. Er hielt immer noch Reeses Hand und drückte ihre Finger fester. »Wir werden ihn finden.« Diese Zusicherung war nicht sehr überzeugend, aber zu seiner Erleichterung seufzte Reese und nickte.

»Okay, ihr seid hier die Profis, ich lasse euch euer Ding machen. Aber bitte bezieht mich mit ein. Ich kann helfen«, sagte sie.

Spike schlug ihre Worte nicht in den Wind, denn es bestand die Möglichkeit, dass sie ihre Hilfe wirklich brauchten. Ihre Chancen standen nicht gut. Sie waren nur zu zweit, und selbst wenn sie gut ausgebildete ehemalige Soldaten der Spezialeinheit waren, wenn die Sache schiefging, waren sie auf jeden Fall verloren.

»Wir können dich verstehen, Reese«, sagte Spike schließlich. »Und glaub mir, wenn die Zeit kommt und wir dich brauchen, werden wir kein Problem damit haben, dich um Hilfe zu bitten.«

Er hatte keine Ahnung, welche Art von Hilfe das sein könnte. Er würde sie jedoch auf *keinen Fall* absichtlich in

Gefahr bringen. Sie würde nicht mit ihnen ins Haus kommen, das stand für Spike fest. Aber er wollte die Idee nicht abtun, dass sie etwas tun könnte, um zu helfen. Schließlich hätten er oder Tiny den Pritschenwagen kurzschließen können, aber sie hatte es viel schneller geschafft als Spike.

Den Rest der Fahrt ließ er Reeses Hand nicht mehr los und er war erleichtert, dass sie sich nicht daran zu stören schien, wie fest er sie umklammert hielt. Vielleicht weil ihr Griff genauso fest war.

Als sie sich ihren Koordinaten näherten, war Spike mehr als bereit, etwas zu tun. Herumsitzen war noch nie seine Lieblingsbeschäftigung gewesen, und so lange im Wagen zu sitzen, ohne zu wissen, wohin sie fuhren, machte ihn ganz schön nervös.

Tiny fuhr eine unbefestigte Straße entlang, obwohl es wohl fast übertrieben war, dieses Ding eine Straße zu nennen. Es gab nur zwei tiefe Spurrillen, in denen andere Fahrzeuge vor ihnen gefahren waren. Die grünbraune Farbe des Wagens mit viel Rost kam ihnen zugute, denn sie diente als natürliche Tarnung zwischen den Bäumen und Büschen.

Ein paar Minuten später fuhr Tiny vom Weg ab und lenkte den Wagen so weit wie möglich in den Wald hinein – was gar nicht sonderlich weit war.

»Wir sind etwa einen Kilometer vom Haus entfernt. Du musst hierbleiben, aber nicht im Wagen. Wenn jemand vorbeikommt und ihn sieht und nachforscht, wäre es besser, wenn du nicht drinsitzt«, erklärte Spike ihr. »Egal was passiert, bleib *bitte* hier in der Nähe. Wenn wir mit Woody zurückkommen und du bist nicht da, wäre das problematisch.«

Reese nickte, während sie ihn mit großen Augen anstarrte.

»Ich habe keine Waffe, die ich dir dalassen kann, also ist

es das Beste, wenn du dich versteckst. Du darfst dich von niemandem sehen lassen, hast du verstanden?«

Sie nickte erneut.

Spike starrte sie einen Moment lang an. Dann schaute er zu Tiny hinüber. »Kannst du mir einen Moment Zeit geben?«

Er und Tiny waren noch nie zusammen auf einer Mission gewesen, aber genau wie im Hotel verstand der andere Mann sofort, dass Spike etwas Zeit allein mit Reese haben wollte. Er nickte schnell. »Ich schaue mal, was ich an Laub finden kann, um den Wagen besser zu verstecken.« Dann stieg er aus dem Fahrzeug, ohne auf eine Antwort zu warten.

Sobald er die Tür hinter sich zugemacht hatte, drehte Spike sich zu Reese um und legte ihr eine Hand an die Wange. Es war eine intime Geste, aber er konnte einfach nicht anders. »Wenn Woody hier ist, werde ich ihn finden.«

»Okay«, entgegnete sie leise.

»Aber du musst etwas verstehen. Wenn wir zu diesem Wagen zurückkehren und du nicht da bist, werde ich ...« Seine Stimme wurde leiser. Ihm fielen so viele Worte ein, aber er wusste nicht, welches er benutzen sollte. Wütend. Besorgt. Verzweifelt. Aufgewühlt. Am Boden zerstört.

Es machte keinen Sinn. Die Verbindung, die er zu dieser Frau fühlte. Ja, er hatte schon das Gefühl, sie ein wenig zu kennen, nachdem er Woody jahrelang über sie hatte reden hören. Aber es war schon lange her, dass er sie persönlich gesehen hatte. Trotzdem hatte er schon in dem Moment, in dem sie die Hoteltür geöffnet hatte, gewusst, dass Reese anders war als alle anderen Frauen, mit denen er je zusammen gewesen war. Und er wollte – nein, er *brauchte* eine Chance, sie besser kennenzulernen.

Er wusste instinktiv, dass er seine Chance auf das, was Brick und Tonka gefunden hatten, verlieren würde, sollte sie verletzt werden – oder noch Schlimmeres geschehen. Das war ihm sonnenklar.

Aber wenn er versuchte, es ihr zu erklären, würde sie wahrscheinlich ausflippen.

»Ich verspreche, keine Dummheiten zu machen«, versicherte sie ihm und sah ihn mit ihren wunderschönen blauen Augen an. »Ich würde zwar alles tun, um Woody heil hier rauszuholen, aber ich will nicht, dass du und Tiny euch dafür opfern müsst. Wenn ihr zu dem Haus kommt und es zu gefährlich ist hineinzugehen … dann tut es nicht.«

Spike musste an eine der vielen Missionen denken, die Erinnerungen in seinem Kopf hinterlassen hatten und ihm das Gefühl gaben, nicht mehr Teil der normalen Gesellschaft sein zu können, nachdem er mit dem Militär aufgehört hatte. Sie waren in irgendeinem Land … verdammt, er konnte sich nicht einmal mehr erinnern, in welchem, aber sie waren von Granaten und endlosem Geschützfeuer umgeben gewesen. Seine Ohren klingelten von dem ständigen Lärm, und er konnte nur Schießpulver und den Rauch der Brände riechen, die von den Panzerfäusten verursacht worden waren, die in den Gebäuden explodierten.

Wie aus dem Nichts war eine Frau aufgetaucht. Sie weinte und war hysterisch. Sie sprach gebrochenes Englisch und war direkt auf Spike zugelaufen und hatte ihn am Arm gepackt. Er war kurz davor, ihr mit seinem Ellbogen die Knochen im Gesicht zu brechen, denn er war schon öfter auf Missionen auf Frauen gestoßen, die als Köder benutzt wurden, als sie ihn anflehte, ihren Mann zu retten. Offenbar war er unter den Trümmern eines Hauses in der Nähe eingeklemmt worden.

Es war nicht so sehr, dass sie so verzweifelt war, dass sie sich ihm und seinem Team von tödlich aussehenden

Soldaten näherte ... sondern ihre Worte, die Spike selbst nach all den Jahren nicht mehr aus dem Kopf gingen.

*Das Militär kommt. Du Soldat. Du stirbst, um meinen Mann zu retten! Er besser als du.*

Es war dumm, ihren Worten irgendeine Bedeutung beizumessen. Es hätte keine Rolle spielen dürfen, dass die Frau dachte, sein Leben sei weniger wert als das ihres Mannes, nur weil er Soldat war. Die Frau war verzweifelt und zu Tode verängstigt gewesen. Aber Spike konnte sich des Eindrucks nicht erwehren, dass sie recht hatte. Er war in ihrem Land und tötete Menschen ... und wofür? Bis zum heutigen Tag wusste er das nicht.

Deshalb bedeutete es ihm viel, als Reese ihm sagte, sie wolle nicht, dass er sich für ihren Bruder opferte, den sie ihr ganzes Leben lang kannte und so sehr liebte, dass sie in ein fremdes Land kam, um ihn selbst zu suchen.

Nein, es bedeutete alles.

Ihre Worte linderten einen Teil des Schmerzes, den er jahrelang auf sich geladen hatte.

»Hier opfert sich niemand«, erklärte er ihr unwirsch. »Wir kommen *alle* lebend hier raus.«

Reese presste die Lippen aufeinander und atmete tief ein. »Ich will ... also, ich ... *verdammt*.«

»Was? Du kannst mir alles sagen.«

»Ich war schon immer in dich verknallt«, platzte sie heraus. »Ich weiß, es ist dumm und klischeehaft ... die kleine Schwester steht auf den Freund ihres älteren Bruders ... aber so ist es. Ich wollte dir nur sagen, dass ich dich bewundere. Und stolz auf das bin, was du und dein Delta-Team für unser Land getan habt. Ich finde dich großartig und ich habe mir *Die Zuflucht* online angeschaut und finde sie großartig. Und egal was passiert ... ich werde nie vergessen, dass du hierhergekommen bist, um Woody zu suchen.«

Bei ihren Worten wurde es Spike ganz warm ums Herz. Er und Tiny mussten sich auf den Weg machen. Je länger sie hierblieben, desto größer war die Gefahr, entdeckt zu werden, und desto größer war die Wahrscheinlichkeit, dass derjenige, der sie aus Isabellas und Angelos Wohnung gejagt hatte, auftauchte und allen erzählte, was passiert war. Aber er konnte sich jetzt noch nicht von dieser Frau losreißen.

»Ich bin nicht wegen Woody hier«, gab er zu.

Sie runzelte verwirrt die Stirn. »Bist du nicht?«

»Nein. Ich bin *deinetwegen* hier.«

Er beobachtete, wie ihre Wangen rot wurden und sie sich über die Lippen leckte. »Oh.«

Spike konnte sich ein Lächeln nicht verkneifen. »Mehr willst du dazu nicht sagen?«

Reese nickte. »Nein.«

»Na gut. Und fürs Protokoll ... ich finde dich auch ziemlich großartig. Und wenn das hier vorbei ist und wir wieder wohlbehalten in den Staaten sind, würde ich gern herausfinden, was genau da zwischen uns ist.«

»Wirklich?«

Es gefiel ihm nicht, wie überrascht sie klang. Diese Frau sollte nie ihre Attraktivität infrage stellen. Niemals. »Wirklich.«

»Das finde ich schön.«

Spike nickte. Es gab noch mehr, was er sagen wollte. Aber er konnte sehen, dass Tiny ziemlich ungeduldig vor dem Wagen wartete. »Ich muss jetzt los.«

Reese schenkte ihm ein besorgtes Lächeln, dann führte sie ihre Hand an seine Hand, die noch immer auf ihrer Wange lag, drehte den Kopf, küsste seine Handfläche und ließ die Hand dann sinken.

Er spürte ihre Lippen auf seiner Haut, als hätte der Kuss ihn gebrandmarkt. »Pass auf dich auf«, murmelte er, bevor er blindlings nach der Türklinke griff. Er musste *jetzt* gehen, bevor er es sich anders überlegte.

Nachdem er die Tür geschlossen hatte, warf Spike keinen Blick mehr zurück auf den Wagen. Das konnte er nicht. Nun, da er erfahren hatte, dass Reese in ihn verknallt war, hätte er am liebsten wie ein kleines Kind gejubelt. Er war mehr denn je entschlossen, zu ihr zurückzukehren – mit ihrem Bruder im Schlepptau. Sie hatte zugestimmt, sich mit ihm zu treffen, wenn sie in Sicherheit waren, und auch wenn die Logistik dafür schwierig war, wollte er sich die Gelegenheit nicht entgehen lassen.

»Bist du bereit?«, fragte Tiny, als er auf ihn zukam.

»Ja.«

»Alles in Ordnung mit ihr?«

»Ja. Legen wir los.«

Tiny nickte und die Männer machten sich auf den Weg durch die Bäume in Richtung ihres Ziels. Sie hatten keine Ahnung, was sie dort vorfinden würden, aber Spike hoffte, dass es Woody, Isabella und Angelo sein würden – und zwar lebendig und unverletzt.

# KAPITEL SECHS

»Was zum Teufel ist das denn?«, bemerkte Tiny, während er und Spike unter einigen Büschen in der Nähe des Hauses Deckung genommen hatten.

Spike runzelte die Stirn. Er hatte sich genau das Gleiche gedacht. Sie hatten erwartet, bewaffnete Wachen zu finden, Menschen, die herumliefen, ein geschäftiges Treiben. Doch stattdessen sah es so aus, als hätten sie ein verlassenes Gebäude gefunden. Soweit sie sehen konnten, war niemand da.

»Ist es eine Falle?«, fragte Spike.

»Ich weiß es nicht. Aber ich denke, das ist unsere beste Chance, hineinzugehen, nachzusehen, ob Woody da ist, und dann schnell wieder zu verschwinden«, entgegnete Tiny.

Spike stellten sich die Nackenhaare auf. Irgendetwas stimmte nicht, aber sie hatten weder die Zeit noch genügend Männer, um zu warten.

Schnell und effizient bewegten sich die beiden Männer aus dem Schutz der Bäume hinter ein altes Fahrzeug und weiter auf die Rückseite des Hauses. Das Haus benötigte keinen Zaun, da die Bäume des Dschungels eine natürliche Barriere darstellten. Tiny hatte sein Werkzeug zum Knacken von Schlössern schon bereit. Der Mann ging nie ohne seine Dietriche aus dem Haus.

»Bist du bereit?«, fragte er.

Spike nickte und er verengte die Augen zu Schlitzen, während er sich auf die bevorstehende Aufgabe konzentrierte. Das Haus stürmen, jeden Widerstand ausschalten, hoffentlich Woody finden und wieder verschwinden. Keiner der Männer hatte eine Waffe, aber er hoffte, dass sie im Haus welche finden würden.

Als hätten sie ihr ganzes Leben lang zusammengearbeitet, machten Tiny und Spike sich auf den Weg zur Hintertür. Tiny hatte die Tür in Sekundenschnelle geöffnet und sie gingen leise einen Gang entlang.

Das Haus war groß. Es gab eine große Küche, die leer war. Einen offenen Wohnbereich, der ebenfalls menschenleer war. Tassen und Teller und etwas Müll lagen im Raum verstreut, was darauf hindeutete, dass vor nicht allzu langer Zeit jemand hier gewesen war – und zwar mehrere Menschen.

Die beiden Männer schlichen weiter durch das Haus. Das Erdgeschoss war leer, also gingen sie die Treppe hinauf in den ersten Stock. Es dauerte nur fünf Minuten, bis sie fertig waren. In einem der Zimmer fanden sie mehrere Waffen, aber mit jeder Tür, die sie öffneten, ohne auf der anderen Seite Menschen zu finden, wuchs Spikes Sorge. Es sah so aus, als wäre die Adresse, die sie in Angelos Zimmer gefunden hatten, eine Sackgasse.

Die letzte Tür, die sie im ersten Stock öffneten, führte zu einem weiteren Schlafzimmer – und in der Ecke befand sich eine Wendeltreppe, die nach unten führte. Es war ein seltsamer Ort für eine Treppe.

Noch merkwürdiger war, dass sie im Erdgeschoss

nirgendwo eine Wendeltreppe gesehen hatten, die zu diesem Zimmer führte.

Spike sah Tiny an und nickte ihm zu, wobei sein Herzschlag sich beschleunigte. Das war es. Das musste es sein. Es gab keinen Grund, warum es hier eine Treppe geben sollte. Sie führte spiralförmig nach unten in die Dunkelheit und Spike wusste zweifelsohne, dass sie gleich etwas finden würden. Hoffentlich würde es sich dabei um Woody, Isabella und Angelo handeln.

Er hielt die Waffe, die er aus einem der Schlafzimmer mitgenommen hatte, fest umklammert, als er sich an das obere Ende stellte und begann, langsam die Treppe hinunterzusteigen. Als er hinunterging, hörte Spike Stimmen. Sie waren leise und männlich und er betete, dass er sich nicht einem ganzen Raum voller Kartellmitglieder gegenübersehen würde, die es kaum erwarten konnten, Eindringlinge zu erschießen.

Als er und Tiny das untere Ende der Treppe erreichten, war ihnen sofort klar, dass sie sich in einem unterirdischen Bunker oder Keller befanden. Es war gerade hell genug, um ihre unmittelbare Umgebung zu erkennen. Am unteren Ende der Treppe befand sich ein kleiner offener Raum mit einem Gang, der nach rechts und links führte.

Rechts, in der Richtung, aus der das Licht kam, führte der Gang zu einem Raum, den sie nicht sehen konnten, und sie hörten Stimmen, die sich in einer Ecke des Eingangs auf Spanisch unterhielten. Spike vermutete, dass es hinter dieser Ecke einen weiteren Weg in den Keller und wieder hinaus gab.

Im Flur auf der linken Seite befanden sich zwei Türen. Tiny ging leise zur ersten und legte ein Ohr an die Tür.

Er drehte sich zu Spike um und gab ihm einen Daumen nach oben, bevor er sich an das Öffnen des Schlosses machte. Spike wusste nicht, was diese Geste bedeutete.

Bedeutete sie, dass er *nichts* gehört hatte oder dass er *etwas* gehört hatte?

Er war so angespannt wie schon lange nicht mehr und wünschte sich, er hätte die kugelsichere Weste angezogen, die er bei den Delta-Missionen getragen hatte, und hielt den Atem an, als Tiny das Schloss öffnete. Er öffnete vorsichtig die Tür und gab Spike ein Zeichen, ihm nach drinnen zu folgen.

Spike hörte ein leises Geräusch, als er über die Schwelle trat. Instinktiv drehte er sich zu ihm um und hob einen Arm, um sein Gesicht zu schützen.

Das war auch gut so, denn einen Moment später schlug jemand heftig auf ihn ein. Im Raum war es dunkel. Es gab keine Fenster, die ihm geholfen hätten, als Spike gegen den Angreifer kämpfte.

Tiny fummelte an seinem Handy herum und schaltete die Taschenlampe ein. Das helle Licht durchdrang die Dunkelheit und Spike zuckte zusammen, als seine Augen versuchten, sich anzupassen, während er sich weiter zu schützen versuchte.

»Delta«, sagte Tiny leise flüsternd. Dann wiederholte er es. »Delta!«

Und sofort hielt der Mann, der Spike angegriffen hatte, inne.

Als er seinen ehemaligen Teamkameraden erblickte, atmete Spike erleichtert auf. »Woody«, flüsterte er, als er seinem Freund in die Augen sah.

Beide atmeten schwer von ihrem kurzen Kampf. Als Spike sich im Raum umsah, entdeckte er Isabella in einer Ecke des Raumes, wo sie außerhalb der Gefahrenzone war. Woody hatte offensichtlich geplant, gegen jeden zu kämpfen, der in den Raum kam, und er hatte seine Sache verdammt gut gemacht.

Er betrachtete seinen Freund genau. Er hatte ein blaues

Auge und eine Wunde an der Stirn, aber ansonsten schien er sich ohne Probleme zu bewegen, was eine große Erleichterung war.

»Verdammt noch mal, bist du das, Spike?«, fragte Woody, dessen Ungläubigkeit in seiner Stimme deutlich zu hören war. »Wie zum Teufel kann es sein, dass du hier bist?« Noch während er sprach, drehte er sich zu Isabella um und streckte seinen Arm aus. Ohne zu zögern, ging sie auf ihn zu und drückte sich an seine Seite, während er seinen Arm um ihre Schultern legte.

»Bubba hat angerufen«, erklärte Spike ihm. »Deine Schwester hatte beschlossen, nach Kolumbien zu kommen, um nach dir zu suchen, als du nicht auf ihre Anrufe reagiert hast. Ich dachte, es wäre eine gute Idee, dafür zu sorgen, dass sie nicht in Schwierigkeiten gerät, also bin ich hergekommen. Woody, das ist Tiny. Er ist ein ehemaliger SEAL, der mit mir in New Mexico arbeitet. Er gehört zwar nicht zu den Deltas, aber ich dachte mir, er ist besser als nichts.«

Unter den verschiedenen Spezialeinheiten herrschte eine freundschaftliche Rivalität und Spike wusste, dass Tiny sich von seinen Worten nicht beleidigt fühlen würde.

Aber Woody schien diesen Teil nicht einmal zu hören. »*Reese* ist hier? Verdammt! So ein Mist! *Verdammt* noch mal! Das Mädchen hat keinen Verstand. Warum zum Teufel ist sie hergekommen?«

Spike empfand ähnlich, aber jetzt war nicht der richtige Zeitpunkt, um darüber zu reden. Sie mussten schnellstens von hier verschwinden. »Ich nehme an, das ist Isabella Hernandez? Wo ist Angelo? Ist er hier?« Spike stellte Woody die Fragen in schneller Folge.

»*Sí*, ich bin Isabella. Und wir wissen nicht, wo Angelo ist.«

»Er wurde aber mit euch zusammen entführt?«, fragte Tiny.

»Ja«, entgegnete Woody. »Sie haben mir eine ordentliche Tracht Prügel versetzt, dann haben sie uns alle zu einem Wagen gezerrt und weggeschleppt. Keiner hat viel gesagt und niemand wollte unsere Fragen beantworten. Und als wir hier ankamen, haben sie uns getrennt.«

Spike wechselte einen Blick mit Tiny. Sie mussten den anderen Raum überprüfen. Mit diesem hatten sie Glück gehabt, vielleicht würden sie den Jungen hinter der anderen Tür finden.

»Also gut, hier ist der Plan. Eine unbekannte Anzahl von Männern befindet sich in einem Raum am anderen Ende des Ganges, aber die Treppe, die in den ersten Stock führt, ist nicht in ihrem Sichtbereich. Ihr beide geht nach oben und durch das Haus. Geht in Richtung Osten durch den Wald. Reese wartet mit einem Pritschenwagen etwa einen Kilometer entfernt. Wir werden das andere Zimmer nach Angelo absuchen und dann nachkommen.«

»Ich gehe nicht ohne meinen Bruder«, beharrte Isabella mit Nachdruck.

Spike musste unweigerlich an Reese denken. Er schüttelte den Kopf. Zwei Frauen, beide stur wie ein Esel und unglaublich loyal.

»Doch, das wirst du. Ich sorge dafür, dass er freikommt«, versicherte Woody Isabella.

»Nein!«, entgegnete sie und schüttelte den Kopf. »Das haben wir doch schon besprochen. Er ist alles, was ich noch habe. Ich darf ihn nicht verlieren!«

»Das wirst du auch nicht. Ich habe gesagt, dass ich ihn hier rausholen werde«, erklärte Woody ihr mit Nachdruck. Dann seufzte er, als Isabella die Schultern straffte und ihm fest in die Augen sah. »Na gut, aber du bleibst immer an meiner Seite, verstanden?«

Isabella nickte sofort.

Spike hätte über den frustrierten Gesichtsausdruck

seines Freundes gegrinst, aber sie mussten sich beeilen. Er griff in den Bund seiner Hose und reichte Woody eine der beiden Pistolen, die er beim Durchsuchen der Schlafzimmer mitgenommen hatte.

Woody nahm die Waffe in die Hand und nickte ihm zum Dank zu.

Tiny schaltete das Licht aus und alle hielten inne, damit ihre Augen sich wieder an die Dunkelheit gewöhnen konnten. Einige Minuten vergingen, während Tiny an der Tür lauschte. Das Gespräch der Männer wurde nicht leiser. Sie schienen keine Ahnung zu haben, was sich am anderen Ende des Ganges abspielte.

»Alles klar, wir gehen raus. Macht bloß keinen Lärm«, sagte Tiny. Seine Warnung war eher für Isabella als für die anderen gedacht.

Tiny öffnete langsam die Tür und gab den anderen ein Zeichen, ihm zu folgen. Sie traten nach draußen und Spike bemerkte, dass sowohl Woody als auch Isabella ohne Schwierigkeiten zu gehen schienen.

Tiny ging zur zweiten Tür und probierte den Knauf aus.

Zur Überraschung aller war sie verschlossen. Er knackte das Schloss, um hineinzukommen, und sie traten vorsichtig ein.

Eine Taschenlampe war nicht nötig ... denn in dem Raum gab es eine kleine Lampe und eine Palette auf dem Boden. Das war mehr, als Woody und Isabella in ihrem Gefängnis bekommen hatten.

Als der Mann drinnen aufstand, verkrampfte Spike sich. Das war kein Junge. Offensichtlich war es Angelo, denn Isabella ging direkt zu ihm und umarmte ihn fest, aber er war nicht so, wie Spike erwartet hatte. Er war riesig. Er war groß, muskulös und trug fast einen Vollbart.

Er und Isabella unterhielten sich auf Spanisch. Spike

runzelte die Stirn. Obwohl ihr Gespräch geflüstert war, war es offensichtlich, dass sie sich über etwas stritten.

»Wir müssen gehen«, erklärte Tiny leise, aber bestimmt.

Angelo schaute ihn an, dann wieder zu seiner Schwester, als sie etwas sagte. Der junge Mann nickte. Er sah völlig verängstigt aus, und Spike konnte es ihm nicht verdenken. Sie hatten bisher verdammtes Glück gehabt, dass niemand den ganzen Lärm gehört hatte. Die Chance, dass sie es alle die Treppe hinauf, durch das Haus und zurück zum Wagen schafften, ohne entdeckt zu werden, war gering, aber Spike würde lieber das Risiko draußen im Dschungel auf sich nehmen als in diesem Bunker oder im Haus selbst, wo sie in der Falle sitzen könnten.

Tiny übernahm die Führung und führte Isabella und Angelo die Treppe hinauf, dicht gefolgt von Woody und dann Spike. Bei jedem leichten Klopfen auf der Metalltreppe erwartete Spike, dass einer der Männer um die Ecke sie hörte und mit gezogener Waffe herbeilief, aber das passierte nicht. Sie schafften es die Treppe hinauf und hinunter ins Erdgeschoss, dann schlichen sie auf Zehenspitzen durch das immer noch unheimlich leere Haus zur Hintertür. Sie hielten alle inne und sahen sich vorsichtig um, bevor sie nach draußen in die Deckung des dort geparkten Wagens und dann in den Dschungel schlüpften.

Gerade als Spike dachte, sie hätten die Geisellotterie gewonnen und wären unbeschadet davongekommen, ertönte ein Schrei aus einem großen Lastwagen, der an der Seite des Hauses vorfuhr.

Zu seinem Entsetzen stürmten Männer aus dem mit Planen abgedeckten Hinterteil. Es mussten mindestens ein Dutzend sein, und sie sahen alle stinksauer aus.

Schüsse ertönten, als ihre fünfköpfige Gruppe tiefer in den Wald lief.

Sie waren so nahe dran gewesen. *So verdammt nahe!*

Spike war sich ehrlich gesagt nicht sicher, wie sie den Verfolgern entkommen sollten, die ein wenig zu schießwütig zu sein schienen, als ihm lieb war.

Während er sich zwischen den Bäumen hindurchbewegte und betete, dass keine der Kugeln, die durch die Luft flogen, ihn oder jemand anderen aus der Gruppe erwischte, war er einen Moment lang dankbar, dass Reese nicht bei ihnen war. Er machte sich zwar Sorgen um Isabella und die anderen, aber nicht so, wie er es getan hätte, wenn Reese hier draußen gewesen wäre und versuchen müsste, nicht erschossen zu werden.

Sie gaben sich nun überhaupt keine Mühe mehr, leise zu sein, das war auch gar nicht nötig. Stattdessen liefen sie, so schnell sie konnten, zwischen den Bäumen hindurch, um dorthin zu gelangen, wo Reese mit dem Wagen warten sollte. Spike betete, dass niemand ihren Fluchtwagen entdeckt hatte.

Wenn doch ... dann waren sie aufgeschmissen.

---

Reese zwang sich, ruhig zu bleiben. Sie kauerte im Dschungel hinter einigen Bäumen und Blättern, etwa fünfzehn Meter vom Fahrzeug entfernt. Sie wünschte, sie hätte Insektenspray dabei, denn die Insekten um sie herum fraßen sie bei lebendigem Leib auf. Wahrscheinlich sandten sie eine Art Pheromon an ihre blutsaugenden Freunde aus, um ihnen zu signalisieren, dass es frisches Blut zum Fressen gab.

Außerdem schwitzte sie an Stellen, an denen sie es hasste zu schwitzen, sowohl aus Angst als auch wegen der feuchten Hitze des Dschungels. Schweiß unter den Brüsten war nicht im Geringsten attraktiv. Oder Schweiß in der Poritze. Und Reese hatte das Gefühl, dass sie nasse Flecke auf ihrer Kleidung an sehr peinlichen Stellen haben würde, sobald wie wieder aufstand.

Aber egal, wie unwohl sie sich fühlte, sie weigerte sich, ihr Versteck zu verlassen.

Besonders jetzt.

Sie hatte keine Ahnung, wie lange sie sich schon versteckt hatte, als ein großer Militärlastwagen den Weg entlangrumpelte. Sie hielt den Atem an und betete, dass er weiterfahren würde, aber das tat er natürlich nicht. Er hielt einige Meter vor ihrem gestohlenen Pritschenwagen, der immer noch gut sichtbar war, obwohl er im Wald abseits des zerfurchten Weges geparkt war. Zwei Männer stiegen aus – einer auf jeder Seite der Fahrerkabine – und ein dritter hob die hintere Plane an, um hinauszuspähen.

Als sie die vielen Augenpaare sah, die aus dem hinteren Teil des Lastwagens schauten, hätte Reese fast einen Herzinfarkt bekommen. Wenn sie alle ausstiegen und die Gegend durchsuchten, würde sie mit Sicherheit gefunden werden. Sie versuchte, sich noch kleiner zu machen, und verfluchte die zusätzlichen Pfunde an ihrem Körper.

Die beiden Männer aus der Fahrerkabine näherten sich dem alten Schrotthaufen, der erstaunlich gut gelaufen war, und spähten hinein. Sie unterhielten sich kurz ...

Dann eilten sie zu ihrem Erstaunen zurück zu ihrem Fahrzeug und stiegen hinein.

Sie atmete erleichtert auf. Das war viel zu knapp gewesen.

Aber als der Wagen losfuhr, tat er das in aller Eile – als wüsste der Fahrer irgendwie, dass der alte Pritschenwagen ein Zeichen dafür war, dass in dem Haus, das er offensichtlich ansteuerte, etwas passiert war.

Reese biss sich auf die Lippe und überlegte, was sie tun sollte. Sie konnte ihnen ja nicht folgen. Und sie wollte ihr

Versprechen gegenüber Gus nicht brechen, indem sie ihm und Tiny in den Dschungel folgte.

Wenn die mehr als ein Dutzend Männer, die gerade vorbeigekommen waren, zu dem Haus kamen und Gus und Tiny darin erwischten, blieb ihr nichts anderes übrig, als zurück nach Bogotá zu fahren und zu versuchen, Hilfe zu finden. Sie könnte Bubba anrufen oder zur US-Botschaft gehen, aber bis irgendjemand anderes hier herauskäme, wäre es wahrscheinlich schon zu spät.

Nein. Wenn sie etwas tun wollte, um zu helfen, dann nicht, indem sie zurück in die Stadt fuhr.

Langsam ging Reese zurück zum Wagen und versuchte dabei, zu lauschen, was gar nicht so leicht war, da ihr Herz laut in ihren Ohren klopfte. Sie musste in der Lage sein, sofort loszufahren. Irgendwie wusste sie ganz genau, dass sie bereit sein musste, wenn Gus und Tiny zurückkamen – hoffentlich mit ihrem Bruder, Isabella und Angelo im Schlepptau –, um sofort zu verschwinden. Noch im selben Moment.

Sie schaffte es zurück zum Wagen, ohne dass jemand hinter einem Baum hervorsprang und »Erwischt!« schrie. Der Gedanke, dass der schwarze Mann mitten im Dschungel aus dem Nichts auftauchen könnte, war lächerlich, aber sie war im Moment so weit außerhalb ihrer Komfortzone, dass sie kaum noch rational denken konnte.

Der Motor würde Geräusche machen, wenn sie ihn anließ, aber sie musste den Pritschenwagen wenden und bereit sein, sofort von dort zu verschwinden. Der Schweiß rann ihr über das Gesicht und in die Augen, als Reese die Kabel unter der Lenksäule ergriff und den Motor startete. Er klang viel zu laut in ihren Ohren, aber sie ignorierte es und legte den Rückwärtsgang ein. Sie fuhr rückwärts und lenkte den Wagen in die Richtung, aus der sie gekommen waren.

Sie saß da, zitternd, besorgt und überlegte, was sie als

Nächstes tun sollte, als sie eine Bewegung zu ihrer Rechten bemerkte.

Ihre Augen wurden groß, als sie sah, wie Tiny mit Vollgas auf sie zulief. Dicht gefolgt von einer Frau, einem Mann, den sie nicht erkannte, dann Woody und Gus.

Die Erleichterung war so groß, dass sie in ihrem Sitz zusammensackte.

Aber die Erleichterung war nur von kurzer Dauer, denn Tiny schrie sie an, sie solle rüberrutschen und ihn fahren lassen. Woody warf die Frau, von der Reese annahm, dass es sich um Isabella handelte, praktisch auf den Vordersitz und stieg dann mit dem unbekannten Mann auf die Ladefläche des Wagens.

Tiny stand an der Tür auf der Fahrerseite und forderte sie mit Gesten auf rüberzurutschen.

»Steig ein!«, brüllte Woody von hinten. »Lass sie fahren!«

»Ich glaube nicht ...«

Aber was Tiny auch immer sagen wollte, wurde unterbrochen, als aus den Bäumen rechts von ihnen weitere Rufe ertönten. Dann prallte etwas gegen das Metall des Wagens, sodass Reese zusammenzuckte.

Gus schlug die Beifahrertür hinter sich zu, nachdem er neben Isabella in den Wagen gesprungen war, und schrie: »Los, los, los!«

Reese wartete den Bruchteil einer Sekunde, um sicherzugehen, dass Tiny es auf die Ladefläche des Wagens geschafft hatte, dann trat sie das Gaspedal durch und der Wagen schlingerte nach vorn. Die hinteren Reifen drehten durch und ließen das Fahrzeug ins Trudeln geraten, bis die Reifen Bodenhaftung bekamen, dann schossen sie nach vorn.

Sie warf einen Blick hinter sich und sah, dass alle drei Männer auf dem Rücksitz geduckt waren, während drei *weitere* Männer mitten auf dem Feldweg standen und sie auf

Spanisch anschrien, während sie ihre Waffen abfeuerten, um sie zum Anhalten zu bewegen.

Aber sie hielt nicht an. Auf keinen Fall.

Gus hielt sich mit einer Hand am Armaturenbrett fest und drehte sich halb auf dem Sitz, um aus dem Rückfenster zu starren. »Verdammter Mist, sie sind hinter uns her!«, schrie er. »Fahr schneller, Reese. Bring uns von hier weg!«

Als sie noch einmal nach hinten schaute, sah sie denselben Militärlastwagen, der den verdammten Weg entlangraste. Gus brauchte ihr nicht zu sagen, dass sie das Gaspedal durchdrücken sollte. Obwohl sie für die Straßenverhältnisse ohnehin schon zu schnell war, trat sie noch ein bisschen fester aufs Gas. Sie kniff die Augen zu Schlitzen zusammen und konzentrierte sich nur auf die Straße vor sich. Sie konnte das schaffen.

Sie hatte so ziemlich genau für diesen Moment *trainiert*.

In der Heckscheibe des Pritschenwagens war eine kleine Öffnung, durch die Gus mit Woody und Tiny sprechen konnte. »Halt an und lass mich fahren!«, schrie Tiny.

Aber Reese hielt nicht an. Auf keinen Fall.

»Sie ist gut!«, schrie Woody zurück.

»Dafür ist sie nicht ausgebildet!«, protestierte Tiny.

»Und ob sie das ist! Sie hat das drauf. Das verspreche ich dir, verdammt.«

Das Vertrauen ihres Bruders in sie fühlte sich gut an, und obwohl Reese von ihren Fähigkeiten überzeugt war, war sie noch nie in einer Situation gewesen, in der ihre Fahrkünste über Leben und Tod entscheiden würden. Die Kugeln, die diese Männer aus dem Lastwagen abfeuerten, waren keine Platzpatronen. Wenn einer von ihnen einen Glückstreffer landete und einen Reifen zerstörte, waren sie alle erledigt.

Isabella beugte sich fast zur Hälfte vor, hielt sich den Kopf und betete leise.

»Das machst du gut, Reese«, bemerkte Gus in einem fast normalen Tonfall.

Adrenalin floss durch ihre Adern – und plötzlich fühlte sich Reese wie vor Jahren, als sie am Grand-Prix-Rennen ihrer Universität teilnahm. Allerdings hatte sie das Bedürfnis zu erklären, warum ihr Bruder zuversichtlich war, dass sie den Mistkerlen, die sie verfolgten, entkommen konnte. Und sei es nur, um Gus zu beruhigen.

»Ich war eine der wenigen Frauen, die bei dem jährlichen Gokart-Rennen meiner Universität mitgemacht haben«, sagte sie laut genug, um über den Wind, der durch das Fahrerhaus rauschte, gehört zu werden. »Die männlichen Fahrer haben viel Blödsinn geredet. Die Purdue Universität nimmt ihren Grand Prix sehr ernst. Es ist eine große Sache. Mein Ingenieursklub hatte beschlossen teilzunehmen. Haltet euch fest!«, rief sie plötzlich.

Reese wich einer großen Spurrille aus, die sie in die Luft geschleudert hätte, wenn sie sie direkt getroffen hätte. Sie warf einen Blick nach hinten, um sich zu vergewissern, dass alle drei Jungs noch auf der Ladefläche waren, und seufzte erleichtert, als das der Fall war. Sie wandte die Aufmerksamkeit wieder der Straße zu und fuhr mit ihrer Geschichte fort.

»Ich wurde als Fahrerin für unseren Klub ausgewählt und belegte am Ende den dritten Platz ... sehr zum Erstaunen der anderen Fahrer. Unser Fahrzeug war nicht das auffälligste, nicht das teuerste und auch nicht das schnellste, aber ich war die beste Fahrerin auf der Strecke.« Und sie gab nicht an. Okay, das war eine Lüge. Sie gab ein kleines bisschen an. Sie erinnerte sich gern daran, wie überrascht alle gewesen waren, dass eine Frau gewonnen hatte, vor allem eine, die nicht zu den beliebten Studentenverbindungen gehörte, die das Rennen normalerweise dominierten. Sie mochte es, Dinge zu tun, die niemand von ihr erwartete ... und dabei erfolgreich zu sein.

Aber das hier war kein Gokart und sie war keine Studentin, die an einem lustigen, harmlosen Rennen teilnahm.

Reese nutzte alles, was sie je über Fahrzeuge und Rennen gelernt hatte – und ihre Entschlossenheit, nicht zuzulassen, dass ihr Bruder noch einmal entführt würde –, um sich von ihren Verfolgern abzusetzen. Es war ihr egal, dass sie herumgeschleudert wurden wie Popcorn in der Mikrowelle, sie wollte einfach nur entkommen.

»Falls ich vergesse, es dir später zu sagen: Du bist verdammt toll. Wir sind fast wieder auf der Hauptstraße. Bieg links ab«, erklärte Gus ruhig.

Es war gut, dass er wusste, wo sie waren, denn Reese mochte eine gute Fahrerin sein, aber sie hatte einen beschissenen Orientierungssinn. Sie wusste nicht mehr, in welche Richtung sie fahren sollte, und wäre wahrscheinlich nach rechts statt nach links gefahren.

Sie schaffte die Kurve und konnte gerade noch verhindern, dass der Wagen von der Straße in den Graben rutschte.

Sekunden später ertönte ein lauter Aufschrei von der Ladefläche des Pritschenwagens und Reese schaute ängstlich in den Rückspiegel.

»Sie haben die Kurve nicht gekriegt! Sie sind im Graben gelandet! Gut gemacht, Reesie!«

Reese hasste diesen Spitznamen. »Ich habe dir schon eine Million Mal gesagt, dass du mich nicht so nennen sollst!«, rief sie ihrem Bruder verärgert zu.

Sie hörte ihn schallend lachen.

Ihr Herz klopfte immer noch wie wild, als sie zehn Minuten später auf die Schnellstraße fuhren, die sie zurück nach Bogotá bringen würde. Sie fühlte sich hibbelig und ein bisschen schwach, aber sie dachte sich, dass das der Rückgang des Adrenalinrausches war, den sie erlebt hatte.

»Es ist alles in Ordnung«, versicherte Gus ihr von rechts. »Mach einen tiefen Atemzug. Gut. Jetzt noch einen.«

Es war eine Erleichterung, dass er da war, um sie zu beruhigen. Sie konzentrierte sich auf den Tonfall seiner Stimme, anstatt das Geschehene in ihrem Kopf Revue passieren zu lassen. »Ist Woody in Ordnung? Isabella, bist du okay?«, fragte sie.

»Alles in Ordnung«, antwortete die Frau leise.

Reese hörte sie kaum, weil der Wind durch das zerbrochene Fenster hinter ihren Köpfen rauschte. Sie hasste es, dass die drei Jungs auf der Ladefläche des Pritschenwagens saßen, denn das war alles andere als sicher, aber da der Wagen keine Rückbank hatte, blieb ihnen keine andere Wahl.

»Nur damit du es weißt ... du kannst fahren, wann immer du willst. Ich glaube nicht, dass uns irgendjemand anderes so gut da rausgebracht hätte wie du«, sagte Gus zu ihr.

Sein Lob fühlte sich gut an. Wirklich gut. Sie wollte sich behaupten und diesem Mann zeigen, dass sie nicht hilflos war. Bis jetzt war sie eine Belastung gewesen, und das wussten sie alle. Sie konnte zwar nicht schießen und war auch nicht fit genug, um auch nur einen Kilometer zu laufen, aber dank ihrer Erfahrung hatte sie sie vor den Bösewichten in Sicherheit bringen können. Sie dachte sich, dass das auf jeden Fall auch etwas zählte, zumindest ein bisschen.

»Wohin sollen wir fahren?«, fragte sie und zwang sich, sich auf das zu konzentrieren, was kommen würde. Sie hatte sie vielleicht von den Kartellmitgliedern weggebracht, aber man konnte nicht wissen, was als Nächstes passieren würde.

Anstatt zu antworten, wandte Gus sich an die Frau, die

zwischen ihnen saß. »Isabella, du und dein Bruder habt die Wahl. Wollt ihr mit uns kommen? Oder bleiben?«

Sie schaute ihn an. »Ich will bei Woody bleiben.«

Gus nickte, dann drehte er sich um und schrie aus dem hinteren Fenster. »Woody?«

»Ja?«

»Bleiben Isabella und ihr Bruder bei dir?«

»Aber ja, auf jeden Fall!«

»Spike, wir haben ein Problem«, rief Tiny.

»Welches?«

»Woody hat eine Kugel abbekommen.«

Reese gefror das Blut in den Adern und sie nahm instinktiv den Fuß vom Gas, als Isabella keuchte und sich umdrehte, um aus dem hinteren Fenster zu schauen.

»Alles in Ordnung!«, rief Woody. »Ich habe ihm gesagt, er soll nichts sagen.«

»Wie schlimm ist es?«, brüllte Gus.

»Es sieht nicht gerade gut aus«, erklärte Tiny. Gleichzeitig rief Woody: »Es ist nur ein Kratzer!«

»Fahr in Richtung Flughafen«, erklärte Gus Reese mit Nachdruck.

Reese schaute lange genug von der Straße weg, um ihm einen fragenden Blick zuzuwerfen. »Sollten wir nicht besser zu einem Krankenhaus fahren?«

»Ich würde lieber von hier verschwinden. Wir haben keine Ahnung, was für Verbindungen diese Typen haben, und wenn sie zum Kartell gehören, sind es vermutlich viele. In ein Krankenhaus zu gehen würde zu viel Aufmerksamkeit auf uns lenken. Einen Amerikaner mit einer Schusswunde können wir nicht verstecken.«

»Aber Tiny hat gesagt, dass es nicht gut aussieht«, protestierte Reese.

»Woody ist ein zäher Hund. Und Tiny hat nicht gesagt,

dass er in Lebensgefahr schwebt. Wir werden ihm so schnell wie möglich Hilfe besorgen.«

Reese wollte erneut widersprechen, aber sie hatte keine Lust auf eine weitere Schießerei. Oder die Aufmerksamkeit eines Drogenkartells zu wecken.

»Wenn du dein Gepäck hierlassen musst, gibt es irgendwas, was du dringend benötigst?«, fragte Gus. »Wir können ja nicht ins Hotel zurückkehren, um es zu holen.«

Reese dachte einen Moment lang nach und schüttelte dann den Kopf. »Nein.«

»Gut.«

»Aber ich habe meinen Reisepass nicht dabei. Er ist in dem kleinen Safe im Hotelzimmer«, bemerkte sie mit einem Stirnrunzeln.

»Tex wird sich darum kümmern.«

»Im Ernst? So was kann er?«, fragte Reese.

»Der Mann kann so ziemlich alles«, erwiderte Gus ohne einen Hauch von Besorgnis in seiner Stimme.

»Was ist mit Woody? Und Isabella und Angelo? Ich vermute, sie haben auch keine Pässe. Und du und Tiny auch nicht.«

»Wir haben unsere«, erklärte Gus ihr. »Ich habe eine Geheimtasche in meinem Hosenbein eingenäht. Und Tiny auch. Wir haben gelernt, dass es besser ist, auf alles vorbereitet zu sein.«

»Oh. Ich wünschte, ich hätte an so etwas gedacht«, entgegnete Reese mit ein wenig Bedauern in der Stimme.

»Das ist kein Problem.« Dann wandte er sich an Isabella. »Es tut mir leid, aber es ist zu gefährlich, in deine Wohnung zurückzukehren.«

»Ich weiß«, erwiderte sie traurig. Dann zuckte sie mit den Schultern. »Aber das macht nichts. Mein Bruder und ich sind in Sicherheit, das ist das Wichtigste.«

Gus nickte zustimmend.

In Reeses Kopf ging es drunter und drüber. Sie hatte keine Ahnung, wie sie alle ohne Pässe aus dem Land kommen sollten, aber wenn Gus sagte, dass sein Freund sich darum kümmern würde, dann glaubte sie ihm. Sie war so verdammt erleichtert, dass sie Woody, Isabella und ihren Bruder gefunden hatten und hoffentlich bald nach Hause zurückkehren konnten.

Auf dem Weg zum Flughafen hielten sie nur einmal an, damit Tiny in einem Touristenladen ein T-Shirt für Woody kaufen konnte, das nicht blutverschmiert war.

Reese nutzte die Gelegenheit, um ihren Bruder fest zu umarmen. Sie wollte ihn gar nicht mehr loslassen und wurde ein wenig emotional, als sie ihn endlich berühren und sich davon überzeugen konnte, dass es ihm gut ging. Die Kugel steckte Gott sei Dank nicht in seiner Schulter, aber er blutete immer noch. Doch Woody, der ein harter Kerl war, bestand darauf, dass er problemlos durchhalten würde, bis sie in den USA angekommen waren.

Als sie alle wieder in den Pritschenwagen stiegen, bestand Tiny darauf zu fahren, sodass Gus mit Angelo und Woody auf der Ladefläche blieb.

Am Flughafen ging Tiny zum Schalter einer Fluggesell-schaft, um mit einem Mitarbeiter zu sprechen. Reese rech-nete fest damit, dass sie rausgeschmissen werden würden, da sie keine Tickets und kein Gepäck hatten und vier von ihnen keine Pässe hatten.

Zu ihrem großen Erstaunen wurden sie schnell durch die Sicherheitskontrolle zu einem Flugsteig geleitet, an dem bereits ein Flugzeug stand, das zur Hälfte mit Passagieren gefüllt war. Sie saßen in zwei Reihen im hinteren Teil des Flugzeugs, Reese auf einem Fensterplatz neben Gus und Tiny neben ihm am Gang. Ihr Bruder, Isabella und Angelo saßen in der Reihe vor ihnen.

Der Teenager war ruhig und sagte nicht viel, obwohl er

und Isabella ein langes Gespräch auf Spanisch geführt hatten, bevor sie durch die Sicherheitskontrolle gegangen waren. Reese hatte keine Ahnung, worum es ging, da sie kein Spanisch sprach, aber es schien ziemlich intensiv zu sein. Sowohl Isabella als auch ihr Bruder sahen verängstigt aus. Reese vermutete, dass sie vielleicht Angst hatten, bei der Sicherheitskontrolle am Flughafen aufgehalten zu werden.

Woody sah besorgt aus, aber er war auch kreidebleich, also hatte er wahrscheinlich keine Lust, Isabella nach Details zu fragen.

»Ich kann nicht glauben, dass wir vor zwanzig Minuten am Flughafen angekommen sind und jetzt im Flieger nach Dallas sitzen«, bemerkte sie.

»Ich habe dir doch gesagt, dass Tex gut ist.«

»Du hattest nicht unrecht. Dabei ist es nicht schlecht, dass wir nicht neben Fremden sitzen, denn ich stinke sicher fürchterlich.«

Zu ihrer Überraschung beugte Gus sich vor, vergrub seine Nase hinter ihrem Ohr und verursachte ein Kribbeln in ihrem Körper. Er schnupperte lange und laut, bevor er sich zurücklehnte und lächelte. »Nein, du riechst gut.«

Reese lachte. »Und das kommt von dem Mann, der wahrscheinlich genauso schlecht riecht wie ich. Nur damit du es weißt ... ich bin kein Fan von höllisch heißen Dschungeln mit Käfern so groß wie mein Kopf, die gern Blut saugen.«

»Verstanden«, entgegnete er mit einem kleinen Grinsen. Dann hob er seine Hand und rieb mit dem Daumen über eine juckende Stelle an ihrem Hals. »Du hast wirklich ein paar Stiche abbekommen. Es tut mir leid, dass wir so lange gebraucht haben.«

Sie verdrehte die Augen. »Ich wollte mich nicht passiv-aggressiv darüber beschweren, dass du zu lange gebraucht hast, um in ein Haus einzudringen, nicht nur meinen Bruder und seine Freundin zu befreien, sondern auch ihren riesigen Bruder, der aussieht, als könnte er dreißig statt achtzehn sein, *und* heil wieder rauszukommen.«

»Gut zu wissen«, erwiderte er. »Und *du* solltest wissen ...«, fing er an, beendete seinen Satz aber nicht.

»Ja?«

Gus seufzte. »Die Tickets, die Tex gekauft hat, gehen alle nach Santa Fe.«

Reese blinzelte.

»Ich schätze, er hat angenommen, dass ihr alle mit in *Die Zuflucht* kommen würdet. Ich halte das übrigens für eine gute Idee. Woody braucht medizinische Hilfe, und es gibt keinen besseren Ort auf der Welt als unsere Berge, um ihn zu heilen. Aber wenn du wirklich zurück nach Kansas City willst, werde ich dein Ticket umtauschen, wenn wir in Dallas sind.«

Reese wusste nicht, was sie sagen sollte. Der Teil von ihr, der schon immer in Gus verknallt war, hüpfte vor Aufregung auf und ab, aber der praktische Teil schrie, dass es keine gute Idee war, mehr Zeit mit diesem Mann zu verbringen, in den sie sich mit jeder Minute mehr verliebte.

»Und was passiert mit Woody?«, fragte sie.

»Tiny hat mit ihm gesprochen, bevor wir an Bord gegangen sind, und er hat kein Problem damit, mit nach New Mexico zu kommen. Es ist wahrscheinlich keine schlechte Idee, dass er sich für eine Weile bedeckt hält, nur für den Fall.«

»Moment mal – wie bitte? Glaubst du, dass das Kartell hinter ihm her sein wird?«

»Ich weiß es nicht.«

»Verdammt.«

»In der *Zuflucht* wird er sicher sein. Genauso wie Isabella und ihr Bruder. Das Kartell weiß nichts über Tiny oder mich, also werden sie keine Möglichkeit haben, jemanden zu uns zu führen. Wahrscheinlich *wissen* sie aber, wo Woody wohnt, und wenn sie ihn suchen, werden sie dort zuerst auftauchen«, erklärte Gus ihr.

Reese blickte gedankenverloren aus dem Fenster, während das Flugzeug sich auf die Landebahn zubewegte. Sie spürte Gus' Hand auf ihrem Arm und drehte sich noch einmal zu ihm um.

»Ich schwöre, dass ihr dort alle sicher seid. Und ich *habe* gesagt, dass ich sehen will, wie es mit uns weitergeht, wenn wir wieder in den Staaten sind. So wie ich das sehe, kannst du dafür sorgen, dass dein Bruder wieder gesund wird, er kann etwas Zeit mit Isabella verbringen, um herauszufinden, was ihre nächsten Schritte sein werden, und du und ich können uns besser kennenlernen.«

»Gibt es dort überhaupt genügend Platz für uns alle? Nach dem zu urteilen, was ich im Internet gelesen habe, seid ihr immer ausgebucht«, bemerkte sie, während sie überlegte, was sie tun sollte.

»Du hast dich über uns informiert?«

Reese spürte, wie ihr die Röte in die Wangen stieg, und zuckte mit den Schultern. »Ich habe dir doch gesagt, dass ich die Webseite besucht habe. Jedes anständige Mädchen, das verknallt ist und leichte Stalker-Tendenzen hat, würde das tun.« Sie versuchte, ihr spontanes Geständnis lapidar dahinzusagen, obwohl sie innerlich mehr als nur ein bisschen nervös war.

Tiny schaltete sich in das Gespräch ein und sagte: »Dein Bruder, Isabella und Angelo können meine Hütte nehmen. Sie hat zwei Schlafzimmer. Ich bin mir sicher, dass ich für eine Weile bei einem der anderen unterkommen kann, es wird meinen Freunden nichts ausmachen.«

»Und ich habe auch zwei Schlafzimmer«, erklärte Gus,

bevor Reese ihre nächste Frage stellen konnte. »Du kannst bei mir wohnen.«

Sie kniff ihre Augen aus Spaß misstrauisch zusammen.

Er lachte leise, aber dann wurde er ernst. »Bei mir bist du sicher«, versprach er.

»Ich weiß«, entgegnete sie, ohne nachzudenken. Und das tat sie wirklich. Wenn sie etwas gelernt hatte in den letzten ... Tagen? War es wirklich erst Stunden her, dass er und Tiny an ihre Hoteltür geklopft hatten?

Als hätte er denselben Gedanken, fragte Gus: »Wie geht es deinem Bauch? Wir bitten die Flugbegleiterin um zusätzliches Wasser, wenn sie vorbeikommt. Du musst immer noch dehydriert sein, nachdem die Stechmücken im Dschungel dir quasi das Blut ausgesaugt haben.«

Gott sei Dank hatte er das Wort »Durchfall« nicht gesagt. Es war ihr so schon peinlich genug. »Du brauchst auch etwas Wasser.«

»Zum Teufel, wir brauchen alle einen anständigen Longdrink und eine gute Mahlzeit«, bemerkte Tiny mit einem kleinen Lächeln. Er hatte die Augen geschlossen und den Kopf an die Rückenlehne seines Sitzes gelehnt, aber es war eine gute Erinnerung daran, dass sie und Gus nicht ganz allein waren und keine Privatsphäre hatten.

Der Pilot meldete sich über die Lautsprecher und verkündete, dass sie gleich starten würden. Als das Flugzeug sich einige Minuten später in die Luft erhob, stieß Reese einen langen, erleichterten Seufzer aus. Sie war plötzlich erschöpft. Der Tag forderte schließlich seinen Tribut und sie konnte nur mit Mühe die Augen offen halten. Ihre Muskeln taten ihr weh, weil sie sich vor Angst verkrampft hatte, und sie fühlte sich ein wenig unwohl, nachdem sie zwei Tage lang nichts gegessen hatte und dann herumgelaufen war, als wäre sie eine Art GI Jane.

»Am besten schläfst du ein wenig«, befahl Gus, während er einen Arm um ihre Schultern legte und sie an sich zog.

Reese hatte kein Problem damit, sich an ihn zu lehnen. Sie rutschte auf ihrem Sitz hin und her, um es etwas bequemer zu haben, und Gus zog sie gerade so weit zurück, dass er die Armlehne zwischen ihnen anheben konnte, bevor er sie wieder an sich zog.

Sie seufzte und schloss die Augen.

»Überleg es dir. Ich verspreche dir, du wirst *Die Zuflucht* lieben. Alaska und Henley werden sich wahnsinnig freuen, dich kennenzulernen. Und du wirst Melba und Scarlet Pimpernickel und all die anderen Tiere lieben.«

Reese lächelte. Sie hatte Bilder von der Kuh und dem Kalb auf der Webseite gesehen ... und sie spürte, wie eine kleine Ranke der Aufregung sie durchfuhr. »Wenn Woody geht, gehe ich auch«, murmelte sie schläfrig.

Gus' legte für einen Moment seinen Arm fester um sie, bevor er sich wieder entspannte. »Gut.«

Es gab ein paar organisatorische Details, um die Reese sich kümmern musste. Und zwar ziemlich viele. Sie musste ihrem Chef Bescheid sagen, was los war, Kleidung kaufen, ihre Rechnungen aus der Ferne bezahlen, ihre Kreditkarten und ihre Handykarte neu beantragen, sich einen neuen Ausweis besorgen und wahrscheinlich noch hundert andere Dinge ... aber jetzt war sie erst mal erschöpft. Geistig und körperlich.

Sie erlaubte sich, sich zu entspannen. Sie war in Sicherheit, ihr Bruder war in Sicherheit ... und sie lag in den Armen des Mannes, in den sie schon immer verknallt war und von dem sie ehrlich gesagt nie erwartet hatte, ihn wiederzusehen. Über die Zukunft würde sie sich später Gedanken machen.

# KAPITEL SIEBEN

»Seid ihr nicht erst gestern abgehauen?«, fragte Brick, als Spike mit Tiny, Woody, Isabella, Angelo und Reese im Schlepptau die Lodge in der *Zuflucht* betrat.

»Und warum überrascht es mich nicht, dass ihr mit vier zusätzlichen Leuten zurückgekommen seid?«, sagte Stone mit einem Lachen.

Spike hätte ein schlechtes Gewissen gehabt, aber er wusste, dass seine Freunde nur Spaß machten. Als Brick gesehen hatte, wie sie hereinkamen, war er zuerst in der Küche verschwunden und hatte Luna und Robert gebeten, ein paar zusätzliche Mahlzeiten für das Frühstück zu machen.

Sie waren ohne Probleme in Dallas gelandet, hatten dann aber einige bürokratische Hürden überwinden müssen, um Isabella und Angelo ins Land zu bekommen. Aber Tex hatte wieder ganze Arbeit geleistet, und nach einigen Verhandlungen und E-Mails wurde ihnen Asyl gewährt und sie durften ihren nächsten Flug nach Santa Fe antreten.

Die Sonne war gerade aufgegangen, und obwohl Spike

erschöpft war, war er auch aufgedreht. Er war begeistert, dass Reese und ihr Bruder zugestimmt hatten, mit in *Die Zuflucht* zu kommen. Isabella und Reese wollten, dass Woody versprach, sofort nach ihrer Ankunft in Santa Fe ins Krankenhaus zu gehen, aber wie Spike erwartet hatte, weigerte er sich mit der Begründung, dass eine Schusswunde mehr Fragen aufwerfen würde, als er beantworten konnte. Er wollte nichts tun, was die Aufmerksamkeit auf sich selbst oder auf Isabella und ihren Bruder lenken könnte.

Also hatten Spike und Tiny ihr Bestes getan, um ihn am Flughafen in Dallas zu versorgen und zusammenzuflicken. Er hatte Glück gehabt. Sein Arm würde zwar noch eine Weile wehtun, aber die Kugel war glatt durchgegangen und hatte keine lebenswichtigen Blutgefäße oder Organe getroffen. Woody war schon immer ein harter Kerl gewesen, und die jetzige Situation bewies, dass sich daran wenig geändert hatte, seit sie die Spezialeinheit verlassen hatten.

Und seine Schwester war genauso zäh. Sie war der Grund, warum sie jetzt alle hier standen. Wenn sie den Wagen nicht abfahrbereit gehabt hätte und ihre unglaublichen Fahrkünste nicht gewesen wären, wären sie alle entweder tot oder wieder in dem Bunker gelandet, in dem sie sicher als Geiseln festgehalten worden wären.

Sie wurden in einen der größten Konferenzräume der Lodge geführt und Reese und Isabella befanden sich auf der anderen Seite des Raumes und wurden von Alaska und Henley betreut. Sie saßen an einem Tisch und Jasna, Henleys Tochter, ging von der Küche hin und her und brachte Wasser, Teller und Besteck sowie frisch gepressten Orangensaft. Robert und Luna würden bald das Frühstück bringen, damit alle etwas essen konnten, bevor sie sich auf den Weg zu ihren Hütten machten, um eine dringend benötigte Erholungspause einzulegen.

Angelo saß allein mit verschränkten Armen am Rand des Raumes und sah verunsichert aus. Spike missfiel es sehr, nicht mit dem Jungen kommunizieren zu können, denn er hatte eine Menge Fragen. Fragen, die nur Angelo beantworten konnte. Nichts von dem, was sie gerade erlebt hatten, ergab einen Sinn, und Spike hatte das Gefühl, dass Angelo ihnen einige Informationen geben konnte.

»Wollt ihr uns erzählen, was passiert ist?«, fragte Brick, als die Frauen beschäftigt waren. Es war nicht so, dass sie absichtlich versuchten zu reden, ohne dass die anderen etwas mitbekamen, aber sie waren daran gewöhnt, das, was sie taten, für sich zu behalten. Außerdem wollten sie Isabella und Reese nicht beunruhigen, indem sie den Vorfall, der ihnen so nahegegangen war, noch einmal durchkauten.

»Woody? Willst du anfangen?«, fragte Spike.

Sein ehemaliger Teamkamerad nickte. »Wie du inzwischen weißt, bin ich nach Kolumbien gefahren, weil Bella mich in Panik angerufen hat. Sie sagte, sie glaube, die Wohnung werde beobachtet, und sie habe Angst, sowohl um sich als auch um Angelo. Sie hatte auf der Arbeit Gerüchte gehört, dass bestimmte Leute nicht glücklich darüber waren, dass sie für die Regierung arbeitete. Sie befürchtete, entweder selbst entführt zu werden oder dass jemand ihren Bruder benutzt, um sie zu zwingen, Informationen über einige der Kunden preiszugeben, für die sie in der Vergangenheit übersetzt hat.« Aufgeregt fuhr er sich mit einer Hand durch die Haare. »Im Grunde würde ich alles für sie tun. Ich habe sie schon immer geliebt, aber wir haben uns immer wieder Ausreden einfallen lassen, warum es mit uns nicht funktionieren würde. Das hat uns aber nicht davon abgehalten, regelmäßig zu telefonieren und in Kontakt zu bleiben.«

Jedenfalls erzählte ich Reesie, wo ich hinwollte, und nahm

den nächsten Flug. Ich fuhr direkt zu Isabellas Wohnung. Ich sah keine Leute, die herumlungerten, und hatte nicht das Gefühl, dass jemand sie beobachtete. Dummerweise dachte ich, sie würde überreagieren. Aber offensichtlich sind meine Instinkte abgestumpft, seit ich das Militär verlassen habe.« Er schüttelte den Kopf. »Ich hatte einen perfekten Tag und eine perfekte Nacht mit Bella, bevor der Mist losging.«

Woody seufzte. »Die Männer, die uns entführt haben, sind einfach in die Wohnung gekommen. Sie haben mich ein bisschen herumgeschubst, aber das war nicht nötig. Ich hätte Isabellas Sicherheit nicht riskiert, indem ich etwas Dummes getan hätte. Wir haben getan, was sie wollten, ohne zu protestieren. Sie brachten uns alle drei in das Haus, in dem ihr uns gefunden habt. Sie sperrten Bella und mich in ein Zimmer und Angelo in das andere.«

»Was wollten sie von euch?«, fragte Pipe.

»Ich weiß es wirklich nicht«, entgegnete Woody und schüttelte den Kopf. »Das ist das Seltsamste daran. Sie haben nichts verlangt.«

»Wir haben Drogen in Angelos Zimmer gefunden«, erklärte Spike leise. »Und zwar eine *ganze Menge*. So haben wir euch auch gefunden. Bei den Drogen war auch eine Adresse.«

Woody machte große Augen. »*Was*? Nein. Angelo steht nicht auf so etwas. Isabella ermahnt ihn seit Jahren, sich von den Anwerbern des Kartells fernzuhalten.«

»Ich sage dir ja nur, was wir gefunden haben«, sagte Spike zu ihm.

»Verdammt!«, erwiderte Woody mit einem finsteren Gesichtsausdruck.

»Woody?«

Alle drehten sich um und bemerkten Isabella, die sich neben sie gestellt hatte und sehr nervös aussah. Ihr Plan, sie aus dem Gespräch herauszuhalten, war offensichtlich gescheitert.

»Es ist okay«, versicherte Woody ihr, ohne zu zögern, und ergriff ihre Hand.

»Ich habe am Flughafen in Bogotá mit Angelo gesprochen. Über das, was passiert ist. Er ... er sagte, dass er vom Kartell rekrutiert worden sei«, bestätigte sie mit zitternder Stimme. »Er schwört, er habe ihnen gesagt, dass er nicht interessiert sei – bis sie mich bedroht haben. Er wurde gezwungen, Drogen zu transportieren, aber er tat es nicht, sondern versuchte, einen Weg zu finden, aus der Situation herauszukommen. Er sagte, er habe die Drogen in unserer Wohnung versteckt, anstatt sie der Person zu übergeben, der er sie liefern sollte ... und deshalb sei das Kartell in die Wohnung gekommen und habe uns mitgenommen.«

Alle runzelten die Stirn. Spike starrte nicht zu dem jungen Mann hinüber, der an der Wand saß. Er verstand, dass er in der Klemme steckte ... denn seine Handlungen hatten letztendlich dazu geführt, dass seine Schwester und Woody entführt worden waren. Und es hätte noch so viel schlimmer kommen können.

»Was ist passiert, nachdem ihr im Haus eingesperrt worden wart?«, fragte Tiny Woody.

Woody seufzte. »Nicht viel. Wir sahen nur Leute, wenn jemand die Tür öffnete, um uns Lebensmittel und Wasser zu bringen ... und das war nicht sehr oft. Ich war immer noch am Überlegen, was ich tun sollte, als ihr zwei aufgetaucht seid«, endete er und deutete auf Spike und Tiny.

»Das macht nicht viel Sinn«, stellte Owl fest. »Als Stone und ich in Gefangenschaft geraten sind, hat man uns sofort verhört und gefoltert. Ich meine, es war nicht so, dass sie wirklich Informationen wollten, sie wollten uns nur leiden lassen. Sie wollten es filmen, damit sie damit prahlen konnten, dass sie zwei amerikanische Hubschrauberpiloten gefangen genommen hatten.«

Spike fand es schrecklich, von der Gefangenschaft von Owl und Stone zu hören. Sie waren durch die Hölle gegangen, nachdem ihr Hubschrauber während eines Einsatzes abgeschossen worden war. Sie hatten großes Glück gehabt und waren gerettet worden, und das wussten sie beide. Ihre Geschichte war auf allen Nachrichtensendern zu sehen gewesen. Die ganze Nation hatte Videos gesehen, in denen sie vom Feind gefoltert wurden.

»Das habe ich auch gedacht«, bemerkte Woody. »Ich habe darauf gewartet, dass sie reinkommen, Bella und mich trennen ... und mich umbringen. Ich wäre nur ein weiteres Opfer des Krieges gegen die Drogen gewesen. Aber stattdessen haben sie nichts getan. Sie haben uns einfach in Ruhe gelassen.«

»Vielleicht haben sie euch benutzt, um Angelo noch weiter zu bedrohen. Sie haben euch als Druckmittel benutzt.«

Woody seufzte. »Das ist sehr wahrscheinlich.«

»Findet noch jemand, dass unsere Flucht etwas zu einfach war?«, fragte Tiny.

Spike hatte das Gefühl, dass Reese, wenn sie diese Frage hörte, ganz anderer Meinung sein würde, aber er hatte dasselbe gedacht. Warum war das Haus leer gewesen? Und sie hatten es geschafft, alle drei Gefangenen aus dem Bunker zu holen, ohne dass es jemand bemerkt hatte. Sie waren so leise wie möglich gewesen, aber waren sie so leise gewesen, dass *keiner* der Männer um die Ecke sie gehört hatte? Er glaubte es nicht. Wäre da nicht der Lastwagen voller Männer gewesen, wären sie unbemerkt davongekommen ... was unmöglich schien.

»Es ist fast so, als hätten sie uns *absichtlich* gehen lassen«, stimmte Woody zu.

»Warum sollten sie das tun, wenn sie sich die Mühe gemacht haben, euch abzuholen und wegzusperren?«, fragte Tonka.

»Das weiß ich auch nicht«, entgegnete Woody und runzelte die Stirn.

»Ich habe das Gleiche gedacht wie Tiny«, bemerkte Spike. »Das war auch der Grund, warum ich euch alle eingeladen habe, eine Weile hierzubleiben. Wenn das Kartell Hintergedanken dabei gehabt hatte, als sie euch ohne allzu große Probleme haben entkommen lassen, würden sie euch hier nicht finden können.«

»Glauben wir, dass Angelo hier ein Problem sein wird?«, fragte Tiny.

»Nein!« Es war Isabella, die antwortete. »Er weiß, dass das, was er getan hat, falsch war. Und er war erleichtert, dass er gerettet wurde. Er ist froh, dass er von all diesen Leuten weg ist. Er würde auf keinen Fall etwas tun, was mir noch einmal schaden könnte.«

»Mir gefällt der Gedanke nicht, Ärger an deine Türschwelle zu bringen«, erklärte Woody.

Spike starrte seinen Freund an. »Wenn du glaubst, dass ich dich einfach so in Kansas City absetzen würde, kennst du mich nicht so gut, wie ich dachte.«

»Es ist nur so, dass dieser Ort ... verdammt, Spike, er heißt *Die Zuflucht*. Was für eine verdammte Zuflucht wäre das, wenn die Mitglieder des Drogenkartells hier nach uns suchen?«, fragte Woody.

»Wenn etwas passiert, ist das nicht das erste Mal, dass wir hier Ärger bekommen, und wahrscheinlich auch nicht das letzte Mal«, entgegnete Brick entschieden. Er erzählte Woody kurz von den jüngsten Problemen mit Alaska und dann von dem, was mit Jasna passiert war. Er fuhr fort: »Die Menschen, die hierherkommen, suchen zwar Ruhe, aber keiner von ihnen ist naiv. Sie wissen, dass guten Menschen schlechte Dinge passieren, egal wo sie sind. Sie wissen das sogar besser als der Durchschnittsbürger. Wir sehen immer mehr Gäste, die Opfer von willkürlicher Gewalt geworden sind. Oder es gab einen Vorfall an ihrem Arbeitsplatz, bei dem jemand durchgedreht ist.

Wir *sind* zwar ein Zufluchtsort, aber auch ein Ort, an dem fast jeder, der hierherkommt, bereit ist, alles zu tun, was nötig ist, um andere zu schützen. Das haben wir aus erster Hand erfahren. Außerdem ist dieser Ort viel besser zu verteidigen als eine Wohnung in ... Kansas City, oder?«

Woody nickte.

»Also, wir befinden uns mitten im Nirgendwo, wir haben einen Haufen Kameras aufgestellt und wir kennen das Land wie unsere Westentasche. Wenn es jemandem gelingt, sich an uns heranzuschleichen, wird er herausfinden, dass wir keine Hinterwäldler sind, die sich verstecken. Aber das ist egal, denn wie Spike schon sagte, wissen die Leute, die dich entführt haben, nichts von diesem Ort. Du kannst hier so lange bleiben, wie du willst, und zwar umsonst.«

»Oh nein, ich bezahle«, erklärte Woody.

»Nein, tust du nicht«, entgegnete Pipe. »Du bist ein Mitglied von Spikes Team, und Teamkameraden zahlen für ihren Aufenthalt hier nichts. Das gilt auch für die Leute, mit denen sie hier sind. Das heißt, Isabella, Angelo und Reese.«

»Ich kann nicht ... das ist ... *verdammt*, Spike. Sag ihnen, dass das einfach nicht richtig ist.«

Aber Spike lächelte nur. »Willkommen in der *Zuflucht*, Bruder.«

Alle klopften Woody auf die Schulter, bevor sie sich wieder dem widmeten, was sie vor der Ankunft der Gruppe getan hatten. Tiny sagte, er wolle seine Hütte für Woody, Isabella und Angelo vorbereiten und packen, um zu Pipe zu ziehen. Brick machte sich auf den Weg zu Alaska, die immer noch bei den anderen Frauen saß. Isabella ging rüber, um

Angelo zu erzählen, was los war, Tonka ging in die Scheune und Pipe sah nach Robert und half, die Gerichte zu servieren. Schließlich gingen Owl und Stone, um die Gäste zusammenzutrommeln, die in einer halben Stunde zu einer Wanderung aufbrechen wollten.

So blieben Spike und Woody übrig.

»Wie geht es dir wirklich? Der Arm muss doch höllisch wehtun«, bemerkte Spike.

»Es geht schon. Wir müssen jetzt über etwas anderes reden«, entgegnete Woody und klang dabei ernst.

»Was? Stimmt etwas nicht?«

»Nein. Vielleicht ... ich habe bemerkt, wie meine Schwester dich ansieht«, erklärte er unverblümt. »Und glaube nicht, dass mir nicht aufgefallen ist, wie interessiert *du* zugehört hast, wenn ich früher Geschichten über Reesie erzählt habe.«

Spike blinzelte überrascht. »Ich weiß nicht, was du von mir hören willst«, gab er zu.

»Ich möchte, dass du mir sagst, dass du sie gut behandeln wirst. Sei der Mann, den sie verdient. Sie ist eine verdammt gute Frau, Spike. Klug, fleißig, loyal. Als ich mich nicht bei ihr gemeldet habe, hat sie alles riskiert, um nach Kolumbien zu kommen und mich zu suchen. Sie hätte Bubba oder einen meiner anderen Freunde anrufen können, aber wahrscheinlich hat sie nicht einmal daran gedacht, das zu tun. Sie hat getan, was sie für richtig hielt. Du hättest es nicht besser machen können als sie.«

»Ich kenne sie ja erst seit etwa vierundzwanzig Stunden richtig«, erinnerte er ihn.

»Ja, und du bist fast durchgedreht, als auf uns geschossen wurde und du dachtest, sie würde verletzt werden. Du hast mich praktisch aus dem Weg gedrängt, um in das Fahrerhaus des Lastwagens zu gelangen, damit du bei ihr sein konntest. Du bist am Flughafen an ihrer Seite geblieben und hast dafür gesorgt, dass du im Flugzeug den Platz neben ihr bekommst.

Versuch gar nicht erst, es zu leugnen, Spike – du magst sie. Und ich sage dir, dass das für mich völlig in Ordnung ist. Wenn du wirklich mein Schwager werden würdest, wäre ich verdammt froh darüber. Ich sage dir *auch*, dass du nicht gut genug für sie bist. Aber das würde ich auch über jeden anderen sagen, mit dem sie zusammen ist. Ich will damit nur sagen, dass du ihr nicht wehtun sollst. Wenn du das tust, wird mich das ziemlich wütend machen.«

»Ich werde ihr nicht wehtun«, presste Spike zwischen zusammengebissenen Zähnen hervor.

Woodys Stimme wurde sanfter. »Sie hatte nicht viel Glück mit ihren früheren Freunden. Ich kann nicht glauben, dass ich hier stehe und über das Liebesleben meiner Schwester spreche, aber ich respektiere sie genügend, um dir zu sagen, dass die Männer sie wie Dreck behandelt haben, weil sie nicht in die gesellschaftliche Vorstellung von einer Frau passt. Und das macht mich wütend.«

»An ihrem Aussehen ist wirklich überhaupt nichts auszusetzen«, knurrte Spike.

Woody starrte ihn einen Moment lang an. Dann lächelte er. »Ich werde der beste Onkel aller Zeiten sein.«

»Was?«, platzte Spike verwirrt heraus. Eben noch tat sein Freund so, als würde er seine Schwester beschützen, und im nächsten Moment war er ... *was*? Spike wusste es nicht.

»Sie ist sicher gut für dich«, bemerkte Woody. »Sie wird dich auf Trab halten. Und es hilft, dass Los Alamos das Labor hier hat. Sie wird etwas brauchen, das ihren Geist beschäftigt. Und bevor du mir sagst, dass es ein harter Arbeitsmarkt ist und es keine Garantie gibt, dass sie hier eingestellt wird ... du liegst falsch. Jeder würde die Chance ergreifen, sie an Bord zu holen. Sie ist fantastisch in dem, was sie tut.«

Spike drehte sich der Kopf. »Was versuchst du hier überhaupt ... willst du uns schon verheiraten? Und mit dieser Onkel-Bemerkung willst du anscheinend sagen, dass du erwartest, dass wir Kinder bekommen? Ich dachte, du würdest mir am liebsten mit der Faust ins Gesicht schlagen, wenn du daran denkst, dass ich Sex mit deiner Schwester habe.«

Woody zuckte mit den Schultern und grinste. »Ich mag es, Leute zu verwirren. Reese ist kein Kind, Mann. Wenn sie sechzehn wäre, würde ich dir eine Schrotflinte an die Eier halten und dich davor warnen, sie anzufassen. Aber das ist sie nicht. Und sie wird eine großartige Mutter sein. Und Ehefrau. Und ich kenne dich, Spike. Du bist einer meiner besten Freunde, auch wenn wir in den letzten fünf Jahren kaum miteinander gesprochen haben. Sie kann es nicht besser erwischen.«

»Ich kenne sie erst seit einem Tag persönlich, Woody. Ich glaube nicht, dass du dir jetzt schon Gedanken über Neffen und Nichten machen solltest.«

Woody wurde ernst. »Wie ich zu Beginn dieses Gesprächs sagte, habe ich gesehen, wie sie dich ansieht und wie du *sie* ansiehst. Ich habe viel zu viel Zeit ungenutzt verstreichen lassen, wenn es um Isabella ging, und ich hätte sie verlieren können. Deshalb sage ich dir – warte nicht. Hinterfrage die Dinge nicht. Wenn du es weißt, weißt du es.

Und ich gebe dir nur die Erlaubnis. Wenn es nicht klappt, dann klappt es eben nicht ... aber halte dich nicht zurück, weil sie meine Schwester ist oder weil du denkst, dass Beziehungen auf eine bestimmte Art und Weise funktionieren müssen. Sie wird dich wie einen Schatz behandeln. Du wirst nie eine Frau finden, die dich mit solcher Inbrunst liebt wie sie.«

Die Sehnsucht traf Spike hart. Er war schon mit vielen Frauen zusammen gewesen, aber noch nie hatte er eine so unmittelbare Verbindung gespürt wie mit Reese. »Zur Kenntnis genommen«, erklärte er Woody mit einem leichten Nicken.

»Gut. Mein Arm tut höllisch weh, ich habe einen Bärenhunger und bin total erschöpft. Verflucht, ich weiß nicht einmal, wie spät es ist, weil ich meine verdammte Uhr verloren habe. Ich werde mich zu Isabella und meiner Schwester setzen und mit ihnen frühstücken.«

Spike blinzelte und lächelte dann, als er in seine Tasche griff. Er hatte die Uhr, die Reese in Isabellas Wohnung gefunden hatte, ganz vergessen. Bei all dem, was seitdem passiert war, hatte er gar nicht mehr daran gedacht. Er zog die Uhr heraus und hielt sie seinem Freund hin. »Du meinst diese Uhr?«

Spike grinste über den ungläubigen Blick, der über Woodys Gesicht ging. »Was zum Teufel ist das denn? Wo hast du die denn gefunden?«

»In Isabellas Wohnung.«

»Ich hätte nicht gedacht, dass ich sie jemals wiedersehen würde. Sie war ein Geschenk von meinem Vater. Danke, Mann.«

»Du brauchst mir nicht zu danken. Reese hat sie gefunden. Und wenn du sie wieder anlegst, um den ekelhaften weißen Fleck an deinem Handgelenk zu verdecken, ist das schon Dank genug«, scherzte Spike.

»Meinetwegen.« Dann wurde Woody ernst und sprach wieder leise. »Ich habe gehört, was du über die Drogen in Angelos Zimmer gesagt hast, Spike. Ich werde es nicht ignorieren. Und ich weiß, was Isabella über ihren Bruder gesagt hat, dass er gezwungen wurde ... aber ich bin nicht begeistert, dass wir wegen seiner Taten alle entführt wurden. Wir sind zum Glück entkommen und ich werde dafür sorgen, dass seine Verbindungen zu diesen Mistkerlen endgültig gekappt werden. Wenn wir uns etwas ausgeruht haben, werde ich mit dem Jungen reden und versuchen, seine harte Schale zu durchbrechen, und ihn fragen, was er sich dabei gedacht hat, sich trotz der Drohungen mit dem Kartell einzulassen.«

Woody gähnte und war sichtlich erschöpft. »Ich werde auch auf das großzügige Angebot deines Freundes eingehen, uns in seiner Hütte wohnen zu lassen. Aber pass auf«, fügte er hinzu und wedelte mit dem Finger, als er aufstand. »Wir werden nicht auf unseren Hintern herumsitzen. Er sollte uns arbeiten lassen. Ich meine es ernst. Wenn wir hierbleiben wollen, bis sich die Lage beruhigt hat und wir sicher sind, dass keine Kartellmitglieder bei mir in Kansas City auftauchen werden, dann muss ich meinen Beitrag leisten. Isabella wird das auch so sehen.«

»Hier gibt es immer etwas zu tun«, versicherte Spike ihm.

Woody warf ihm einen Blick zu. »Danke«, erklärte er leise. »Im Ernst. Wenn Isabella oder Reesie etwas zugestoßen wäre ... ich weiß nicht, ob ich mir das jemals verziehen hätte.«

Spike stand auf, machte einen Schritt nach vorn und umarmte seinen Freund kurz. Seit seiner Zeit beim Militär hatte er gelernt, dass es nicht so schlimm ist, Gefühle zu zeigen.

Woody erwiderte die Umarmung mit seinem guten Arm, dann drehte er sich um und ging zum Tisch auf der anderen Seite des Raumes. Sobald er saß, stand Reese auf und kam zu Spike hinüber. Sie hatte die Stirn gerunzelt und sah sehr besorgt aus.

»Was ist los?«, fragte er sofort.

»Das war meine Frage an dich. Geht es Woody gut? Was ist denn los?«

»Ihm geht es gut, und es ist nichts weiter los. Er ist nur

dankbar für einen Platz, an dem er eine Weile bleiben kann, bis sich die Lage beruhigt hat.«

»Oh ... bist du sicher?«

»Ja, da bin ich mir sicher«, erklärte er mit Nachdruck. Als Reeses Schultern sich entspannten, bemerkte er, wie müde sie aussah, als könnte man sie mit einem nassen Handtuch erschlagen. »Ich habe Lebensmittel in meiner Hütte«, platzte er heraus.

Sie runzelte die Stirn. »Okaaaay?«

Spike schlug sich gedanklich an die Stirn. »Ich meine, wir könnten jetzt dorthin gehen, du könntest duschen, während ich dir etwas zu essen mache, und dann könntest du ein bisschen schlafen.«

Sie starrte ihn einen Moment lang an. »Ich bin müde«, gab sie zu, »aber ich habe eine Million Dinge zu erledigen.«

»Die können warten«, erwiderte Spike entschieden.

»Du weißt doch gar nicht, worµm es sich alles handelt«, protestierte sie.

»Einkaufen, Telefonieren, Arbeit, Kreditkarten ...«, vermutete er. »Das kann alles warten. Ich habe Shampoo und Seife, T-Shirts und Sweatshirts, die du im Bett tragen kannst. Ich kann mit Alaska und Henley darüber reden, dass sie dich zum Einkaufen mitnehmen – glaub mir, das wird ihnen gefallen –, und du hast mir im Flugzeug gesagt, dass dein Chef dich erst in ein paar Tagen zurückerwartet. Du kannst dich ein paar Stunden ausruhen, Reese.«

»Wenn du es so sagst«, entgegnete sie mit einem kleinen Lächeln, »hätte ich nichts gegen eine Pause von allen. Nicht dass ich meinen Bruder nicht lieben würde, und ich genieße es, Isabella und die anderen kennenzulernen, aber ich bin es gewohnt, viel Zeit allein zu verbringen, und könnte etwas Zeit für mich allein gebrauchen, um wieder neue Kraft zu tanken.«

Spike verstand den Wink mit dem Zaunpfahl und sagte:

»Ich werde dich in Ruhe lassen, sobald ich dich in meine Hütte gelassen habe.«

»Oh! Dich habe ich nicht gemeint. Du kannst bleiben. Ich meine, das heißt ... wenn du willst. Verdammt noch mal! Ich versuche nicht, dich aus deinem eigenen Haus zu vertreiben. Ich nehme an, du bist genauso müde wie ich. Du hast gesagt, dass du im Flugzeug nicht viel Schlaf bekommen hast, und ich habe dich auf beiden Flügen als Kissen benutzt. Und ich muss zugeben, dass ich keine gute Köchin bin. Du riskierst, dass ich deine Hütte in Brand stecke, wenn du mich in deiner Küche mir selbst überlässt.«

Spike grinste. »Tatsächlich? Dann ist es ja gut, dass ich ein ziemlich annehmbarer Koch bin, oder?«

»Allerdings«, sagte sie mit einem schüchternen Lächeln.

»Willst du dich noch von deinem Bruder verabschieden, bevor wir gehen?«, fragte er.

»Wird Robert traurig sein, wenn ich nicht bleibe?«, fragte sie und legte ihre Stirn besorgt in Falten.

Wärme breitete sich in Spikes Bauch aus. Er liebte es, wie rücksichtsvoll sie war. Er hatte in seinem Leben schon mehr als genügend egoistische Menschen kennengelernt, die ihm immer den Magen umdrehten, weil sie die Gefühle anderer Menschen so wenig beachteten. »Ganz und gar nicht. Du wirst noch oft genug die Gelegenheit haben, zu essen, was er gekocht hat, und ihm zu sagen, wie lecker es ist.«

Ohne ein weiteres Wort drehte Reese sich um und ging zurück zum Tisch. Spike folgte ihr. Sie winkte allen zu. »Tut mir leid, dass ich euch jetzt so einfach im Stich lasse, aber ich bin todmüde. Spike hat mir ein Angebot gemacht, das ich nicht ablehnen konnte ... eine heiße Dusche, eine Mahlzeit, die ich nicht zubereiten muss, und ein Bett.«

Alaska zog eine Augenbraue hoch und Henley lachte.

Reese wurde knallrot. »Äh ... ich glaube, das kam nicht richtig rüber.«

»Nur zu!«, erklärte Alaska mit einem breiten Grinsen. »Bis später.«

»Meinst du, du könntest mir ein paar gute Läden zeigen, in denen Isabella und ich, nachdem ich ausgeschlafen habe, ein paar Klamotten und so kaufen können?«, fragte Reese.

»Natürlich«, erwiderte Henley mit einem Lächeln. »Ich zeige dir gern die besten Läden in der Stadt.«

»Und es gibt einen britischen Laden, der köstliche Pralinen verkauft«, warf Alaska ein.

Reese lächelte. »Großartig.«

»Vielen Dank«, sagte Isabella leise neben Henley.

»Komm einfach später wieder zur Lodge, wenn du bereit bist. Ich bin wahrscheinlich an der Rezeption und erledige ein paar Verwaltungsaufgaben«, sagte Alaska zu ihr.

»Mach ich, danke.«

»Es ist schön, dass du hier bist«, fügte Henley hinzu. »Du und Isabella und Angelo.«

»Danke. Es ist schön, hier zu sein. Wir sprechen uns später. Woody, wenn dein Arm anfängt zu schmerzen, lass dich in der Stadt in eine Notfallklinik bringen. Wenn du nicht ins Krankenhaus gehen willst, solltest du wenigstens zum Arzt gehen und dich untersuchen lassen.«

»Ja, Mom«, erwiderte Woody und verdrehte die Augen.

»Apropos Mom, du solltest sie und Dad anrufen und ihnen sagen, wo wir sind«, sagte Reese zu ihm. »Ich habe mein Handy schon seit fünf Tagen nicht mehr, also weiß ich nicht, ob jemand angerufen hat. Aber sie haben keine Ahnung, dass du überhaupt eine spontane Reise nach Südamerika gemacht hast – und sie wissen ganz sicher nicht, dass ich dir dorthin gefolgt bin. Du wirst ihnen erklären müssen, wie Isabella und ihr Bruder hier in den Staaten gelandet sind.«

»Danke, dass du es ihnen nicht gesagt hast«, bemerkte Woody. »Sie wären so besorgt gewesen.«

»Als wäre ich das nicht gewesen«, sagte Reese und verdrehte die Augen.

»Du bist die beste Schwester, die man sich wünschen kann«, entgegnete Woody und grinste.

»Ich weiß, dass ich das bin«, versicherte sie ihm.

Sie lächelten einander an.

»Ich werde das mit Mom und Dad wieder in Ordnung bringen«, versicherte Woody ihr.

»Und ich werde dafür sorgen, dass er zum Arzt geht«, erklärte Isabella.

Reese grinste sie an. »Gut. Er kann nämlich ganz schön stur sein.«

Isabella sah Woody an und lächelte ihn liebevoll an. »Ich weiß.«

»Komm schon, du schläfst mir noch im Stehen ein«, bemerkte Spike und legte eine Hand auf Reeses Arm, um sie festzuhalten. Er hatte das Gefühl, dass sie gar nicht gemerkt hatte, dass sie auf ihren Füßen schwankte.

Sie winkte noch einmal dem Tisch zu, dann drehte sie sich um und sagte: »*Hasta luego*, Angelo.«

Der Teenager sah nur kurz auf.

Als sie zur Tür gingen, sagte Reese: »Ich weiß, dass ihr Drogen in seinem Zimmer gefunden habt und dass sie wahrscheinlich alle wegen dieser Drogen entführt wurden, aber ich fühle mich trotzdem irgendwie schlecht für ihn. Ich bin froh, dass er von all dem weg und in Sicherheit ist, aber es muss schrecklich sein, nicht zu verstehen, was alle um einen herum sagen. Ich weiß das, denn so ging es mir auch, als ich in Kolumbien war.«

Und schon war sie wieder rücksichtsvoll.

»Ja«, entgegnete Spike, der nicht wusste, ob ihre Sorge nicht vielleicht unangebracht war, der im Moment jedoch nicht über den Teenager sprechen wollte. Er war nicht sofort bereit, Angelos Version über seine Verwicklung in das Kartell zu glauben, und würde in der Nähe des Jungen auf der Hut sein, aber Reese hatte wahrscheinlich recht damit, dass er kein Englisch verstand. Für jemanden, der neu in den Staaten ist, wäre das schwierig.

Während er mit Reese zu seiner Hütte ging, zeigte er ihr verschiedene Teile der *Zuflucht*. Die Gästehütten, wo die anderen Hütten der Besitzer standen, den Weg, der zum *Table Rock* führte, und die Scheune. Als sie bei seiner Hütte ankamen, öffnete er schnell die Tür und beobachtete ihre Reaktion, als sie eintrat. Sein Haus war nicht groß – keine der Hütten der Eigentümer war das –, aber er hatte sie zu seinem Zuhause gemacht. Er hatte Landschaftsgemälde an den Wänden, Decken auf dem Sofa und dem Sessel, einen Flachbildfernseher und natürlich jede Menge Bücher.

Er war schon immer ein Leser gewesen, und obwohl er aus Bequemlichkeit und Platzmangel auf E-Books umgestiegen war, liebte er immer noch das Gefühl eines echten Buches in der Hand.

Spike hielt den Atem an, als er darauf wartete, was Reese von seinem Zuhause hielt.

»Es ist gemütlich«, erklärte sie ihm mit einem Lächeln.

Spike zuckte zusammen. »Gemütlich gut oder gemütlich im Sinne von nicht genügend Platz und du bist höflich?«

Sie lachte leise. »Gemütlich gut«, beruhigte sie ihn. »Ich weiß nicht genau, ob ich jemals in einem dieser winzigen Häuser leben möchte, aber ich brauche oder will auch kein Haus mit tausend Quadratmetern.«

»Du hast dir die Küche gar nicht richtig angesehen«, bemerkte er.

»Ich habe dir gesagt, dass ich nicht kochen kann. Ich meine, sie sieht nett aus, aber ich bin mehr von deinem

Bücherregal beeindruckt als von deinen Geräten aus Edelstahl.«

Gott, konnte diese Frau noch besser werden? »Ich zeige dir, wo du duschen und schlafen kannst«, bemerkte er mit leiser Stimme und deutete auf den Flur neben dem Wohnbereich.

Er hätte sie im Gästezimmer unterbringen können, das ein kleines Bad nebenan hatte, aber ohne zu zögern, brachte er sie stattdessen direkt in sein bescheidenes eigenes Schlafzimmer. Als er eintrat, konnte er nicht umhin, einen Blick auf das Bett zu werfen. Die Decke war zerwühlt, weil er das Bett nicht gemacht hatte, bevor er nach Kansas City geflogen war. Jetzt konnte er sich nur noch vorstellen, wie Reese dort lag, mit ihren blonden Haaren auf dem Kissen und einem Lächeln im Gesicht, während sie ihn mit einem Finger zu sich lockte.

Es juckte ihn in den Fingern, jeden Zentimeter ihres Körpers zu erforschen, herauszufinden, was sie dazu brachte, zu stöhnen und sich zu winden, und an welchen Stellen sie am liebsten berührt wurde.

Er zwang sich, seine Aufmerksamkeit vom Bett abzuwenden und seine unangebrachten, lüsternen Gedanken zu unterdrücken, und ging zu seinem Kleiderschrank. Er hatte keine Kommode, sondern stattdessen Regale und ein paar Schubladen an einer Seite seines begehbaren Kleiderschranks aufgebaut. Alle seine T-Shirts und Jeans waren ordentlich in den Regalen gestapelt, während seine Socken und Unterwäsche in den Schubladen lagen.

Ohne darüber nachzudenken, begann er im Geiste, den Raum umzugestalten, um Reeses Kleidung unterzubringen.

Verdammt, er tat es schon wieder – er stellte sich vor, dass sie für immer hier wohnen würde, obwohl es völlig verfrüht war.

Er schnappte sich ein marineblaues T-Shirt und eine

graue Jogginghose und verließ den Schrank. Reese stand dort, wo er sie zurückgelassen hatte, und schaute sich interessiert um. Er fragte sich, was sie dachte, beschloss aber, dass es besser war, es nicht zu wissen.

»Die Klamotten werden zu groß sein, aber Alaska und Henley werden dich später mit passenden Sachen versorgen. Ich werde die Klamotten, die du anhast, waschen, während du schläfst.«

»Das ist doch nicht nötig. Ich kann das machen, wenn ich aufstehe.«

Spike schüttelte den Kopf. »Das ist keine große Sache, Schatz, ich lege deine Sachen zu meinen.« Der Kosename kam mühelos heraus, und er wartete darauf, dass sie ihn darauf ansprach. Aber sie lächelte nur.

»Okay. Danke.«

»Gern geschehen. Was willst du noch essen, bevor du ins Bett gehst? Eier? Pfannkuchen? Hamburger?«

»Zum Frühstück?«, fragte sie mit einem kleinen Lachen.

»Ich glaube, unsere innere Uhr ist im Moment so durcheinander, dass es egal ist, was wir essen. Worauf immer du Lust hast, werde ich machen.«

»Wenn das so ist ... vielleicht Pfannkuchen und einen Salat? Ich habe zwar Lust auf Kohlenhydrate, aber ich versuche immer, meine Mahlzeiten mit etwas Gemüse oder Obst auszugleichen«, erklärte sie ein wenig verlegen.

»Klingt perfekt. Lass dir Zeit, es gibt genügend heißes Wasser.«

Sie nickte und Spike zwang sich, ihr die Kleidung zu geben und den Raum zu verlassen, obwohl er sie *eigentlich* am liebsten in die Arme genommen und festgehalten hätte, wie im Flugzeug.

»Eines Tages, Mann«, murmelte er, als er in die Küche zurückkehrte. Er musste sich immer wieder daran erinnern, dass er es ruhig angehen lassen sollte. Aber je mehr Zeit er mit ihr verbrachte, desto mehr Zeit *wollte* er mit ihr verbringen. Das war ein ungewohntes Terrain. Er hatte die Zeit mit seinen früheren Freundinnen sehr genossen ... aber er hatte nie dieses verzweifelte *Bedürfnis* verspürt, jeden Augenblick mit ihnen zusammen zu sein. Bei Reese war das ganz anders.

Er atmete tief durch und ging zu seinem Kühlschrank. Er wusste, dass er alles hatte, was er brauchte, um ihr das zu geben, was sie wollte, denn er war nicht lange weg gewesen und hatte kurz vor seiner Abreise nach Kansas City noch einmal eingekauft.

Zum ersten Mal überhaupt hatte Spike einen Gast in seiner Hütte, der die Nacht dort verbringen würde. Er hörte, wie das Wasser aufgedreht wurde, und musste lächeln. Es war schön, nicht allein zu sein. Noch besser war es, dass es Reese war, die bei ihm war.

# KAPITEL ACHT

Reese lag in Gus' Bett und starrte an die Decke. Die Dusche war herrlich gewesen, aber noch besser gefiel es ihr, danach nach ihm zu riechen. Sie hatte sein Shampoo und seine Seife benutzt, die leicht nach Männerparfüm duftete. Das störte sie nicht im Geringsten. Dann hatte er ihr einen Stapel Pfannkuchen serviert, und sie hätte sich geschämt, wie schnell sie ihn verschlungen hatte, wenn Gus nicht mindestens genauso schnell gegessen hätte. Sogar der Salat schien besser zu schmecken als alles, was sie je für sich selbst zubereitet hatte.

Als sie mit dem Essen fertig waren, wollte sie abwaschen, aber er hatte sie den Flur entlang zurück in sein Schlafzimmer geschoben und ihr befohlen zu schlafen. Es war süß, wie peinlich es ihm war, als er merkte, dass er seine Bettwäsche nicht gewechselt hatte. Er wollte genau das tun, aber Reese hielt ihn auf und sagte, sie sei so müde, dass es ihr nichts ausmache.

In Wirklichkeit wollte sie nur von seinem Duft umgeben sein.

Widerwillig stimmte er zu und ließ sie in seinem

Zimmer zurück. Er machte die Tür fast ganz zu, ließ sie aber einen Spalt offen, damit er sie hören konnte, sollte sie etwas brauchen. Das war sehr süß, und wenn sie nicht schon in den Mann verknallt gewesen wäre, dann wäre sie es jetzt bestimmt gewesen.

Reese drehte sich auf die Seite und atmete tief ein. Sein Kissen roch am stärksten nach ihm, und sie schloss die Augen und spürte, wie sie sich noch mehr entspannte. Normalerweise schlief sie außerhalb ihres Zuhauses nicht gut. Im Hotel in Bogotá hatte sie sich hin und her gewälzt und war bei jedem ungewohnten Geräusch zusammengezuckt. Aber mit Gus' Duft in der Nase wusste sie instinktiv, dass sie in Sicherheit war.

Wenn jemand ihr vor einer Woche gesagt hätte, dass sie jetzt hier sein und im Bett des Mannes schlafen würde, in den sie so sehr verknallt war, hätte sie die Augen verdreht und gesagt, er solle sich zusammenreißen. Aber hier war sie nun. Gus hatte ihr gesagt, dass er herausfinden wolle, was zwischen ihnen vor sich ging, aber sie fragte sich, ob seine Gefühle für sie nur situationsbedingt waren. Sie war die Schwester seines Teamkameraden, und sie kannten sich schon eine ganze Weile. Es war möglich, dass er sie aufgrund der Situation einfach nur beschützen wollte und sich Sorgen machte, und jetzt, da sie wieder in den Staaten waren und sie in Sicherheit war, würde er merken, dass er sich doch nicht auf *diese* Weise zu ihr hingezogen fühlte.

Sie beschloss, dass jetzt, da ihr Bauch voll war und sie nur wenige Augenblicke davon entfernt war, in einen tiefen Schlaf zu sinken, nicht der richtige Zeitpunkt war, um darüber nachzudenken, was Gus tatsächlich von ihr hielt, also versuchte sie, ihre Gedanken zu verdrängen und zu schlafen.

Als sie später aufwachte, blickte sie auf die Uhr auf dem Tisch neben dem Bett und war überrascht, dass es schon so spät war. Sie hatte nicht vorgehabt, so lange zu schlafen. Es war Essenszeit, und die Chance, heute noch einkaufen zu gehen, war vertan. Besorgt darüber, was Alaska und Henley denken könnten, setzte sie sich auf ... und stöhnte.

Bei der ganzen Aufregung des letzten Tages hatte sie gar nicht bemerkt, wie viel Muskelkater sie vom vielen Laufen, Durch-Fenster-Entkommen und Im-Dschungel-Verstecken haben würde. Jeder Muskel in ihrem Körper schmerzte. In Kolumbien war sie körperlich so aktiv wie schon lange nicht mehr gewesen. Am liebsten hätte sie sich wieder hingelegt und sich nicht bewegt, aber stattdessen stand sie langsam auf und schlurfte zur Tür. Sie war noch im Halbschlaf, aber sie wollte Gus sehen. Um sich davon zu überzeugen, dass noch alles in Ordnung war.

Sie ging in den Wohnbereich und schnupperte. Etwas roch absolut köstlich. Nicht so gut wie Gus' Kopfkissen, aber nahe dran.

»Du bist wach«, bemerkte er und kam aus der Küche auf sie zu.

Reese starrte ihn einfach nur an. Er hatte eine graue Jogginghose angezogen, ähnlich wie die, die sie gerade trug, und sie konnte den Blick nicht von seinem Schritt abwenden. All die Memes im Internet über Männer, die graue Sweatshirts tragen, waren wahr. Vor diesem Moment hatte sie noch nicht viel darüber nachgedacht.

Sie schluckte schwer. Gus war groß ... und zwar überall. Sie konnte seine Oberschenkelmuskeln unter der grauen Baumwolle sehen, aber noch mehr als das konnte sie die Umrisse seines Schwanzes erkennen. Ihre Brustwarzen zogen sich unwillkürlich zusammen und sie konnte an nichts anderes mehr denken als daran, wie wunderschön dieser Mann war.

Dann dachte sie daran, dass seine Jogginghose und sein T-Shirt ihr eigentlich gar nicht zu groß waren. Sie waren fast gleich groß und gleich schwer, und es war ihr peinlich, wie gut ihr seine Sachen passten.

»Mein Gesicht ist hier oben, Reese«, herrschte Gus sie an.

Sie zuckte überrascht zusammen und schaute zu ihm hoch.

»Es gefällt mir, wenn du mich so anstarrst, aber was hatte der Blick zu bedeuten, der dir gerade über das Gesicht gegangen ist? Woran hast du gedacht?«

»Ähm ... dass diese Memes über graue Jogginghosen nicht falsch sind«, platzte sie heraus und zog dann verlegen die Nase kraus, während sie es vermied, ihn anzusehen. Sie war immer ein wenig verwirrt, wenn sie aufwachte.

»Aha. Es ist ziemlich klar, dass dir gefällt, was du siehst, und das freut mich extrem. Aber *danach*. Woher stammte dieser Ausdruck des Unbehagens auf deinem Gesicht? Willst du nicht mehr hierbleiben? Ich verspreche dir, dass du bei mir sicher bist, aber wenn du willst, dass ich eine andere Schlafmöglichkeit finde, werde ich das tun.«

»Nein! Das ist es nicht. Ich dachte nur ... du dachtest bestimmt, deine Klamotten würden mir zu groß sein, aber das sind sie nicht«, entgegnete sie ehrlich, während sie am Saum des T-Shirts zupfte. »Die meisten Jungs wollen, dass Mädchen schlank und zierlich sind. Es *gefällt* ihnen, wenn eine Frau in ihren Sachen untergeht.«

»Ich bin nicht wie die meisten Kerle. Und obwohl ich nicht viel darüber nachgedacht habe, wie ich in meinen Sweatshirts aussehe, muss ich sagen, dass sie mir an dir *viel* besser gefallen.«

Sie schaute ihn skeptisch an.

»Ich liebe deine Kurven, Reese. Ich liebe es, dass ich jede Vertiefung und jedes Tal sehen kann, während du meine Kleidung trägst. Das ist verdammt sexy.«

Sie schaute an sich herunter und sah, wie sich ihre

Brustwarzen gegen den Stoff seines T-Shirts drückten. Ihre Oberschenkel waren in der Jogginghose deutlich zu sehen und sie konnte sich vorstellen, wie ihr Hintern den Stoff dehnte.

»Ich habe vor ein paar Jahren versucht, ein paar Kilo abzunehmen«, erzählte sie ihm. »Und ich habe auch ein bisschen abgenommen. Aber ich habe mich schlecht gefühlt. Es hat mir die ganze Freude am Tag geraubt, als ich jede einzelne Kalorie zählen musste, die ich zu mir genommen habe. Nach der Arbeit bin ich immer müde, aber mir graut es vor der Aussicht, Joggen oder ins Fitnessstudio zu gehen, also hätte ich am liebsten gar nicht erst den Heimweg angetreten. Ich beschloss, dass ich zwar gesund sein wollte, aber dass ich doch lieber Freude in meinem Leben haben wollte. Normalerweise bin ich mit mir und meinem Körper zufrieden, auch wenn mir der gesellschaftliche Druck manchmal zu schaffen macht. Aber im Allgemeinen esse ich in Maßen, was ich will, treibe Sport, wenn ich kann – aber ich mache mir keine Vorwürfe, wenn ich es nicht schaffe –, und versuche, mich so zu lieben, wie ich bin.«

»Gesund zu sein ist gut, aber sich selbst zu akzeptieren ist besser«, stellte Gus fest. Er hatte einen Schritt auf sie zu gemacht und sie standen jetzt ganz nahe beieinander. »Und von meinem Standpunkt aus würde ich nichts an dir ändern. Um das klarzustellen: Deine Extrapfunde stören mich nicht. Ich muss gestehen, dass ich ein paarmal nach dir geschaut habe, während du geschlafen hast, und der Anblick von dir in meinem Bett ...« Er atmete schwer aus. »Sagen wir einfach, dass es mir gefallen hat ... sehr sogar. Und wie gesagt, dass du meine Klamotten ausfüllst, ist verdammt sexy.«

Er legte ihr eine Hand in den Nacken und zog sie noch näher zu sich. Ihre Brüste berührten seinen Oberkörper, und Reese hob die Hände und legte sie an seine Seiten, während sie ihn ansah.

»Du hast gefragt, ob alles in Ordnung ist, nachdem ich mit deinem Bruder gesprochen hatte«, sagte er.

Reese leckte sich nervös über die Lippen und nickte.

»Er hat mir gesagt, wie toll du bist. Und dass er es gutheißt, wenn ich dir den Hof machen will.«

»Das hat er gesagt? Mir den *Hof* machen?«, fragte Reese ungläubig.

»Also, nicht mit diesen Worten.«

»Gott sei Dank. Denn wenn er das Wort ›Hof‹ benutzt hätte, hätte ich ihn persönlich zum Arzt geschleppt, weil etwas nicht stimmt«, scherzte Reese.

Gus grinste. »Aber ich sag dir was – selbst wenn er mir gesagt hätte, dass du tabu bist, hätte ich *ihm* gesagt, dass er mir mal den Buckel runterrutschen kann.«

Reeses Herz begann, schneller zu schlagen. »Ja?«

»Ja. Ich möchte wissen, was *du* davon hältst, wenn ich dir den Hof mache. Ich würde gern mit dir ausgehen. Dich besser kennenlernen. Ich fühle mich zu dir hingezogen, Reese, aber wenn dir das komisch vorkommt, wenn du nichts anderes als Freundschaft willst, dann akzeptiere ich das.«

War das alles echt? Passierte das wirklich? »Nein!«, platzte es aus ihr heraus. »Ich meine ... es ist nicht seltsam. Ich würde dich auch gern kennenlernen.«

Sein Lächeln wurde breiter. »Gut. Und was mich betrifft, kannst du meine Sweatshirts und T-Shirts tragen, wann immer du willst. Aber nicht in der Öffentlichkeit. Nur hier.«

Sie runzelte die Stirn. »Warum?«

»Wenn die anderen Jungs dich so sehen würden, wie du sexy, schläfrig und verwuschelt aussiehst, müsste ich sie umbringen.«

Ein wohliger Schauer durchlief Reese. Ein gutes Gefühl.

Gus' Augen verdunkelten sich und er streichelte mit dem Daumen ihre Wange. »Darf ich dich küssen?«

Reese leckte sich erneut über die Lippen. »Ja«, flüsterte sie und hielt den Atem an, als er den Kopf senkte.

Seine Lippen berührten ihre einmal, zweimal. Dann holte er tief Luft und zog sie in seine Umarmung.

Der Kuss war so kurz gewesen, so keusch. Sie wollte mehr. Aber sie wollte ihr Glück nicht überstrapazieren. Sie konnte kaum glauben, dass sie hier in Gus' Armen lag, seine Kleidung trug und er gesagt hatte, er wolle mit ihr ausgehen. Sie würde nehmen, was sie kriegen konnte, so lange wie sie es kriegen konnte.

»Hast du Hunger?«, fragte er, als er sich zurückzog, sie aber nicht losließ.

Reese konnte sich ein Grinsen nicht verkneifen. »Wie ein Bär«, entgegnete sie, während sie auf seine Brust schaute.

Er lachte und Reese spürte, wie das Grollen durch sie hindurchging, da sie sich immer noch berührten.

»Wir reden hier vom Abendessen«, stellte er klar. »Ich habe Blumenkohl-Makkaroni mit Käse gemacht. Da sind keine Nudeln drin, sondern kleine Blumenkohlröschen. Ich verspreche dir, es schmeckt zwar nicht nach Nudeln, aber es ist trotzdem lecker.«

»Das hört sich toll an«, entgegnete sie ehrlich.

Er atmete erleichtert aus. »Gott sei Dank. Ich hatte schon Angst, du würdest mir sagen, dass du Blumenkohl hasst.«

»Nein. Ich meine, das ist nichts, was ich bei jeder Mahlzeit essen möchte, ich liebe Brot und Kohlenhydrate, aber wie ich schon sagte, ist es für mich in Ordnung, mich gesund zu ernähren, ich zähle nur nicht jede Kalorie, die in meinen Mund kommt.«

»Ich sage dir gleich, dass ich nicht weiß, wie gesund das

ist. Ich habe einen Haufen Käse reingetan«, erklärte Gus grinsend.

»Durch Käse wird alles leckerer«, erwiderte Reese.

Er starrte sie einen Moment lang an.

»Was?«, fragte sie.

»Du bist jetzt viel wacher«, stellte er fest.

Sie zuckte mit den Schultern. »Ich bin immer ein bisschen benebelt, wenn ich aufwache. Ich schlafe viel.«

»Das ist süß. Brauchst du morgens Kaffee?«

»Brauchen? Nein. Wollen? Ja.«

»Schwarz?«

Reese rümpfte die Nase. »Ähm, nein. Mit Sahne oder Milch, Zucker und irgendeinem Sirup.«

»Du brauchst also keinen Kaffee, sondern eine Tasse mit Zuckeraroma, die sich als Kaffee ausgibt«, stichelte er.

Reese war nicht beleidigt. »So in etwa.«

»Es wird bestimmt lustig, mit dir einkaufen zu gehen«, bemerkte Gus. »Ich werde lernen, was du magst und was nicht und auf was du verzichten kannst.«

»Ein bisschen seltsam bist du schon«, stellte sie fest, denn sie wollte diese Intimität, die sich plötzlich zwischen ihnen gebildet hatte, durchbrechen. Der Gedanke, mit ihm einkaufen zu gehen, einen Einkaufswagen zu füllen, über Snacks zu lachen und zu scherzen und zu entscheiden, was es zum Abendessen geben sollte, war im Moment zu viel. In der Vergangenheit hatte sie sich genau danach gesehnt. Nicht unbedingt mit diesem Mann, sondern einfach mit jemandem im Allgemeinen. Sie wollte lieben und geliebt werden. Und bis jetzt war sie in ihrem Leben noch nicht einmal annähernd so weit gekommen.

Als könnte er ihr Unbehagen und ihr Bedürfnis nach etwas Abstand spüren, ließ Gus seine Hand von ihrem Nacken sinken. Er trat einen Schritt zurück und nahm ihre Hand. »Komm schon. Es ist fast fertig.«

»Kann ich dir bei irgendetwas helfen?«, fragte sie, während sie in Richtung Küche gingen. Ihr Nacken kribbelte an der Stelle, an der er sie berührt hatte.

»Du könntest dich um die Getränke kümmern.«

Er bat um ein Glas Eiswasser und sie machte sich daran, die Gläser zu finden, während er zwei Teller mit dem köstlichsten Käse-und-Blumenkohlauflauf servierte, den Reese je gesehen hatte. Sie schnappte sich noch ein paar Papiertücher und Gabeln, und schon saßen sie beide an seinem kleinen runden Tisch.

»Oh mein Gott, Gus, das ist das Leckerste, was ich je gegessen habe«, bemerkte Reese, nachdem sie ihren ersten Bissen genommen hatte.

»Ich bin froh, dass es dir schmeckt.«

»Mir schmecken? Ich werde diesen Blumenkohlauflauf heiraten und mich mit ihm im Bett wälzen!«, rief Reese aus, schloss dann sofort die Augen und legte verlegen die Stirn in die Hand. »Tut mir leid, vergiss, dass ich das gesagt habe.«

Gus lachte leise. »Vergessen? Niemals! Das Bild geht mir jetzt nicht mehr aus dem Kopf.«

Na toll. Jetzt wäre sie am liebsten im Erdboden versunken.

Aber wie Gus nun mal war, ließ er nicht zu, dass sie sich in ihrer Verlegenheit suhlte. »Das Beste, was ich je gegessen habe, war in Texas. Ich habe Freunde von mir besucht, die auch früher im Delta Team waren. Sie haben mich zur *Texas State Fair* mitgenommen, und ich hatte keine Ahnung, was ich dort erleben würde. Als sie hörten, dass ich noch nie auf einem so großen Jahrmarkt gewesen war und noch nie Frittiertes gegessen hatte – ich meine, frittiertes *Jahrmarktsessen* –, bestanden sie darauf, dass ich so ziemlich alles durchprobiere. Erdnussbutter-Bananen-Cheeseburger, Speck, Pekannusskuchen, Käsekuchen und natürlich Oreos. Aber das Beste, das ich probiert habe und von dem ich heute noch träume, ist der frittierte Erdnussbutter-und-Marmeladen-Toast. Ich hätte schwören können, dass ich gestorben und in den Himmel gekommen bin. Ich habe zwei von diesen Dingern gegessen – und das ist mir teuer zu stehen gekommen. Mein Magen hat die nächsten drei Tage wehgetan, aber das war es absolut wert.«

Reese lachte, und Gus erwiderte ihr Lächeln.

»Wenn ich gekonnt hätte, hätte ich den Typen, der sie gemacht hat, entführt und zu mir nach Hause gebracht und ihn gezwungen, mir jeden Tag welche zu machen. Ich weiß also, was du meinst.« Gus nickte mit dem Blick auf den Teller vor ihr. »Wir haben sicher noch genügend Reste für morgen.«

»Oh, du bist also ein Mann, der große Geschütze auffährt«, stichelte Reese ihn.

»Auf jeden Fall.«

Sie plauderten den Rest der Mahlzeit miteinander und dieses Mal ließ Gus Reese ihm beim Aufräumen helfen, als sie fertig waren. Mit Gus' Handy rief sie kurz bei Alaska an, um eine Verabredung für den nächsten Tag zum Einkaufen zu vereinbaren. Sie sagte, sie würde sich mit Henley in Verbindung setzen, da ihr Zeitplan weniger flexibel sei, und sie würden eine Verabredung treffen.

Der Rest des Abends verlief reibungslos. Reese fühlte sich bei Gus wohl. Sie hatte nicht das Gefühl, dass sie auf jedes Wort achten musste, das aus ihrem Mund kam, wie bei anderen Männern, mit denen sie ausgegangen war. Am Ende des Abends, als sie in *sein* Schlafzimmer ging, um zu schlafen, war es ein bisschen unangenehm, aber auch hier gab Gus ihr nicht das Gefühl, dass es komisch war. Er machte sich im Bad einfach bettfertig und ließ sie dann allein.

Als sie sich zum zweiten Mal in sein Bett legte, machte sich Zufriedenheit in ihr breit. Reese hatte keine Ahnung, was die nächsten Wochen bringen würden. Sie musste mit ihrem Chef sprechen und herausfinden, ob sie einen längeren Urlaub nehmen durfte. Sie mochte ihren Job, aber sie wusste, dass es in der Gegend von Kansas City mehrere Unternehmen gab, die sie nur zu gern einstellen würden. Wenn sie also kündigen und sich einen neuen Job suchen müsste, wäre das kein Weltuntergang. Sie würde ihre Kolleginnen und Kollegen vermissen, aber sie war auch nicht gerade mit ihnen befreundet. Sie sahen sich bei der Arbeit, und das war's.

Und wenn sie ehrlich war, war ihr eine Pause von der Arbeit sehr willkommen. Sie hatte sich gelangweilt und brauchte eine neue Herausforderung. Vielleicht war dies die Gelegenheit, etwas zu ändern.

Bisher waren alle in der *Zuflucht* so freundlich und aufgeschlossen gewesen, dass sie sich auf den ersten Blick in den Ort verliebt hatte. Natürlich hatte sie im Internet schon viel darüber gelesen, aber es war etwas ganz anderes, es mit eigenen Augen zu sehen. Und zu wissen, dass ihr Bruder in Sicherheit und endlich mit der Frau zusammen war, die er schon immer geliebt hatte, gab ihr ein gutes Gefühl.

Als sie sich umdrehte, atmete sie Gus' Duft tief in ihre Lunge ein. Ja, es war fast beängstigend, wie gut sich alles entwickelt hatte. Sie war nach Kolumbien geflogen, ohne zu wissen, was passieren würde, und jetzt war sie hier. In Gus' Bett. Natürlich war er nicht bei ihr, aber sie konnte die Hoffnung nicht aufgeben, dass er eines Tages zu ihr kommen würde.

Ohne Rücksicht darauf, dass einige Leute ihr vorwerfen würden, sie sei naiv in Bezug auf das, was Gus von ihr wollen könnte, schlief Reese mit einem Lächeln auf den Lippen und einer Vorfreude auf die Zukunft ein, die sie schon lange nicht mehr empfunden hatte.

# KAPITEL NEUN

Spike beobachtete Reese von der anderen Seite des Raumes. Sie schien ... glücklich zu sein. Was ihn, um ehrlich zu sein, ein wenig überraschte. Sie hatte im Moment wirklich eine Menge um die Ohren. Vieles, worüber sie sich Sorgen machte und was sie unter Druck setzte. Aber sie war bemerkenswert gelassen.

An ihrem zweiten Tag in New Mexico hatte Woody dafür gesorgt, dass ihr Geländewagen zusammen mit seinem Wagen von Kansas City zur *Zuflucht* geschickt wurde. Die Fahrzeuge kamen zwei Tage später an und sie freute sich, dass sie wieder selbst fahren konnte ... nicht dass sie viel unterwegs gewesen wäre. Sie war mit Alaska und Henley einkaufen gegangen und hatte sich ein neues Handy zugelegt. Ein paar Tage später war sie wieder in die Stadt gefahren und hatte Lebensmittel eingekauft, um seinen Kühlschrank und seine Vorratskammer aufzufüllen – sehr zu seinem Ärger, denn er war kein Fan davon, dass sie ihr eigenes Geld für Lebensmittel ausgab, die sie beide aßen.

Vor allem nicht, da sie derzeit keinen Job hatte.

Als er eines Abends nach Hause kam, nachdem er Tonka geholfen hatte, den Pferch auszubauen, hatte sie mit ihrem Chef gesprochen, und weil sie nicht wusste, wie lange sie noch wegbleiben würde, hatte er sie leider entlassen müssen.

Reese schien nicht verärgert zu sein. Sie hatte nur mit den Schultern gezuckt und ihm gesagt, dass sie damit gerechnet hatte, da sie nicht erwarten konnte, dass ihr Chef sie einfach ihren Job behalten lassen konnte, ohne zu wissen, wann sie zurückkehren würde. Sie versicherte ihm, dass sie Geld gespart hatte und eine Weile ohne Job auskommen würde und sich auf die Freizeit freute.

Allerdings hatte er in der letzten Woche nicht wirklich gesehen, wie sie entspannte. Sie war jeden Tag in der Lodge, um Robert und Luna in der Küche zu helfen ... nicht beim Kochen, sondern beim Verteilen des Essens an die Gäste und um sich darum zu kümmern, dass alle alles bekamen, was sie benötigten.

Sie half auch Carly, Jess und Ryan mit der Wäsche, wenn sie nichts anderes zu tun hatte. Spike wollte protestieren und ihr sagen, dass sie nicht hier war, um zu arbeiten, aber da sie froh zu sein schien, beschäftigt zu sein, wollte er sie nicht unnötig verärgern.

Sie verbrachte ebenso Zeit mit Isabella und lernte sie kennen. Es war offensichtlich, dass die Beziehung zwischen ihr und Woody schnell voranschritt, und Reese gestand Spike eines Abends, dass sie die Vorstellung, eine Schwägerin zu haben, sehr genoss.

Da Jasnas Schuljahr kurz vor seiner Reise nach Kansas City begonnen hatte, verbrachte Reese einen Teil ihrer Nachmittage in der Scheune bei den Tieren und half Tonka, bis Jasna kam. Alles in allem tat sie alles, um alle kennenzulernen, und sie hatte kein Problem damit zu helfen, wo immer sie konnte.

Es gab ein paar Tage, an denen Spike sie bis zum Abendessen nicht einmal zu Gesicht bekam, bis sie wieder in seiner Hütte auftauchte. Während sie aßen, erzählte sie ihm in Windeseile von ihrem Tag und was sie alles gesehen und getan hatte.

Sie war lebhaft und freundlich, und je mehr Zeit Spike mit ihr verbrachte, desto klarer war ihm, dass er nicht wollte, dass sie je wieder ging.

Heute Morgen, nachdem er ihr einen Kaffee gemacht hatte, der eigentlich gar keiner war, und während sie frühstückten, sprach er etwas an, worüber er in den letzten zwei Tagen nachgedacht hatte.

»Ich dachte mir, wenn du nicht schon hundert Dinge für den Tag geplant hast, würde ich dich gern zu einem meiner Lieblingsplätze in der *Zuflucht* mitnehmen.«

Reese schaute ihn mit funkelnden Augen an. »Ja!«

Er grinste. »Du willst nicht wissen, wo es ist oder wie wir dorthin kommen?«

»Nein. Wenn es dein Lieblingsort ist, weiß ich, dass es toll werden wird.«

»Und wenn ich dir sagen würde, dass Kletterausrüstung zum Einsatz kommt, wärst du dann immer noch so aufgeregt?«, scherzte er.

»Ja. Obwohl ich so etwas noch nie gemacht habe, also müsstest du mir zeigen, wie es geht. Bin ich zu schwer für die Ausrüstung oder so?«

Sie sah nicht gestresst aus, als sie fragte, sondern nur neugierig, aber Spike hörte es trotzdem nicht gern. »Erstens bringe ich dir alles bei, was du lernen willst. Zweitens bist du für *nichts* zu schwer.« Als er zu Ende gesprochen hatte, sah er finster drein.

Reese legte ihre Hand auf seinen Arm, um ihn zu beruhigen. »Ich wollte mich nicht selbst herabsetzen. Wirklich nicht. Es gibt eine Menge Dinge, die ich wegen meines

Gewichts nicht tun kann. Oder Dinge, die keine sonderlich gute Idee sind. Und an einem Seil oder Flaschenzug oder was auch immer beim Klettern verwendet wird zu hängen, hört sich an, als gäbe es Gewichtsgrenzen. Ich wollte mich nur vergewissern, denn es gibt nichts Schlimmeres, als sich auf etwas zu freuen und dann festzustellen, dass man es nicht machen darf.«

»An deinem Gewicht gibt es nichts auszusetzen«, knurrte Spike. »Und glaubst du wirklich, ich würde dir etwas vorschlagen, wenn ich wüsste, dass du es nicht tun darfst oder kannst? Nie im Leben.« Er beantwortete seine eigene Frage, ohne ihr Zeit für einen Kommentar zu geben.

»Dir ist es wirklich egal, dass ich so fett bin ... oder?«, fragte sie und legte den Kopf schief.

»Du bist nicht fett«, konterte er. »Du bist perfekt. Und nein. Du bist wirklich einer der nettesten Menschen, die ich je getroffen habe. Seit du hier bist, hilfst du fast jedem freiwillig. Ich glaube, wenn es eine Abstimmung gäbe, würde ich rausgeschmissen und du würdest meinen Platz als Miteigentümer des Ladens mit den anderen Jungs einnehmen. Ich habe sogar gesehen, wie du versucht hast, mit Angelo über die Übersetzungs-App auf deinem Handy zu reden. Seit er hier ist, ist er nicht gerade ein besonders netter Kerl, aber das scheint dich überhaupt nicht zu stören. Du lächelst einfach weiter und tust alles, was du kannst, damit er sich wohl und willkommen fühlt.«

»Er ist in einem fremden Land, spricht die Sprache nicht und ist ein Teenager«, erklärte Reese, als würde das Angelos Distanziertheit erklären. »Nach dem zu urteilen, was du gesagt hast, musste er eine schwere Entscheidung treffen ... entweder er verkauft Drogen, um seine Schwester zu beschützen, oder er weigert sich und sie wird deswegen möglicherweise umgebracht. Das war eine schreckliche Situation, und er tut mir leid. Außerdem sieht es so aus, als würden sich Woody und Isabella sehr schnell immer mehr ineinander verlieben, und wenn sie heiraten, ist er im Grunde mit mir verwandt. Ich möchte, dass er weiß, dass ich mich um ihn kümmere und dass ich da bin, wenn er etwas braucht.«

Genau das fand er so großartig. Ihr weiches Herz war etwas, das Spike sowohl bewunderte als auch fürchtete, weil es sie in Zukunft verletzen könnte.

»Er ist kein Kind mehr«, fühlte er sich verpflichtet zu erwähnen. »Er ist alt genug, um sich um sich selbst zu kümmern und sich ein bisschen Mühe zu geben. Ich sage *nicht*, dass er Löcher für den neuen Zaun bei der Scheune graben sollte, aber es gibt hier verschiedene Möglichkeiten für ihn, wenn er sich nur ein bisschen anstrengt. New Mexico hat eine große spanischsprachige Bevölkerung, er könnte leicht einen Job in Los Alamos finden, wenn er wollte.«

»Wir sind erst seit einer Woche hier«, entgegnete Reese sanft. »Er wurde aus allem herausgerissen, was er kannte, und musste all seinen Besitz zurücklassen. Wir müssen etwas Nachsicht mit ihm haben.«

Spike hatte wieder einmal Ehrfurcht vor Reese. Sie war über alle Maßen großzügig. Freundlich. Verständnisvoll. Aber wenn es um Angelo ging, wusste er nicht, ob das gerechtfertigt war. Ja, es war erst eine Woche her, dass sie aus Kolumbien gekommen waren, aber Isabella blühte auf. Sie genoss jede Minute ihrer Zeit hier in der *Zuflucht*. Ihr Bruder hingegen war da ganz anders. Er glaubte nicht, dass es nur daran lag, dass Isabella Englisch sprach, ihr Bruder aber nicht. Obwohl er zugeben musste, dass das offensichtlich zu Isabellas Vorteil war.

»Wir haben keine Ahnung, was die Leute durchmachen, wenn wir sie sehen«, bemerkte Reese mit einem leichten Schulterzucken. »Nach außen hin sehen sie vielleicht ganz in Ordnung aus, aber hinter der Fassade können sie am Boden zerstört sein. Zu Hause ist ihr Leben vielleicht die Hölle, und in der Öffentlichkeit machen sie nur ein fröhliches Gesicht. Es ist keine lästige Pflicht für mich, Menschen freundlich zu behandeln. Außerdem fühle ich mich gut, wenn ich anderen helfe und hart arbeite.«

»Und deshalb fühle ich mich so zu dir hingezogen«, gab Spike zu.

Sie lächelte ihn schüchtern an.

Er hätte am liebsten die Teller beiseitegeschoben, dafür gesorgt, dass sie aufsteht, und sie dann auf den Tisch gelegt, um sich auf der Stelle mit ihr zu vergnügen. Aber er wollte sie auch nicht in Panik versetzen. Er hatte kein Problem damit, ihr sein Bett zu überlassen. Sie sich dort vorzustellen, auf seinem Laken, unter seiner Decke, auf seinem Kissen ... das löste etwas Ursprüngliches in ihm aus. Als sie ihm sagte, dass sie ein schlechtes Gewissen hatte, weil sie sein Zimmer in Beschlag genommen hatte, während er im Gästezimmer wohnte, weigerte Spike sich, auch nur daran zu denken, das Bett zu wechseln. Er wollte sie genau da haben, wo sie war.

Wenn er daran dachte, wie sie in seiner Dusche stand, wie sie seine Handtücher benutzte, um ihren nackten Körper abzutrocknen, wie sie in seinem Zimmer herumging und seine Sachen benutzte, versetzte ihn das in einen ständigen Zustand der Erregung. Er würde niemals etwas versuchen, ohne sicher zu sein, dass sie es auch wollte, aber er fand es schön, sie unter seinem Dach zu haben.

Er hatte das Gefühl, dass es ihr auch gefiel. Sie hatte nichts gesagt, aber sie benutzte immer noch sein Duschgel, obwohl sie die Gelegenheit gehabt hatte, ihr eigenes zu besorgen. Sie roch nach ihm, was er sehr mochte. Selbst wenn er in diesem Moment neben ihr saß und sie so roch wie er, war Spike stolz. Es war eigentlich lächerlich, aber er hoffte, dass es vielleicht ein Zeichen dafür war, dass sie eher früher als später bereit sein würde, eine Beziehung einzugehen, die über eine Freundschaft hinausging.

»Was machen wir heute?«, fragte sie, nachdem sie eine Haarsträhne hinter ihr Ohr gestrichen hatte. »Was muss ich anziehen? Wird es den ganzen Tag dauern? Ich habe Jasna gesagt, dass ich hier sein werde, wenn sie von der Schule nach Hause kommt, damit sie mir alles über ihren Tag erzählen kann. Die siebente Klasse ist nicht die einfachste, weißt du. Wenigstens ist ihre Freundin Sharyn, das Mädchen, das sie in dem Camp letzten Sommer kennengelernt hat, in ihrer Klasse.«

Spike grinste. Er war nicht überrascht, dass sie Jasna begrüßen wollte, wenn sie von der Schule nach Hause kam. Sie hatte sich mit dem Mädchen angefreundet und ihr zugehört, wie sie von den Tieren erzählte, mit denen sie den ganzen Sommer verbracht hatte, ohne auch nur den Hauch von Ungeduld zu zeigen. »Wanderhose, T-Shirt, Stiefel«, erklärte er ihr. »Der Ort ist etwa fünf Kilometer von hier entfernt, aber es ist keine sonderlich schwere Wanderung.«

Reese verdrehte die Augen. »Das sagt der Mann, der in Form ist und aussieht, als könnte er den *Appalachian Trail* ohne Pause laufen.«

Spike lächelte, wurde aber schnell wieder ernst. »Ich würde es nicht vorschlagen, wenn ich nicht glauben würde, dass du es schaffen kannst, Reese. Vertrau mir.«

Sie sah ihm direkt in die Augen. »Das tue ich.«

Verdammt. Diese Frau. Spike ballte die Hände zu Fäusten und hielt sich mit allem, was er hatte, unter Kontrolle. Er wollte sie. Jeden Zentimeter von ihr. Letzte Nacht hatte er masturbiert, nachdem sie ins Bett gegangen waren. Ihr Lachen hallte in seinem Kopf wider, ihr Lächeln war das, was er jeden Abend sah, wenn er die Augen schloss. Er hatte seinen Schwanz in die Faust genommen und war schon nach sehr kurzer Zeit explodiert, aber seine

Erlösung war nicht annähernd so befriedigend gewesen, wie er gehofft hatte.

»Ich räume auf, mach du dich fertig«, erklärte er nach einer langen Pause.

»Ist alles in Ordnung mit dir?«, fragte Reese sanft. »Du scheinst ... nicht bei der Sache zu sein.«

Und schon war sie wieder ganz lieb und nett. »Es ist alles in Ordnung«, versicherte er ihr. »Wie könnte es anders sein, wenn ich den Tag mit dir verbringe?«

Ihre Wangen färbten sich bei seinem Kompliment wunderbar rosa.

»Ich habe das Gefühl, dass ich dich von allen anderen wegstehlen muss, um mit dir allein zu sein«, stichelte er.

Reese verdrehte die Augen. »Ja, natürlich«, sagte sie. »Du hattest Wichtigeres zu tun, als auf mich aufzupassen.« Sie stand auf, aber Spike ließ seine Hand vorschnellen und griff nach ihrem Unterarm, sodass sie auf der Stelle stehen blieb.

»Das ist nicht wahr. Wenn du eine Mitfahrgelegenheit brauchst, fahre ich dich gern. Wenn du hungrig bist, mache ich dir etwas. Wenn du aufgrund der Ereignisse in Kolumbien nervös bist, kann ich gern mit dir darüber reden. Du bist mehr als nur ein Gast, Reese. Du bist mehr als nur die Schwester meines Kumpels. Wir haben unsere Anziehung füreinander meist ziemlich gut unter Verschluss gehalten, aber ich weiß nicht, ob dir klar ist, dass du mich um den kleinen Finger gewickelt hast. Wenn du sagst: ›Springen!‹, frage ich nur: ›Wie hoch?‹«

»Gus«, flüsterte sie.

Spike wollte sie mehr als alles andere in seinem Leben küssen. Aber er hielt sich zurück. Er wollte sich dieser Frau nicht aufdrängen, auch wenn es das Schwierigste war, was er je getan hatte, sie nicht an sich zu ziehen und ihr mit mehr als nur Worten zu zeigen, wie viel sie ihm zu bedeuten begann. Wie sehr er ihre Güte und ihr sonniges Gemüt in seinem Leben brauchte.

»Zieh dich um, damit ich dir einen der vielen Gründe zeigen kann, warum ich mich in diesen Ort verliebt habe«, erwiderte er sanft.

Reese nickte, und er ließ seine Hand von ihrem Arm sinken. Sie schaute ihn einen Moment lang an, bevor sie sich umdrehte und in Richtung seines Schlafzimmers ging.

Spike war tatsächlich aufgestanden und einen Schritt hinter ihr hergegangen, bevor er bemerkt hatte, was er tat. Die Vision in seinem Kopf, sie in sein Schlafzimmer und auf sein Bett zu ziehen und dann auf sie zu fallen, hatte seinen gesunden Menschenverstand fast außer Kraft gesetzt.

Er atmete tief durch und zwang sich, die leeren Frühstücksteller anzuheben und in die Küche zu tragen. Er war bereits angezogen und bereit zum Aufbruch, wollte aber noch eine kleine Tasche mit Snacks und Wasser für ihre Wanderung packen.

Nach ein paar Minuten hatte er sich wieder unter Kontrolle. Spike hatte nicht geahnt, wie schwierig es sein würde, Reese bei sich wohnen zu lassen und trotzdem eine platonische Beziehung zu führen. Es war erst eine Woche her und er fühlte sich mehr zu ihr hingezogen als zu jeder anderen Frau, mit der er je ausgegangen war.

Jedes Wort, das Woody über seine Schwester gesagt hatte, war wahr. Sie war alles, was er sich je von einer Frau gewünscht hatte, und er wollte nichts tun, was sie abschrecken oder sie misstrauisch machen könnte. Spike schwor sich, ein perfekter Gentleman zu sein, damit sie ihre Entscheidung, in seiner Hütte zu bleiben, nicht bereuen würde.

»Ist das okay?«, fragte sie und Spike zuckte zusammen. Er konnte sich nicht erinnern, wann sich das letzte Mal jemand an ihn herangeschlichen hatte ... und Reese hatte sich nicht einmal angeschlichen. Er war so in seine Gedanken versunken gewesen, dass er sie einfach nicht gehört hatte. Als er sich umdrehte, ließ er den Blick an ihrem Körper auf und ab wandern.

Sie hatte eine khakifarbene Wanderhose an, die sie vor ein paar Tagen gekauft hatte, als sie mit Henley, Alaska, Jasna und Isabella einkaufen war. Die Stiefel an ihren Füßen waren nicht neu. Sie waren in den Kartons gewesen, die mit ihrem Ford Escape aus Kansas City geschickt worden waren. Sie trug ein blassgrünes T-Shirt, das das Blau ihrer Augen irgendwie hervorhob. Auf dem T-Shirt war ein Faultier abgebildet, das an einem Ast hing, und darunter stand: »Das Leben ist gut, lass dir Zeit.«

Er lächelte. »Du bist perfekt«, erklärte er und ließ etwas von dem Verlangen, das durch seine Adern floss, in seinen Worten durchscheinen, weil er buchstäblich nicht anders konnte.

Er war nicht überrascht, als Reese die Augen verdrehte. »Wohl kaum. Aber danke. Ich glaube nicht, dass mir kalt werden wird, aber ich habe eine Jacke, die ich mir um die Hüfte binden wollte, nur für den Fall.«

Spike rechnete nicht mit Regen, aber er fand es gut, dass sie für alle Fälle plante. »Ich packe sie in meinen Rucksack, damit du sie nicht mit dir rumschleppen musst«, erwiderte er und ging auf sie zu, da er sich einfach nicht von ihr fernhalten konnte.

»Der Rucksack da auf dem Boden? Der ist ja riesig!«, bemerkte sie lachend. »Was hast du da noch drin?«

»Ich könnte es dir sagen, aber dann müsste ich dich töten«, neckte er sie.

Reese lachte, und Spike legte einen Arm um ihre Taille und zog sie an sich. So viel dazu, ein Gentleman zu sein. Er hatte ganze drei Minuten durchgehalten.

Sie stieß ein entzückendes »Oh« aus, als sie auf ihn prallte, aber ihr Lächeln verblasste nicht.

»Ich will dich küssen«, erklärte Spike mit einer Stimme, die so gar nicht nach seinem üblichen ruhigen Tonfall klang.

Einige Augenblicke vergingen, bevor sie sagte: »Und? Worauf wartest du?«

»Deine Erlaubnis«, entgegnete er ernst.

»Wenn du mich küssen willst, kannst du das jederzeit tun«, erklärte sie atemlos. »Okay, vielleicht eine Zeit lang nicht vor Woody. Ich meine, ich habe mit ihm geredet und er ist einverstanden, aber er ist immer noch mein Bruder, und vor ihm rumzuknutschen wäre merkwürdig. Oh, und vielleicht nicht vor Jasna. Sie ist zwar cool, aber es ist noch seltsamer, vor einem Kind rumzumachen. Wenn ich so darüber nachdenke, könnte es …«

Spike konnte nicht warten, bis sie zu Ende gesprochen hatte. Sie hatte ihm einen Freibrief gegeben, sie zu küssen, und er würde keinen Augenblick länger warten, um genau das zu tun. Er umfasste ihren Nacken und drückte seine andere Hand fest gegen ihren Rücken, während er seinen Kopf neigte und sich zu ihr hinunterbeugte.

Er spürte ihre Finger in seinen Haaren – und dann konnte er an nichts anderes mehr denken als daran, wie sich ihre Lippen unter seinen anfühlten. Wie weich sie sich an ihn schmiegte. Mit der Hand, die auf ihrem Rücken lag, drückte er fester zu, ließ sie um sie herum gleiten und wollte jeden Meter ihres Körpers spüren.

Ihre Zungen tanzten miteinander und er nahm den Minzgeschmack der Zahnpasta wahr, die sie offensichtlich nach dem Umziehen benutzt hatte. Es kribbelte ihm in den Fingern, genauso wie in den Zehen. Seine Erektion drückte gegen ihren Bauch, und er konnte nicht anders, als sich an ihr zu reiben.

Er hatte sie schon einmal geküsst, aber es war nur eine keusche Berührung der Lippen gewesen, nicht mehr. Das hier war ... überwältigend. Aufregend. Er konnte das Versprechen einer Zukunft in diesem Kuss schmecken. Und als sie tief in ihrer Kehle stöhnte und ihre Fingernägel in seine Kopfhaut grub, drückte Spike sie noch fester an sich, während er hingebungsvoll ihren Mund küsste.

Er hatte keine Ahnung, wie lange sie sich geküsst hatten, bevor sie ihre Lippen von seinen löste. Aber sie zog sich nicht zurück. Stattdessen vergrub sie ihr Gesicht in seinem Nacken und klammerte sich genauso fest an ihn, wie er sich an sie klammerte.

Zu seiner Überraschung stellte Spike fest, dass er schwer atmete. Er keuchte geradezu. Sein Schwanz pochte und er war zwei Sekunden davon entfernt, in seiner Hose zu kommen. Das war ihm noch nie passiert. Er küsste gern, aber es war immer nur ein Mittel zum Zweck. Eine Vorstufe zum eigentlichen Höhepunkt.

Bei Reese *war* das Küssen bereits ein Höhepunkt.

Ihr Atem strich über seine Haut und ließ eine Gänsehaut auf seinen Armen entstehen. Er ließ seine Hände von ihrem Nacken zu ihrem Rücken wandern und von ihrer Taille zu ihrem Hintern. Er konnte einfach nicht anders, als die wunderbar üppige Rundung einen Moment lang zu kneten, bevor er sie fest umklammerte und gegen seinen pochenden Schwanz drückte.

»Du meine Güte«, murmelte sie an seinem Hals.

Spike lächelte, erleichtert, dass er nicht der Einzige war, der so etwas fühlte. Er leckte sich über die Lippen, schmeckte sie und flüsterte: »Ja.«

Er spürte, wie sie den Kopf hob, und sah sie an. Spike konnte seinen Blick nicht davon abhalten, zu ihrer Brust zu wandern. Er konnte ihre Brustwarzen durch ihren BH und ihr T-Shirt hindurch sehen, und eine Mischung aus Erleichterung und Stolz durchfuhr ihn. Offensichtlich war sie genauso erregt wie er, und das sorgte dafür, dass er sich ein wenig entspannen konnte. Er hatte zwar gewusst, dass sie ihn mochte, aber der Beweis, dass sie genauso erregt war, ließ ihn irgendwie weniger verzweifelt erscheinen.

Er schwor sich, die Spannung und Vorfreude auf ihre neue Beziehung zu genießen.

Widerwillig ließ Spike ihren Hintern los, führte seine Hand zu ihrem Gesicht und strich mit den Fingern über ihre rosige Wange. Ihre Lippen waren ein wenig geschwollen und er liebte es, wie sich ihre Fingernägel auf seiner Kopfhaut und auf seinem Arm anfühlten, wo sie ihn festgehalten hatte, während sie einander geküsst hatten.

»Ich werde dich nicht vor Woody küssen. Er hat nichts gegen unsere Beziehung, aber du bist in der Tat seine kleine Schwester.«

»Wir haben also eine Beziehung?«, fragte sie schüchtern.

»Ja«, antwortete Spike bestimmt.

»Und ...«

»Was? Du kannst mich alles fragen. Sag mir alles.«

»Ich weiß. Es ist nur so, dass es noch so früh ist. Aber ich habe noch nie so für einen Mann empfunden. Du weißt ja, dass ich schon vorher in dich verknallt war, aber jetzt ... sind wir ... kannst du ... ich will nicht, dass du auch noch mit anderen Frauen ausgehst«, erklärte sie hastig.

Spike nahm ihr Gesicht zwischen die Hände und sah ihr fest in die Augen. »Wie du siehst, gibt es hier nicht gerade viele Frauen, mit denen man ausgehen kann«, erklärte er.

»Aber es gibt viele Gäste«, unterbrach sie ihn, bevor er fortfahren konnte. »Und ich habe gesehen, wie einige von ihnen dich und die anderen Jungs angucken. Ich schätze, viele wären froh, einen von euch als Urlaubsflirt zu haben.«

»Meine Freunde und ich haben noch nie Geschäftliches mit Privatem vermischt und werden auch jetzt nicht damit anfangen«, erklärte er streng. »Das ist der beste Weg, die Dinge zu versauen. Ich werde mit keinem der weiblichen Gäste schlafen – und ich stimme dir zu, denn ich will mich gar nicht mit anderen Frauen treffen. Ich will keine andere als dich, Reese. Ich kann an nichts anderes denken als an dich.«

Sie lächelte ihn schüchtern an, während sie seine Handgelenke festhielt. »Es fällt mir schwer, das zu begreifen«, gab sie zu. »Ich meine, ich weiß, dass ich ein guter Mensch bin und es verdient habe, so geliebt zu werden, wie ich es mir immer gewünscht habe, und einen eigenen Mann zu haben. Aber das kam ... so plötzlich. Und du hast keine Ahnung, wie oft ich davon geträumt habe, genau hier zu sein. Davon, dich die Dinge sagen zu hören, die du mir jetzt sagst. Aber ich bin auch Realistin. Ich weiß, wie ich aussehe, und wir haben uns kein einziges Mal gesehen, seit du aus dem Militär entlassen wurdest.«

»Du siehst zum Anbeißen aus. Wie mein Zuhause. Wie jemand, der das Leben in vollen Zügen genießt. Der viel lacht und sich für die kleinsten Dinge begeistert. Und obwohl ich nicht sagen kann, dass ich verknallt war, habe ich *oft* an dich gedacht. Ich habe Woody immer nach dir gefragt, wenn wir im Einsatz waren. Du hast mich vom ersten Moment an fasziniert, aber da ich mir dachte, dass du einen alten, tätowierten Einsiedler wie mich nicht willst ...« Er zuckte mit den Schultern.

Sie lächelte. »Du bist nicht alt. Und du bist kein Einsiedler. Hast du Woody wirklich nach mir gefragt?«

»Ja.«

Ihr Lächeln wurde noch breiter. »Wir machen das also wirklich.«

»Wenn du mit *das* meinst, dass wir uns treffen, küssen, uns weiter kennenlernen, zusammen essen, Filme schauen und hoffentlich eines Tages sehr bald miteinander schlafen ... ja«, erwiderte Spike.

Sie schluckte schwer. »Okay.«

»Okay?«, bestätigte er.

Sie nickte.

Er hob ihr Kinn an, sodass sie ihn ansah, und senkte seinen Kopf noch einmal. Er küsste sie erneut. Diesmal war der Kuss weniger leidenschaftlich und eher ... liebevoll. Ihre Zungen spielten träge miteinander, während sie den Geschmack und das Gefühl des anderen kennenlernten. Es war Spike, der den Kuss abbrach. Wenn er ihr seinen Lieblingsplatz in der *Zuflucht* zeigen wollte, musste er aufhören, sie zu berühren und zu küssen, und in die Hufe kommen.

»Bist du bereit?«, fragte er.

»Kann ich Kaffee zum Mitnehmen machen?«, fragte sie.

Spike hatte das Gefühl, dass sie nicht wusste, dass sie ihn mit dem Daumen an der Innenseite seines Handgelenks streichelte. Sie war so sinnlich. Wenn sie endlich miteinander schlafen würden, würde sie ihn umhauen, daran hatte er keinen Zweifel.

»Ich habe schon einen für dich gemacht.«

»Das hast du?«, fragte sie überrascht.

Das war noch so etwas. Sie war immer so schockiert, wenn er etwas Nettes für sie tat. Als hätte sich noch nie jemand um sie gesorgt. Nun, dieser Teil ihres Lebens gehörte der Vergangenheit an. Er würde sich ein Bein ausreißen, um sie zu verwöhnen.

»Ja. Ich habe auch Wasser für später mitgenommen ... du weißt schon, um den Zucker von deinem sogenannten Kaffee aus deinem Körper zu spülen.«

Sie lachte und schlug ihm spielerisch auf den Arm. »Hör schon auf.«

Das gefiel ihm. Ja, er mochte das Küssen und Knutschen,

aber er mochte auch das gutmütige Geplänkel zwischen ihnen.

»Komm schon«, erklärte er, nahm ihre Hand und zog sie in Richtung Küche. Es waren nur ein paar Schritte und es war nicht nötig, ihre Hand zu halten, aber er berührte sie gern. Er hatte sie gern in seiner Nähe. Er reichte ihr den Reisebecher mit dem Kaffee und beobachtete, wie sie einen Schluck nahm.

»Er ist perfekt«, erklärte sie mit einem Lächeln.

Wieder durchfuhr Spike ein Gefühl der Sehnsucht. Er schob das unerwartete Gefühl der Verletzlichkeit beiseite und sagte: »Natürlich ist er das.«

Diese Frau war sein Kryptonit. Jetzt verstand er, warum manche Menschen im Namen der Liebe dumme Dinge taten.

Er zuckte bei dem plötzlichen Gedanken zusammen und überspielte ihn, indem er Reeses Hand losließ und nach seinem Rucksack griff. Er faltete ihre Jacke zusammen und stopfte sie hinein, während er über die Vorstellung nachdachte.

Liebe? *Liebte* er Reese? Er war sich nicht sicher. Es war noch gar nicht so lange her, dass sie einander wiedergesehen hatten. Respektierte er sie? Ja. Bewunderte er sie? Eindeutig ja. Hatte er Ehrfurcht vor ihr? Auf jeden Fall.

Aber Liebe?

Vielleicht.

Früher hätte ihn das vielleicht erschreckt, vor allem so früh. Aber jetzt, da er ihr die Haustür aufhielt und lächelte, als sie sich bedankte und hinausging, war er einfach nur … zufrieden.

Es hatte eine Zeit in Spikes Leben gegeben, in der er glaubte, er würde sich nie wirklich entspannen können. Die Dinge, die er getan und gesehen hatte, gingen ihm wie ein nicht enden wollender Film durch den Kopf, Tag für Tag,

Jahr für Jahr. Die Schrecken seiner Vergangenheit waren immer da, lauerten im Hintergrund, bereit, nach vorn zu springen und einen perfekten Tag zu ruinieren. Er hatte sich damit abgefunden, immer angespannt zu sein. In Alarmbereitschaft zu sein.

Aber in der Nähe von Reese wurden diese Gedanken gedämpft. Wenn er ihr Lachen hörte, war er beruhigt. Ihre Freude an den kleinsten Dingen war eine wahre Freude für ihn. Und sie zu küssen? Sich in all dem zu verlieren, was Reese war?

Das war wirklich das Größte.

Wenn er *überhaupt jemanden* lieben konnte, dann diese Frau. Aber jetzt wollte er erst einmal die Zeit mit ihr genießen. Er wollte ihr zeigen, warum er diesen Teil von New Mexico liebte. Ja, sie hatten sich darauf geeinigt, nur miteinander auszugehen, aber irgendwann würde die reale Welt eintreten und sie würde zurück nach Kansas City ziehen. Sie würden beide schwere Entscheidungen treffen müssen, wenn das passierte, aber bis dahin wollte Spike alles in seiner Macht Stehende tun, um im Hier und Jetzt zu leben. Und es verdammt noch mal genießen, Reese um sich zu haben.

»Na, kommst du? Oder sollen wir den ganzen Tag vor deiner Hütte stehen und die Bäume um uns herum anstarren?«, fragte sie frech.

»Ich komme«, entgegnete Spike lächelnd, schloss die Tür zur Hütte ab und drehte sich zu ihr um.

»Warum schließt du die Tür ab? Hast du Angst, dass die Gäste etwas stehlen?«, fragte sie und legte den Kopf schief.

»Eigentlich nicht. Es ist eine Angewohnheit. Kein Ort ist hundertprozentig sicher.«

»Gutes Argument«, bemerkte Reese mit einem Nicken.

Spike steckte den Schlüssel ein. »Bereit?«

»Bereit«, erwiderte sie mit einem breiten Lächeln. »Geh voraus.«

»Wie wäre es, wenn wir zusammen gehen?«, fragte Spike und hielt ihr die Hand hin.

Wenn es überhaupt möglich war, wurde ihr Lächeln noch breiter. »Hört sich gut an.«

Sie legte ihre Hand in seine. Spike bemerkte, dass seine Hand groß genug war, um ihre vollständig zu umschließen, was ihm aus irgendeinem Grund gefiel. Sie war keine zierliche Frau, aber auf ihn wirkte sie zart und so verdammt feminin. Die Sanftheit zu all seinen harten Kanten.

Sie gingen Hand in Hand in Richtung der Bäume. Es gab keinen offiziellen Weg dorthin, wo sie hinwollten, aber den hatte Spike auch nicht nötig. Er ging dorthin, wo sie hinwollten, wenn er Ruhe und Frieden brauchte. Wenn er neue Energie tanken und die Dämonen in seinem Kopf loswerden wollte. Er konnte es kaum erwarten, Reese den Ort zu zeigen.

# KAPITEL ZEHN

Reese konnte nicht aufhören zu lächeln.

Sie sah wahrscheinlich wie eine Närrin aus, aber das war ihr egal.

Ihre Lippen kribbelten noch immer von ihren vorangegangenen Küssen. Sie hatte nicht gelogen, es war schwer zu glauben, dass Gus an *ihr* interessiert war. Er war der Typ, von dem jedes Mädchen träumte, dass er einen Blick auf sie warf und sich sofort in sie verliebte. Der Prinz aus *Aschenputtel*. Der süße fremde Milliardär, der im Flugzeug neben dir sitzt, dich mit in seine Villa nimmt und dir seine ewige Liebe erklärt.

Okay, diese Beispiele waren vielleicht etwas weit hergeholt, denn Gus hatte keinen Tropfen adeliges Blut und soweit sie wusste, war er kein Milliardär.

Aber sie war ganz trunken vor Glück, dass er hier bei ihr war, ihre Hand hielt, sie küsste, als könnte er nie genug bekommen, und generell aufmerksam und beschützerisch war. Das gefiel ihr. Sehr sogar. Sie war eine unabhängige Frau, das war sie schon immer gewesen. Sie brauchte keinen Mann, aber sie konnte nicht leugnen, dass sie einen *wollte*.

Ihr Höschen war noch feucht von vorhin, als sie ihn fest an sich gedrückt hatte, während sie sich geküsst hatten. Sie hatte seinen Schwanz – seinen *riesigen* Schwanz – an ihrem Bauch gespürt und hätte ihm am liebsten auf der Stelle die Kleider vom Leib gerissen und wäre auf die Knie gesunken, um ihn zu kosten.

Aber sie konnte geduldig sein. Vielleicht. Es war lange her, dass sie Sex gehabt hatte, und sie hatte ihn noch nie mit jemandem gehabt, den sie so sehr wollte wie Gus. Er hatte angedeutet, dass sie in Zukunft Sex haben würden – Liebe machen würden, wie er es genannt hatte ... schwärm –, aber sie hatte das Gefühl, dass er versuchen würde, ein Gentleman zu sein und es langsam anzugehen, wenn es um Intimität ging.

Reese wollte keine Langsamkeit. Sie wollte Gus schon seit einer gefühlten Ewigkeit. Und sie konnte sich des Eindrucks nicht erwehren, dass seine Anziehungskraft auf sie vielleicht schnell nachlassen würde. Dass er beschließen würde, dass er keine übergewichtige Ingenieurin um die dreißig wollte, sondern lieber eine dünne, quirlige Zwanzigjährige.

Reese schüttelte den Kopf und versuchte, nicht daran zu denken. Sie hatte vor langer Zeit akzeptiert, dass sie so war, wie sie war, und sich geschworen, sich für keinen Mann zu ändern. Aber ... sie wollte sichergehen, dass Gus wusste, dass sie für die körperliche Intimität, die eine Beziehung mit sich bringt, bereit war. Sie wollte nicht eine beliebige Zeitspanne abwarten, die die Gesellschaft für akzeptabel hielt, bevor sie mit ihm schlafen konnte. Sie war jetzt bereit.

Sie blickte Gus unter ihren Wimpern hervor an und lächelte. Er war wie geschaffen dafür, hier draußen in der Wildnis zu sein. Er sah entspannter aus und seine Schritte waren selbstbewusst. Ihr gefiel der Anblick der Tätowierungen auf seinem Arm und wie sie sich mit seinen

Muskeln bewegten, als er den Rucksack auf seinem Rücken verschob.

»Warum siehst du mich so an?«, fragte er mit einem kleinen Grinsen.

Reese zuckte mit den Schultern. »Ich bin einfach glücklich.«

»Du bist immer glücklich«, erwiderte er.

Sie runzelte die Stirn. »Das ist nicht wahr.«

Gus zog eine Augenbraue hoch.

»Ich war nicht glücklich, als ich Woody nicht erreichen konnte. Ich war nicht glücklich, dass ich nach Südamerika fliegen musste, um ihn zu finden, obwohl ich keine Ahnung hatte, wo ich mit der Suche anfangen sollte. Ich war nicht glücklich, als ich krank wurde und in meinem Hotelzimmer bleiben musste, anstatt nach ihnen zu suchen. Ich war nicht glücklich, als ich allein beim Wagen warten musste und du und Tiny zu dem Haus gegangen seid und euch selbst in Gefahr gebracht habt. Ich war nicht glücklich, als auf uns geschossen wurde und wir von bewaffneten Killern des Drogenkartells gejagt wurden. Ich bin nicht glücklich, wenn Angelo nicht mit mir reden will. Ich bin nicht glücklich, wenn ...«

»Okay, okay«, erwiderte Gus und lachte. »Du bist also die meiste Zeit über glücklich. Solange du dir nicht ständig Sorgen um deine Lieben machst. Oder um deine Freunde.«

Reese dachte darüber nach und nickte ihm zu. »Es ist besser für meinen Seelenfrieden, wenn ich mich mehr auf die guten Seiten des Lebens konzentriere als auf die schlechten.«

»Damit unterscheidest du dich von etwa achtzig Prozent der Welt.«

»Das ist nicht wahr«, protestierte sie.

»Doch, das ist wahr. Wenn du in den sozialen Medien unterwegs bist, geht es in den meisten Beiträgen um den

Mist, der im Leben der Menschen passiert. Sie beschweren sich über dies oder jenes. Ich habe deine Posts gesehen ... du sprichst über die Blumen, die du im Park gesehen hast. Darüber, wie sehr du dich über die Gehaltserhöhung einer Kollegin oder eines Kollegen freust. Das Geschenk, das du dem Sohn eines Freundes zum Geburtstag gekauft hast.«

»Ich rege mich auf«, protestierte sie. »Ich mache mir Sorgen und bin wütend, genau wie alle anderen auch.«

»Ich weiß, aber du hältst dich nicht damit auf. Ich finde das wundervoll. Und deshalb sind die Menschen auch gern mit dir zusammen.«

»Du auch?«, konnte sie nicht umhin zu fragen.

»Ich ganz besonders. Aber das heißt nicht, dass du in meiner Gegenwart nicht traurig oder wütend sein darfst. Ich will nicht, dass du denkst, ich erwarte, dass du immer fröhlich und gut gelaunt bist. Ich *möchte* sogar, dass du dich mit mir wohlfühlst und mir erlaubst, die dunklen Seiten von dir zu sehen, genauso wie die fröhlichen.«

»Ich bin es nicht gewohnt, Menschen an meinen Gefühlen teilhaben zu lassen«, gab sie zu.

»Du kannst mir deine wahren Gefühle anvertrauen«, erklärte Gus und drückte ihre Hand. »Gott weiß, dass ich schon so viele schlimme Dinge im Kopf habe, dass mich nichts, was du tust oder sagst, aus der Ruhe bringen kann.«

»War es schlimm?«, platzte sie heraus.

»Was meinst du?«

»Deine Einsätze. Ein Delta zu sein. Immer in Gefahr zu sein, an unsichere Orte geschickt zu werden und Superman sein zu müssen.«

»Nicht immer. Aber die meiste Zeit, ja. Das ist der Grund, warum ich schließlich aufgehört habe.«

»Du hast nicht einfach aufgehört«, entgegnete Reese wütend. Sie blieb stehen und zwang Gus, mit ihr stehen zu bleiben.

Er atmete tief ein und aus. »Doch, habe ich.«

»Nein, du hattest genug. Jeder vernünftige Mensch hätte das getan. Die Psyche eines Menschen kann nur eine bestimmte Menge verkraften. Ich bewundere dich dafür, dass du erkannt hast, wann der richtige Zeitpunkt gekommen war, um auszusteigen.«

»Hast du mit Henley geredet?«

»Speziell über dich? Nein. Über einige der schrecklichen Dinge, die unsere Gäste, die ehemalige Soldaten sind, gesehen und getan haben? Ja. Ich bin stolz auf dich, meinen Bruder und den Rest deines Teams und auf das, was ihr alle getan habt. Aber ich bin erleichtert, dass ihr es nicht mehr macht. Ich habe jeden Augenblick gehasst, in dem ihr im Einsatz wart. Ich fürchtete mich vor *dem* Anruf, *dem* Besuch, der mir mitteilte, dass einer von euch ums Leben gekommen war. Es ist egoistisch, das weiß ich, aber ich war so verdammt glücklich, als ich gehört habe, dass du aufhörst. Genau wie bei Woody auch.«

»Das ist nicht egoistisch«, erklärte Gus sanft.

»Doch, das ist es, aber es ist mir auch egal. Du bist hier und in Sicherheit. Woody ist in Sicherheit ... nun, er wäre es, wenn er nicht ins Land der Drogenkartelle fahren würde, um seine Freundin und ihren Bruder zu retten.

Ich will damit sagen, wenn ich dir meine Gefühle anvertrauen kann, kannst du mir auch deine anvertrauen. Ich erwarte nicht, dass du mir irgendwelche Details erzählst, die dazu führen, dass du jahrelang ins Gefängnis kommst. Und wenn du Freiraum brauchst, sollst du ihn haben. Wenn du reden willst, bin ich da und höre zu. Wenn du hierher in den Wald kommen willst, um einfach nur zu schweigen, können wir das auch tun.«

Reese stieß einen kleinen überraschten Laut aus, als Gus sie an sich zog. Aber sie erholte sich sofort und schlang ihre Arme um ihn, als er sie fest an sich zog.

»Ich bin es nicht gewohnt, über die schlimmen Dinge in meinem Kopf zu reden, aber wenn es zu viel wird, sage ich dir Bescheid.«

Reese schmiegte sich an ihn. Sie hörte die Vögel über sich, den Wind, der die Blätter in den Bäumen zum Rascheln brachte, und den Schlag von Gus' Herz. Wenn sie den Rest ihres Lebens hier in seinen Armen verbringen könnte, in der friedlichen Welt, die sie umgab, würde sie es tun.

Er zog sich zurück, küsste sie leicht und ergriff dann ihre Hand. »Komm schon, wir haben noch etwa eineinhalb Kilometer vor uns.«

»Woher weißt du eigentlich, wo wir sind und wohin wir gehen?«, fragte sie, als sie wieder losgingen.

Er zuckte mit den Schultern. »Ich weiß es einfach.«

»Mein Orientierungssinn ist richtig schlecht«, informierte sie ihn. »Ich kann mit allem fahren, was Räder hat. Autos, Lastwagen, Gokarts, Motorräder. Aber zu wissen, in welche Richtung ich fahren muss, ist etwas schwieriger für mich.«

Gus lachte.

»Bevor es Fahrzeuge mit GPS gab, habe ich mich immer hoffnungslos verfahren.«

»Mach die Augen zu«, sagte Gus.

Reese tat sofort, was er verlangte, ohne weiter darüber nachzudenken.

Er hielt an und drehte sie ein paarmal im Kreis. »Jetzt mach die Augen auf und sag mir, in welche Richtung wir gerade gegangen sind.«

Reese lachte, als sie sich umsah. Die Bäume sahen alle gleich aus. Und sie konnte auch keine Spur erkennen, wo sie gerade gelaufen waren. »Ich habe keine Ahnung.«

»Im Ernst. Atme tief durch und sieh dich um. Suche nach Hinweisen. Wo sind wir gerade hergekommen?«

»Ganz ehrlich, Gus. Ich habe wirklich keine Ahnung. Jedes Blatt und jeder Ast sieht gleich aus. Ich weiß es nicht.«

Er runzelte die Stirn. »Das ist nicht gut«, sagte er, mehr zu sich selbst als zu ihr. »*Die Zuflucht* liegt am Rande von Tausenden Hektar Wald. Ich muss dir beibringen, wie man einen Kompass benutzt und wie man seinen Weg findet.«

»Du kannst es versuchen«, entgegnete sie ohne große Überzeugung. »Aber Woody hat schon mehr als einmal versucht, mir so etwas beizubringen. Ich bin ein hoffnungsloser Fall.«

»Du bist kein hoffnungsloser Fall«, erwiderte er, ohne nachzudenken.

Wärme breitete sich in Reese aus. Es war nur eine Kleinigkeit, aber sie fand es toll, wie er sich für sie einsetzte. »Okay, Schlaumeier. Du bist dran. Mach die Augen zu, damit ich dich drehen kann und du mir sagen kannst, aus welcher Richtung wir kommen.«

Mit einem kleinen Lächeln schloss er die Augen und ließ sich von ihr drehen. Als er die Augen öffnete, dauerte es etwa zwei Sekunden, bis er sich orientieren konnte und nach links zeigte. »Da sind wir langgegangen. Ich kann die Abdrücke auf dem Boden sehen. Und da geht es nach Norden«, er zeigte in die entsprechende Richtung, »und da geht es nach Los Alamos.« Er deutete in eine andere Richtung.

»Niemand mag einen Besserwisser«, bemerkte Reese.

»Du schon«, konterte er.

Erwischt. »Wie dem auch sei«, murmelte sie.

Gus lachte, packte sie am Hinterkopf und beugte sich vor, um ihr einen weiteren Kuss zu geben. Sie musste zugeben, dass es ihr gefiel, wie großzügig er mit seinen Küssen war. Nein, sie liebte es.

»Hast du Hunger? Brauchst du einen Snack? Vielleicht etwas Wasser?«

»Nein, alles in Ordnung.«

»Na gut. Wir werden ein Picknick machen, wenn wir dort sind. Komm schon, es ist nicht mehr weit.«

»Okay, großer menschlicher Kompass, zeig mir den Weg.«

»Eines Tages werde ich dich zwingen, uns zu dem Ort zu führen, den ich dir zeigen werde«, erklärte er, als sie wieder losgingen.

»Ist das eine Drohung?«, fragte sie mit einem Lächeln.

»Nein. Ganz und gar nicht. Ich möchte nur, dass du dich hier zurechtfindest. Der Gedanke, dass du dich im Wald verlaufen könntest, macht mich ganz krank.«

Sie drückte noch einmal seine Hand. »Mach dir keine Sorgen. Ich wandere gern und bin gern in der Natur, aber ich habe nicht vor, jemals allein herumzuwandern. Ich bleibe auf festen Wegen oder bei dir.«

»Aber ich könnte mich verletzen. Und dann musst du vielleicht zurück zur *Zuflucht*, um Hilfe zu holen.«

Reese schüttelte den Kopf. »Nein. Das wird nicht passieren. Und wir müssen aufhören, darüber zu reden, dass du verletzt werden könntest.«

»Okay. Aber du wirst mir einen Gefallen tun und versuchen zu lernen, wie man sich besser orientiert, ja?«

Reese seufzte. »Ja, natürlich. Aber mach dir keine allzu großen Hoffnungen. Ich bin wirklich nicht gut darin. Frag einfach Woody. Er wird es dir bestätigen.«

Gus drückte ihre Hand und sie setzten ihren Weg fort.

»Also ... ich habe nicht gefragt ... und wenn du es mir nicht sagen willst, ist das auch okay. Aber wie bist du zu deinem Spitznamen gekommen?«, fragte Reese.

Gus lächelte. »Du weißt, dass die meisten von uns ihren Spitznamen aus der Grundausbildung haben, oder?«

»Ja. Bis auf Woody. Er heißt schon sein ganzes Leben lang Woody. Seine Freunde in der Grundschule fingen an, ihn so zu nennen, wegen seines Nachnamens, und das ist hängengeblieben. Alle nennen ihn so, sogar unsere Eltern.«

»Also, als ich in der Grundausbildung war, beschloss einer der Ausbilder eines Morgens, etwas Neues für das Training zu machen. Er brachte uns zu den Sandgruben und baute ein Netz auf. Wir haben zwei Stunden lang Volleyball gespielt. Und glaub mir, das ist genauso anstrengend wie Liegestütze und Sit-ups. Jedenfalls stellten sie mich nach vorn und ich schlug den Ball ein ums andere Mal übers Netz und verschaffte unserem Team damit Punkte. Und Punkte waren sehr wichtig, denn wer ein Spiel verlor, musste Runden laufen, Hampelmänner machen und andere anstrengende Übungen absolvieren.« Er zuckte mit den Schultern. »Nach einer Weile fingen alle an, mich Spike zu nennen, weil ich den Volleyball so gut rüberspielen konnte.«

Reese blieb wieder stehen und starrte ihn ungläubig an.

»Was? Was ist denn los?«

»*Das* ist die Geschichte hinter deinem Spitznamen?«

»Ja, warum?«

»Es ist nicht das, was ich erwartet habe«, entgegnete Reese mit einem kleinen Lachen.

Jetzt war es an Gus zu grinsen. »Was hast du denn als Spitznamen erwartet? Killer? Bubbles? Flatus?«

»Flatus?«, hakte sie nach.

»Wie in Flatulenz.«

»Oh Gott, nein. Bitte sag mir, dass das kein Spitzname ist, den wirklich jemand bekommen hat.«

»Natürlich ist er das. Genauso wie Bubbles. Du siehst also, warum ich mit Spike einverstanden war.«

»Ja. Aber ich nenne dich gern Gus.«

»Mir gefällt das auch«, entgegnete er mit einem kleinen Lächeln.

Er sah sie mit einer solchen Intensität und Zärtlichkeit

an, dass Reese sich beherrschen musste, um ihn nicht an sich zu ziehen und auf der Stelle auf den Boden zu werfen. »Ich … es fühlt sich komisch an, dich Spike zu nennen, wenn ich nicht zu deinem Team gehöre. Als Woody mir das erste Mal von seinen Teamkameraden erzählte, beschloss ich, dass ich niemanden mit seinem Spitznamen anreden kann.«

»Du kannst mich nennen, wie du willst«, versicherte Gus ihr. »Jetzt komm schon, wenn wir den ganzen Tag hier draußen im Wald rumstehen, kommen wir nie an.«

Sie gingen noch zehn Minuten lang schweigend weiter. Dann sagte Gus leise: »Wir sind gleich da. Ich möchte, dass du hierbleibst, während ich mich vergewissere, dass alles sicher ist.«

»Sicher?«, fragte Reese.

»Vertrau mir.«

Sie nickte.

»Rühr dich nicht vom Fleck. Verstehst du? Besonders jetzt, da ich weiß, wie leicht du dich verlaufen kannst. Bleib bitte genau hier und beweg dich nicht von der Stelle, okay?«

»Natürlich. Ich werde nicht allein herumlaufen«, erklärte sie ihm ein wenig abwehrend.

»Ich weiß, dass du das nicht tun wirst. Aber wenn dich etwas erschreckt und du losläufst, könntest du viel weiter weg sein, als du denkst. Und es gibt einige steile Stellen nicht weit von hier. Ich will nicht, dass du in eine Schlucht stürzt und dich verletzt.«

»Was könnte mich denn erschrecken?«, fragte sie neugierig.

»Ich nehme an, dass du dich im Wald nicht besonders gut auskennst, also ist es möglich, dass ein Tier vorbeiläuft und dich erschreckt.«

»Solange es kein Bär ist, ist alles in Ordnung«, entgegnete Reese. »Was dich nicht umbringt, macht dich stärker ... außer Bären ... Bären bringen dich um.«

Gus grinste und schüttelte leicht den Kopf, sagte aber: »Also, ich werde nicht lange weg sein.« Er küsste sie noch einmal kurz, bevor er sich umdrehte und wegging.

Reese lehnte sich gegen einen Baum und lächelte. Sie könnte sich wirklich daran gewöhnen, Gus' Freundin zu sein. Er gab ihr das Gefühl, etwas Besonderes zu sein. Und diese Küsse ...

»Bereit?«

Seine Stimme ließ sie zusammenzucken. Es kam ihr nicht so vor, als wäre er länger als eine Minute weg gewesen, aber offensichtlich hatte sie länger geträumt, als sie gedacht hatte. »Oh Gott«, sagte sie und legte eine Hand auf ihre Brust, um ihr rasendes Herz zu beruhigen. »Du hast mich erschreckt.«

»Tut mir leid.«

»Alles in Ordnung?«

»Ja.« Anstatt ihre Hand zu nehmen, legte er einen Arm um ihre Taille. »Mach die Augen zu«, forderte er sie auf. »Ich will dich dorthin führen und du sollst es nicht sehen, bevor ich bereit bin.«

»Du sorgst dafür, dass ich nicht stolpere?«, fragte sie.

»Natürlich.«

Er sagte es mit solchem Nachdruck, dass Reese keine Bedenken hatte, die Augen zu schließen und sich an ihn zu lehnen.

Er drückte sie an seine Seite, während er sie führte. Es war etwas beunruhigend, aber sie vertraute darauf, dass Gus sie beschützen und nicht zulassen würde, dass sie gegen einen Baum stieß oder über ihre eigenen Füße stolperte.

Sie spürte, wie die Temperatur sich leicht veränderte, als er sie weiterführte, und auch der Geruch in der Luft veränderte sich. Sie spürte die leichte Brise nicht mehr auf ihrer

Haut, doch irgendwie war es kühler, und sie konnte nur mit Mühe die Augen geschlossen halten, bis er ihr sagte, dass sie sie öffnen könne.

»Okay, du kannst jetzt schauen.«

Reese öffnete eifrig die Augen – und musste ein paarmal blinzeln, um sich an das zu gewöhnen, was sie sah. Sie hatte erwartet, an einem Aussichtspunkt zu stehen, wie *Sitting Rock* oder *Table Rock*. Aber stattdessen war sie ... in einer Höhle.

Aber es war nicht nur irgendeine Höhle. Überall an den Wänden waren Zeichnungen zu sehen.

»Du meine Güte, Gus!«

»Es ist erstaunlich, nicht wahr?«, bemerkte er ehrfürchtig.

»Das sind Petroglyphen, richtig?«, fragte sie.

»Ja. Sie sind zwischen dreihundert und zweitausend-fünfhundert Jahre alt. Ich meine, ich bin kein Experte, also habe ich keine Ahnung, aber ich habe die in der Nähe von Albuquerque im *Petroglyph National Park* gesehen und diese scheinen ähnlich zu sein. Außerdem gibt es westlich von Santa Fe die *La Cieneguilla Petroglyphen*, die auch so aussehen.«

»Wie hast du diesen Ort gefunden?«, fragte sie und flüsterte immer noch.

»Ich hatte Glück«, entgegnete Gus. »Ich war eines Tages auf einer Wanderung, als *Die Zuflucht* noch im Aufbau war. Der Lärm der Bauarbeiten an den Hütten machte mir zu schaffen und ich machte mich auf den Weg in den Wald. Es fing an zu regnen, und ich stolperte über diese Höhle und war froh, einen Ort zu finden, an dem ich dem Regen entkommen konnte. Als ich mich umsah, entdeckte ich zu meinem Erstaunen all diese primitiven Felszeichnungen. Ich habe Stunden damit verbracht, so viele von ihnen wie möglich zu untersuchen und mir vorzustellen, wer sie gemacht haben könnte und aus welchem Grund.«

Reese trat einen Schritt von Gus weg und ging auf eine der Wände zu. Sie berührte die wertvolle Zeichnung nicht, sondern legte ihre Hand über eine der Zeichnungen an die Wand. »Es ist erstaunlich, dass Menschen genau hier, wo wir jetzt stehen, diese Kunstwerke geschaffen haben. Ich frage mich, wie ihr Leben aussah. Was ihre Träume waren ...«

Sie drehte sich um und sah sich weitere Zeichnungen an. Es gab menschliche Figuren, Jäger, Sonnen, eine Art Tier, das eine Art Blockflöte spielte, verschlungene Dreiecke, ein dachsähnliches Wesen mit fünf großen Krallen am Fuß und sogar lächelnde Gesichter. Überall, wo sie hinschaute, gab es verschiedene Zeichnungen. »Erzählen die Bilder eine Geschichte?«, fragte sie.

Sie konnte den Blick nicht von der Höhlenwand abwenden, auch als Gus näher kam und seine Arme von hinten um sie schlang. Er stützte sein Kinn auf ihre Schulter, während er mit ihr die Wand betrachtete.

»Dessen bin ich mir eigentlich sicher«, entgegnete er. »Ich weiß nicht, wie sie genau gehen, aber ich habe mir in den Jahren, die ich hier bin, viele ausgedacht. Der da zum Beispiel«, sagte er und zeigte auf ein Strichmännchen, das etwas Langes und Spitzes in der Hand hielt. »Das ist der Mann des Hauses, der auf der Jagd ist.« Er fuhr fort, auf verschiedene Bilder in der Nähe des ersten zu zeigen. »Und das ist das Schaf, das er jagt. Er bringt es nach Hause zu seiner Frau, die vor einem Feuer sitzt. Sie feiern ein Festmahl und wenn die Sonne untergeht, schlafen sie miteinander, und dabei entsteht dieses Baby ... dort.«

Reese lächelte. Ihr Gus war ein Romantiker. Er gehörte zwar nicht unbedingt ihr, aber in diesem Moment, in dieser Höhle, hatte sie das Gefühl, dass das der Fall war. Die

Gemälde an den Wänden konnten buchstäblich alles bedeuten. Sie war sich nicht einmal sicher, was viele der Zeichnungen darstellen sollten. Aber wenn Gus der Meinung war, dass die Schnörkel in der Nähe des Jägers ein Feuer darstellten, wollte sie ihm nicht widersprechen.

Sie drehte sich in seiner Umarmung um und verschränkte ihre Hände hinter seinem Rücken. »Danke, dass du mir das gezeigt hast.«

»Gern geschehen. Willst du etwas essen?«

»Sicher.«

Er nahm ihre Hand und ging weiter in die Höhle hinein. Hier hinten war es dunkler, aber sie hätte wissen müssen, dass Gus darauf vorbereitet sein würde. Er beugte sich vor und hob eine Taschenlampe auf, mit der er sich zuvor vergewissert hatte, dass die Höhle frei von irgendwelchem Ungeziefer war, und führte sie zur Wand auf der einen Seite, wo Tausende von Tannennadeln ordentlich auf dem Boden aufgeschichtet waren.

Als könnte er ihre Frage spüren, sagte er: »Ich habe dir doch gesagt, dass ich oft hierherkomme. Und der Boden ist hart.« Er zuckte mit den Schultern. »Ich dachte, ich könnte es mir auch bequem machen, solange ich hier bin.«

Gus half ihr, sich zu setzen, und ließ sich neben ihr nieder. Zu Reeses Überraschung waren die Tannennadeln überraschend bequem. Er zog seinen Rucksack heran und kramte darin nach den Tüten mit den Lebensmitteln, die er eingepackt hatte. Während sie an den Mandeln und dem Studentenfutter knabberten, konnte Reese den Blick nicht von den Wänden um sie herum losreißen. Es war, als wären sie in einer anderen Welt.

Die Probleme des einundzwanzigsten Jahrhunderts schienen so weit weg zu sein, während sie über die Menschen nachdachte, die die Zeichnungen in diese Höhle geritzt hatten. Wahrscheinlich hatten sie die Höhle früher einmal als Unterschlupf genutzt.

»Moment mal«, bemerkte sie nach einem Augenblick. »Hast du jemandem von dieser Höhle erzählt? Historikern? Archäologen? Irgendjemandem?«

Gus schaute ein wenig verlegen. »Nein. Ich hatte es vor, aber dann habe ich mir überlegt, wie viele Leute hier draußen herumtrampeln würden. Dass sie dieses kleine Stück Paradies ruinieren könnten. Irgendwann werde ich es tun. Aber ich dachte mir, dass diese Zeichnungen schon so lange hier sind, dass es nicht schaden kann, noch ein paar Jahre zu warten.«

Reese lehnte sich an ihn und seufzte. »Das sehe ich auch so.«

»Wenn ich hier bin, scheinen alle meine Probleme zu verschwinden«, gab er leise zu. »Die Menschen, die ich getötet habe, die Explosionen, die brennenden Gebäude, in denen Panzerfäuste eingeschlagen sind, die traumatisierten Kinder und Frauen, die entführten Soldaten und Zivilisten, die ich gerettet habe ... sie alle verschwinden. Und ich kann nur noch daran denken, wer die Leute gewesen sein könnten, die vor mir hier waren. Was haben sie sich dabei gedacht? Haben sie Bilder gemalt, um ihre Kinder zu unterhalten? Haben sie eine Art Tagebuch hinterlassen? Wollten sie mit ihren Jagdkünsten prahlen? Ihre Geschichte aufzeichnen? Ich weiß es einfach nicht. Aber es fasziniert mich.«

»Es ist erstaunlich«, stimmte Reese zu.

Er schaute sie an. »Du bist nicht enttäuscht, dass ich dich nicht zu einem schönen Aussichtspunkt gebracht habe?«

Sie lachte. »Nein. Ich habe Höhenangst.«

Gus schaute überrascht. »Wirklich?«

»Ja.«

»Aber du bist die Regenrinne hinuntergeklettert wie ein Profi«, bemerkte er.

Reese zuckte mit den Schultern. »Hatte ich denn eine Wahl?«

»Na ja, eigentlich nicht.«

»Genau. Du warst noch in der Wohnung, und ich wusste, dass derjenige, der hinter uns her war, gerade eingebrochen war. Wenn ich mich nicht in Bewegung gesetzt hätte, wärst du verletzt worden. Also habe ich getan, was ich tun musste. Das heißt aber nicht, dass es mir gefallen hat. Das hat es nämlich nicht.«

»Du überraschst mich jeden Tag aufs Neue«, bemerkte Gus leise. »Auf eine gute Art.«

Bevor sie erwidern konnte, dass sie nur das getan hatte, was im Moment erforderlich gewesen war, lehnte Gus sich zu ihr und schob sie sanft zurück, bis sie auf den Tannennadeln lag.

»Ich glaube, in dieser Höhle war mehr zu finden als nur Leute, die an die Wände gemalt haben«, erklärte er mit einem kleinen Lächeln und stützte sich über ihr ab.

»Ja? Hmmm ... zum Beispiel ein Festmahl?«

»Das auch«, entgegnete er, bevor er den Kopf senkte.

Reese war mehr als glücklich, ihm auf halbem Weg entgegenzukommen. Sie hob den Kopf, und dann küssten sie einander. Und irgendwie fühlte es sich im Liegen anders an.

Es vergingen einige Minuten und als Gus den Kopf hob, um zu ihr hinunterzuschauen, atmeten sie beide schwer. Reese strich mit der Hand über seinen Bizeps, während er sich über ihr abstützte, und der Ausdruck in seinen Augen gefiel ihr sehr.

»Wir lieben uns zum ersten Mal nicht in einer Höhle«, erklärte er mit Nachdruck.

»Ich weiß nicht ... die Temperatur ist nicht schlecht, es

ist ein gutes Versteck und wie du schon sagtest ... ich wette, früher wurde das in dieser Höhle ziemlich oft gemacht«, stichelte Reese ihn. Die Wahrheit war, dass sie es kaum erwarten konnte, Gus die Kleider vom Leib zu reißen und ihn mit ihr machen zu lassen, was er wollte.

»Beim ersten Mal will ich dich in meinem Bett haben, wo ich mir uns schon seit deinem ersten Nickerchen in meinem Bett vorgestellt habe.«

Ihr Bauch krampfte sich vor Verlangen zusammen, während sie ihn anstarrte.

»Ich werde jeden Zentimeter deines Körpers liebkosen, meinen Mund zwischen deine Beine schieben und mich an dir gütlich tun. Nachdem wir uns geliebt haben, werden wir zusammen duschen ... und dann werde ich dich wieder lecken. Dann werde ich dich die ganze Nacht lang halten und meinen Glückssternen danken, dass du mich auch nur in die Nähe deines wunderbaren Körpers lässt.«

Reeses Mund war trocken wie Staub. Sie wünschte sich das. So sehr. »Wann darf ich *dir* dann mal einen blasen?«, fragte sie schließlich.

Gus machte einen Moment lang die Augen zu und holte tief Luft, bevor er sie wieder ansah. »Willst du das? Mir einen blasen?«

»Ja«, entgegnete sie keuchend.

»Dann sollst du es bekommen. Mich bekommen.«

Reese schaute an Gus vorbei an die Decke der Höhle. Es war ihr vorher nicht aufgefallen, aber sogar dort oben gab es Zeichnungen. Sie begegnete Gus' Blick wieder ... und schmolz fast dahin bei der Mischung aus Lust und Zärtlichkeit, die sie sah. »Wirst du mich eines Tages hierher zurückbringen und mit mir Liebe machen?«, fragte sie.

»Alles, was du willst, sollst du haben«, erklärte er feierlich. »Ich kann mir keinen besseren Weg vorstellen, um die zu ehren, die vor mir kamen, als dich hierherzubringen. Wo vor Hunderten und Tausenden von Jahren Männer und Frauen das Gleiche getan haben.«

Reese hob den Kopf und küsste ihn sanft, um ihm ohne Worte zu zeigen, wie sehr sie ihn mochte und schätzte.

»Aber ...«, erklärte er, setzte sich auf und zog sie mit sich, »wenn ich mich jetzt nicht von dir löse, sind alle meine guten Vorsätze zum Teufel. Aber ich habe dir etwas mitgebracht ...«

Er drehte sich um, um in seinem Rucksack zu wühlen, und Reese nutzte die Gelegenheit, um ihn noch ein bisschen zu bewundern. Manche Leute könnten von seinen Tätowierungen abgeschreckt sein. Oder meinen, sein Haaransatz sei nicht männlich genug. Oder sie mochten die Adern in seinen Armen oder seine harten Muskeln nicht. Sie könnten sich durch seinen extrem ausgeprägten Beschützerinstinkt beleidigt fühlen. Aber nicht Reese. Sie mochte alles an diesem Mann. Und sie konnte es immer noch nicht glauben, dass er sie auch zu mögen schien.

Er drehte sich mit etwas in der Hand zu ihr um. Als Reese hinunterblickte, musste sie lachen. Er hielt eine Tüte mit drei Schokokeksen in der Hand.

»Sag mir, dass das Roberts Kekse sind«, flehte sie.

»Es sind Roberts Kekse«, entgegnete Gus gehorsam.

»Gib her!«, neckte Reese ihn.

Mit einem Lächeln öffnete Gus die Tüte und hielt ihr einen davon hin. Sie nahm einen großen Bissen und schloss genüsslich die Augen. »Ich habe keine Ahnung, was er macht, damit sie so gut schmecken, aber ich bin überzeugt, dass er eine Art illegale Droge hineintut, um uns süchtig zu machen.«

Gus lachte. »Ich würde es ihm durchaus zutrauen.« Er aß seinen eigenen Keks auf und hielt ihr den letzten Keks hin.

»Wir könnten ihn teilen«, schlug sie vor.

»Und riskieren, von dir abgemurkst zu werden?«, entgegnete Gus todernst. »Auf keinen Fall, er gehört ganz dir.«

Reese war nicht beleidigt. Er hatte sie in der letzten Woche mehr als einmal darüber reden hören, wie sehr sie Roberts Schokoladenkekse liebte. Sie hatte das Gefühl, dass sie mit ihrem begeisterten Lob übertrieben hatte, aber sie war nicht dumm. Wenn Gus ihr den Keks anbot, würde sie ihn annehmen.

»Erinnere mich später daran, damit ich mich richtig bedanken kann«, erklärte sie vielsagend.

Er leckte sich über die Lippen und antwortete: »Oh, das werde ich.«

Nachdem sie den Keks aufgegessen und einen großen Schluck Wasser getrunken hatte, beugte er sich vor und küsste sie erneut. Es war kein kurzer Kuss. Diesmal waren sie aufrecht, aber die Lust zwischen ihnen entfachte genauso heiß und schnell wie gerade eben, als sie auf dem Rücken gelegen hatte.

»Du schmeckst nach Schokolade«, murmelte er nach einer Weile und strich mit dem Daumen über ihren Wangenknochen.

Reese wäre das vielleicht peinlich gewesen, aber im Moment fühlte sie sich zu sanft. Und zu erregt. Wenn Gus vorgeschlagen hätte, dass sie alle Vorsicht in den Wind schlagen und es einfach tun sollten, hätte sie von ganzem Herzen zugestimmt. Aber sie konnte nicht leugnen, dass der Gedanke, dass er sie mit in sein Bett nehmen würde, in dem sie seit einer Woche davon träumte, dass er genau das tat, viel verlockender war.

Gus atmete tief durch und löste sich von ihr, legte sich auf den Rücken und legte seine Hände unter seinen Kopf. »Ich liebe es hier«, erklärte er nach einem Moment.

»Danke, dass du dieses Erlebnis mit mir teilst«, erwiderte Reese und legte sich neben ihn. Sie blieben eine Weile so liegen, Seite an Seite. Keiner von ihnen sprach, sie nahmen einfach nur das Ambiente der Höhle in sich auf. Nach einigen Minuten, immer noch, ohne ein Wort zu sagen, griff Gus nach ihrer Hand. Sie hielten Händchen und starrten an die Decke der Höhle.

Reese konnte sich nicht erinnern, jemals glücklicher gewesen zu sein.

Irgendwann mussten sie gehen. Gus packte ihren Müll zusammen und vergewisserte sich, dass sie nichts zurückließen, bevor er sie fest umarmte und den Weg zurück zur *Zuflucht* einschlug.

In der Höhle hatten sich die Dinge zwischen ihnen verändert, und obwohl Reese nicht so dumm war zu glauben, dass sexuelle Chemie und Lust bedeuteten, dass sie heiraten und bis ans Ende ihrer Tage glücklich miteinander sein würden, konnte sie nicht anders, als optimistisch in ihre Zukunft zu blicken.

Sie hatte nicht davon gesprochen, in diese Gegend zu ziehen, und er auch nicht. Aber sie hoffte, dass sie beide diese Richtung eingeschlagen hatten. Im Moment war das Leben in seiner Hütte eine vorübergehende Lösung, bis Woody vollständig geheilt war und Gus' Freund bestätigte, dass es kein Sicherheitsrisiko darstellte, nach Kansas City zurückzukehren.

Aber nicht zum ersten Mal erwog Reese, nicht zurückzukehren. Sie könnte problemlos eine Wohnung in Los Alamos finden, denn sie wollte Gus nicht in eine unangenehme Lage bringen, aber sie hoffte, dass er in diesem Fall weiterhin mit ihr zusammen sein wollte.

Sie würde sich einsam fühlen, wenn sie ausziehen würde, aber sie wollte auch nicht zu lange bleiben. Gus war es gewohnt, allein zu sein, genau wie sie. Aber wenn er, sobald sie eine Weile zusammen waren und sie in der Stadt arbeitete, wollte, dass sie zu ihm in *Die Zuflucht* zog, würde sie nicht ablehnen.

Reese errötete bei den Gedanken, die ihr durch den Kopf gingen, und versuchte, an etwas anderes zu denken. Daran, wie es Jasna in der Schule ging. Mit welchem Thema sie Angelo das nächste Mal ansprechen könnte, wenn sie ihn sah. Wie es Woodys Arm ging. Alles, um das immer stärker werdende Gefühl der Sehnsucht zu dämpfen, das sie bei dem Mann verspürte, der gerade ihre Hand hielt und sie durch den Wald führte.

Als könnte er ihre Gedanken lesen, drückte Gus ihre Hand und drehte seinen Kopf, um sie anzulächeln.

Ja, man konnte mit Sicherheit sagen, dass Reeses Schwärmerei sich schnell zu mehr entwickelte, als sie den Mann hinter den stechend grünen Augen und dem ruhigen Auftreten kennenlernte.

Lächelnd beschloss sie, sich einfach treiben zu lassen. Was auch immer passierte, würde passieren, und zu viel darüber nachzudenken würde nichts ändern. Sie würde es genießen, mit ihm zusammen zu sein, solange sie konnte, und dann sehen, wie es weiterging.

# KAPITEL ELF

»Können wir reden?«

Spike erstarrte. Er hatte sich darauf gefreut. Aber ehrlich gesagt hatte er erwartet, dass Woody schon vorher mit ihm reden wollte.

Seit er und Reese aus der Höhle zurückgekommen waren, konnte er seine Hände nicht mehr von ihr lassen. Bei jeder sich bietenden Gelegenheit berührte er sie. Er legte seine Hand auf ihren Rücken, wenn sie spazieren gingen, hielt ihre Hand, saß bei den Mahlzeiten in der Lodge neben ihr und legte eine Hand auf ihr Knie ... es überraschte ihn nicht, dass ihr Bruder mit ihm reden wollte. Sicher, er hatte gesagt, dass er nichts dagegen hatte, dass sie sich trafen, aber der Gedanke daran und sich das Ganze tagtäglich mit eigenen Augen ansehen zu müssen, waren zwei völlig verschiedene Dinge.

»Klar«, entgegnete Spike so lässig wie möglich.

»Willst du spazieren gehen?«, fragte Woody.

Spike nickte. »Zum *Table Rock*?«, fragte er. Es war kein schwieriger Spaziergang und wenn sein alter Freund ihm sagen wollte, dass er es sich anders überlegt hatte und nicht mehr wollte, dass er mit Reese zusammen war, würde er die Ruhe, die das Land ihm bieten konnte, definitiv brauchen.

Die beiden Männer gingen gemächlich auf dem Pfad entlang, der zum Aussichtspunkt führte. Dort befand sich ein großer flacher Felsen, daher auch der Name *Table Rock*.

»Wie geht es deinem Arm?«, fragte Spike.

»Es geht ihm gut. Wir wären schon längst weg, wenn Tex nicht gesagt hätte, dass im Dark Web etwas über mich verbreitet und Kansas City erwähnt wurde. Ich werde Isabella und ihren Bruder nicht noch einmal in Gefahr bringen.«

»Du glaubst, es ist das Kartell?«

Woody zuckte mit den Schultern. »Ich wüsste nicht, wer es sonst sein könnte.«

»Warum ist es ihnen so wichtig? Ich meine, nichts für ungut, aber du bist nicht gerade eine wichtige Zielperson für sie, und ich kann mir nicht vorstellen, dass Isabella eine ist«, bemerkte Spike.

»Da bin ich ganz deiner Meinung.«

Spike überlegte, ob er nicht sagen sollte, was er dachte, aber er war sein Freund. Sie hatten sich mehr als einmal gegenseitig das Leben gerettet und waren bei der Spezialeinheit immer ehrlich zueinander gewesen. Es war zwei Wochen her, dass sie aus Kolumbien zurückgekehrt waren ... und es war an der Zeit. »Was ist mit Angelo?«

Woody schwieg einen Moment lang, dann seufzte er. »Ja, darüber habe ich auch schon nachgedacht. Ich weiß, er hat Isabella erzählt, dass er gezwungen wurde, für das Kartell zu arbeiten ... aber was, wenn das nicht stimmt?«

Obwohl er derjenige war, der die Möglichkeit angesprochen hatte, dass Angelo der Grund für die Informationen aus dem Dark Web sein könnte, fühlte Spike sich gezwungen zu sagen: »Er war in einem Raum eingesperrt, genau wie du und Isabella. Wenn er aktiv mit ihnen zusammengearbeitet hätte, wäre er dann nicht auch bei den anderen Männern im Keller gewesen und hätte sich an ihrer Unterhaltung beteiligt?«

Woody nickte. »Ich würde dir so gern zustimmen, aber ich bin mir im Moment nicht sicher. Er ist ziemlich launisch, seit er in den Staaten angekommen ist.«

»Vielleicht fühlt er sich schuldig wegen allem, was passiert ist«, gab Spike zu bedenken.

»Vielleicht«, stimmte Woody zu, aber es war klar, dass er diese Ausrede für Isabellas Bruder nicht ganz glauben wollte.

Es war verdammt frustrierend, keine Antworten zu haben, aber für Woody musste es noch schlimmer sein. »Die große Frage ist, ob du, Isabella, unsere Gäste und Mitarbeiter und Angelo in Gefahr seid, dass das Kartell hierherkommt, um das zu beenden, was sie ursprünglich geplant hatten.«

»Nein.« Woody antwortete sofort und aus tiefstem Herzen.

»Das kannst du nicht wissen«, widersprach Spike vorsichtig.

»Doch, das *weiß* ich«, entgegnete Woody. Sie hatten den *Table Rock* erreicht und er drehte sich zu Spike um. »Ich weiß, was ich gesagt habe, als wir hier ankamen. Ich hatte viele der gleichen Bedenken, die du gerade geäußert hast. Mir ist klar, dass Angelo nicht gerade freundlich war, aber ich glaube zumindest nicht, dass er *jemals* etwas tun würde, das Isabella in Gefahr bringt, egal was er mit dem Kartell zu tun hat. Ja, wenn er sich auf den Drogenhandel einlässt, bringt er sie beide in Gefahr. Ich kann nicht mit Sicherheit sagen, ob Angelo sich der Konsequenzen voll bewusst war. Ich weiß allerdings, dass die beiden durch die Hölle gegangen sind. Seit er ein Kind war, kämpften sie beide gegen den Rest der Welt. Ich sage nicht, dass er ein

Engel ist, denn das ist er ganz bestimmt nicht, aber er würde auf keinen Fall einer Gruppe von Kartellmitgliedern sagen, wo sie ist, damit sie herkommen und ihr etwas antun können.«

Spike war sich da nicht so sicher, aber er respektierte die Tatsache, dass sein Freund in einer schwierigen Situation steckte.

»Und wenn es sein muss, bringe ich Isabella und Angelo von hier weg.«

»Das halte ich für keine gute Idee«, erklärte Spike entschieden. »Wir sind mehr als in der Lage, alle zu beschützen. Wir haben eine Menge gelernt, seit dieser Mistkerl hinter Alaska her war und der Sache mit Jasna. Wie ich dir schon sagte, haben wir Kameras an der Straße und strategisch entlang der Grundstücksgrenze platziert. Wenn jemand in unseren Wald eindringt, werden wir es wissen.«

»Dieser Ort ist fantastisch«, bemerkte Woody.

Spike war nicht begeistert von diesem Themenwechsel, aber er ließ es zu. Er war sich immer noch nicht ganz im Klaren darüber, was genau in Kolumbien passiert war. Angefangen bei Woody, der zusammen mit Isabella und Angelo entführt worden war, über die Drogen, die Tatsache, dass die drei unbewacht im Haus gefunden worden waren, bis hin zu ihrer fast zu einfachen Flucht und der Tatsache, dass er auch zwei Wochen später noch keine Antworten auf *irgendetwas* hatte. Es war frustrierend, aber er war mehr als froh, dass niemand ernsthaft verletzt worden war. Und die Verbindung, die er mit Reese hergestellt hatte, war ein wahr gewordener Traum.

»Ja, das ist er«, antwortete Spike mit einiger Verspätung.

»Ich bin dir und deinen Freunden dankbar, dass wir eine Weile bleiben dürfen.«

»Natürlich. Als wir diesen Ort gegründet haben, haben wir darüber gesprochen und beschlossen, dass jeder unserer alten Teamkameraden hier kostenlos willkommen ist, wenn er es nötig hat«, erklärte Spike ihm.

»Und momentan haben wir es nötig«, bemerkte Woody leise, während er über die Bäume in der Ferne starrte. Die Aussicht vom *Table Rock* war schon an einem normalen Tag fantastisch. Aber heute, bei ausgesprochen angenehmen Temperaturen und dem nahenden Herbst, war er besonders schön. »Dieser Ort, meine ich. Die Dinge, die wir gesehen und getan haben ... können überwältigend sein.«

Spike nickte.

Ein laues Lüftchen wehte um sie herum, als wollte er die schlechten Gedanken, die in ihren Köpfen herumschwirrten, vertreiben.

Dann räusperte Woody sich und wandte sich an Spike. »Ich habe noch einen Grund, weswegen ich mit dir sprechen möchte. Ich habe dir vorhin gesagt, dass ich mit Isabella und Angelo abhauen würde, wenn es um deine Sicherheit und die Sicherheit aller hier lebenden und arbeitenden Menschen ginge ...«

»Ja?«, fragte Spike, als sein Freund innehielt.

»Ich werde sie zurück nach Kansas City bringen, sobald Tex mir sagt, dass das Interesse an der Sache abgeklungen ist.« Er hob die Hand, als Spike zu protestieren begann. »Du warst mehr als großzügig. Und ich möchte nach Hause zurückkehren. Noch wichtiger ist, dass ich Isabella nach Hause bringen möchte. Zu mir nach Hause. *Die Zuflucht* ist toll, aber es ist nicht *mein* Zuhause.«

»Ich verstehe«, entgegnete Spike.

»Ich werde Tex noch ein paar Wochen Zeit geben, denn ich will auf keinen Fall Isabella in Gefahr bringen, aber wir können nicht ewig hierbleiben. Ich denke, je schneller wir nach Kansas City kommen, desto wohler wird Angelo sich fühlen. Er kann sich eingewöhnen. Nichts für ungut, aber hier gibt es nicht viel für ihn zu tun. Es gibt keine Leute in seinem Alter, die er treffen kann, und Jobs sind ziemlich rar.«

»Ich bin sicher, wenn wir uns umhören, finden wir für ihn etwas Vorübergehendes für den nächsten Monat«, schlug Spike vor.

»Ich werde Isabella bitten, mit ihm darüber zu reden. Aber ich habe dich eigentlich hergebracht, um dich nach etwas anderem zu fragen. Und ich will, dass du ehrlich bist.«

Spike verspannte sich. »Natürlich.«

»Wäre es ein großes Problem, wenn Isabella und ich in der *Zuflucht* heiraten würden?«

Spike starrte seinen Freund einen Moment lang sprachlos an, bevor er breit grinste. »Überhaupt nicht!«, rief er aus.

Woody verdrehte die Augen. »Du bist so ein Macho, es gibt eine Million Details, die bei einer Hochzeit eine Rolle spielen. Ich vermute, dass Alaska, Henley und deine Angestellten das durchaus für ein Problem halten könnten.«

Spike zuckte mit den Schultern. »Da hast du sicher recht, aber wenn du glaubst, dass es irgendjemanden stören wird, bist du verrückt. Und um ehrlich zu sein, haben uns schon ein paar Gäste danach gefragt, aber wir haben uns nicht wohl dabei gefühlt, Ja zu sagen, weil wir bisher nicht einmal darüber nachgedacht haben. Wenn es euch nichts ausmacht, dass es eine unauffällige Sache ist, da *Die Zuflucht* ein Ort zum Entspannen ist und ich mir nicht sicher bin, ob eine riesige Party angemessen wäre, geht es sicher in Ordnung.«

»Alles klar, aber du musst mit deinen Freunden reden. Dich davon überzeugen, dass es kein Problem ist. Ich meine, wir könnten auch zum Standesamt gehen, wenn wir zu Hause sind, aber ich wollte Isabella etwas geben, an das sie sich erinnert. Sie hat ein so hartes Leben geführt, ich würde sie gern verwöhnen und ihr an unserem Hochzeitstag das Gefühl geben, etwas Besonderes zu sein.«

»Ich freue mich für dich, Woody«, erklärte Spike aufrichtig.

»Die ganze Sache geht ziemlich schnell ...«, begann sein Freund und sprach dann nicht weiter.

Spike lachte. »Schnell? Ist das dein Ernst? Du und Isabella habt euch schon vor Jahren gut verstanden, als wir sie zum ersten Mal getroffen haben. Wir wussten alle, dass ihr füreinander bestimmt seid.«

»Na gut, das gebe ich zu, aber wir sind erst seit ein paar Wochen zusammen«, protestierte Woody.

»Du liebst sie?«, fragte Spike.

»So sehr, dass es mir eine wahnsinnige Angst macht.«

»Liebt sie dich?«

»Ja«, erklärte Woody, ohne zu zögern.

»Dann ist es doch egal, was alle anderen denken.«

»Du hast recht.«

»Ich weiß«, erwiderte Spike mit einem Grinsen.

»Sollen wir jetzt über dich und meine Schwester reden?«, fragte Woody mit einem Glitzern in den Augen.

»Ich finde *nicht*«, erwiderte Spike.

Woody wurde ernst. »Sie scheint ... zufrieden zu sein.«

»Was soll das heißen?«

»Du brauchst nicht gleich so defensiv zu werden. Ich sage nur, dass ihr gut füreinander seid«, stellte Woody klar. »Sie wird wahrscheinlich zurück nach Kansas City wollen, wenn ich zurückkehre«, warnte er.

Spike versteifte sich.

»Ich erwarte, dass du sie vom Gegenteil überzeugst.«

»Ich werde es versuchen«, entgegnete er langsam.

»Sie hat ihren Job bereits gekündigt. Sie liebt es hier, das merkt jeder. Sie hat sich mit Alaska, Henley und Jasna angefreundet. Und sogar mit deinen anderen Mitarbeitern. Sie hat ein Funkeln in den Augen, wie ich es schon lange nicht mehr gesehen habe.«

»Du hast wirklich kein Problem damit, dass wir zusammen sind?«, fragte Spike.

»Natürlich nicht. Wenn ich meiner Schwester nicht einem der Menschen anvertrauen kann, denen ich mein Leben anvertrauen würde, wenn wir von Aufständischen umzingelt sind und kurz davor stehen, keine Munition mehr zu haben, wem kann ich sie *dann* anvertrauen? Würdest du ihr wehtun?«

»Nein.«

»Wirst du sie schlagen? Ihr sagen, mit wem sie sich anfreunden darf und mit wem nicht? Sie als Gefangene in deiner Hütte halten?«

»Was zum Teufel? Nein. Wie kommst du denn darauf?«, fragte Spike und wurde wütend.

»Warum sollte ich mich dann darüber aufregen, dass du mit ihr zusammen bist?«, fragte Woody, den die Wut seines Freundes nicht im Geringsten beunruhigte.

Spike gab sich Mühe, seine Selbstbeherrschung wiederzuerlangen. Woody wollte ihm nicht wegen Reese auf den Zahn fühlen. Er tat sogar das Gegenteil. Aber er mochte es nicht, wenn jemand so etwas für sie tat. Sie war eine unabhängige Frau, und der Gedanke, dass *irgendjemand* sie unterdrücken oder in irgendeiner Weise kontrollieren könnte, machte ihn krank.

»Ich habe noch nie jemanden wie sie kennengelernt«, erklärte Spike nach einem Moment. »Sie könnte jemand viel Besseres erwischen als mich, und das weiß ich. Ich verdiene sie nicht, aber ich werde alles in meiner Macht Stehende tun, um der Mann zu sein, den *sie* verdient. Ich weiß nicht, was in der Zukunft passieren wird, aber ich würde ihr nie wehtun, Woody. Ich gebe dir mein Wort als Delta, dass sie bei mir sicher ist.«

»Daran habe ich keinen Moment gezweifelt«, entgegnete Woody ernst. »Und du unterschätzt dich selbst. Ihr beide seid füreinander bestimmt. Mach sie einfach glücklich und ich bin zufrieden.«

»Ich werde mein Bestes geben.«

Die beiden Männer starrten sich einen Moment lang an, bevor Woody sagte: »Hättest du je gedacht, dass wir so enden würden?«

»Ehrlich gesagt, nein«, entgegnete Spike.

»Sie liebt dich«, erwiderte Woody leise.

Spike brauchte nicht zu fragen, wen er meinte.

»Ich kann es in ihren Augen sehen. Mach das nicht kaputt, Spike. Ich meine es ernst. Du wirst keine bessere Frau als Reese finden.«

»Ich weiß«, antwortete er schlicht. Und das tat er auch. »Ich danke dir.«

»Wofür?«, fragte Woody.

»Dafür, dass du kein Idiot bist, was Reese und mich angeht. Dass du sie mir anvertraust. Dass du ein großartiger Bruder bist. Dass du mir so oft das Leben gerettet hast. Dass du ein verdammt guter Freund bist.«

»Du kannst mir danken, indem du meine Schwester heiratest und mir viele Nichten und Neffen schenkst.«

»Das schon wieder?«, fragte Spike und verdrehte die Augen.

»Hey, wir werden auch nicht jünger. Und ich möchte, dass meine Kinder Cousins und Cousinen haben, mit denen sie spielen können«, erwiderte Woody mit einem Lächeln.

Spike hatte sein Delta-Team immer als seine Familie angesehen. Und jetzt seine Freunde hier in der *Zuflucht*. Aber der Gedanke, eigene Kinder zu haben, gemeinsame Ferien zu verbringen, nach Kansas City zu fahren, um die Cousins zu besuchen ... das wollte er. Mehr als er je gedacht hätte.

»Ja«, stimmte er zu.

Woody klopfte ihm auf den Rücken und stöhnte dann. »Mist, ich habe meinen Arm vergessen«, schalt er sich selbst.

Spike verdrehte die Augen. »Wie wär's, wenn wir zurückgehen, damit ich die anderen wegen der Hochzeit fragen kann, und du Isabella sagst, sie soll sich mit Alaska und Henley treffen, damit wir mit der Planung anfangen können.«

Woody zögerte nicht einmal und machte sich ohne ein weiteres Wort auf den Weg.

Spike hätte über den Eifer seines Freundes, zu Isabella zurückzukehren, gelacht, aber ihm ging es genauso mit Reese. Es war noch gar nicht so lange her, dass er sie gesehen hatte, aber er konnte es kaum erwarten zu erfahren, wie ihr Tag verlaufen war. Sie hatten an diesem Morgen nach dem Frühstück auf dem Sofa rumgeknutscht und er hatte sich nur mit Mühe dazu durchringen können, aufzustehen und seinen Tag zu beginnen. Bald würde der Zeitpunkt kommen, an dem sie sich beide nicht mehr beherrschen konnten. Er wünschte sich das mit jeder Faser seines Seins, aber er genoss auch die Vorfreude. Die Erwartung.

Und er konnte es kaum erwarten, Reeses Reaktion zu sehen, wenn sie erfuhr, dass ihr Bruder heiratet. Sie würde außer sich vor Freude sein.

---

Angelo starrte gelangweilt auf das lächerliche Spiel, das er auf seinem Handy spielte. Er war erleichtert, dass seine Schwester ihm ein Ersatzhandy besorgt hatte, aber er hasste es hier. Er hasste es, mitten im Nirgendwo zu sein. Er hasste es, dass er nicht verstehen konnte, was die Leute um ihn herum sagten. Er hasste das Gefühl, dumm zu sein.

Er hasste die Vereinigten Staaten.

Er hatte seine Schwester angelogen. Etwas, das er in den letzten Monaten immer häufiger hatte tun müssen. Er redete ihr ein, er sei froh, vom Kartell wegzukommen. Er hatte ihr erzählt, er sei gezwungen worden, Drogen zu verkaufen. Aber nichts von alledem war wahr. Ganz und gar nicht.

Er wollte jemand sein. Er wollte den Respekt und die Macht, die die Kartellmitglieder hatten. Und er wusste, dass ihr das nicht gefallen würde. Sie würde so enttäuscht von ihm sein.

Er liebte Isabella, aber er musste sein eigener Herr werden.

In Südamerika war er dabei, jemand Wichtiges zu werden. Er hatte einen wertvollen Job und das Gefühl dazu-zugehören. Hier in den Staaten war er weniger als nichts.

Seine Schwester hatte ihm im Laufe der Jahre immer wieder gesagt, wie schlimm das Kartell war. Dass er sich um jeden Preis von allen fernhalten sollte, die mit ihnen zu tun hatten. Aber sie verstand das nicht. Sie hatte sich den Buckel für ein paar Cent krumm gemacht. Aber das Kartell hatte *viel* Geld. Sehr viel. Sie hätten schon längst aus ihrer verdammten Wohnung ausziehen und in ein Haus ziehen können, das schöner war, als sie es sich je hätten träumen lassen, wenn er schon vor Jahren angefangen hätte, für sie zu arbeiten.

Aber er war jetzt achtzehn. Kein Kind mehr. Isabella konnte ihm nicht vorschreiben, was er zu tun oder wer er zu sein hatte. Es war an der Zeit, dass er seinen Mann stand und tat, was er tun musste, um seine Zukunft zu sichern. Es war an der Zeit, sich ausnahmsweise um seine Schwester zu kümmern, jetzt, da er ein Mann war.

Er hatte die ersten Schritte gemacht, um genau das zu tun. Dann hatte er es vermasselt. Er hatte es nicht mit Absicht getan, aber er hatte es trotzdem vermasselt.

Er hatte die Drogen, die er ausliefern sollte, ohne Zwischenfälle abgeholt – und dann das Lieferdatum für die Übergabe verwechselt. Er hatte ihn verpasst. Er hatte vor, seinem Kontaktmann Pablo den Vorfall zu erklären, aber der war *stinksauer* gewesen. Er war mit anderen in die Wohnung gekommen und hatte sich Angelo geschnappt, ohne ihn zu Wort kommen zu lassen.

Aber sie hatten sich auch Isabella und ihren amerikanischen Freund geschnappt und gedroht, sie zu töten, wenn Woody etwas Unangemessenes tat.

Angelo hatte Angst, aber die Männer, an die Pablo sie ausgeliefert hatte, versprachen, sie alle gehen zu lassen ... irgendwann. Sie wollten nur ein Zeichen setzen, das Angelo klar und deutlich verstehen konnte. Wenn er noch einmal Mist baute, würde Isabella den Preis dafür zahlen.

Dann waren die Amerikaner gekommen und hatten alles kaputt gemacht! Er hatte protestieren wollen. Isabella sagen, dass er alles unter Kontrolle hatte, aber sie hatte ihm keine Gelegenheit dazu gegeben. Um seine Schwester zu schützen, war er freiwillig mit ihnen gegangen, als sie das Drogenhaus verließen.

Eines hatte zum anderen geführt, und schon bald saß er in einem Flugzeug nach Amerika. Die »Rettung« war so schnell eskaliert, dass ihm schwindelig wurde.

Er hatte nie vorgehabt, Kolumbien zu verlassen.

Er wollte bleiben und jemand werden.

Hier in den Staaten würde er nie den Respekt und die Macht haben, die er in Bogotá haben konnte. Er musste nach Hause zurückkehren. Und seine Schwester hatte ihm die Mittel gegeben, genau das zu tun. Er musste nur geduldig sein. Das war ätzend.

Es war nicht einfach, herauszufinden, wie er seine Kontakte in Kolumbien erreichen konnte. Es war ja nicht so, dass er sich ihre Nummern gemerkt hätte. Warum sollte er auch? Er konnte einfach auf die fiktiven Namen klicken, die er in seine Kontaktliste auf dem Handy eingespeichert hatte.

Dem Handy, das immer noch in Bogotá war.

Er hatte die sozialen Medien durchsucht und einigen Mitgliedern verschiedene Nachrichten geschickt, aber bis jetzt hatte sich niemand bei ihm gemeldet. Angelo vermutete, dass sie wieder einmal versuchten, ihm eine Lektion zu erteilen. Sie wollten ihm klarmachen, dass er auf ihrem Stab der Macht ganz unten stand. Er verstand das, aber es gefiel ihm nicht, warten zu müssen.

Inzwischen war er seit einer Woche in den USA und ihm war klar geworden, dass er zumindest so tun musste, als würde es ihm hier an diesem trostlosen Ort gefallen. Isabella hatte ihn gestern Morgen nach dem Frühstück aufgesucht und gesagt, dass sie sich Sorgen um ihn mache und dass Woody das auch täte. Um seine Schwester zu besänftigen, würde er sich bemühen, freundlicher zu sein. Das wollte er aber nicht. Er wollte nicht das Mitleidsprojekt von irgendjemandem sein, und auch ohne Englisch zu verstehen, wusste er, dass er allen leidtat. Aber sie misstrauisch zu machen wäre viel schlimmer.

Woody war nicht dumm. Seine Freunde waren es auch nicht. Wenn er sich weiterhin abweisend und launisch verhielt, würden sie sich fragen, ob er ihnen etwas verheimlichte. Vielleicht fänden sie heraus, dass er gelogen hatte, als er sagte, er wolle Südamerika verlassen und dass er gezwungen worden sei, für das Kartell zu arbeiten. Und wenn sie das herausfänden, käme er nie wieder zurück nach Hause. Und er würde vielleicht ganz von seiner Schwester getrennt werden, was er nicht wollte.

»*Hola!*«, sagte eine fröhliche Stimme aus der Nähe.

Angelo stöhnte innerlich auf. Es war Reese. Nach dem zu urteilen, was seine Schwester ihm erzählt hatte, war sie der Grund, warum er hier war und nicht zu Hause, um sich ein neues Leben aufzubauen. Sie war Woodys Schwester und sie war nach Kolumbien gekommen, um ihn zu finden.

Blöde Kuh. Sie sprach nicht einmal Spanisch. Wie zum Teufel hatte sie vorgehabt, ihren Bruder zu finden?

Sie war der Grund, warum die anderen Kerle gekommen waren und ihn schließlich »gerettet« hatten.

Das war alles so verdammt dumm! Wenn sich nur alle um ihre eigenen Angelegenheiten gekümmert hätten, wären seine Schwester und Woody freigelassen worden. Sie wären in die USA zurückgekehrt und hätten ihn in Kolumbien zurückgelassen, um sein Imperium aufzubauen.

Reese näherte sich der Veranda der Hütte, in der Angelo mit seiner Schwester wohnte, und fummelte an ihrem Handy herum, und Angelo versteifte sich. Sie benutzte diese lächerliche App, um mit ihm zu reden. Er wünschte sich, alle würden ihn einfach in Ruhe lassen. Wenn es nicht Reese war, dann war es diese Göre Jasna. Sie versuchte, ihn in den Stall zu locken, um Kühe zu sehen. Als ob er mit einem Haufen stinkender Bauernhoftiere zusammen sein wollte.

Er seufzte. Er hatte gerade beschlossen, dass er freundlicher sein musste. Er musste ihr Spiel mitspielen, damit niemand ahnte, wie sehr er wegwollte.

»Wie geht es dir? Robert isst Tamales zum Mittagessen. Willst du mitkommen und essen?«

Die App brachte ständig Wörter durcheinander. Ja, Angelo konnte verstehen, was Reese fragte, aber er wollte mit niemandem zusammen sein. Er wollte keine langsamen, gestelzten Gespräche über eine App führen.

Anscheinend hielt er etwas zu lange inne, bevor er

antwortete, denn Reese sagte noch etwas in ihr Telefon, woraufhin die Roboterstimme der App übersetzte. »Es tut mir leid, dass du hier nicht glücklich bist. Freust du dich schon auf die Hochzeit deiner Schwester?«

Angelo sah daraufhin auf und fragte stirnrunzelnd: »*Qué*?« Er wartete ungeduldig, während Reese noch einmal in ihr Handy sprach, bevor die App ihre Worte übersetzte.

»Oh, du weißt es nicht? Es tut mir so leid, ich bin sicher, deine Schwester wollte es dir bald sagen. Ich habe ein schlechtes Gewissen, weil ich es dir gesagt habe. Die Zeremonie findet in der zweiten Woche hier in der *Zuflucht* statt.«

Angelo war fassungslos. Die Frau hatte recht. Natürlich würde Isabella ihm von der Heirat mit Woody erzählen. Sie hätte es ihm vielleicht schon gesagt ... wenn er ihr nicht aus dem Weg gegangen wäre, weil es ihm nicht gefiel, seine Schwester zu belügen.

Er lächelte Reese an, obwohl er das Gefühl hatte, dass es ein schwacher Versuch war.

Der Ausdruck auf seinem Gesicht schien Reese dennoch zu überraschen, aber sie erholte sich schnell und erwiderte sein Grinsen. »Willst du etwas essen?«

Angelo nickte und sagte: »Gib mir einen Moment Zeit.«

Die App übersetzte seine Worte und sie lächelte noch breiter, während sie mehrmals nickte.

Angelo drehte sich um, ging in die Hütte und machte die Tür hinter sich zu. Er atmete tief durch. Dann noch einmal.

Er war nicht unglücklich über die Nachricht, wirklich nicht. Isabella brauchte jemanden, der sich um sie kümmerte. Einen Mann, der ihre Sorgen und Nöte auf sich nahm. Zumindest so lange, bis Angelo das selbst tun konnte. Aber Woody zu heiraten bedeutete, dass sie *hierbleiben* würde. In den USA. Und sie würde wollen, dass er auch bleibt.

Das war keine Option. Angelo würde alles tun, was nötig war, um nach Hause zu kommen.

Er schaute aus dem Fenster und sah, dass Reese geduldig auf ihn wartete. Bevor er zur Lodge hinaufging, wollte er noch einmal versuchen, sich mit seinen Kontakten in der Heimat in Verbindung zu setzen. Sie würden ihm schließlich helfen, daran hatte er keinen Zweifel. Nach seiner Rückkehr könnte es für eine Weile schwierig werden. Er würde dafür büßen müssen, dass er die Übergabe vermasselt und seine Schwester und den Amerikaner hatte entkommen lassen. Aber er würde alles tun, was sie für richtig hielten, um wieder in der Gunst des Kartells zu stehen.

Schnell tippte er eine weitere Nachricht in den sozialen Medien. Er versicherte dem Kartell noch einmal, dass es ihm leidtue, dass er die Lieferung vermasselt hatte, und dass er alles in seiner Macht Stehende tun würde, um wieder nach Hause zu kommen.

Während er ins Leere starrte und darauf wartete, dass Pablo antwortete, beschloss Angelo, alles zu tun, um in der Organisation so schnell wie möglich aufzusteigen. Er wollte respektiert werden. *Gefürchtet.* Eines Tages würden die Leute nur noch leise über ihn reden und es nicht mehr wagen, ihm zu widersprechen.

Seine Zukunft lag in Bogotá. Nicht in den Staaten. Nicht als Minderheit in einem Land, dessen Bewohner auf jeden herabsahen, der keine weiße Hautfarbe hatte und perfektes Englisch sprach. Seine Schwester hatte vielleicht kein Problem damit, ein Bürger zweiter Klasse zu sein, aber Angelo schon.

Er wollte nach Hause. Sobald er wusste, wie er das anstellen konnte.

Mit diesen Gedanken atmete er tief durch und wandte sich wieder der Eingangstür zu. Er würde mit der lästigen

Amerikanerin zu Mittag essen, um sich unauffällig zu verhalten. Wenn die Zeit gekommen war, würde er verschwinden können, ohne dass jemand Verdacht schöpfte.

Als er aus der Tür trat, nickte er Reese höflich zu und folgte ihr schweigend, als sie sich auf den Weg zur Lodge machten.

# KAPITEL ZWÖLF

»Das ist so cool!«, erklärte Alaska mit einem breiten Grinsen.

Reese musste zustimmen, und das nicht nur, weil es die Hochzeit ihres Bruders war, die sie planten. Sie war in Los Alamos und aß mit Isabella, Alaska, Henley, Jess, Ryan und Luna zu Mittag. Sie mussten warten, bis Henley mit einigen der Gäste eine Gruppenstunde abgehalten hatte und Jess und Ryan mit den Hausarbeiten für den Tag fertig waren.

Sie trafen sich alle bei *Rose Chocolatier* in Los Alamos, einem fantastischen Schokoladenladen, der Spezialtorten und Leckereien für Veranstaltungen herstellte. Sie probierten verschiedene Torten, um zu entscheiden, welche bei Woodys und Isabellas Hochzeit serviert werden sollte.

*Die Zuflucht* war definitiv im Hochzeitsfieber. In der letzten Woche hatten sich alle auf das Ereignis eingestimmt, und da es die erste Hochzeit vor Ort war, wollten sie es richtig machen. Hudson, der Landschaftsgärtner, machte Überstunden, um einen Hochzeitsbogen für die Zeremonie anzufertigen, und Robert und Luna hatten Stunden damit verbracht, mit dem glücklichen Paar zu überlegen, welche Gerichte auf dem Empfang serviert werden sollten.

Woody hatte es geschafft, einen Standesbeamten aus der Stadt zu finden, der bereit war, die beiden zu trauen, und der Papierkram war bereits eingereicht worden. Ihre Eltern waren begeistert. Sie hatten im Laufe der Jahre viel von Isabella gehört und hatten bereits Flugtickets gekauft und ein Hotelzimmer in der Stadt reserviert. Woodys und Isabellas Heirat würde es ihr ermöglichen, legal in den USA zu bleiben, und Tex hatte sich darum gekümmert, dass in dieser Hinsicht alles glatt lief.

Die Zeremonie sollte nicht groß sein. Alle Gäste, die am Tag der Hochzeit in der *Zuflucht* gebucht hatten, sowie alle Angestellten und Reeses und Woodys Mutter und Vater würden eingeladen werden. Aber es war nicht die Größe der Veranstaltung, die zählte, sondern die Freude über den Anlass, der Reese so aufgeregt machte.

Ihr Bruder würde heiraten.

Es fiel ihr unglaublich schwer, das zu glauben. Jahrelang hatte er behauptet, er wolle keine feste Freundin haben. Und sie wusste, das lag daran, dass er in Isabella verliebt war. Sie war so froh, dass es endlich für sie beide geklappt hatte.

Sie grinste, und Henley fragte: »Was ist so lustig?«

»Ich habe gerade über meinen Bruder nachgedacht. Es fällt mir so schwer zu glauben, dass er *heiratet*.«

»Warum?«

»Nichts für ungut«, erklärte Reese und sah Isabella an, »aber er ist ein Trottel.«

Alle lachten.

»Ich meine, ich lese Liebesromane. Wenn ich die Titelseiten der Romane sehe, auf denen ein Navy SEAL oder ein anderer knallharter Soldat als Held abgebildet ist, muss ich einfach lachen. Woody sieht nämlich überhaupt nicht so aus. Er ist nicht riesig und muskulös, er ist nicht fast zwei Meter groß und er hält Grunzen für eine akzeptable Art der Kommunikation.«

Die Mädchen lachten erneut.

»Wollt ihr wissen, was ich sehe, wenn ich deinen Bruder betrachte?«, fragte Isabella.

»Ähm ... nicht, wenn du auch nur eine Andeutung auf etwas Sexuelles machst«, entgegnete Reese und rümpfte die Nase.

Isabella lächelte und schüttelte den Kopf. »Nein. Als ich ihn vor Jahren zum ersten Mal getroffen habe, fühlte ich mich wegen seiner ausgeprägten Beobachtungsgabe sofort zu ihm hingezogen. Ich weiß, das hört sich nicht sehr romantisch an, aber er war immer auf der Hut. Mit seinem Blick suchte er ständig die Umgebung ab.«

»Das klingt irgendwie paranoid«, bemerkte Luna.

Aber Reese verstand, was Isabella meinte. Sie hatte es bei ihrem Bruder, Gus und dem Rest des Delta-Teams gesehen, wenn sie mit ihnen zusammen war. Aber Woody schien diese Aufmerksamkeit besonders zu haben. Sie wusste nicht, was passiert war, dass er so hyperaufmerksam geworden war. Wahrscheinlich wollte sie es auch gar nicht wissen.

»Das ist es und auch wieder nicht«, versicherte Isabella Luna. »Wir sind für eine Besprechung von einem Gebäude zum anderen gelaufen und ich habe nicht darauf geachtet, wo ich hinlaufe, weil ich für einen Regierungsbeamten übersetzt habe, der mit uns unterwegs war. Ich stolperte, aber bevor ich auf dem Boden aufschlug, war Woody da. Er hatte den unebenen Gehweg gesehen und war zu mir gelaufen, noch bevor ich zu fallen begann.

Das ist nur ein Beispiel. Wenn wir telefonierten, schien er immer zu wissen, wann ich einen schlechten Tag habe, ich glaube, er konnte es an meiner Stimme hören. Er brachte mich zum Lachen, gab mir ein Gefühl der Sicherheit und wenn wir per Video chatteten, hat er mir immer seine volle Aufmerksamkeit gewidmet. Ich dachte, nach ein oder zwei Jahren hätte er genug von mir. Aber das war nicht der Fall.«

»Er hat immer von dir gesprochen«, erklärte Reese ihrer zukünftigen Schwägerin. »Jedes Mal wenn wir uns trafen, erzählte er eine Geschichte über etwas, das du getan hast. Er hat ständig mit dir geprahlt und ist so stolz auf das, was du erreicht hast.«

Isabella errötete und strich sich eine dunkle Haarsträhne hinters Ohr. »Ich bin auch stolz auf ihn. Ich brauche keinen Liebesroman-Helden. Warum sollte ich, wenn ich Woody habe? Als wir in diesem Raum waren, hatte ich solche Angst. Aber Woody war ruhig und konzentriert. Er sagte mir immer wieder, dass er mich da rausholen würde. Dass er mich auf jeden Fall beschützen würde. Ich weiß nicht, was passiert wäre, wenn diese Männer versucht hätten, uns etwas anzutun oder mich von ihm wegzubringen, aber ich habe keinen Zweifel daran, dass er alles in seiner Macht Stehende getan hätte, um das zu verhindern.«

Reese standen die Tränen in den Augen. Sie konnte sich nicht vorstellen, wie verängstigt Isabella gewesen sein musste, aber zu wissen, dass ihr Bruder ruhig geblieben und so sicher gewesen war, dass ihnen nichts passieren würde, sorgte dafür, dass sie ihn noch mehr liebte.

»Okay, jetzt weine ich«, erklärte Alaska, während sie sich die Wangen abwischte.

»Ich auch. Ich muss mir jemanden wie Woody suchen«, bemerkte Luna.

»Ich liebe meinen Mann, aber ich glaube, wenn wir von einem Drogenkartell entführt werden würden, wäre Eric nicht annähernd so kompetent«, bestätigte Jess lachend.

Alle lachten, um die Stimmung aufzulockern.

»Gott sei Dank müsst ihr euch darüber keine Sorgen machen«, erklärte Henley. »Keiner von uns muss das. Wir sind hier, *Die Zuflucht* ist sicher und wir werden in weniger als zwei Wochen eine Hochzeit feiern!«

»Was haltet ihr von Nummer drei?«, fragte Alaska und deutete auf das Stück Kuchen auf der rechten Seite ihres Tellers. Sie probierten drei verschiedene Kuchen auf einmal, die alle nummeriert waren, damit sie sie nicht verwechselten.

Während alle über ihren Lieblingskuchen diskutierten, schaute Reese zu Ryan hinüber. Sie kannte die andere Frau nicht besonders gut, aber sie war immer freundlich und bereit, bei allem zu helfen, was in der Lodge zu tun war. Sie war ruhig und zurückhaltend, aber genau wie die Besitzer der *Zuflucht* schien sie immer sehr aufmerksam zu sein, was um sie herum geschah.

»Alles in Ordnung?«, fragte sie leise, während die anderen darüber diskutierten, ob sie den Schokoladenkuchen oder den Roten Samtkuchen lieber mochten.

Ryan sah sie an und lächelte. »Natürlich. Warum sollte etwas nicht in Ordnung sein?«

»Nun, man kann mir verzeihen, dass ich so begeistert bin, denn es ist mein Bruder, der heiratet. Isabellas Begeisterung ist offensichtlich, Alaska und Henley sind wahnsinnig glücklich mit ihren Männern, Jess ist mit einem Mann verheiratet, den sie abgöttisch liebt, und Luna ist zu sehr mit dem College beschäftigt, als dass sie ernsthaft darüber nachdenken könnte, einen Freund zu haben. Bleibst also nur du übrig.«

Ryan zuckte mit den Schultern. »Mir geht's gut.«

»Du bist Single, oder?«

»Oh ja. Vollkommen Single«, erklärte sie mit Nachdruck.

»Du bist hübsch«, sagte Reese zu ihr. »Ich meine, *wirklich* hübsch. Und es gibt eine Menge gut aussehender Jungs in der *Zuflucht*. Hast du schon mal daran gedacht, mit einem von ihnen zusammenzukommen?«

»Nein«, sagte Ryan fast zu schnell.

Reese schaffte es, ihr Lächeln zu verbergen. Sie fragte sich, welcher der Jungs es ihr angetan hatte. »Warum nicht?«, fragte sie.

Ryan zuckte mit den Schultern. »Ich werde nicht für immer hier sein. Ich habe diesen Job angenommen, um wegzukommen von ... na ja, sagen wir mal, ich brauchte eine Pause vom Leben. Und wo ginge das besser als hier am Ende der Welt?«

Reese runzelte die Stirn. Ihr gefiel nicht, dass in der Stimme der Frau ein Hauch von ... Besorgnis mitschwang.

»Obwohl«, fuhr Ryan fort, »es war bisher eigentlich ganz schön aufregend. Ich meine das nicht böse, aber ich hatte erwartet, dass ich mich hier zu Tode langweilen würde. Aber es war alles andere als langweilig.«

Ryan drehte sich zu Reese um, und der intensive Ausdruck in ihren braunen Augen ließ sie erstarren. »Du hast Glück, dass du Woody hast«, erklärte sie. »Er liebt dich so sehr, das sieht man einfach. Ihr habt ein tolles Verhältnis zueinander. Selbst wenn ihr euch gegenseitig anschnauzt, merkt man, dass keiner von euch ernsthaft verärgert ist. Ich verstehe mich *überhaupt nicht* mit meinem Bruder, deshalb ist es schön, euch beide zu sehen.«

Reese streckte ihre Hand aus und legte sie auf Ryans, die ihre Gabel so fest umklammert hielt, dass ihre Knöchel weiß hervortraten. »Ich weiß, wir haben uns gerade erst kennengelernt, aber du kannst mit mir reden, Ryan. Wenn etwas nicht in Ordnung ist, kann ich dir helfen. Oder ich kann mit Woody oder Gus reden und sie ...«

Ryan unterbrach sie mit einem Lachen. Es war ein gezwungenes Lachen. Fast schon schmerzhaft. »Oh nein, ich bin okay. Ehrenwort.« Dann beugte sie sich vor und fragte: »Meinst du, die anderen – oder die Besitzer des Schokoladenladens – würden rebellieren, wenn ich vorschlage, dass wir einen Vanille- oder Erdbeerkuchen probieren?« Sie lächelte, aber das Lächeln erreichte ihre Augen nicht.

Reese wollte es darauf ankommen lassen und die Frau ermutigen, mit ihr zu reden, aber wenn sie ihr nicht sagen wollte, was sie bedrückte, konnte Reese sie vermutlich nicht dazu bringen, sich zu öffnen. Also ließ sie das Thema fallen ... aber sie schwor sich, Ryan im Auge zu behalten. »Ich dachte an einen Rührkuchen«, sagte sie.

Einen Moment lang sah sie Erleichterung in Ryans Blick, bevor sie alle Emotionen aus ihrem Gesicht wischte, bis auf das falsche Lächeln. Sie wandte sich an die anderen. »Reese und ich sind dafür, einen Kuchen *ohne* Schokolade zu probieren.«

Alle fingen sofort an zu reden, und der Besitzer der Bäckerei, der in der Nähe stand, trat vor und bot an, einen Marmorkuchen zu bringen, der sowohl Vanille als auch Schokolade enthielt.

Der Rest der Verkostung verlief reibungslos und als alle bereit waren zu gehen, hatte Isabella sich für einen dunklen Schokoladenkuchen mit Schokoladenglasur entschieden, zu dem es Eis geben sollte, um dem schweren Kuchen ein bisschen Frische zu verleihen.

An diesem Punkt trennten sich alle. Henley fuhr zur Schule, um Jasna abzuholen, Alaska und Luna fuhren zurück zur *Zuflucht*, Jess und Ryan fuhren zu ihren eigenen Häusern in der Stadt und Reese brachte Isabella zum Lebensmittelgeschäft, bevor auch sie zur *Zuflucht* zurückkehren würden.

»Wie kommst du mit dem Leben hier in den Staaten zurecht?«, fragte Reese, als sie zum Laden fuhren.

»Ich liebe es hier«, entgegnete Isabella mit einem

breiten Grinsen. »Es ist schon komisch, nicht in einer Stadt zu sein.«

Reese lächelte sie an. »Ja, dies ist nicht gerade Bogotá, oder?«

»Nein. Aber das gefällt mir.«

»Kansas City ist nicht annähernd so überfüllt wie Bogotá, aber es ist viel mehr los als in Los Alamos«, erklärte Reese ihr. Dann erzählte sie ihr von einigen ihrer Lieblingsrestaurants und Unternehmungen in der Stadt. Sie wurde ernst, als sie in eine Parklücke fuhr und den Motor abstellte. »Glaubst du, dass du dort glücklich werden kannst?«, fragte sie.

Isabella drehte sich zu ihr um und nickte. »Ich kann überall glücklich sein, wo Woody ist.«

Reese hörte das gern. »Ich weiß, dass er bereits einige seiner Beziehungen spielen lässt, um zu sehen, ob er einen guten Job für dich finden kann – und natürlich kann er seine Arbeit als Steuerberater von überall aus erledigen –, und es gibt immer mehr spanischsprachige Menschen in den USA, also habe ich keinen Zweifel, dass du etwas finden wirst, das dir gefällt und gut bezahlt wird.«

»Das hoffe ich«, entgegnete Isabella. »Aber selbst wenn ich nichts finde, ist das auch in Ordnung. Denn Woody und ich wollen so schnell wie möglich eine Familie gründen.«

Reeses Augen leuchteten auf. »Ernsthaft?«

Isabella nickte ein wenig schüchtern. »Ja. Ich wollte schon immer ein Baby haben, aber Angelo allein großzuziehen war schwer und ich wollte das nicht noch einmal tun. Versteh mich nicht falsch, ich liebe ihn, aber es war extrem schwierig. Besonders in Bogotá.«

Reese hätte am liebsten einen kleinen Freudensprung gemacht, als sie hörte, dass sie in nicht allzu ferner Zukunft Tante werden würde, aber sie hielt sich zurück. »Wie geht's ihm? Angelo, meine ich. Ich habe mich wirklich gefreut, dass er neulich zum Mittagessen zu mir gekommen ist, aber er wirkt ... gestresst. Oder vielleicht traurig.«

Isabella seufzte. »Ihm gefällt es hier nicht. Ich hatte gehofft, dass er genauso erleichtert sein würde wie ich, aus der Stadt wegzukommen. Um die ständigen Sorgen und Ängste hinter sich zu lassen. Aber stattdessen scheint er verloren zu sein.«

»Es kann nicht leicht für ihn sein, von allem, was er kennt, entwurzelt zu werden.«

»Das ist es nicht. Aber was er kannte, waren vor allem Armut, Banden und Kämpfe«, entgegnete Isabella. »Er ist ... ich weiß nicht, was das richtige Wort ist ... nichtdankbar?«

»Undankbar?«, fragte Reese.

»Ja. Das ist das richtige Wort. Er sollte froh sein, dass er sich nicht mehr um das Geld für das Abendessen sorgen muss. Und dass er nicht mehr gezwungen ist, für das Kartell zu arbeiten. Stattdessen bläst er nur Trübsal. Als ich ihm sagte, er solle Englisch lernen, stimmte er zu, aber er hat noch nicht wirklich mit dem Lernen begonnen.« Isabella biss sich vor Sorge auf die Lippe und seufzte. »Ich weiß nicht, wo der süße kleine Bruder, den ich aufgezogen habe, geblieben ist. Es ist, als würde ich ihn gar nicht kennen.«

»Er ist noch ein Teenager«, beruhigte Reese sie. »Ich meine, ich habe keine Kinder, aber nach allem, was ich von Freunden gehört habe, werden sie so. Ich weiß, dass er im Grunde ein Erwachsener ist, aber er wurde entwurzelt und von allem, was er kennt, weggeholt. Ich denke, je länger er hier ist, desto mehr wird er sich eingewöhnen. Und in Kansas City zu sein wird gut für ihn sein. Es wird ihm ein bisschen vertrauter sein, denn dort ist viel los und das Tempo ist schneller. Hier gibt es nicht viel zu tun, deshalb kann ich verstehen, dass er sich nicht wohlfühlt.«

»Ich hoffe, du hast recht. Ich mache mir Sorgen um ihn. Aber gleichzeitig ist er ein Erwachsener. Ich habe ihn verwöhnt und ihm alles gegeben, was ich konnte, nur weil ich als Kind nicht die gleichen Möglichkeiten hatte.«

Reese wusste nicht, was sie noch sagen sollte. Sie wollte sowohl Isabella als auch Angelo helfen, aber sie wusste nicht, wie sie das anstellen sollte.

Isabella nahm einen tiefen Atemzug. »Genug davon. Danke, dass du heute mit mir gekommen bist und für alles, was du tust, um mir bei meiner Hochzeit zu helfen. Ich bin so glücklich, dass ich Woody heiraten werde. Mir wäre es egal, wenn wir aufs Standesamt gehen und eine einfache Zeremonie abhalten würden, aber er besteht darauf, dass ich eine richtige Hochzeit bekomme.«

»Ich glaube, Woody will die Hochzeitsfeier genauso sehr wie du, oder sogar noch mehr«, bemerkte Reese. »Sag ihm nicht, dass ich das gesagt habe, aber als er klein war, hat er immer das Hochzeitsalbum unserer Eltern durchgeblättert. Er war besessen von Moms pompösem Kleid und ich glaube – nein, ich weiß, dass er die gleichen Erinnerungen haben möchte.«

Die beiden Frauen lächelten einander an.

»Mein knallharter Bruder aus der Spezialeinheit kann manchmal ein Trottel sein«, bemerkte Reese.

»Ich liebe ihn«, sagte Isabella ernst. »Er ist so gut zu mir. Ich weiß nicht, ob ich die letzten Jahre ohne seine Unterstützung durchgestanden hätte. Mit ihm zusammen zu sein ist ein wahr gewordener Traum. Ich hätte nie erwartet, dass er nach Kolumbien kommen würde, als ich ihm sagte, dass ich Angst habe, aber er hat es getan. Ich werde alles in meiner Macht Stehende tun, um ihn glücklich zu machen.«

»Du musst nichts *tun*, damit er glücklich ist, das ist er nämlich schon, wenn er mit dir zusammen ist«, versicherte Reese ihr.

Isabella lächelte schüchtern. Sie schaute zum Supermarkt hinüber und dann wieder zu Reese. »Du und Spike scheint glücklich zu sein.«

»Er ist fantastisch«, erwiderte Reese und scheute sich nicht, über Gus zu sprechen. »Ich war noch nie mit einem Mann zusammen, der so ... aufmerksam ist.«

»Vielleicht liegt es daran, dass sie bei der Spezialeinheit waren«, mutmaßte Isabella. »Sie haben schon so viel Schlimmes gesehen, dass sie alles tun, um uns zu beschützen und auf uns aufzupassen, weil sie das Böse in der Welt kennen.«

Reese nahm an, dass sie wahrscheinlich recht hatte. »Aber sind sie bei uns, weil wir so sind, wie wir sind, oder weil sie sich an etwas Gutes in einer ansonsten bösen Welt klammern?«, platzte sie heraus. Diese Frage hätte sie wahrscheinlich nie jemand anderem als der Frau ihres Bruders gestellt.

Isabella blieb einen Moment lang still, was Reese zu schätzen wusste. Sie antwortete nicht sofort mit dem, was Reese so gern hören wollte. Sie dachte ernsthaft über die Frage nach.

»Ich glaube von ganzem Herzen, dass Woody mit mir zusammen ist, weil es eine Verbindung zwischen uns gibt. Es gibt keinen Grund, warum er auf mich gewartet haben sollte. Wir hatten jahrelang eine Art Fernbeziehung. Er hätte jederzeit sagen können, dass es zu schwer ist. Aufgeben. Eine andere Frau finden, die er beschützt und behandelt, als wäre sie der wichtigste Mensch in seiner Welt. Aber das hat er nicht getan. Er hat mir weiter E-Mails geschrieben, angerufen und mit mir per Video gechattet. Wenn ich traurig war, hat er mich aufgemuntert. Wenn ich wütend war, hörte er sich meine Beschwerden an. Wenn ich einsam war, war er da, um mir Gesellschaft zu leisten.

Ich glaube nicht, dass Woody oder dein Spike mit einer Frau zusammenkommen würden, nur um eine Freundin zu haben. Obwohl ich deinen Bruder liebe, ist er in vielerlei Hinsicht nicht der geduldigste Mann der Welt. Die Tatsache, dass er auf mich gewartet hat, beweist, dass er mit mir zusammen ist, weil er mich liebt. Nicht weil er die schlimmen Dinge vergessen will, die er gesehen und getan hat.«

Reese nickte und schloss die Augen, um ihre Tränen zu unterdrücken. Sie wollte glauben, dass Gus aus denselben Gründen mit ihr zusammen war. Aber sie hatten nicht die gleiche Vergangenheit wie Isabella und Woody. Ja, sie kannten sich seit Jahren, seit er und ihr Bruder im selben Delta-Force-Team waren, aber sie waren bis vor Kurzem noch *nicht* zusammen gewesen.

Als sie Isabellas Hand auf ihrem Arm spürte, öffnete Reese die Augen.

»Spike sieht dich an, wie Woody mich ansieht. Sein Blick folgt dir, wenn ihr im selben Raum seid, aber nicht zusammen. Du schläfst in seiner Hütte. Er hätte ein anderes Arrangement für dich finden können, aber er hat es nicht getan. Er denkt nicht an das Böse in seiner Vergangenheit, wenn er mit dir zusammen ist. Er ist mit dir zusammen, weil du so bist, wie du bist, Reese. Und warum sollte er auch nicht? Du warst nett zu mir und meinem Bruder, du bist großzügig, schön, klug und du bringst ihn zum Lachen. Was könnte er noch wollen?«

Reese lächelte. »Du bist gut für mein Ego«, erklärte sie leise.

»Ich will dich nicht ... wie heißt das noch gleich ... mit Schleim überschütten. Ich meine es ernst.«

Lachend erklärte Reese: »Einschleimen ist der Ausdruck, den du suchst.«

Isabella errötete. »Ich kann Englisch, aber es gibt viele Redewendungen, die keinen Sinn ergeben und die ich noch lernen muss.«

»Dein Englisch ist erstaunlich gut. Ich habe nie verstanden, warum Leute, die Englisch als Zweitsprache gelernt haben, so hart zu sich selbst sind. Englisch ist eine wirklich schwierige Sprache und jeder, der sie spricht, obwohl sie nicht seine Muttersprache ist, verdient meinen größten Respekt.«

»Siehst du? Du bist nett«, entgegnete Isabella. »Nicht jeder denkt so wie du. Die Menschen sind ungeduldig und regen sich auf, wenn sie jemanden mit einem nicht amerikanischen Akzent hören. Ich glaube, Spike ist nicht dumm. Er hat gesehen, was für eine tolle Frau du bist. Ich glaube, er ist überrascht, dass du immer noch Single bist. Er wird keine Zeit verschwenden, dich zu seiner Frau zu machen.«

Reese hörte das gern. So verdammt gern. »Ich will ihn auch zu meinem Mann machen.«

»Versuchs mal mit Sex«, erklärte Isabella. Ihre Wangen röteten sich, aber sie sprach weiter. »Er ist der Weg zum Herzen von Männern.«

Reese lachte. »Ich will immer noch nicht darüber reden, dass du und mein Bruder Sex habt, aber ... wirklich?«

»Ja. Männer mögen es. Und zwar sehr. Und sie können ihre Gefühle während der Intimität leichter ausdrücken. Ich hatte dieselben Ängste vor Woody und davor, mit ihm zusammen zu sein. Und jetzt heiraten wir und planen eine Familie.«

»Weil ihr Sex hattet?«, fragte Reese skeptisch.

»Weil wir sehr guten Sex haben«, sagte Isabella mit einem kleinen, heimlichen Lächeln.

»Du meinst also, ich soll meine Vorbehalte gegen zu schnelles Handeln beiseiteschieben und Gus bespringen?«

Isabella runzelte die Stirn. »Ihn bespringen? Nein, das könnte dich oder ihn verletzen.«

Reese lachte leise. »Noch eine englische Redewendung. Jemanden bespringen heißt, mit ihm Sex zu haben.«

»Ah, dann ja, du und Spike solltet springen. Er will es ja. Das ist offensichtlich.«

»Ja?«, fragte Reese.

»Ja. Ihr habt eine Hütte für euch allein. Du solltest ihn in dein Bett einladen. Es ist schwieriger, wenn Angelo in der gleichen Hütte wie Woody und ich ist, aber wir haben trotzdem einen Weg gefunden, Zeit für uns zu haben.«

»Okay, wenn wir darüber reden, dass du und mein Bruder Sex habt, müssen wir dieses Gespräch sofort beenden«, erklärte Reese mit einem kleinen Lachen. Aber sie konnte nicht aufhören, über Isabellas Ansicht nachzudenken. Glaubte sie, dass es so einfach wäre, Gus durch ein bisschen Sex dazu zu bringen, sie zu lieben? Nein. Aber ... sie hatte nicht ganz unrecht. Männer ließen oft ihre Deckung fallen, wenn sie intim waren, obwohl sie sonst ihre Gefühle unter Kontrolle halten würden.

Die beiden Frauen lächelten einander an, als ihre Handys klingelten.

Als Reese ihr Handy aus der Tasche holte, sah sie eine Nachricht von Gus.

*Gus: Ist alles in Ordnung? Alaska und Luna sind von eurem Ausflug zurückgekommen und haben gesagt, dass du und Isabella einkaufen gehen wolltet. Ich wollte mich nur vergewissern, dass alles okay ist.*

Als sie zu Isabella hinüberschaute, sah sie, dass die andere Frau lächelte, als sie die Nachricht las, die sie erhalten hatte. Sie schaute auf. »Es ist Woody. Er ist besorgt und wollte wissen, wo ich bin.«

»Dasselbe gilt für Gus.«

»Ich habe es dir gesagt«, sagte Isabella ein wenig überheblich. »Wenn er sich keine Sorgen machen würde, würde er dir keine Nachricht schicken, um zu sehen, wo du bist.«

»Wie wäre es, wenn wir unseren Jungs versichern, dass es uns gut geht, reingehen, die Sachen auf unserer Liste holen und zurück zur *Zuflucht* fahren?«, fragte Reese.

»Ja.«

Reese ließ die Finger quasi über den Bildschirm fliegen, als sie Gus antwortete.

*Reese: Bei uns ist alles in Ordnung. Wir führen nur ein Frauengespräch. Ein Gespräch unter Schwestern vor dem Einkaufen. Ich bin bald zu Hause.*

Als sie auf »Senden« drückte, wurde ihr klar, was sie geschrieben hatte.

Zu Hause. Sie hatte gesagt, dass sie bald zu Hause sein würde. Einen Moment lang machte sie sich Sorgen, dass sie zu weit gegangen war. Gus' Hütte war nicht ihr Zuhause. Aber in den letzten Wochen hatte es sich so angefühlt. Bei Gus zu sein fühlte sich mehr wie ein Zuhause an als die Wohnung, in der sie jahrelang in Kansas City gelebt hatte. Sie konnte sich nicht entscheiden, ob das traurig oder aufregend war.

*Gus: Kannst du etwas Sahne mitbringen? Sie steht im Kühlfach neben der Milch und der Kaffeesahne. Ich habe ein Rezept für Bacon-Ranch-Hühnchen gefunden, das dir bestimmt schmecken wird, und ich will es ausprobieren.*

. . .

Sie konnte nicht aufhören zu lächeln. Die Tatsache, dass Gus an sie dachte, wenn er ein Rezept sah, und sich die Mühe machen wollte, es für sie zu kochen, gab Reese ein ganz besonderes Gefühl. Und dass er ihr sagen musste, wo sie das Gewünschte im Laden finden konnte, war irgendwie lustig. Aber er wusste natürlich, dass sie keine Ahnung haben würde, wo sie Sahne finden würde, denn sie hatte sie ja noch nie gekauft. Sie hatte nicht gelogen, als sie behauptet hatte, keine gute Köchin zu sein.

*Reese: Ja, natürlich. Brauchst du sonst noch etwas?*

*Gus: Nein. Nur, dass du gesund und munter zu Hause ankommst.*

Da war er wieder. Dieser Ausdruck. Zu Hause. Aber dieses Mal hatte er es gesagt, nicht sie. Erneut kehrten ihre Gedanken zu dem zurück, was Isabella vorgeschlagen hatte. Sex. Sie und Gus hatten sich beide zurückgehalten. Und auf einmal hatte sie keine Ahnung mehr, warum sie beide warteten. Sie wollten einander, das war offensichtlich. Die Tatsache, dass Gus sie ständig berührte und küsste, machte das sehr deutlich.

Sie schrieb schnell zurück, bevor sie es sich ausreden konnte.

*Reese: Es kommt mir vor, als hätte ich dich schon seit Tagen nicht mehr gesehen und nicht nur seit Stunden. Ich will dich, Gus. Ich will nicht mehr warten.*

. . .

Nervös wartete sie, während die drei Punkte über ihren Bildschirm tanzten und ihr anzeigten, dass er eine Antwort tippte.

*Gus: Wenn du mich willst, gehöre ich dir. Fahr vorsichtig.*

Als Reese zu Isabella hinüberschaute, sah sie, dass sie lächelte, während sie mit Woody schrieb. Sie grinste immer noch, als sie ihr Handy in ihre Handtasche steckte. »Sollen wir das erledigen, damit wir zu unseren Männern zurückkehren und ihnen versichern können, dass wir ihre Seite für ein paar Stunden ohne Zwischenfälle verlassen können?«

Reese wusste nicht, worüber sie und Woody in ihren Nachrichten gesprochen hatten, aber sie konnte es erahnen, da ihre Freundin gerötete Wangen hatte. »Auf jeden Fall«, entgegnete sie, während sie sich umdrehte und nach dem Türöffner griff.

Der Einkaufsbummel dauerte nicht lange, denn beide Frauen waren begierig darauf, zurück zur *Zuflucht* zu kommen. Schmetterlinge schwirrten in Reeses Bauch. Wollte sie das wirklich tun? Sex mit Gus Fowler haben? Sich vor ihm nackt auszuziehen und ihn ihren nackten Körper sehen lassen?

Ja.

Verdammt, ja, das wollte sie. Und sie konnte es kaum erwarten.

---

»Geht es ihr gut?«, fragte Woody Spike, nachdem er von seinem Handy aufgeschaut hatte.

»Ja«, antwortete er. Sie hatten mit Alaska und Luna

gesprochen, als sie aus Los Alamos zurückgekommen waren, und als Isabella und Reese nicht kurz nach den anderen Frauen angekommen waren, hatten sie sich beide Sorgen gemacht.

Nachdem er sich per SMS vergewissert hatte, dass es ihnen gut ging, war Spike noch ungeduldiger als noch vor ein paar Minuten. Er hatte keine Ahnung, worüber Reese und Isabella geredet hatten, aber wenn es ihr den Mut gegeben hatte, ihm direkt zu sagen, dass sie nicht warten wollte, um mit ihm zu schlafen, war er dankbar.

Dann begann er, an sich selbst zu zweifeln. Was, wenn sie nicht über Sex gesprochen hatte? Was, wenn sie auf etwas anderes gewartet hatte? Er zermarterte sich das Hirn, um an irgendetwas anderes zu denken, das sie andeuten könnte, aber er kam zu keinem Ergebnis.

Jetzt, da er an Sex mit Reese dachte, konnte er nicht mehr aufhören. Er wollte sie in die Finger bekommen. Er wollte ihre Kurven an sich spüren. Er wollte sie schmecken, sie um seinen Schwanz spüren und ihr Stöhnen hören, wenn er sie nahm.

Es fiel ihm schwer, seine Erektion zu unterdrücken, und er wollte auf keinen Fall, dass Woody sah, dass er erregt war.

»Ich werde in weniger als zwei Wochen abreisen«, erinnerte Woody Spike.

»Ich weiß.«

»Hast du schon mit Reese darüber gesprochen, ob sie bleiben möchte? Ich habe gehört, wie sie gestern mit Angelo geredet hat, mithilfe dieser App, die das Gesagte übersetzt. Sie hat ihm erzählt, wie sehr ihm Missouri gefallen wird und welche Orte sie ihm zeigen will.«

Spike war angespannt.

»Ich habe auf der Webseite des *Los Alamos National Laboratory* nachgesehen, welche Stellen derzeit angeboten werden. Es gibt eine Stelle als Teilchenbeschleuniger-

Operator. Sie ist in der Abteilung Technik, Betrieb und Physik angesiedelt. Das ist nicht gerade ihr Fachgebiet, aber ich bin mir sicher, dass sie die Leute nicht nur davon überzeugen kann, sie einzustellen, sondern auch gut darin ist.«

»Du hast dich nach Jobs für sie erkundigt?«, fragte Spike ungläubig.

»Natürlich habe ich das. Sie hat ihren Job zu Hause gekündigt, was mir sagt, wie ernst ihre Gefühle für dich sind. Setz deinen Hintern langsam mal in Gang, Spike. Meine Schwester könnte überall einen Job bekommen, aber hier in Los Alamos wäre sie eine Bereicherung für unser Land. Du willst doch, dass sie bleibt, oder?«

Spike musste nicht einmal über die Antwort auf diese Frage nachdenken. »Ja.«

»Dann gib ihr einen Grund zu bleiben«, erklärte Woody leise, aber eindringlich. »Ich werde es schlimm finden, dass sie nicht in meiner Nähe ist, aber wenn ich eine Beziehung mit Isabella zum Funktionieren gebracht habe, während sie Tausende von Kilometern entfernt in einem fremden Land war, kann ich meiner Schwester nahe bleiben, wenn sie hier in New Mexico ist. Vor allem wenn ich weiß, dass einer meiner besten Freunde auf sie aufpasst, zusammen mit seinen sechs ehemaligen Militärkameraden.«

Ungeduld und Vorfreude durchströmten Spikes Adern. Seitdem sie in der *Zuflucht* angekommen waren, hatte er befürchtet, Reese würde sagen, dass sie gehen würde. Er war ehrlich gesagt überrascht, dass sie so lange geblieben war. Dafür gab es eigentlich keinen guten Grund. Ihr Bruder hatte sich bemerkenswert schnell erholt. Die Gerüchte im Dark Web waren in der letzten Woche verstummt, was darauf hindeutete, dass das Kartell in Kolumbien das Vorhaben aufgegeben hatte, Isabella oder ihren Bruder zu verfolgen. Selbst wenn Woody noch ein bisschen länger bleiben würde ... war es für Reese wahrscheinlich sicher, in ihr Leben in Missouri zurückzukehren.

Aber sie war immer noch hier. Er wollte glauben, dass es daran lag, dass sie Spike genauso ungern verlassen wollte wie er sie.

Und jetzt hatte sie ihm vor ein paar Minuten ganz offen gesagt, dass sie ihn wollte.

Spike war offiziell fertig damit, edel zu sein. Oder geduldig. Oder was auch immer er gerade war. Er hatte noch nie eine Frau so begehrt, wie er Reese begehrte. Er hatte die Zustimmung ihres Bruders, nicht dass er sie gebraucht hätte, aber er war trotzdem froh, sie zu haben. Es gab offene Stellen im Zentrallabor, für die sie sich hervorragend eignen würde, und sie schien hier in der *Zuflucht* glücklich und zufrieden zu sein.

Wenn er alles haben wollte, was er sich jemals gewünscht hatte, wie Brick und sogar der kratzbürstige Tonka es geschafft hatten, musste er in die Gänge kommen und es einfach tun.

Das Schlimmste, was passieren konnte, war, dass er und Reese miteinander schliefen und feststellten, dass sie in dieser Hinsicht gar nicht zueinanderpassten, was – so hatte Spike das Gefühl – nicht passieren würde. Andererseits könnten sie aber auch fantastischen, atemberaubenden Sex haben, der sie einander näherbringen würde. Das könnte Reese dazu bringen, sich hier einen Job zu suchen und für immer in *Die Zuflucht* zu ziehen.

Selbst wenn die Wahrscheinlichkeit dafür nur zehn Prozent betrug, würde Spike diese Chance wahrnehmen.

Woody klopfte seinem Freund auf die Schulter und grinste. »Ich sehe, du hast es endlich begriffen.«

»Was meinst du?«, fragte Spike.

»Dass meine Schwester jeden Mann der Welt haben könnte. Sie ist ein toller Fang, und ehrlich gesagt bin ich von meinem Geschlecht enttäuscht, weil sie noch niemand geschnappt hat. Aber ich glaube, das liegt daran, dass sie gewartet hat. Auf dich.«

Die Haare in Spikes Nacken stellten sich auf. Der Gedanke gefiel ihm. Sehr sogar.

»Ich glaube, ich werde das Abendessen in der Lodge heute Abend ausfallen lassen«, bemerkte er.

Woody grinste. »Tatsächlich?«

»Ja. Ich will für Reese kochen. Hast du immer noch vor, morgen um das Grundstück herumzuwandern? Hast du Lust dazu?«, fragte Spike.

»Ja, zu beiden Fragen. Aber nicht zu früh. Ich möchte Isabella ausschlafen lassen, denn sie hat sich in den letzten zehn Jahren oder so nicht wirklich entspannen können.«

»Vielleicht gehen wir nach dem Mittagessen?«, fragte Spike.

»Hört sich gut an. Und, Spike?«

»Ja?«

»Ich schicke Reese morgen früh den Link zu der Seite mit den freien Stellen im Labor.«

Spike verstand die Warnung seines Freundes. Er musste ein ernsthaftes Gespräch mit Reese darüber führen, ob sie bleiben wollte, bevor sie diese E-Mail erhielt. Er hätte sich über Woodys Einmischung in sein Leben und das seiner Schwester geärgert, aber er konnte nicht die Energie aufbringen, sauer zu sein. Nicht wenn er sich nichts sehnlicher wünschte, als dass Reese bleiben würde.

Er nickte seinem Freund zu, drehte sich um und ging zu seiner Hütte. Er hatte nicht gelogen, er hatte ein Hähnchenrezept gefunden, das er für Reese zubereiten wollte ... aber jetzt konnte er nur noch daran denken, sie unter ihm, über ihm, in der Dusche, auf ihren Knien und allem dazwischen zu haben. Er war offiziell von ihr besessen und es war ihm völlig egal.

Angelo grinste. *Endlich* lief etwas gut. Er hatte endlich eine Nachricht zurückbekommen. Entweder war er genügend zu Kreuze gekrochen oder hatte ihnen irgendwie deutlich gemacht, dass er Südamerika gegen seinen Willen verlassen hatte. Und dass er dem Kartell immer noch treu ergeben war und alles tun würde, um dorthin zurückzukehren und seine Arbeit wieder aufzunehmen. Und dieses Mal würde er es nicht vermasseln. Er hatte seine Lektion gelernt.

Und er hatte es geschafft. Pablo hatte sich gemeldet.

*Pablo: Wo bist du?*

*Angelo: Im verdammten Amerika.*

*Pablo: Wo?*

*Angelo: New Mexico. Ich möchte nach Hause kommen, aber ich habe kein Geld.*

*Pablo: Ist deine Schwester bei dir? Und der Amerikaner?*

*Angelo: Ja. Sie werden heiraten. Damit will ich nichts zu tun haben. Ich will nur nach Hause kommen und für das Kartell arbeiten. Hier in den USA gibt es nichts für mich.*

*Pablo: Warum sollten wir dich zurücknehmen? Du hast es versaut.*

*Angelo: Ich weiß, und wie ich in meinen Nachrichten gesagt habe, werde ich alles tun, um es wiedergutzumachen. Ich bin dem Kartell gegenüber loyal. Ich schwöre es.*

*Pablo: Das wird nicht leicht sein.*

*Angelo: Ich schaffe das schon.*

*Pablo: Da bin ich mir nicht so sicher. Du wirst deine Loyalität unter Beweis stellen müssen. Nur weil du die Worte sagst, sind sie noch lange nicht wahr.*

*Angelo: Was muss ich tun?*

*Pablo: Woher wissen wir, dass es sich nicht um eine Falle*

*handelt? Dass du nicht mit dem Amerikaner zusammenarbeitest, um uns Ärger zu machen?*

*Angelo: Das tue ich nicht! Ich schwöre es!*

*Angelo: Pablo? Bist du noch da? Ich mag den Freund meiner Schwester nicht einmal. Ich hasse seine Freunde. Ich will einfach nur nach Hause kommen. Hier bin ich nichts weiter als ein dummer Fremder. Zu Hause werde ich respektiert.*

*Pablo: Na gut. Ich werde dir Geld für ein Busticket schicken. Du kannst damit nach Mexiko fahren und ein Mitarbeiter wird dich abholen.*

*Angelo: Ich danke dir!!! So sehr.*

*Pablo: Ich brauche eine Adresse.*

*Angelo: Ich bin an einem Ort namens »Die Zuflucht«. Sie befindet sich buchstäblich mitten im Nirgendwo. Aber sie haben Kameras. Und ich glaube nicht, dass ich hier Post empfangen kann. Es wäre komisch, wenn ich einen Brief aus Kolumbien bekäme. Sie sind paranoid. Meine Schwester sagt, wir sind nur noch nicht von hier verschwunden, weil sie Angst haben, dass das Kartell nach ihnen sucht. Ich habe sie gefragt, warum sich das Kartell für jemanden so Unwichtiges wie sie oder ihren Verlobten interessieren sollte. Sie hat mich angeschaut, als wäre ich dumm.*

*Pablo: Ich schicke dir keinen Brief. Ich meine, ich brauche die Adresse des Ortes, an den ich Geld schicken kann. Überweisen, also elektronisch schicken.*

*Angelo: Ach ja, natürlich, tut mir leid. Ich bin mir sicher, dass es in der Stadt Los Alamos in der Nähe einen solchen Ort gibt. Ich melde mich wieder bei dir.*

*Pablo: Wenn du jemandem erzählst, dass wir geredet haben, bist du tot.*

*Angelo: Das werde ich nicht! Ich verspreche es dir. Ich will nur weg von hier.*

*Pablo: Wenn du dies tust, gehörst du zum Kartell. Wir geben nicht jedem Geld, und wir geben uns normalerweise keine Mühe, Mitglieder zu retten, die uns hintergangen haben.*

*Angelo: Ich weiß, und ich bin bereit, dir und dem Kartell meine Treue zu schwören.*

*Pablo: Wir werden sehen, wie loyal du bist. Besorg mir die Adresse.*

*Angelo: Das werde ich.*

Zum ersten Mal seit Wochen war Angelo aufgeregt. Er würde nach Hause zurückkehren! Er hatte versucht, den Menschen hier gegenüber etwas aufgeschlossener zu sein, aber innerlich brachte es ihn um, zu lächeln und so zu tun, als sei er glücklich und als sei alles in Ordnung.

Als sich ein Wagen näherte, blickte er auf und sah Isabella. Sie kam mit Reese aus der Stadt zurück ... sie war der Grund für all seine Probleme.

Angelo runzelte die Stirn. Er mochte die Frau nicht, aber er verstand ihre Loyalität gegenüber ihrem Bruder. Angelo liebte seine Schwester mehr als alles andere ... aber er war kein Kind mehr. Das musste sie verstehen. Sie musste wissen, dass er bereit war, sein eigener Mann zu sein. Sie mochte das Kartell nicht, aber sie hatte ihnen nie eine Chance gegeben. Sie konnte nicht verstehen, wie viel *besser* ihr Leben gewesen wäre, wenn er vor Jahren angefangen hätte, für das Kartell zu arbeiten. Sie hätten Geld gehabt. Sehr viel. Sie hätten in ein größeres Haus ziehen können, sie hätte ihren Job bei den Ausländern aufgeben und ein einfaches Leben führen können.

Aber stattdessen hatten sie kein Geld. Sie mussten jeden Cent zweimal umdrehen und sparen, aber sie hatten trotzdem nie genug.

Er wollte sie nicht zurücklassen ... aber sobald er wieder zu Hause war und gutes Geld verdiente, würde er sich bei Isabella melden. Ihr sagen, wie sehr er sie vermisste. Er wusste, dass er sich besser um seine Schwester kümmern könnte als der Amerikaner, wenn er die Chance dazu hätte. Er würde mehr Geld haben, als Woody sich jemals vorstellen könnte. Vielleicht könnte er sie überzeugen, nach Kolumbien zurückzukehren.

Isabella hatte sich nach dem Tod ihrer Eltern um ihn gekümmert und jahrelang auf alles verzichtet, damit Angelo mehr haben konnte. Er wollte sich für diese Loyalität revanchieren, einmal der Versorger sein, aber seine Schwester war so stur! Sie wollte nicht auf ihn hören.

Angelo seufzte und seine Vorfreude wurde etwas gedämpft. Er wusste, dass es nicht so einfach sein würde, Isabella zu bitten, nach Hause zurückzukehren. Aber er wusste auch, dass sie eines Tages ihre Entscheidungen bereuen würde. Wenn der Amerikaner ihrer überdrüssig wurde und sie abservierte, wenn sie allein und pleite war und niemanden hatte, würde sie sich an ihn wenden. Und Angelo würde sie freudig wieder willkommen heißen. Er würde ihr beweisen, dass all ihre Vorstellungen über das Kartell falsch waren. Dass sie clevere Geschäftsleute waren, die ein Produkt anboten, das sehr gefragt war.

Warum war es falsch, Geld zu verdienen? Das war es nicht. Wenn das Kartell die Drogen nicht vertreiben würde, würde es jemand anderes tun. Und jemand anderes würde das ganze Geld machen, von dem Angelo unbedingt seinen Anteil haben wollte.

Es war nur eine Frage der Zeit, bis er wieder dort war, wo er hingehörte. Wo er jemand *sein* konnte. Aber zuerst musste er eine Stelle in Los Alamos finden, an die man Geld überweisen lassen konnte. Er konnte ein paar Anrufe tätigen, aber das würde nicht einfach sein, denn er musste einen Laden finden, in dem Spanisch gesprochen wurde. Dann musste er eine Mitfahrgelegenheit in die Stadt finden, um das Geld abzuholen. Er konnte nicht selbst fahren und er konnte auch nicht seine Schwester oder

Woody bitten, ihn hinzubringen. Sie würden zu viele Fragen stellen.

Er würde es schon schaffen. Sein Freund Pablo riskierte viel, um ihn nach Hause zu holen, und Angelo würde ihn nicht im Stich lassen. Er würde alles tun, auch lächeln und lachen, um alle davon zu überzeugen, dass er nicht vorhatte, so schnell wie möglich nach Südamerika und zum Kartell zurückzukehren.

# KAPITEL DREIZEHN

Spike fiel es schwer, sich zu beherrschen. Aber auch wenn er sich verzweifelt nach Reese sehnte, wollte er sich nicht wie ein Neandertaler verhalten. Als sie von ihrem Einkaufsbummel nach Hause kam, wirkte sie ... schüchtern. Am liebsten hätte Spike sie in sein Zimmer geschleppt und sich mit ihr in sein Bett gelegt, aber er zwang sich, sie mit einem langen, langsamen Kuss zu begrüßen und sich dann wieder dem Abendessen zuzuwenden, das er zu kochen begonnen hatte.

In der Hütte roch es köstlich nach Speck. Das Essen, das er zubereitet hatte, konnte man keineswegs als gesund bezeichnen, auch wenn es gebackenes Hühnchen enthielt. Dafür sorgten die Sahne, der Speck und die Champignoncremesuppe.

Es war offensichtlich die richtige Entscheidung, sich nicht gleich auf sie zu stürzen, als sie zur Tür hereinkam, denn Spike konnte sehen, wie sie sich im Laufe des Abends entspannte. Außerdem wollte er zuerst mit ihr über ihre Zukunft sprechen. Insbesondere darüber, wie sie einen Job in Los Alamos finden würde. Und da Woody ihr morgen früh einen Link zu dem Stellenangebot des Labors schicken würde, das er gefunden hatte, wollte er sich über ihren Standpunkt im Klaren sein, bevor sie ihn erhielt.

Sie setzten sich zum Essen und Reese beugte sich vor, hielt ihre Nase über den Dampf, der von ihrem Teller aufstieg, und atmete tief ein. »Das riecht unheimlich lecker«, erklärte sie ihm lächelnd.

»Auf jeden Fall«, stimmte er zu und nahm seinen Löffel in die Hand. Er hatte das Hühnchen in mundgerechte Stücke geschnitten und es sah eher wie eine cremige Suppe aus als ein Hühnchen mit Soße darüber, aber das machte ihm nichts aus. Er nahm einen Löffel und Reese tat dasselbe.

Sie schloss die Augen, während sie kaute, und stöhnte tief in ihrer Kehle.

Und schon wurde Spikes Schwanz steif. Reese hatte keine Ahnung, wie sexy sie war. Es kostete ihn all seine Disziplin, nicht über den Tisch zu springen und zu rufen: »Zum Teufel mit dem Essen!«

»Ich nehme an, es schmeckt dir ganz gut?«, fragte er grinsend.

»Ganz gut? Gus, das ist *fantastisch*.«

Spike wusste nicht, was ihn an ihrer Beharrlichkeit, ihn »Gus« zu nennen, so sehr berührte. Vielleicht lag es daran, dass dieser Name nichts mit seinem Leben als Soldat zu tun hatte. Es war nicht so, dass er nicht stolz auf das war, was er getan hatte, aber es gab Zeiten, in denen der ganze Mist in seinem Kopf einfach zu viel war. Die Verwendung seines Namens erinnerte ihn daran, dass er *vor* dem Militär jemand war und dass er es auch danach noch war. Oder zumindest könnte er es sein.

Und es gefiel ihm, dass Reese selbst von diesem Teil seines Lebens weitgehend unberührt war.

Während sie aßen, unterhielten sie sich, aber es

herrschte eine unterschwellige sexuelle Spannung. Reese warf ihm unter ihren Wimpern immer wieder heimliche Blicke zu, und als sie sich über die Lippen leckte, konnte Spike nur mit Mühe auf seinem Platz bleiben.

Als er mit dem Essen fertig war, schob er seinen Teller beiseite, stützte seine Ellbogen auf den Tisch und lehnte sich vor, wobei er den Blick auf Reese gerichtet hielt. Er hatte nicht viel über seinen kleinen Küchentisch nachgedacht. Er war rund und eigentlich nur groß genug für zwei Personen. Er saß Reese gegenüber, aber sie waren sich so nahe, als würden sie nebeneinander an dem großen Tisch in der Hütte sitzen.

Sie nahm den letzten Bissen ihrer Mahlzeit und sah dann zu ihm hinüber. Spike streckte eine Hand aus und sie nahm sie, ohne zu zögern.

»Ich habe heute mit Woody geredet«, begann er und vergaß, was er sagen wollte, als Reese mit ihrem Daumen über seinen Handrücken strich. Ihre Finger waren weich und warm, und er sah plötzlich seinen Schwanz in ihrer Hand, während sie ihn streichelte.

»Ja?«, fragte sie und sah ihn mit einer hochgezogenen Augenbraue an.

Spike räusperte sich und zwang sich, sich zu konzentrieren. Je schneller er mit diesem Gespräch fertig war, desto schneller konnte er Reese in sein Bett bringen. »Wir haben darüber geredet, dass er nach der Hochzeit nach Kansas City zurückkehren möchte.«

»Ja, er ist größtenteils wieder gesund und da wir von deinem Freund Tex nichts darüber gehört haben, dass das Kartell noch nach ihm sucht, denkt er, dass es sicher ist, nach Hause zurückzukehren. Ich weiß, dass er sich um Isabella kümmern und für Angelo einen Job finden will, damit er beschäftigt ist. Es ist offensichtlich, dass er sich immer noch schwertut, sich einzuleben, aber in letzter Zeit scheint er sich mehr Mühe zu geben.«

»Ja, das ist mir auch schon aufgefallen«, erwiderte Spike. Er traute dem Jungen nicht ganz, aber er bemühte sich mehr, sich einzufügen. Das sorgte dafür, dass Spike ihm gegenüber etwas nachsichtiger war.

Dann holte er tief Luft und hörte auf, um den heißen Brei herumzureden.

»Ich möchte, dass du bleibst«, platzte er heraus und fuhr fort, bevor sie etwas sagen konnte. »Ich weiß, dass du schon lange in Kansas City lebst, aber ich will nicht, dass du gehst. Ich habe mich daran gewöhnt, dass du hier bist, und ich kann mir schon jetzt nicht mehr vorstellen, ohne dich aufzuwachen. Woody hat sich nach Jobs im *Los Alamos National Laboratory* erkundigt und er glaubt, dass dir ein paar davon gefallen würden. Er schickt dir morgen einen Link, aber ich wollte nicht, dass du ihn bekommst und dich fragst, was ich davon halte, dass du bleibst. Ich bin voll dafür. Hundertprozentig. Ich würde ja nach Missouri ziehen, um bei dir zu sein, aber ich weiß nicht, wie das mit den Besitzverhältnissen hier in der *Zuflucht* funktionieren würde.«

Reese drückte seine Hand, und Spike hielt den Mund. Er hatte sowieso geschwafelt. Er hielt praktisch den Atem an, um zu sehen, was sie dachte.

»Ich habe mir die Webseite des Labors bereits angesehen«, gab sie mit einem verlegenen Achselzucken zu. »Mein Chef in Missouri hat mir ein gutes Arbeitszeugnis ausgestellt ... und ich habe an meinem Lebenslauf gearbeitet.«

»Hast du das wirklich gemacht?«

Sie nickte.

»Du willst also bleiben?«, fragte Spike, der die Worte aus ihrem Mund hören wollte.

»Ja.«

Spike stand so schnell auf, dass sein Stuhl auf zwei Beinen wippte und auf den Boden gefallen wäre, wenn er ihn nicht im letzten Moment mit der freien Hand festgehalten hätte. Er ließ Reeses Hand nicht los, als er um den Tisch herumging und sie auf die Füße zog. »Das Geschirr kann warten. Ich allerdings nicht«, erklärte er.

Er hörte sie lachen, aber viel wichtiger war, dass sie nicht protestierte, als er in den Flur ging und sie praktisch hinter sich herzog.

Noch bevor er einen Meter in den Flur gegangen war, klingelte sein Handy in seiner Tasche. Er wollte es am liebsten ignorieren, aber er bekam nicht viele Anrufe. Und wenn, dann waren sie meistens wichtig.

Er blieb stehen und atmete tief durch, bevor er sich zu Reese umsah. »Ich muss da rangehen.«

Sie nickte.

Ohne ihre Hand loszulassen, griff Spike in seine Tasche und holte sein Handy heraus. Er sah Bricks Namen auf dem Display.

»Was gibt's?«, fragte er anstelle einer Begrüßung.

»Es tut mir leid, dass ich dich störe, aber wir haben ein Problem. Einer der Gäste hatte einen Flashback und ist in Panik in den Wald geflüchtet.«

»Mist«, fluchte Spike.

»Owl, Pipe und Tiny sind ihm gefolgt, aber ein paar der anderen Gäste sind verunsichert. Sie machen sich Sorgen und wollen in den Wald gehen, um nach ihm zu suchen. Ich brauche dich wirklich in der Lodge, um uns zu helfen, alle zu beruhigen.«

»Ich bin auf dem Weg«, entgegnete er, ohne zu zögern.

»Danke. Ich weiß das zu schätzen.«

»Du musst dich nicht bedanken. Wir sehen uns in einer Minute«, sagte Spike zu seinem Freund, bevor er auflegte. Er nahm einen tiefen Atemzug. Dann noch einen, bevor er sich Reese zuwandte.

»Was ist los?«

»Es gibt ein Problem mit einem der Gäste und ich muss zur Lodge rübergehen.«

Sie runzelte die Stirn. »Ist alles in Ordnung? Wie kann ich helfen? Ich kann mitkommen.«

Spike wollte nicht, dass sie in die Nähe von potenziell gefährlichen Gästen kam. Es war nicht so, dass er den Männern und Frauen, die gerade dort waren, nicht traute, aber jeder konnte ein Risiko sein, wenn seine posttraumatische Belastungsstörung ihn übermannte.

Er versuchte, sich an die Geschichten der Männer und Frauen zu erinnern, die derzeit in der *Zuflucht* untergebracht waren. Drei Kriegsveteranen, eine Frau, die in einer Gasse ausgeraubt und vergewaltigt worden war, eine andere, die von ihrem Mann verprügelt worden war, ein Mann, dem der Wagen geklaut worden war ... und an die Geschichten der anderen konnte er sich nicht erinnern. Er kannte die Geschichte des Mannes, der in den Wald gelaufen war, nicht, aber er wollte auf keinen Fall, dass Reese sich in Gefahr begab.

»Es kommt schon wieder alles in Ordnung und mir wäre es lieber, wenn du hierbleibst. Du kannst die Essensreste einpacken und unser Geschirr wegräumen. Dann entspann dich. Hoffentlich brauche ich nicht zu lange.«

»Okay«, stimmte sie sofort zu.

Spike schloss die Augen und war dankbar, dass sie so entgegenkommend war.

Als könnte sie seine Gedanken lesen, sagte sie: »Ich möchte dir nicht im Weg stehen. Du und deine Freunde wisst viel mehr über solche Situationen, als ich es jemals tun werde.«

»Du bist nicht im Weg«, protestierte er und starrte sie an. »Ich bin nur frustriert, dass wir unterbrochen wurden.«

Reese lächelte und trat auf ihn zu. Spike legte sofort seinen Arm um ihre Taille und zog sie näher zu sich heran, bis sie von den Hüften bis zu den Brüsten an ihn gepresst war. Sein Schwanz zuckte, aber er ignorierte es.

»Es gibt keinen Grund zur Eile. Ich werde nirgendwo hingehen. Heute Abend, morgen ... nach der Hochzeit meines Bruders.«

Verdammt noch mal, diese Frau war unglaublich. »Ich verspreche dir, dass es mir nichts ausmachen würde, wenn ich nach Hause käme und dich nackt in meinem Bett vorfände«, platzte Spike heraus.

Sie grinste verführerisch, stimmte aber weder zu, noch widersprach sie ihm. Sie beugte sich einfach vor und küsste ihn. Spike zwang sich, den Kuss zu beenden, bevor er jegliche Selbstbeherrschung verlor. Brick und die anderen erwarteten ihn, und er konnte sie nicht enttäuschen.

»Ich muss gehen«, erklärte er zögernd.

Reese nickte und versuchte, sich aus seiner Umarmung zu befreien, aber Spike schlang seine Arme um sie und ließ sie noch nicht entkommen.

»Das hier ist nicht gerade der aufregendste Ort zum Leben«, bemerkte er und hatte das Gefühl, sie warnen zu müssen. »Ich will nicht, dass du dich entscheidest zu bleiben und es dann bereust.«

»Ich werde es nicht bereuen«, betonte sie. »Ich habe es zwar genossen, in der Nähe einer großen Stadt zu leben, aber ich bin genauso gern hier. Die Leute in der Stadt kennen mich bereits. Sie lächeln und winken, wenn ich vorbeifahre. Die Kassiererin im Laden hat mich sogar gefragt, wie ich mich eingewöhnt habe, und als Isabella und ich über den Secondhandladen in der Stadt sprachen, hat sie mir gesagt, wann ich am besten hingehen solle, weil sie wusste, wann sie neue Sachen herausbringen. Ich fand es toll, dass sie mir das Gefühl gab, eine Einheimische zu sein. Aber darüber hinaus ... bist du hier.«

Verdammt, mit jedem Wort, das sie sagte, fiel es Spike schwerer zu gehen. Er entschied sich dafür, sie intensiv zu küssen und sie dann körperlich von sich zu stoßen. »Ich bin so schnell wie möglich wieder da.«

»Okay.«

Er zwang sich, den Blick von ihr abzuwenden, denn er wollte sie eigentlich nicht auch nur für einen Moment aus den Augen lassen. Dann, als er wusste, dass er überhaupt nicht gehen würde, wenn er sich nicht augenblicklich auf den Weg machte, drehte er sich um und ging auf die Tür zu. »Schließ die Tür hinter mir ab«, befahl er. Er hatte keine Ahnung, wo der Gast war, der in den Wald gelaufen war, aber er wollte nicht riskieren, dass er zurückkam, Reese für einen Feind hielt und in die Hütte kam, um ihr wehzutun.

»Das werde ich«, entgegnete sie, ohne zu protestieren.

Spike warf ihr noch einen letzten Blick zu, öffnete die Tür und ging.

---

Acht lange Stunden später stolperte Spike völlig erschöpft wieder in seine Hütte. Er war müde. Todmüde. Er hatte nicht damit gerechnet, dass er erst so spät zurückkommen würde. Es war drei Uhr morgens, und die Gäste waren endlich alle sicher und gesund in ihren Hütten. Der Mann, der in den Wald geflüchtet war, dachte, dass er von Terroristen verfolgt wurde, die ihn wieder einfangen und foltern wollten. Spike hatte sich der Suche nach ihm im Wald angeschlossen und es hatte Stunden gedauert, bis sie ihn endlich aufgespürt hatten. Dann hatte es eine weitere Stunde gedauert, ihn davon zu überzeugen, dass er nicht in Gefahr war.

Die Gäste hatten sich erschrocken und wollten nicht in ihre eigenen Hütten zurückkehren, bis der Mann gefunden war. Spike konnte es ihnen nicht verdenken. Niemand wollte einem Mann gegenüberstehen, der vorübergehend den Bezug zum Hier und Jetzt verloren hatte.

Henley war zur Hütte gekommen, um mit dem Mann zu reden, und war immer noch dort. Tonka war bei ihnen, um dafür zu sorgen, dass ihr nichts passierte.

Es war für alle ein anstrengender Abend gewesen, und Spike war mehr als froh, dass alles gut ausgegangen und niemand verletzt worden war.

Nachdem er die Tür abgeschlossen hatte, sah er, dass Reese im Wohnbereich ein Licht für ihn angelassen hatte. Er stand da und starrte einen langen Moment auf diese einfache Geste. Es war das erste Mal in seinem Leben, dass er von einer Mission nach Hause kam und sich jemand um ihn sorgte, dass er beim Nachhausekommen nicht stolperte.

Er war am Verhungern, aber es war ihm wichtiger, Reese zu sehen, als etwas zu essen. Er drehte sich um und ging auf das Schlafzimmer zu. Er stieß die Tür leise auf und sah, dass sie nicht nur das Licht im Wohnzimmer angelassen hatte, sondern auch das Licht im Bad. Er konnte Reese in seinem Bett unter der Bettdecke sehen. Sie lag auf der Seite und umklammerte eines seiner Kissen mit ihren Armen.

Er wollte zu ihr unter die Decke schlüpfen, sie in seine Umarmung ziehen und beenden, was sie vorhin noch gar nicht hatten beginnen können. Aber es war spät – oder früh, was auch immer – und er wollte ihren offensichtlich tiefen Schlaf nicht stören.

Schwer seufzend schloss Spike die Tür einen Spalt und wandte sich dann dem kleineren Bad im Flur zu. Die Dusche war nicht annähernd so schön wie die in seinem

Zimmer, aber er wollte nicht riskieren, Reese zu wecken. Er musste den Gestank der Nacht abwaschen und dann etwas schlafen. Es würde noch viele Gelegenheiten geben, um mit Reese Liebe zu machen. Er wollte den richtigen Moment abwarten. Er wollte sich Zeit nehmen. Er wollte dafür sorgen, dass sie wusste, wie sehr er sie respektierte und bewunderte. Er wollte, dass sie beide bei ihrem ersten Mal hellwach waren.

Mit den Gedanken an Reese im Kopf duschte Spike kurz und war fast schon eingeschlafen und träumte, bevor sein Kopf das Kissen des großen Bettes in seinem Gästezimmer berührte.

# KAPITEL VIERZEHN

Reese hatte ihre Hände unter Gus' Hemd und sie schob es ihm über den Kopf. Zwei Tage waren seit dem Vorfall mit dem aufgebrachten Gast vergangen ... als sie nur wenige Schritte von seinem Schlafzimmer entfernt waren, bevor er zur Arbeit gerufen worden war.

Zwei Tage, seit sie alleine aufgewacht war, enttäuscht und besorgt, dass er es sich mit ihr anders überlegt haben könnte. Aber als sie seine schmutzigen Klamotten auf dem Boden des Gästebads sah und wie erschöpft er immer noch im Bett lag, wurde ihr klar, dass er erst sehr spät nach Hause gekommen sein musste. Sie hatte es geschafft, bis Mitternacht aufzubleiben, war dann aber eingeschlafen, während sie auf seine Rückkehr gewartet hatte.

Als er aufwachte, hatte er sich entschuldigt, aber sie hatte ihn mit einem Kuss zum Schweigen gebracht. Er hatte an diesem Morgen nicht bei ihr bleiben können, weil er versprochen hatte, nach dem Gast mit der Belastungsstörung zu sehen, und die letzten anderthalb Tage hatte er sich vergewissert, dass es dem Mann und allen anderen Gästen wirklich gut ging.

Da Gus so beschäftigt war, verbrachte Reese einige Zeit damit, eine Bewerbung für das *National Laboratory* auszufüllen, bei den Hochzeitsvorbereitungen zu helfen und zu versuchen, mit Angelo zu reden. Außerdem war sie mit Isabella unterwegs und half bei verschiedenen Aufgaben rund um *Die Zuflucht* und verbrachte zusammen mit Alaska auch etwas Zeit mit den Gästen. Sie sorgte dafür, dass jeder das bekam, was er brauchte, und unternahm mit ihnen verschiedene Aktivitäten, um sie von dem Vorfall abzulenken.

Dies war das erste Mal seit jenem Abend, dass sowohl sie als auch Gus nichts zu tun hatten, und Reese konnte es kaum erwarten, dort weiterzumachen, wo sie aufgehört hatten. Tatsächlich standen sie sogar schon im Flur.

Sie zog Gus das Hemd über den Kopf und beugte sich, ohne zu zögern, hinunter, um eine seiner Brustwarzen zu lecken.

»Verdammt, Frau!«, rief er aus. Er legte eine Hand an ihren Hinterkopf, um sie zu ermutigen. Die andere ließ er zum Bund ihrer Leggings wandern und schob sie darunter, um mit seiner großen, warmen Hand eine ihrer Pobacken zu umschließen. Er drückte ihren Po kräftig, als sie ihre Lippen um seine Brustwarze schloss und intensiv daran saugte.

Er wölbte den Rücken und Reese lächelte, während sie alles tat, um ihn verrückt zu machen. Sie fühlte sich ein bisschen wie eine Wildkatze. Sie hatte länger von Gus geträumt, als sie sich erinnern konnte, und jetzt, da es tatsächlich passierte, war sie fast am Verzweifeln.

Mit einem Plopp ließ sie seine Brustwarze los und grinste, als sie zu ihm aufsah. Er hatte seine Hand noch immer in ihrer Hose, und er zog sie mit einem Ruck näher zu sich heran, wobei er seine Erektion gegen ihren Bauch drückte. »Ich will dich«, entgegnete er und seine Brust hob sich, während er um Selbstbeherrschung rang, um seine Lust zu kontrollieren.

»Das ist auch gut so, denn ich will dich auch«, versicherte sie ihm.

Er griff gerade nach dem Saum ihres Oberteils, als jemand an die Tür der Hütte klopfte.

Sie erstarrten beide.

»Beachte es gar nicht«, befahl Gus, während er begann, ihr das Oberteil über den Kopf zu ziehen.

Aber wer auch immer es war, er klopfte noch einmal, dieses Mal fester.

»Ich fasse es nicht«, murmelte Gus, als er den Saum wieder sinken ließ und seine Stirn an ihre legte.

Reese konnte es auch nicht fassen. Aber wenn jemand klopfte, brauchte er offensichtlich etwas.

»Reese? Bist du da drin? Ich mache mir Sorgen um Scarlet Pimpernickel«, rief Jasna aus dem vorderen Teil der Hütte. »Tonka ist in der Stadt und sie muht erbärmlich und ich kann sonst niemanden finden, der ihr hilft!«

Reese wusste nicht, ob das stimmte. Es waren immer Leute da, und die Jungs verließen nie alle gleichzeitig das Grundstück, nicht wenn Gäste da waren.

»Verdammt. Willst du, dass ich mitkomme?«, fragte Gus.

Reese seufzte. »Nein. Ich bin sicher, es ist nichts. Sie ist nur ein bisschen paranoid. Ich werde mit ihr zur Scheune gehen, um mich davon zu überzeugen, dass alles in Ordnung ist, und dann zurückkommen.«

»Okay.« Gus seufzte. »Ich könnte auch etwas für das Abendessen vorbereiten. Oder willst du in der Lodge essen?«

Reese biss sich auf die Lippe und sah ihn aus den Augenwinkeln an. »Heute ist Taco-Dienstag«, erklärte sie ihm mit Sehnsucht.

Gus lachte. »Stimmt. Dann also Abendessen in der Lodge.«

»Es ist nicht so, dass ich nicht mit dir allein sein möchte, aber was Robert und Luna mit dem Fleisch machen, ist hervorragend. Und ihr Queso ist zum Sterben gut.«

»Du musst mich nicht überzeugen«, entgegnete er.

»Aber ich bin dafür, dass wir hierher zurückkommen und alle Anrufe und Klopfzeichen an der Tür ignorieren«, versicherte sie ihm.

Gus legte seine Hand fester auf ihren Hintern und küsste sie noch einmal, heftig und schnell. »Geh mit Jas, bevor sie einen Herzinfarkt bekommt. Sie liebt dieses Kalb mehr als alles andere.«

Reese legte ihre Hand an Gus' Wange und seufzte, als er seine Finger aus ihren Leggings zog. Sie liebte es, wie er sie berührte. Mit Kontrolle und Leidenschaft. Und ein bisschen von der gleichen verzweifelten Lust, die sie spürte.

Er drehte sie um und gab ihr einen kleinen Schubs. »Geh, bevor ich es mir anders überlege«, scherzte er.

Reese rückte ihr Oberteil zurecht und schenkte ihm ein kleines Lächeln, bevor sie zur Tür ging.

---

Leider konnten sie den Taco-Dienstag doch nicht gemeinsam in der Lodge genießen. Nachdem Reese Jasna davon überzeugt hatte, dass es dem Kalb gut ging, war sie von Alaska abgefangen worden. Die beiden Frauen waren zusammen mit Henley und Isabella zum Abendessen nach Los Alamos gefahren und hatten sich mit Ryan in einem mexikanischen Restaurant in der Stadt getroffen. Alaska hatte es als eine Art Mini-Junggesellinnenabschied für Isabella vorgeschlagen. Woody und Spike hatten sie dort abgesetzt und als sie zwei Stunden später zurückkamen, um die Frauen zur *Zuflucht* zu fahren, fanden sie sie völlig betrunken von den sehr starken Margaritas des Restaurants vor.

Offenbar hatte jemand die großartige Idee gehabt, nach den Drinks noch ein paar Schnäpse zu trinken, sodass sie jetzt richtiggehend betrunken und nicht mehr nur beschwipst waren.

»Die sind total besoffen«, bemerkte Tonka lachend, als er die Frauen in der Lodge sah, nachdem die Männer sie zurückgebracht hatten.

Er hatte nicht unrecht.

Alkohol war auf dem Gelände der *Zuflucht* nicht erlaubt. Denn es wäre vollkommen kontraproduktiv, wenn die Gäste versuchten, mit Alkohol das zu betäuben, was ihre posttraumatische Belastungsstörung verursachte.

»Henley hat sich fast zu Tode geschuftet«, fuhr Tonka fort. »Sie hat es verdient, sich ein bisschen auszutoben.«

»Ich weiß nicht, was wir ohne sie an jenem Abend neulich gemacht hätten«, stimmte Brick zu.

»Sie war unglaublich«, fügte Stone hinzu. »Sie konnte unseren Gast besser beruhigen als jeder andere von uns.«

Der besagte Gast war an diesem Morgen abgereist, und seine reguläre Therapeutin hatte bereits angerufen und mit Henley darüber gesprochen, was passiert war und wie sie ihm in den kommenden Sitzungen am besten helfen konnte.

»Alaska und Reese waren auch ziemlich großartig«, fügte Tiny hinzu. »Sie haben gestern viel Zeit mit den anderen Gästen verbracht und dafür gesorgt, dass sie ruhig und zufrieden sind.«

»Vergiss nicht, dass Isabella auf Jasna aufgepasst hat, damit Henley zusätzliche Beratungstermine wahrnehmen konnte. Das war eine große Hilfe«, warf Owl ein.

Spike stimmte seinen Freunden zu und war dankbar,

dass alle als Team zusammengearbeitet hatten, um eine brenzlige Situation unter Kontrolle zu halten. Allerdings musste er insgeheim zugeben, dass er auch ein wenig frustriert war. Der heutige Abend sollte eigentlich Reese und ihm gehören. Aber er wollte nicht mit ihr schlafen, wenn sie nicht mehr ganz nüchtern war, schon gar nicht zum ersten Mal.

Trotzdem musste er zugeben, dass sie bezaubernd war. Das waren alle Frauen. Sie saßen in der Hütte, lachten und scherzten miteinander.

»Ich glaube, es ist an der Zeit, dass wir das hier beenden«, bemerkte Brick trocken, als Alaska fast von ihrem Stuhl fiel und die anderen Frauen so sehr lachten, dass ihnen die Tränen kamen.

Als hätten sie alle nur darauf gewartet, dass jemand Schluss machte, bewegten sich Tonka, Woody und Spike zur gleichen Zeit. Sie gingen zu ihren Frauen und sagten den anderen Jungs dabei Gute Nacht.

Spike ging auf Reese zu und konnte sich ein Lächeln nicht verkneifen, als sie den Kopf zurückwarf und von ihrem Sitz aus zu ihm aufblickte. »Hi!«, erklärte sie fröhlich.

»Hey«, erwiderte er und legte ihr eine Hand auf die Schulter, um ihr Halt zu geben.

Reese lächelte weiter zu ihm hoch. »Du bist wunderschön«, lallte sie.

»Zeit, den Heimweg anzutreten und nach Hause zurückzukehren«, erklärte er und grinste immer noch.

»Nach Hause«, murmelte sie und schloss die Augen. »Deine Hütte ist mein Zuhause.«

Ihre Worte trafen Spike hart. Hatte er jemals wirklich das Gefühl gehabt, ein Zuhause zu haben? Zwischen den Einsätzen hatte er in Wohnungen geschlafen, die nichts weiter waren als ein Ort, an dem er seine Sachen aufbewahrte. Selbst nachdem er in die Hütte hier auf dem Grundstück gezogen war, war er sich nicht sicher gewesen, ob er sie wirklich als Zuhause betrachtete. Er schlief dort, und sie lag in der Nähe seines Arbeitsplatzes, aber war sie ein Zuhause? Eigentlich nicht.

Aber seit Reese angekommen war, fühlte sie sich mehr und mehr wie ein Ort an, an den er gehörte. Er freute sich darauf, am Tagesende dorthin zurückzukehren, einfach weil sie dort war. Und obwohl sie nicht offiziell eingezogen war, hatte sie ein paar Kartons mit ihren Sachen aus Missouri bekommen, die ihre Nachbarin vor dem Transport ihres Wagens gepackt und darin verstaut hatte. Ihre Klamotten, Schuhe und sogar ein paar Dekoartikel in der Hütte zu haben hatte ihre Anwesenheit verdeutlicht. Spike musste jedes Mal grinsen, wenn er ihre und seine Sachen zusammen sah.

»Kannst du laufen?«, fragte er unwirsch und versuchte, seine Freude darüber zu verbergen, dass sie die Hütte als ihr Zuhause betrachtete.

»Eisokay«, murmelte sie, bevor sie aufstand und prompt zur Seite schwankte. Wäre Spike nicht da gewesen, um sie aufrecht zu halten, wäre sie mit Sicherheit auf die Nase gefallen. »Natürlich kann ich laufen!«, betonte sie, während sie Spikes Arm mit einem Todesgriff festhielt. »Der heutige Abend war fantastisch«, erklärte sie ihm. Dann wandte sie sich an die anderen Frauen, die sich ebenfalls an ihren Männern festhielten. »Heute Abend war der Hammer!«, verkündete sie erneut.

»Fantastisch!«

»Super-duper-geil!«

»*Muy bien!*«

»Denkt daran, dass wir uns morgen früh alle treffen und gemeinsam frühstücken«, bemerkte Henley aufgeregt.

Die Männer mussten alle lachen. Es war mehr als offensichtlich, dass keine von ihnen in der Verfassung war, früh aufzustehen, geschweige denn etwas zu essen.

»Bis morgen früh!«, sagte Alaska und winkte, als Brick sie zur Tür führte.

»*Mañana*!«, entgegnete Isabella mit einem breiten Grinsen. Es war süß, wie sie ins Spanische zurückfiel, wenn sie betrunken war. Woody legte seinen Arm um sie und führte sie aus dem Zimmer, während er Brick und Alaska folgte.

»Wir gehen in den Stall und sehen uns die Tiere an«, sagte Henley, während sie Tonka anhimmelte.

»Ist das ein Code für Sex?«, fragte Reese unverblümt.

Henley versuchte zu zwinkern, aber in Wirklichkeit schloss sie nur beide Augen fest und öffnete sie wieder. »Pssstt. Ja! Wir wollen Jasna nicht wecken. Und Stone ist in unserer Hütte und passt auf sie auf, obwohl sie sterben würde, wenn wir das so nennen würden, und wir wullen ihn nicht störren.«

Spike unterdrückte ein Lächeln, weil Henley die Wörter immer wieder falsch aussprach. Und sie benutzte nicht gerade ihre innere Stimme.

»Wir haben keinen Sex in der Scheune«, erklärte Tonka ihr mit Nachdruck.

Henley schmollte. »Warum nicht? Reese wird Sex mit Spike haben und ich bin mir sicher, alle anderen auch. Warum können wir das nicht?«

»Ich werde auf jeden Fall Sex haben«, mischte Reese sich ein und nickte wie ein Wackelkopf. »Wir werden ständig unterbrochen und ich will Gus' Schwanz in mir spüren. Also werden wir es *tun*. Ihr zwei solltet das auch tun. Ha ... ihr zwei ...« Sie brach in Kichern aus.

Spike verdrehte die Augen.

»Wir gehen in die Scheune, weil du gerade so laut bist«, sagte Tonka zu ihr.

»Und um Sex zu haben«, beharrte Henley.

»Aber natürlich«, entgegnete er, um sie zu beschwichtigen.

»Viel Spaß beim Sex«, rief Reese, deren Zunge sich durch den Alkohol wohl ziemlich gelockert hatte.

»Komm schon, Süße. Ich bringe dich nach Hause«, erklärte Spike und beugte sich zu ihr, um sie mit einem Arm unter den Knien und dem anderen hinter ihrem Rücken hochzuheben.

Zu seiner Überraschung hörte Reese auf zu reden und starrte ihn mit großen Augen an, während er Tonka und Henley folgte.

»Was? Was denkst du, meine Schöne?«, fragte er, als sie endlich draußen und auf dem Weg zu seiner Hütte waren.

»Du trägst mich.«

Spike nickte. »Das tue ich«, stimmte er zu.

»*Keiner* hat mich je getragen. Ich bin zu mollig. Ich trage Übergröße, bin viel zu schwer. Fett.«

»Du bist nicht fett«, knurrte Spike und war sauer, dass sie dieses Wort benutzte, um sich selbst zu beschreiben. »Kurvig, ja. Wenn du Übergröße sagen willst, kannst du das auch tun, aber nenne dich nie wieder fett.«

»Gus ...«, flüsterte sie.

Er schaute zu ihr hinunter und sah Tränen in ihren Augen. »*Nicht* weinen«, befahl er.

Sie legte ihre Arme um seinen Hals und vergrub ihr Gesicht an seiner Brust, während er sie trug. »So hat mich noch nie jemand getragen. Ich dachte nicht einmal, dass das möglich ist! Ich ... ich liebe dich einfach, Gus! So sehr.«

Spike blieb in der Mitte des Weges zu seiner Hütte stehen. Er sah auf die Frau in seinen Armen hinunter und es fühlte sich an, als würde sich seine ganze Welt in diesem Moment um die eigene Achse drehen. Es war ja nicht so, dass er dachte, er und Reese hätten nur ein zwangloses Verhältnis. Wenn es so wäre, würde er es nicht so sehr genießen, sie in seiner Nähe zu haben. Und er würde nicht so ungeduldig darauf warten, dass sie einen Job bekommt, um sich endgültig an die Gegend zu binden. Aber dass sie diese Worte einfach so aussprach, fühlte sich lebensverändernd an.

Nur ... sie war betrunken. Völlig blau. Sternhagelvoll.

Er setzte sich wieder in Bewegung.

Sie sagte nichts weiter, aber er konnte ihren heißen Atem durch sein Hemd spüren, und bei jedem ihrer Atemzüge zuckte sein Schwanz in der Jeans.

Als er bei seiner Hütte ankam, erklärte er: »Ich muss dich absetzen, damit ich die Tür aufschließen kann.«

Sie murmelte nur vor sich hin.

»Reese?«

»Hmmmm?«

»Halt dich an mir fest«, befahl er, anstatt weiter zu erklären.

»Das tue ich«, entgegnete sie.

Spike ließ ihre Beine langsam auf den Boden sinken und schlang seinen Arm um ihre Taille, als sie gegen ihn sank und sich an ihn lehnte. Er schaffte es, die Haustür aufzusperren und sie beide hineinzuschieben.

»Gut, wir sind zu Hause. Können wir jetzt Sex haben?«, lallte sie.

Spike antwortete nicht, sondern nahm sie wieder auf den Arm und freute sich über das kleine Wimmern, das aus ihrem Mund drang, als sie sich wieder an ihn schmiegte. Er trug sie den Flur entlang in sein Zimmer und legte sie auf sein Bett. Er knipste die kleine Lampe auf dem Nachttisch an und setzte sich neben ihre Hüfte auf die Matratze.

Er beugte sich über sie und strich ihr mit seiner freien Hand die Haare aus dem Gesicht.

Reese schloss die Augen und lehnte ihren Kopf in seine Berührung.

»Schlaf, Süße«, erklärte er sanft.

»Haben wir jetzt Sex?«, fragte sie schläfrig.

»Irgendwann. Aber nicht heute Nacht.«

Sie schmollte und öffnete die Augen. »Aber ich möchte es.«

»Ich auch, aber ich möchte, dass du voll da bist, wenn wir Liebe machen.«

Reese seufzte. »Ich habe zu viel getrunken«, entgegnete sie traurig.

»Machst du das oft?«, fragte er.

Sie schüttelte den Kopf. »Ich mag keine Kneipen. Ich traue den Jungs dort nicht. Aber heute Abend, mit meinen neuen Freundinnen ... und mit dir ... habe ich mich sicher gefühlt.«

Spike gefiel diese Antwort. Sehr sogar. »Gut. Denn du bist sicher, wenn du bei mir bist. Und hier in der *Zuflucht*.«

»Dies ist der tollste Ort überhaupt«, versicherte sie ihm. »Ich bin so stolz auf dich. Du hättest den Gast ins Krankenhaus schicken können, aber stattdessen hast du dich um ihn gekümmert. Du hast ihm das Gefühl gegeben, in Sicherheit zu sein. Du hast ihn nicht in Verlegenheit gebracht.«

»Es war nicht seine Schuld. Und wir hätten ihn auf keinen Fall in die Klinik in Los Alamos geschickt.«

»Ich weiß. Weil du fantastisch bist«, entgegnete Reese. »Habe ich dir schon dafür gedankt, dass du Woody gefunden hast?«

»Ja.«

»Danke.«

Spike grinste. Verdammt, sie war so verdammt süß.

»Gus?«

»Ja, Babe?«

»Ich will dich, aber ich habe Angst.«

»Wovor? Vor mir?«, fragte Spike, entsetzt über den Gedanken.

»Dass du mich nackt siehst.«

Er entspannte sich. »Du hast absolut nichts zu befürchten.«

»Ich habe Speckrollen«, gab sie zu.

»Und ich habe Narben«, erklärte er achselzuckend. »Ich habe diese Ganzarmtätowierung, um einige davon zu verdecken.«

Ihre Augen leuchteten auf, als sie mit ihrer Hand über den Arm fuhr, den er benutzt hatte, um sich neben ihr abzustützen. »Sie gefällt mir.«

»Das freut mich. Was hast du sonst noch auf dem Herzen?«

Reese runzelte die Stirn.

»Was willst du mir noch erzählen, wenn du keine Hemmungen mehr hast? Sag mir alles, damit ich später nicht aus Versehen eine deiner Unsicherheiten auslöse.« Spike dachte sich, dass er so viel wie möglich herausfinden könnte, während sie betrunken war. Vielleicht war es nicht fair oder ethisch vertretbar, aber das war ihm egal. Er würde alles tun, was nötig war, um diese Frau für sich zu gewinnen.

»Nichts.« Sie schaute ihm nicht in die Augen, als sie das sagte.

»Komm schon, Reese. Erzähl es mir.«

»Ich hatte noch nie jemanden, der mich geleckt hat«, platzte sie heraus. »Ich habe noch nie jemandem einen geblasen. Ich will es, aber ich will es nicht falsch machen oder ersticken. Von Paprika bekomme ich Blähungen. Ich habe in deinem Bett masturbiert, aber ich hatte Angst, du würdest mich hören, also habe ich mein Gesicht in deinem Kissen vergraben, als ich zum Orgasmus gekommen bin. Vor Jahren habe ich mal einen Liebesroman gekauft, nachdem ich dich kennengelernt hatte, und habe die Namen durchgestrichen und sie in Gus und Reese geändert.

Ich habe das Buch Dutzende Male gelesen. Ich habe Woody ständig mit Fragen über dich gelöchert und wollte eine Million Dinge wissen. Ich liebe Mathe, auch wenn es nicht cool ist. In der Highschool war ich total unbeliebt und ich war in einen der Footballspieler verknallt, dann erfuhr ich, dass er sich mit seinen Freunden über mich lustig machte, und das tat sehr weh. Ich habe noch nie bei einem Typen geschlafen ... also bei ihm übernachtet. Mein erstes Mal hat wehgetan, aber das war dem Kerl egal, er stieß einfach weiter rein und raus. Ich will Kinder – mindestens drei. Ich hatte Todesangst, nach Kolumbien zu fliegen, aber ich musste es tun, weil Woody vermisst wurde und er der einzige Mensch ist, der mich je geliebt hat und mich nicht verändern wollte. Und ich bin hier so glücklich, dass ich Angst habe, es sei ein Traum und ich würde aufwachen und alles ist weg.«

Spike starrte Reese an, sein Herz schlug ihm bis zum Hals. Als er sie ermutigt hatte, mit ihm zu reden, hatte er das alles nicht erwartet. Es war eine sehr lange Rede gewesen. Und er fühlte sich unwürdig für solch aufrichtige Geständnisse.

Er beugte sich hinunter und küsste sie sanft. »Es ist kein Traum. Wenn du morgen früh aufwachst, werde ich hier sein.«

»Okay. Gut«, erklärte Reese und schloss die Augen.

»Ist dir schlecht?«, fragte Spike sie.

»Nein.«

»Bist du sicher?«

»Ja. Ich bin nur müde.«

»Okay, mein Schatz. Schlaf gut.«

»Bleibst du?«

Spike antwortete nicht sofort. Konnte er überhaupt neben ihr schlafen, ohne die Selbstbeherrschung zu verlieren, und sich zusammennehmen?

Ja, das konnte er. »Ich bleibe.«

Sie lächelte. »Gut.«

Spike starrte sie noch lange an, nachdem sie eingeschlafen war. Sie mochte sich in ihren Kleidern nicht wohlfühlen, aber es wäre nicht das Ende der Welt, wenn sie darin schlafen würde. Schließlich richtete er sich so weit auf, dass er aufstehen konnte. Er zog seine Schuhe und Socken aus – auch die von Reese, denn wer wollte schon mit Socken schlafen? – und deckte sie mit der Bettdecke zu. Dann ging er ins Bad, um sich bettfertig zu machen.

Als er wieder ins Zimmer kam, zog er sich eine Flanell-Schlafhose an, die er nie trug, aber aus irgendeinem Grund noch in seiner Schublade hatte. Sie hatte sich auf die Seite gerollt, und er drückte sich an ihren Rücken und schlang einen Arm um ihre Taille.

Sie murmelte etwas vor sich hin und drückte ihren Hintern gegen ihn. Anstatt erregt zu werden, fühlte Spike sich ... zufrieden. Es war das erste Mal, dass er in seinem eigenen Bett schlief, seit Reese hergekommen war, und er liebte es, dass die ganze Bettwäsche nach ihr roch.

Plötzlich kam ihm eine Vision in den Sinn, wie sie zusammen schlafen würden, wenn sie alt und grau wären.

Er schlief mit einem Lächeln auf dem Gesicht ein. Die Welt mochte sich gegen sie verschworen haben, wenn es darum ging, Liebe zu machen, aber in vielerlei Hinsicht war es sogar noch besser, sie so im Arm zu halten, während sie schlief.

# KAPITEL FÜNFZEHN

Reese fuhr mit Angelo auf dem Beifahrersitz nach Los Alamos und schaute gelegentlich zu ihm hinüber. Natürlich drehte er sich nicht zu ihr um, sondern saß einfach nur mit einem leichten Stirnrunzeln da und starrte aus dem Fenster.

Unglaublich, dass sie und Gus *immer* noch nicht miteinander geschlafen hatten. Es fühlte sich an, als hätte das Universum sich gegen sie verschworen. Eines Abends hatte Jasna Hilfe bei ihren Mathehausaufgaben gebraucht und Tonka und Henley waren kurz davor gewesen durchzudrehen und hatten sie gefragt, ob sie helfen könne. Als sie in die Hütte zurückkam, war Gus schon auf dem Sofa eingeschlafen, nachdem er Hudson den ganzen Tag bei der Geländegestaltung geholfen hatte.

An einem anderen Abend hatte Gus Tonka bei der Rettung einiger Schafe geholfen, die eine krankhafte Sammlerin in der Stadt in ihrem Keller gehalten hatte.

Dann hatte Reese peinlicherweise ihre Periode bekommen. Sie wusste zwar, dass viele Menschen in dieser Zeit Sex haben, aber sie wollte nicht befürchten müssen, dass sie beim ersten Mal seine Bettwäsche vollblutete.

Gus war großartig gewesen und hatte ihr gesagt, sie solle sich keine Sorgen machen. Er hatte sie leidenschaftlich geküsst und ihr gesagt, dass er es versteht und dass er warten würde.

Der Morgen, nachdem sie und die anderen Frauen sich betrunken hatten, war wunderbar und schrecklich zugleich gewesen. Sie war nicht verkatert – das war sie nie, wenn sie getrunken hatte –, aber wenn sie sich an all die Dinge erinnerte, die sie Gus erzählt hatte, wäre sie am liebsten im Erdboden versunken. Aber er hatte nichts davon erwähnt, und es war nicht so, dass Reese es ansprechen würde.

Sie erinnerte sich sogar daran, ihm gesagt zu haben, dass sie ihn liebte. Und obwohl es sie ein bisschen beschämte, dass sie das getan hatte und er es nicht erwidert hatte, verstand sie es. Die Dinge hatten sich zwischen ihnen sehr schnell entwickelt, und obwohl sie von ihren Gefühlen überzeugt war, war sie nicht überrascht, dass er vielleicht etwas mehr Zeit brauchte. Vielleicht dachte er aber auch, dass ihr Geständnis nur am Alkohol gelegen hatte. Und dann war da noch ihr riesiger Redeschwall im Anschluss. Es war möglich, dass sie ihn mit ihrem Gefühlsausbruch erschreckt hatte.

In seinen Armen aufzuwachen war buchstäblich ein wahr gewordener Traum gewesen. Sie hatte die ganze Nacht von ihm geträumt, seinen Duft in der Nase gehabt. Erst als sie aufgewacht war, war ihr klar geworden warum. Sie hatte sich in der Nacht umgedreht und ihre Nase in seiner Halsbeuge vergraben. Ihr Arm lag auf seiner Brust und eines ihrer Beine ruhte auf seinem Oberschenkel. Sie hielt sich an ihm fest, als könnte er jeden Moment verschwinden.

Sie hatte versucht, sich aus dem Bett zu schleichen und sich wieder zu sammeln, aber er hatte den Arm auf seiner Brust gepackt und ihn sich fester um seine Schultern gelegt. »Bleib hier«, hatte er gemurmelt und Reese hatte sich sofort beruhigt, weil sie sich sowieso nicht bewegen wollte. Es war so schön, von ihm im Arm gehalten zu werden, wenn sie beide im Halbschlaf waren. Es war so intim.

Schließlich waren sie aufgestanden und hatten nicht viel über den vergangenen Abend gesprochen. Aber seitdem schlief er mit ihr im großen Schlafzimmer. Obwohl sie immer noch keinen Sex gehabt hatten, küssten sie sich ... sehr oft. Und er hatte ihr sogar das Oberteil ausgezogen und an ihren Brustwarzen gesaugt, bevor sie zu Jasna gerufen worden war.

Die Vorfreude und die Lust, die zwischen ihnen brodelte, hatten lächerliche Ausmaße angenommen, und Reese hatte keinen Zweifel daran, dass es das Unglaublichste sein würde, was sie je erlebt hatte, wenn sie endlich ungestört miteinander schlafen würden.

Bis dahin genoss sie es, Zeit mit ihm zu verbringen, egal was sie taten. Sie *brauchte* keinen Sex, um Gus zu lieben, das tat sie bereits, aber wenn es endlich passierte, würde es ihre Gefühle dauerhaft festigen. Das wusste sie ohne jeden Zweifel.

Heute Morgen hatte Isabella angerufen und gefragt, ob es ihr etwas ausmachen würde, Angelo später am Nachmittag nach Los Alamos zu seiner letzten Smoking-Anprobe zu fahren. Sie wollte noch ein paar Dinge für ihre Hochzeit erledigen und war schon Stunden vorher in die Stadt gefahren, aber sie wollte sich mit ihr im Laden treffen. Dort würde Woody sie abholen und zurück zur *Zuflucht* bringen.

Als sie zur Hütte ging, starrte Angelo sie einen Moment lang an, atmete dann tief durch und lächelte. Allerdings war es weniger ein Lächeln als eher eine Grimasse. Trotzdem war Reese sehr erleichtert, dass er wenigstens versuchte, sich zu akklimatisieren. Seit seiner Ankunft in New Mexico war fast ein Monat vergangen, und obwohl er ein paarmal in der Woche zum Essen in die Lodge kam, wusste Reese nicht genau, was er mit dem Rest seiner Zeit anstellte.

Sie würde ihm aber weiterhin etwas Nachsicht entgegenbringen. Sie hatte noch nie in seiner Haut gesteckt und wäre sie es gewesen, die, sagen wir mal, in Kolumbien mitten in den Bergen mit einer Gruppe von Leuten leben musste, die sie nicht kannte, deren Sprache sie nicht sprach, sodass sie keine Ahnung hatte, was die Leute um sie herum sagten, wäre sie anderen gegenüber wahrscheinlich auch zurückhaltend gewesen.

Es lag in ihrer Natur, das Beste aus den Dingen zu machen. Fremdsprachen waren nicht ihre Stärke, aber sie hatte versucht, sie zu lernen. Zumindest die Grundbegriffe. Wenn Angelo in die Lodge kam, war er nicht sehr gesellig. Er hatte die Übersetzungs-App auf sein Handy geladen, aber er benutzte sie nicht oft, sondern spielte lieber Spiele auf seinem Handy oder scrollte durch die sozialen Medien.

Da Reese am Steuer saß, konnte sie die Übersetzer-App im Moment nicht benutzen. Deshalb war die Atmosphäre im Wagen etwas unangenehm und still, was Reese nicht gefiel. Sie war erleichtert, als sie auf den kleinen Parkplatz vor dem Smokingverleih fuhr. Sie zwang sich zu einem Lächeln und drehte sich zu Angelo um. »Wir sind da!«, erklärte sie unnötigerweise.

Angelo nickte und winkte leicht, als er ausstieg und auf den Laden zusteuerte.

Reese wünschte sich, es gäbe eine Möglichkeit, besser mit ihm zu kommunizieren, und stieg aus und folgte ihm. Sie begrüßte Isabella und machte sich dann auf den Weg zu dem Büro, in dem sie ihr erstes Vorstellungsgespräch für eine Stelle beim *National Laboratory* hatte. Sie war etwas überrascht, dass man sich so schnell nach ihrer Bewerbung bei ihr gemeldet hatte, aber Gus sagte, er sei nicht im Geringsten darüber erstaunt. Sie wohnte in der Gegend und hatte die nötigen Referenzen, die ihre Fachkenntnisse untermauerten.

Angelo und Isabella unterhielten sich in schnellem Spanisch, aber als sie auf sie zuging, blieben sie stehen. Angelo warf ihr einen Blick zu, den sie nicht deuten konnte, dann drehte er sich um und ging zu einer Umkleidekabine.

»Es tut mir leid, dass ich gestört habe«, sagte Reese zu Isabella.

»Das ist schon in Ordnung«, erklärte Isabella. »Er hat es nicht leicht, aber ich bin froh, dass er es wenigstens versucht. In Kolumbien hatte er Freunde. Er war beliebt und war abends immer mit jemandem unterwegs. Ich habe mir damals genauso Sorgen um ihn gemacht wie heute. Aber auf eine andere Art und Weise.«

Reese trat einen Schritt vor und umarmte ihre Freundin. Es fühlte sich an, als würde sie Isabella schon seit Jahren kennen ... und das tat sie auch irgendwie. Sie hatte ein paarmal mit ihr in Woodys Wohnung telefoniert und von ihrem Bruder so viele Geschichten über sie und Angelo gehört, dass es ihr vorkam, als wären sie bereits Freundinnen, als sie einander schließlich kennenlernten. »Er wird sich schon noch eingewöhnen«, erklärte sie ihr. »Wie könnte er auch nicht, wenn er eine so tolle Schwester wie dich hat?«

Isabella holte tief Luft und nickte. »Danke, dass du ihn hergebracht hast. Bist du aufgeregt wegen deines Vorstellungsgesprächs?«

Reese zuckte mit den Schultern. »Eigentlich nicht. Ich meine, ich will den Job, aber ich bin auch da, um *denen* auf den Zahn zu fühlen. Wenn ich im Laufe der Jahre etwas gelernt habe, dann, dass Vorstellungsgespräche für beide Seiten wichtig sind ... ich will sichergehen, dass ich gut zu ihnen passe, und sie wollen sichergehen, dass ich das bin, was sie brauchen.«

»Das ist eine gute Sichtweise«, bemerkte Isabella.

»Reden wir lieber von dir, bist *du* aufgeregt? Schließlich heiratest du in drei Tagen!«, erklärte Reese aufgeregt.

Isabella lachte nervös. »Ich habe eine Wahnsinnsangst.«

»Wovor?«

»Dass ich etwas Falsches sage oder tue.«

Reese lächelte. »Niemand wird sich Notizen machen oder dich verurteilen. Schon gar nicht Woody. Er hat auf diesen Tag gewartet, seit er dich kennengelernt hat.«

Isabella errötete. »Ich auch«, erwiderte sie leise.

»Ich bin froh, dass wir wirklich Schwestern werden«, sagte Reese zu ihr. »Ich habe mir schon immer eine Schwester gewünscht.«

Isabella strahlte.

Der Moment wurde unterbrochen, als Angelo von der anderen Seite des Raumes etwas sagte.

Isabella drehte den Kopf und antwortete. Dann schaute sie wieder zu Reese. »Ich muss los. Erzählst du mir später alles über dein Vorstellungsgespräch?«

»Natürlich.«

Reese umarmte die andere Frau noch einmal und rief Angelo einen Abschiedsgruß zu, aber sie bekam keine Antwort von ihm.

Nachdem sie auf den Parkplatz des Bürogebäudes gefahren war, in dem ihr Vorstellungsgespräch stattfand, steckte sie ihren Schlüsselbund in ihre Handtasche und holte ihr Handy heraus. Sie schickte eine kurze Nachricht an Gus.

*Reese: Ich bin angekommen und gehe jetzt rein. Wünsch mir Glück.*

*Gus: Du brauchst keins. Du hast das im Griff. Ruf mich an, wenn du fertig bist und dich auf den Heimweg machst.*

*Reese: Das werde ich.*

. . .

Es juckte sie in den Fingern, die Nachricht mit »Ich liebe dich« zu beenden, aber sie verzichtete darauf und drückte auf Senden. Dann schaltete sie ihr Handy aus, steckte es in ihre Handtasche und atmete tief durch, bevor sie ihre Tür öffnete und auf das Gebäude zuging.

---

Anderthalb Stunden später stieß Reese die Tür der Hütte auf und war sehr erleichtert und glücklich. »Gus?«, rief sie.

Sofort stand er vor ihr. »Es ist also gut gelaufen?«, fragte er, als er ihr die Handtasche abnahm und sie auf den Küchentisch legte.

Reese nickte. »Ja. Sie haben mir den Job gleich nach dem Vorstellungsgespräch angeboten! Es ist auch mehr Geld, als ich in Missouri verdient habe. Das Angebot hängt davon ab, dass ich eine Hintergrundüberprüfung bestehe, aber darüber mache ich mir keine Sorgen.« Sie wusste, dass sie ein breites, albernes Grinsen im Gesicht hatte.

Schnell wurde sie wieder etwas ernster. »Das ist deine letzte Chance, deine Meinung über meinen Umzug zu ändern«, warnte sie. »Sobald ich einen Job angenommen habe, bleibe ich hier. Ich drücke mich nicht vor meiner Verantwortung, also wenn du dich auch nur ein bisschen komisch dabei fühlst, dass ich in Los Alamos lebe und arbeite, ist jetzt der richtige Zeitpunkt, etwas zu sagen, bevor ich den Job offiziell annehme.«

Sie wusste nicht, was sie von Gus erwartete – aber es war nicht, dass er ihre Hand ergriff und sie den Flur hinunterzerrte.

»Gus?«, fragte sie nervös.

Er sprach erst, als sie im Schlafzimmer waren und am Bett standen. »Erwartest du irgendwelche Anrufe?«

»Was? Nein.«

»Deine Periode ist doch vorbei, oder? Ich habe deine Pille in deiner Tasche im Bad gesehen, du hast eine neue Packung angefangen.«

Reese errötete ein wenig. Sie war es nicht gewohnt, mit einem Mann über so persönliche Dinge zu sprechen. Aber sie nickte.

»Ich lasse keine Minute mehr vergehen, ohne mit dir zu schlafen«, erklärte er in einem tiefen, schroffen Ton. »Nichts, aber auch *gar nichts*, wird mich diesmal davon abhalten. Ich werde meine Meinung über dich nicht ändern, Reese. Und du wirst nicht in Los Alamos leben. Du kannst dort arbeiten, aber du wirst hier in der *Zuflucht* leben. Bei mir.« Als merkte er, wie herrisch und durchgeknallt er klang, fügte er verlegen hinzu: »Wenn du willst.«

Reese lächelte und schlang ihre Arme um seinen Hals. »Das will ich«, versicherte sie ihm.

Dann senkte Gus den Kopf und gab ihr einen Kuss. Er war tiefer und leidenschaftlicher als die Küsse, die sie einander bisher gegeben hatten, als hätte er seine Lust absichtlich im Zaum gehalten, bis er wusste, dass sie beenden konnten, was sie begonnen hatten.

Jetzt hielt sie nichts mehr zurück.

Reese ließ ihre Hände über Gus' Körper wandern, während sie an seiner Kleidung zerrte. Er tat das Gleiche mit ihr, bis sie nur noch ihre Unterwäsche anhatten.

»Aufs Bett«, knurrte Gus praktisch.

Reeses Brustwarzen verhärteten sich, als sie die Ungeduld und Dominanz in seiner Stimme hörte.

Sie trat einen Schritt zurück und ihre Beine trafen auf die Matratze. Sie setzte sich auf und rutschte dann schnell ganz aufs Bett. Ihr stockte der Atem, als Gus seine Daumen in seine Boxershorts steckte und sie sich über seine langen Beine schob.

Sein Schwanz war steif, die Spitze fast lila. Er wippte, als er einen Schritt auf sie zuging. Reese schluckte. Er war … wunderschön. Sie wusste, dass man Männer normalerweise nicht so beschreibt, aber es gab kein anderes Wort dafür. Die Muskeln in seinen Armen spannten sich, als er auf das Bett kroch und sich zwischen ihren Beinen niederließ. Seine Tätowierungen wirkten auf der goldbraunen Haut noch maskuliner. Sie konnte die Adern in seinem anderen Arm sehen. Sie wusste nicht, wo sie hinschauen und wo sie ihn zuerst berühren sollte.

»Sieh mich an«, befahl Gus, und Reese ließ den Blick sofort zu ihm wandern.

»Ich habe das Gefühl, ich habe nur darauf gewartet, dass du in mein Leben trittst«, erklärte er ihr. »Alles, was ich getan habe, alles, was ich gesehen habe, hat mich hierherge-führt. Zu dir.«

Sofort stiegen Reese die Tränen in die Augen.

»Nicht weinen«, sagte er streng und lächelte sanft.

»Ich kann nicht anders«, flüsterte sie. »Es fällt mir schwer zu glauben, dass dies mein Leben ist. Dass ich hier bin. Dass *du* hier bist. Bei mir.«

Gus' Blick löste sich von ihrem und er rutschte auf seinen Knien nach vorn und drückte ihre Beine weiter auseinander. Sie hatte immer noch ihren BH und ihr Höschen an, aber sie hatte sich noch nie so nackt gefühlt. Er strich mit seinen Fingern über ihre Wange. Dann legte er seine Handfläche auf ihre obere Brust und bewegte sie langsam nach unten, über ihr Brust-bein, ihren Bauch hinunter – den sie einzog –, über ihre Hüfte und einen ihrer Oberschenkel hinunter. Überall, wo er sie berührte, bildete sich eine Gänsehaut auf ihrer Haut.

»Gus«, flüsterte sie, überwältigt von Emotionen und Gefühlen.

»Du gehörst mir«, erklärte er knurrend. »Ich werde alles in meiner Macht Stehende tun, um dich zu verdienen. Damit du stolz bist, mich dein zu nennen. Um dich glücklich zu machen.«

»Das tust du bereits«, erklärte sie ihm.

»Du bist so schön«, stellte er ehrfürchtig fest.

Und zum ersten Mal in ihrem Leben *fühlte* Reese sich schön.

Gus ließ sich über ihr nieder und stützte einen Ellbogen neben ihrer Schulter auf die Matratze, bis seine warme, nackte Haut sie wie eine Decke umhüllte. Er fuhr mit seinen Fingern träge an ihrem Arm auf und ab, als hätten sie alle Zeit der Welt.

»Du fühlst dich an, als wärst du für mich gemacht«, flüsterte er. »Du bist so weich, wo ich hart bin, aber ich habe keine Angst, dass du zerbrichst oder ich dich verletze, wenn ich dich so nehme, wie ich es mir erträumt habe.«

Reese spürte, wie sie bei seinen Worten feucht wurde. Ihre Brustwarzen richteten sich in den Körbchen ihres BHs auf, und plötzlich ärgerte sie sich über die Stofffetzen, die sie daran hinderten, Gus ganz an ihrem Körper zu spüren. Sie drückte seinen Bizeps und grub ihre stumpfen Fingernägel absichtlich in seine Haut.

Sein Schwanz zuckte gegen sie.

»So sehr ich deine süßen Worte auch genieße«, erklärte Reese, »wenn du dich nicht beeilst und es mir endlich besorgst, wird uns wieder jemand stören und wir müssen das hier verschieben ... *schon wieder.*«

Gus lachte leise, und sein Lachen auf ihrer Haut zu spüren war eine neue Erfahrung. Intim.

»Süße, wie ich schon sagte, wird mich nichts davon abhalten, meinen Schwanz tief in deinem heißen, feuchten

Körper zu vergraben. Die Welt könnte buchstäblich explodieren und ich würde trotzdem nicht aufhören. Zu sterben, während ich in dir bin, wäre eine fantastische Art, mein Dasein auf diesem Planeten zu beenden. Du ziehst ein. Hier. Bei mir.«

Er hielt inne und Reese merkte, dass er ihr eigentlich eine Frage stellte, die er als Befehl formuliert hatte. Sie hatte ihm bereits gesagt, dass sie gern hier wohnen würde, aber sie würde es so oft sagen, wie er es hören wollte.

»Das werde ich«, stimmte sie zu.

»Du wirst mich heiraten.«

Bei diesen Worten zog sie eine Augenbraue hoch. Sie hatte nichts gegen seine dominanten Tendenzen, aber das war eine Sache, bei der sie nicht bereit war, Kompromisse einzugehen. »Wenn du mich richtig fragst ... vielleicht«, erklärte sie schnippisch.

Er grinste. »Und du wirst Babys mit mir haben«, sagte er, ohne auf seinen vorherigen Antrag einzugehen.

»Ja«, hauchte sie.

»Du wirst in deinem neuen Job ein echter Gewinn sein. Sie werden sich fragen, wie sie jemals ohne dich ausgekommen sind. Du hast dich hier schon perfekt eingefügt und alle lieben dich jetzt schon. Es ist alles sehr schnell gegangen, aber es ist so richtig, Reese. Bitte sag mir, dass du das auch spürst.«

»Ich fühle es auch«, sagte sie, ohne zu zögern. »Gus?«

»Ja, mein Schatz?«

»Bitte hör auf, mich zu quälen. Ich habe jahrelang davon geträumt, dass du mit mir schläfst. Ich will dich. Brauche dich. Hör auf zu reden.«

Daraufhin senkte Gus den Kopf. Er übernahm die Kontrolle über den Kuss, und Reese ließ ihn nur zu gern gewähren.

Während er sie küsste, bewegte Gus seine Beine und

fummelte mit seiner Hand an ihrem Höschen rum. Sie half ihm, so gut sie konnte, ohne sich von seinem Mund zu lösen. Schließlich schob sie die Unterwäsche beiseite und spreizte nur allzu gern die Beine, als er sich erneut dazwischen legte. Sein Schwanz fühlte sich heiß an ihrem Bauch an und sie stöhnte auf, als er den Kopf anhob.

»Drück deinen Rücken durch«, befahl er.

Reese tat, wie geheißen, und er ließ eine Hand unter ihren Rücken wandern, wo er geschickt den Verschluss ihres BHs öffnete. Innerhalb weniger Augenblicke lag sie nackt unter ihm. Er hob sie leicht an und starrte auf ihren nackten Körper hinunter. Einen Moment lang war sie verlegen. Ihr Bauch war nicht flach, ihre Schenkel berührten sich beim Gehen, und ohne BH waren ihre Brüste schlaff. Aber dann stöhnte Gus. Es war ein gutturaler Laut, der tief aus seiner Brust kam.

Er beugte sich vor und umschloss mit seinen Lippen eine ihrer Brustwarzen, sodass Reese überrascht aufstöhnte. Sie wand sich in seiner Berührung und schloss die Augen, als Ekstase durch ihre Adern floss. Er ließ seine andere Hand zwischen ihre Beine wandern und Reese spreizte sie noch weiter für ihn.

Sie war bereits feucht, und das wäre ihr peinlich gewesen, aber Gus ließ ihr keine Zeit zum Nachdenken. Mit dem Daumen fand er ihre Klitoris und sie zuckte zusammen. Er hob den Kopf von ihrer Brustwarze und murmelte: »Ganz ruhig, Reese.«

Sie starrte ihm einen Moment lang in die Augen, während sein Daumen um ihre verhärtete Lustknospe glitt. Seine Hand schien ihre gesamte Muschi zu umschließen, und zum ersten Mal in ihrem Leben fühlte sie sich fast zierlich.

Mit seinen Fingern spielte er in der Feuchtigkeit, die

zwischen ihren Beinen hervorquoll. Dann schob er einen Finger in ihren Körper. Reese stöhnte auf.

»Gus, bitte«, rief sie.

»Noch nicht«, sagte er fast zu sich selbst, als er einen zweiten Finger in sie einführte.

Reese versuchte, sich gegen ihn zu stemmen, aber sein Körper ließ ihr nur wenig Bewegungsspielraum. Er stützte sich wieder auf seinen Ellbogen und schaute auf seine Hand zwischen ihren Beinen hinunter, während er sie weiter-streichelte.

»Hast du das auch gemacht, als du allein in meinem Bett lagst?«, fragte er, während er seinen Daumen auf ihre Klitoris legte und seinen kleinen Finger und seinen Ring-finger tief in ihren Körper einführte. Es war, als hielte er sie auf perverse und sinnliche Art und Weise fest, und Reese liebte es, wie ... *kontrolliert* sie sich fühlte.

»Ja«, stöhnte sie.

»Woran hast du gedacht, als du dich berührt hast, als du gekommen bist?«

»An dich«, gab Reese zu, ohne dass es ihr peinlich war. »Ich habe meine Nase in deinem Kissen vergraben, damit ich nur dich riechen konnte, und mir vorgestellt, dass es deine Hand ist, die mich berührt.«

»Verdammt«, sagte Gus und sie spürte, wie sein Schwanz an ihrem Oberschenkel pochte.

»Hast *du* auch masturbiert?«, wagte sie zu fragen.

»Natürlich habe ich das. In der Dusche, im Gästebett, bei jeder Gelegenheit«, gab er zu.

Reeses Bauch spannte sich an. Sie schaute nach unten und leckte sich über die Lippen. Sie konnte sich vorstellen, wie er sich selbst streichelte. Sie sah, wie das Sperma aus der Spitze seines Schwanzes herausspritzte und seine Hand und seinen Bauch bedeckte.

»Der Gedanke gefällt dir«, stellte er fest. Und wieder war es keine Frage.

»Und du magst den Gedanken, dass ich in deinem Bett zum Orgasmus gekommen bin.«

»Ja, verdammt, das tue ich«, erklärte er, ohne zu zögern. »Obwohl es mir persönlich noch besser gefallen würde. Komm für mich zum Höhepunkt, Reese. Ich will, dass du schön feucht bist, damit ich dich so nehmen kann, wie ich es mir erträumt habe. Ich will dir nicht wehtun, du bist so klein und ich bin so groß.«

Sie blinzelte. Hatte irgendjemand in ihrem ganzen Leben sie jemals als klein bezeichnet?

Nein. Die Antwort war eindeutig nein.

Sie spürte, wie er sich bewegte, und dann richtete Gus sich auf und ging auf die Knie. Sie spreizte die Beine und empfand dabei nicht die geringste Verlegenheit.

Gus nahm seinen Schwanz in eine Hand, während er mit der anderen Hand weiter ihre Klitoris liebkoste. Obwohl sie an diesem Morgen in der Dusche masturbiert hatte, spürte sie, wie ihr Verlangen schnell wieder anstieg. Es fühlte sich jetzt noch intensiver an. Vielleicht weil Gus für ihre Lust verantwortlich war. Er wurde nicht langsamer, als ihr Orgasmus näher rückte.

»Gus«, murmelte sie, während sie die Beine weiter spreizte. Sie griff nach seinem Handgelenk, ohne dabei die Hand, die ihre Klitoris bearbeitete, aufzuhalten, und mit der anderen Hand griff sie nach seinem Bizeps. Sie spürte, wie sein Arm sich unter ihrer Hand anspannte, während er sie streichelte.

»So ist es gut. Du machst meine Hand ganz feucht. Mein Laken. Ich werde dich noch stundenlang riechen und ich werde es nicht wegwaschen wollen. Komm für mich zum Orgasmus, mein Schatz. Lass es mich sehen. Mach dich bereit für deinen Mann.«

Ihren Mann. Ja. Er gehörte *ihr*, und sie würde alles tun, um ihn zu behalten.

Ihre Beine begannen zu zittern und ihre Brust fühlte sich eng an. »Gus ... ich ... du liebe Güte ...« Reese konnte nicht mehr klar denken. Sie war noch nie zuvor so erregt gewesen. Als stünde sie kurz davor, von innen heraus zu explodieren. Kein Orgasmus, den sie sich jemals selbst geschenkt hatte, hatte sich so intensiv angefühlt. Es war ein fast beängstigendes Gefühl. Sie geriet leicht in Panik.

Aber dann war Gus da. Er beugte sich vor, bis sein Gesicht direkt über ihrem war, während er mit den Fingern weiter entschlossen ihre Klitoris bearbeitete.

»Ich pass auf dich auf. Lass dich gehen, Reese. Ich werde dich auffangen.«

Und damit war es um sie geschehen, sie ließ all ihre Hemmungen fallen und schrie, als ihr Orgasmus sie überrollte. Sie zitterte und bebte in seinen Armen, als sie endlich zum Höhepunkt kam. Sie konnte nicht mehr denken. Konnte nicht sehen. Sie konnte nicht hören. Sie konnte nichts weiter, als zu fühlen. So etwas hatte sie noch nie in ihrem Leben erlebt und sie wollte nicht, dass es aufhört.

»Du bist so wunderschön«, war das Erste, was Reese hörte, als sie endlich von ihrem Orgasmus herunterkam. »So verdammt schön. Und du gehörst mir. Mir ganz allein.«

Bei dieser Bestätigung seines Egos hätte sie am liebsten die Augen verdreht, aber er hatte ja recht, sie gehörte ihm.

»Bist du wieder da?«, fragte Gus, während er auf sie hinunterstarrte. Mit der Hand streichelte er träge ihre Muschi und hielt sie erregt, ohne ihre empfindliche Klitoris zu sehr zu reizen.

»Ja«, flüsterte sie.

»Ich weiß, dass du die Pille nimmst, und ich bin gesund. Ich war schon lange nicht mehr mit jemandem zusammen und habe mich seit dem letzten Mal testen lassen, obwohl ich ein Kondom benutzt habe.«

Reese runzelte die Stirn. »Hör auf, über andere Frauen zu reden«, meckerte sie.

Gus grinste. »Tut mir leid. Ich versuche zu fragen, ob ich dich ohne Kondom nehmen darf. Es ist okay, wenn du Nein sagst, ich habe eine Schachtel mit Kondomen in der Schublade neben dem Bett. Aber ich würde nie etwas tun, was dir wehtut oder dich in Gefahr bringt.«

»Ich bin auch gesund«, erklärte sie ihm.

»Ja, das bist du. Und ich hatte keinerlei Zweifel daran«, erwiderte er. »Triff deine Entscheidung, Reese. Jetzt. Kondom oder kein Kondom?«

»Ich vertraue dir«, sagte sie ehrfürchtig.

Nur Sekunden, nachdem sie das letzte Wort gesagt hatte, spürte sie die Spitze von Gus' Schwanz an ihren Schamlippen. Sie wölbte ihren Rücken und spreizte die Beine so weit wie möglich, bis sie die Dehnung in den Innenseiten ihrer Schenkel spürte.

Er ließ sich keine Zeit. Er drang nicht behutsam in sie ein. Er stieß mit einer einzigen schnellen Bewegung bis zum Anschlag in sie hinein. Reese hätte schwören können, dass sie ihn an der Spitze ihres Gebärmutterhalses spüren konnte. Sein Eindringen tat nicht wirklich weh, aber sie hatte schon lange niemanden mehr in sich gehabt, und sie spürte ein leichtes Unbehagen, das sie zusammenzucken ließ.

Sie spürte, wie seine Schamhaare ihre Haut kitzelten und seine Hoden schwer an ihrem Hintern lagen. Zu ihrer Überraschung fuhr Gus mit einer Hand unter sie und spreizte ihre Pobacken, während er sie anhob. Und sie spürte, wie er noch tiefer in sie eindrang.

Ihr Bauch krampfte sich zusammen und sie stieß ein

kleines Wimmern aus, als ihre inneren Muskeln sich verzweifelt um seinen Schwanz zusammenzogen.

»Es ist alles okay. Es geht dir gut. Atme, Reese. Ich werde mich nicht bewegen, bis du bereit bist. Aber du fühlst dich so unglaublich gut an. Du hast ja keine Ahnung! Es tut mir leid, dass ich dir wehgetan habe. Ich konnte nicht warten. In dem Moment, in dem ich dich um mich herum gespürt habe, musste ich mehr haben. Ich werde genauso verharren, bis du mir sagst, dass ich mich bewegen darf.«

Seine Worte besänftigten sie. Sie fühlte sich, als würde ihre Muschi in Flammen stehen, aber je länger sie dort lagen, desto besser fühlte er sich an. Sie nahm einen tiefen Atemzug, dann noch einen. Dann öffnete sie die Augen und starrte hinauf in Gus' grüne Augen, die auf ihr Gesicht gerichtet waren.

Sein Kiefer war angespannt, die Zähne zusammengebissen, er hatte die Augenbrauen gesenkt und es sah aus, als hätte er Schmerzen. Aber er fuhr ihr sanft und ehrfürchtig mit der Hand durch das Haar. Sie hatte in ihrem Leben noch nie etwas so Schönes gesehen. Ihr Gus war ein Mann voller Widersprüche. In der einen Minute hart und unbeugsam, in der nächsten zärtlich und liebevoll.

Sie liebte alles an ihm. Und er gehörte ihr.

---

Es kostete Spike seine ganze Selbstbeherrschung, sich nicht zu bewegen, sobald er in Reeses Körper war. Sein ganzes Training, die ganze Disziplin, die er beim Militär gelernt hatte. Er musste seine gesamte Willenskraft aufbringen, um ihr Zeit zu geben, sich an die Größe seines Schwanzes zu gewöhnen. Er war ein Mistkerl, weil er nicht langsamer in sie eingedrungen war. Er war ein Mistkerl, weil er ihr keine

Chance gegeben hatte, sich schrittweise an ihn zu gewöhnen, während er in sie eindrang.

Aber nichts fühlte sich so gut an, wie in ihr zu sein. Nichts. Er konnte jedes Pochen ihres Herzens spüren und jedes Mal, wenn ihre Muskeln zuckten, fühlte er, wie sie sich um seinen empfindlichen, nackten Schwanz zusammenzogen.

Tatsächlich hatte er noch nie ohne Kondom mit jemandem geschlafen. Er war voll und ganz darauf vorbereitet gewesen, auch bei ihr eines zu benutzen. Er war ein Mistkerl, weil er diese Diskussion nicht vor der Hitze des Gefechts geführt hatte. Aber als sie an seinen Fingern gekommen war, hatte er es nicht mehr erwarten können, in sie einzudringen.

Er hatte ewig darauf gewartet, genau da zu sein, wo er jetzt war. Sein ganzes Leben lang. In dem Moment, in dem er in sie eindrang, wusste Spike, dass es das Richtige für ihn war. *Sie* war die Richtige. Er würde nie wieder mit einer anderen Frau schlafen. Sie war alles, was er wollte. Alles, was er brauchte. Und er würde alles tun, um dafür zu sorgen, dass sie glücklich und zufrieden war. Er würde ihr keinen Grund geben, ihn zu verlassen. Er würde alles tun, was nötig war, damit sie ihn für immer liebte.

Er hatte seine Zähne so fest zusammengebissen, dass er kaum sprechen konnte. Aber er weigerte sich absolut, sich zu bewegen, bis Reese bereit war. Er hatte ihr wehgetan, und dafür hätte er sich umbringen können. Aber es war zu spät, um etwas zu ändern. Er konnte nur noch stillhalten und zulassen, dass ihr Körper sich an ihn anpasste.

Reese versuchte, sich unter ihm zu bewegen. »Gus?«

Verdammt, er liebte den Klang seines Namens auf ihren Lippen. »Ja?«, brachte er gepresst hervor.

»Es ist alles in Ordnung. Du kannst dich bewegen.«

Allein diese wenigen Worte sorgten dafür, dass sein Schwanz tief in ihr zuckte. »Bist du sicher?«, fragte er.

»Ja. Du musst dich bewegen. Bitte!«

Vielleicht würde es ihm bei anderer Gelegenheit gefallen, wenn sie bettelte, aber im Moment gefiel es ihm nicht. Er wollte nicht, dass sie um etwas betteln musste. Widerwillig nahm er seine Hand von ihrem Hintern und legte sie auf die Matratze. Mit dieser Bewegung schob er seinen Schwanz noch ein bisschen tiefer in sie hinein.

Sie stöhnten beide auf.

Spike erstarrte. Verdammt, hatte er ihr wehgetan?

»*Beweg dich*, Gus. Ich meine es ernst! Jetzt sofort!«

Seine Lippen zuckten amüsiert. Er spürte die Spuren, die ihre Fingernägel in seine Haut gegraben hatten, und überlegte, ob er sie in einem Tattoostudio verewigen lassen sollte, aber der Gedanke verflog, als sie zu der Stelle griff, wo sie miteinander verbunden waren, und seine Hoden streichelte.

Mit einem Stöhnen zog er sich langsam zurück und spürte, wie sie mit ihren Fingern seinen Schaft liebkoste, bevor er wieder in sie eindrang.

»Unglaublich, dass du in mich hineinpasst«, erklärte sie voller Ehrfurcht.

»Wir sind füreinander geschaffen«, stöhnte er, als er wieder in sie eindrang.

Sie hob die Hand erneut und griff nach seinem Arm, während Spike sie langsam und zärtlich liebte. Er musste sich beherrschen, um es ihr nicht heftig zu besorgen. Seine Eier zogen sich an seinen Körper heran, bereit, zum Höhepunkt zu kommen, aber er wollte nicht, dass es so schnell vorbei war.

»Schneller, Gus«, befahl sie.

Er ignorierte sie. Das Gefühl ihres seidigen Körpers war zu gut, um es zu überstürzen.

»*Gus*«, jammerte sie.

»Wenn ich noch schneller mache, komme ich zum Orgasmus«, erklärte er ihr ehrlich.

»Und? Ist das nicht der Punkt?«, fragte sie atemlos.

»Nicht bei diesem ersten Mal. Ich will mir einprägen, wie du dich anfühlst. Wie du unter mir aussiehst. Den Anblick, wie mein Schwanz in deiner süßen Muschi verschwindet. Ich kann sehen, wie deine Säfte meinen Schwanz benetzen, und das ist das Erotischste, was ich je erlebt habe. Ich liebe es, dein Stöhnen und dein Flehen zu hören. Beim Anblick deiner Brüste, die herumhüpfen, würde ich mich am liebsten an ihnen festsaugen und nie wieder loslassen. Deine Haare auf meinem Kopfkissen sind ein wahr gewordener Traum. Lass mich diesen Augenblick genießen. Bitte, Reese!«

Spike war es egal, wie erbärmlich er klang. Er würde betteln, bis er grün im Gesicht war.

Aber seine Reese zwang ihn nicht. Sie schenkte ihm nur ein schüchternes Lächeln.

Als er sah, dass sie seinen Bedürfnissen nachgab, schoss ein Schwall von Sperma aus seinem Schwanz. Spike spürte es und stöhnte auf. Er griff zwischen sie beide, um seinen Schwanz am Ansatz zu packen, damit er nicht auf der Stelle kam.

Reese lachte und er spürte, wie der Widerhall seinen Schwanz hinauf und direkt zu seinem Herzen wanderte. Er hatte gedacht, er hätte die Kontrolle über ihr Liebesspiel, aber in diesem Moment wurde ihm klar, dass er überhaupt nichts zu sagen hatte. Sie war es. Sie hatte sein Herz in der Hand, und er wollte nicht, dass sie es wieder hergab.

Spike stieß noch einmal in sie hinein und setzte sich auf. Er stützte seinen Hintern auf seine Fersen und zog sie in seinen Schoß. In dieser Position konnte er sich nicht viel bewegen und kaum stoßen, was wahrscheinlich auch gut so war. Er war nicht mehr so tief in ihr drin wie zuvor, aber er hatte einen klaren Blick auf die Stelle, an der sie miteinander verbunden waren. Er sah, wie sich ihre Schamlippen um seinen Schaft spannten und wie feucht sie war. Und was noch wichtiger war: Ihre Klitoris war für sie beide zum Greifen nahe.

»Fass dich an«, befahl er.

»Was?«, fragte sie keuchend.

»Zeig mir, wie du masturbierst, während du an mich denkst.«

Er spürte, wie sie sich um seinen Schwanz zusammenzog.

»Ich ... ich kann nicht«, protestierte sie.

»Doch, du kannst. Tu es, Reese. Bitte! Ich will spüren, wie du an meinem Schwanz kommst. Zeig mir, was du magst.«

»Ich mag es, wenn *du* mich berührst«, protestierte sie.

»Dann berühre ich dich, während du dich selbst berührst«, sagte er leichthin, hob seine Hände und umfasste ihre großen Brüste. Er spürte, wie ihre Brustwarzen sich unter seinen Handflächen verhärteten, obwohl er sie nicht einmal direkt stimuliert hatte.

»Oh, verdammt! Okay. Aber ich erwarte, dass du das auch erwiderst.«

»Willst du zusehen, wie ich meinen Schwanz streichle?«, fragte er absichtlich grob.

»Ja.«

»Aber nur, wenn ich auf deine Brüste kommen darf«, erklärte er ihr.

Sie lächelte ihn an. »Abgemacht.«

Sein Schwanz zuckte noch einmal in ihr, als hätte er einen eigenen Willen und hätte gehört, was sie gesagt hatte, und stimmte ihr voll und ganz zu.

»Jetzt, Reese. Ich will, dass du auf mir kommst.«

Sie bewegte eine ihrer Hände an ihrem Körper hinunter, bis sie ihre Klitoris berührte. Ihre Hüften zuckten, als sie begann, sie zu reiben.

Es war eines der sinnlichsten und erotischsten Dinge, die Spike je zu sehen bekommen hatte. Reese wand sich in seinen Armen, während er jedes Zucken ihrer inneren Muskeln spürte. Die Welt hätte in diesem Moment buchstäblich untergehen können, und er hätte es nicht bemerkt. Seine ganze Aufmerksamkeit galt dem wunderschönen Anblick von Reeses Fingern, mit denen sie ihre Klitoris bearbeitete. Ihre Fingerknöchel stießen rhythmisch gegen seinen Bauch, während sie sich selbst befriedigte.

»Ich bin kurz davor, zum Orgasmus zu kommen«, keuchte sie nach nur sehr kurzer Zeit. Aber das brauchte sie ihm nicht zu sagen, er wusste es. Er merkte es daran, wie ihre inneren Muskeln sich um seinen Schwanz zusammenzogen. Daran, wie sie versuchte, ihre Hüften nach oben zu schieben, was ihr aber aufgrund der Art und Weise, wie er sie hielt, nicht gelang. Daran, wie sie ihre Beine um ihn herum spreizte und sich eine rosa Röte auf ihrem Brustkorb bildete.

Während sein Blick auf ihrer Muschi haften blieb, kniff Spike fest in ihre Brustwarzen.

Und damit war es um sie geschehen. Sie ließ von ihrer Klitoris ab und kam mit einem Schrei zum Höhepunkt.

Spike machte mit den Fingern dort weiter, wo sie aufgehört hatte, und zwang sie, ihren Orgasmus fortzusetzen. Er würde nie genug von dem Gefühl bekommen, wenn sie auf ihm kam. In diesem Moment schwor er sich, dies jedes Mal zu tun, wenn sie miteinander schliefen. Sie vor ihm kommen zu lassen, während er tief in ihrem Körper vergraben war. So etwas hatte er noch nie gefühlt.

Während sie noch kam, hob er ihren Hintern von seinem Schoß und legte sie zurück auf die Matratze. Dann besorgte er es ihr. Sie war noch enger als zuvor, ihre Muskeln spannten sich an, als sie kam, aber sie war auch feuchter, und das erlaubte ihm, schnell und brutal in sie hineinzustoßen und sich wieder zurückzuziehen, ohne sie zu verletzen.

Seine Hoden zogen sich noch fester zusammen und Spike trauerte der Tatsache nach, dass sein erstes Mal mit ihr fast vorbei war. Aber er konnte sich nicht mehr zurückhalten.

Er stieß so tief in sie hinein, wie er konnte, verlor seine eiserne Kontrolle und kam zum Orgasmus.

Es fühlte sich an, als würde er nie wieder aufhören. Sein Schwanz zuckte eine gefühlte Ewigkeit lang, während er sein Sperma in sie ergoss. Er kam so sehr und so heftig, dass er spürte, wie ihre gemeinsamen Säfte seine Eier benetzten, während er seinen Unterleib an ihren drückte. Selbst als er fertig war und keinen Ständer mehr hatte, weigerte sich Spike, sich zurückzuziehen. Das war auch nicht nötig. Er konnte so lange in ihr bleiben, wie er wollte, denn er brauchte kein Kondom zu entsorgen. Das gefiel ihm.

Nein, er liebte es verdammt noch mal.

»Du meine Güte«, murmelte Reese unter ihm. »Ich glaube, du hast mich umgebracht.«

»Aber was für eine Art zu sterben, was?«, fragte er und fühlte sich selbst nicht mehr ganz bei Sinnen.

»Gehst du jetzt von mir runter?«

»Nein.«

»Ich kann nicht so gut atmen.«

*Das* brachte ihn dazu, sich zu bewegen. Aber Spike zog seinen Schwanz immer noch nicht aus ihr heraus. Er rollte sich einfach herum und hielt ihren Hintern fest, bis sie auf ihm lag.

»Mmmmm«, murmelte sie, kuschelte sich an ihn und vergrub ihre Nase in seiner Halsbeuge.

Spike legte seine Arme fester um sie und seufzte zufrieden.

»Das war ...«

»Umwerfend. Monumental. Erstaunlich. Fantastisch. Verdammt *toll*«, beendete Spike den Satz für sie.

Sie lachte und wieder einmal spürte Spike es in ihrem Inneren. Leider spannten sich ihre Muskeln zum Lachen an und quetschten seinen nun schlaffen Schwanz aus ihrem Körper.

»Mist«, erklärte sie mit einem Stirnrunzeln.

Nachdem sein Schwanz nun aus ihr herausgeflutscht war, rollte Spike sich, bis Reese wieder unter ihm lag. Er nahm ihr Gesicht zwischen beide Hände und küsste sie. Lange, langsam und tief, um ihr ohne Worte zu zeigen, wie viel ihm ihr Liebesspiel bedeutete.

Als er fertig war, zog er sich zurück und begann, ihren Körper hinunterzuwandern.

»Gus? Was machst du da?«

»Ich will es sehen.«

»Was sehen?«

»Dass deine Muschi mit meinem Sperma gefüllt ist. Und ich will mich davon überzeugen, dass ich dir nicht wehgetan habe.«

»Das hast du nicht. Gus, im Ernst, komm wieder hoch«, erklärte sie und versuchte, ihn mit aller Kraft wieder auf ihren Körper zu ziehen, aber er rührte sich nicht.

Er legte sich zwischen ihre Beine und spreizte sie, damit er ihre Muschi sehen konnte. Bei dem Anblick, der sich ihm bot, stand der Höhlenmensch in ihm auf und trommelte sich auf die Brust. Ihre Muschi war geschwollen und ein wenig rot. Aber es war sein Sperma, das langsam aus ihrem Schlitz floss, das ihn völlig in seinen Bann zog.

Reese ließ den Kopf resigniert auf das Bett sinken.

Mit einem Finger fuhr Spike über ihre Falten und fing

ihre Säfte auf, bevor er seinen Finger in ihren Körper einführte.

Sie stöhnte ein wenig. »Ich bin ein bisschen wund«, erklärte sie leise.

Das tat Spike leid, aber er bereute keinen Augenblick lang, was sie getan hatten. Es war schwer zu glauben, dass etwas so Kleines seinen Schwanz beherbergen konnte. Intellektuell wusste er, dass Frauenkörper dazu geschaffen waren, sich zu dehnen. Das mussten sie ja auch, um ein Kind zu gebären. Aber ihre winzige Öffnung so aus der Nähe zu sehen versetzte ihn in Ehrfurcht vor Mutter Natur.

Nach einem Moment sagte Reese wieder seinen Namen. Diesmal schaute er zu ihr auf und sah, dass ihre Wangen vor Verlegenheit gerötet waren. Er wollte ihr sagen, dass sie sich nicht unwohl fühlen musste, dass er ihren Körper nach einer Weile besser kennen würde als sie selbst, aber stattdessen bewegte er sich einfach wieder an ihrem Körper hoch, bis sie erneut in seinen Armen lag.

Sie seufzte.

»Ich hoffe, das war ein glücklicher Seufzer«, bemerkte er.

»Das war es«, versicherte sie ihm.

Sie lagen mehrere Minuten lang mit verschränkten Armen und Beinen da ... bis Spikes Handy auf dem Nachttisch klingelte, wo er es zuvor hingelegt hatte.

»Nein. Einfach nur nein«, murmelte er.

Reese lachte an ihn gelehnt.

Er ignorierte das Handy. Bis es erneut anfing zu klingeln.

»Verdammt noch mal!«, rief er und drehte sich um, um es zu nehmen. »*Was?*«

»Tut mir leid, dass ich störe. Ich bin's, Tex.«

»Was ist los?«

»Vielleicht nichts. Ich habe gerade mit Woody gesprochen und dachte, es würde dich interessieren, was ich herausgefunden habe. Es hat sich etwas beim Kartell getan, aber nichts in Bezug auf Kansas City oder *Die Zuflucht*.«

»Was meinst du mit *Es hat sich was getan*?«, wollte Spike wissen, während der Rest seiner warmen und wohligen Gefühle von vorhin verschwand.

»Es hört sich so an, als würden sie ein paar Leute zur mexikanischen Grenze schicken.«

»Das verstehe ich nicht«, entgegnete Spike. »Heißt das, dass sie die Grenze illegal überqueren werden, um Isabella oder Woody zu suchen?«

»Nicht unbedingt. Sie schicken häufig Leute rüber. Sowohl um ihre Mitglieder *ins* Land zu bringen – damit sie diejenigen einschüchtern und bedrohen können, die in den Staaten für sie arbeiten – als auch um sie wieder *außer* Landes zu bringen. Alles illegal, versteht sich.«

»Was willst du damit sagen?«, fragte Spike und wünschte sich, er läge noch immer da und würde die Nachwirkungen des Sex mit Reese genießen.

»Ich will damit sagen, dass ich glaube, dass ihre aktuelle Bewegung nichts mit euch zu tun hat. Nachdem Woody und Isabella dieses Wochenende geheiratet haben, können sie nach Missouri zurückkehren und du und Reese könnt eure eigenen Pläne für eure Zukunft in New Mexico schmieden.«

»Moment, woher weißt du, dass sie hierbleibt?«, fragte Spike.

Tex lachte. »Ich habe meine Methoden. Und sag ihr, dass es gut war, das Gehalt während des Vorstellungsgesprächs auszuhandeln ... sie hätten wahrscheinlich sogar noch zehntausend mehr geboten, aber es war klug von ihr, sich nicht mit dem ersten Angebot zufriedenzugeben.«

»Du bist ein gruseliger Mistkerl«, sagte Spike kopfschüttelnd zu ihm.

»Weißt du, ich warte immer noch darauf, dass jemand

sein Erstgeborenes nach mir benennt. Ich finde, Tex hört sich gut an, oder?«

Spike brach in Gelächter aus. »Kommt überhaupt nicht infrage.«

Tex lachte erneut. »Es war einen Versuch wert. Ich freue mich für dich, Spike.«

Wärme breitete sich in ihm aus. Er schaute nach unten und sah, wie Reeses Blick auf sein Gesicht gerichtet war, während sie mit den Fingern geistesabwesend über die verschiedenen Narben auf seiner Brust fuhr, die von einer Explosion stammten, in die er geraten war, als ihn ein Schrapnell zerrissen hatte.

»Danke«, entgegnete er leise. »Weißt du schon, wer Jas gerettet hat?«, fragte er.

Er hörte Tex frustriert aufseufzen. »Nein. Aber ich werde herausfinden, wer es war – und wie er es geschafft hat, Tonka diese nicht nachzuverfolgende Nachricht zu schicken, in der er ihm mitteilte, in welchem Bunker Jasna war.«

Spike hatte keinen Zweifel daran, dass das unglaublich talentierte Computergenie genau das tun würde.

»Viel Spaß bei der Hochzeit. Ich melde mich wieder«, erklärte Tex und legte ohne ein weiteres Wort auf.

Spike schaltete das Handy aus und warf es zurück auf den Tisch, bevor er sich mit Reese in seinen Armen wieder hinlegte.

»Alles in Ordnung?«, fragte sie.

»Ja. Das war Tex.«

»Das habe ich mitbekommen.«

Er erzählte ihr, was Tex gesagt hatte, und sie seufzte glücklich. »Ich bin so erleichtert. Der Gedanke, dass jemand hinter Woody oder Isabella hier in den Staaten her ist, ist buchstäblich mein schlimmster wahr gewordener Albtraum. Ich hatte immer Angst, dass jemand von einer eurer Missionen hinter euch her sein würde, wenn ihr nach

Hause kommt. Ich weiß, das ist irrational, aber ich konnte mich des Gefühls einfach nicht erwehren.«

Es war nicht so irrational, wie sie vielleicht glaubte. Die USA hatten überall auf der Welt Feinde, und keiner von ihnen war glücklich, wenn Spezialeinheiten ihre Pläne durchkreuzten. Aber nach fünf Jahren, in denen er nicht mehr beim Militär war, hatte Spike endlich aufgehört, ständig über die Schulter zu schauen, obwohl er immer noch vorsichtig war.

Er war gerade bereit, die zweite Runde zu beginnen – er wollte es Reese unbedingt mit dem Mund besorgen und hatte ihr versprochen, ihr zu zeigen, wie er es sich selbst machte, während er an sie dachte –, als ihr Handy irgendwo in ihren Klamotten auf dem Boden klingelte.

»Das kann doch nicht wahr sein!«, schimpfte Spike.

Reese lachte.

»Ich schwöre, es ist eine Verschwörung, in der es darum geht, Spike und Reese davon abzuhalten, miteinander zu schlafen«, beschwerte er sich.

»Hey, diesmal haben wir es immerhin zwischendurch geschafft«, erklärte sie, während sie sich über ihn hinweg über die Bettkante beugte, um ihr Handy vom Boden zu holen.

So hatte Spike ihren Hintern direkt im Blick und konnte nicht widerstehen, sie zu berühren. Zwischen ihren Beinen war sie immer noch feucht und er konnte sehen, wie sein Sperma aus ihrer Muschi tropfte.

Reese kreischte auf, als er seinen Finger wieder in ihren Körper eintauchte, aber sie richtete sich nicht sofort auf oder schlug seine Hand weg.

Sie so über sich gebeugt zu sehen brachte Spike auf ganz andere Gedanken. Sexuelle Gedanken. Er wollte sie nehmen, während sie auf allen vieren war. Er wollte abspritzen und sein Sperma auf ihrem Hintern verteilen und es in ihre Haut einreiben. Sie als sein Eigentum markieren.

Nach einem Moment richtete sie sich schließlich wieder auf, und Spike musste seine Hand sinken lassen.

»Du bist sexbesessen«, erklärte Reese kopfschüttelnd, aber er sah die Erregung in ihrem Gesichtsausdruck, bevor sie auf ihr Handy schaute.

Er verschlang ihren nackten Körper mit seinem Blick, als sie sich auf das Bett setzte und ihre Mailbox abhörte, und Spike musste sich wahnsinnig beherrschen, um sie nicht nach hinten zu stoßen, ihr das Handy wegzunehmen und all die Dinge mit ihr anzustellen, von denen er im letzten Monat geträumt hatte.

»Verdammt. Das war Isabella. Sie will ein paar Fragen über die Hochzeitsfeier klären«, bemerkte Reese und biss sich auf die Unterlippe. »Sie klingt nervös. Ich will auf keinen Fall, dass sie kalte Füße bekommt und beschließt, dass sie nicht bereit ist, meinen Bruder zu heiraten.«

»Dann solltest du gehen«, zwang Spike sich zu sagen.

»Ich weiß«, entgegnete Reese mit einem Seufzer. »Gus?«

»Ja?«

»Ich ... das ... du bist ein wahr gewordener Traum. *Mein* wahr gewordener Traum. Ich habe alles wahnsinnig genossen, was wir getan haben. Alles. Jede Sekunde. Und ich kann es kaum erwarten, es wieder zu tun.«

»Ich werde nicht noch einmal anderthalb Wochen warten, Reese. Egal *wer* meine Hilfe braucht. Selbst wenn ich wieder um drei Uhr morgens nach Hause komme, werde ich ins Bett kriechen und dich wecken, um mit dir zu schlafen.«

Sie lächelte. »Okay.«

Allein bei diesem Wort zuckte Spikes Schwanz. Er wollte wieder in Reeses Körper sein. In der heißen, feuchten Höhle, die nur für ihn gemacht war. Er zwang sich, sich zu bewegen. Er schwang seine Beine über die Bettkante und streckte Reese eine Hand entgegen. Sie legte ihre Hand in seine und stand auf, wobei sie leicht errötete.

Sie stand nackt vor ihm und Spike musste sich beherrschen, um sie nicht gleich wieder auf das Bett zu schubsen. Er umarmte sie fest und küsste sie dann. »Geh und rede mit Isabella. Wenn du fertig bist, koche ich uns etwas zu essen. Du kannst das Badezimmer haben. Ich werde das Gästebad nehmen.«

»Wir könnten es uns teilen«, schlug sie schüchtern vor.

»Nein. Wenn wir das tun, wird Isabella bei unserem Glück hierherkommen und wissen wollen, warum es so lange dauert und ob es dir gut geht. Außerdem bist du wund, du brauchst etwas Zeit, um dich zu erholen.«

Er ließ den Blick noch einmal über ihren Körper wandern und grinste, als er eine Spur von Sperma an ihrem Innenschenkel herunterlaufen sah. »Ist das immer so?«, fragte er und nickte in Richtung ihres Beins.

Sie seufzte. »Keine Ahnung. In mir ist noch nie jemand zum Orgasmus gekommen.«

Bei ihren Worten bekam Spike einen Ständer und der Höhlenmensch in ihm fing wieder an, gegen seine Brust zu trommeln.

»Und ich schätze, dass du bei der Größe deines Schwanzes wahrscheinlich mehr Sperma abgibst als viele andere Männer. Also ja, bei uns wird das wohl immer so sein. Das heißt, keine Quickies außerhalb der Hütte. Ich will nicht, dass mir dein Sperma in der Lodge die Beine hinunterläuft, Gott bewahre.«

*Das* war etwas, was Spike nicht versprechen konnte. Er hatte das Gefühl, dass ein Quickie mit dieser Frau besser sein würde als normaler Sex zwischen den meisten anderen Menschen. »Ich werde dich danach einfach sauber machen«, murmelte er und sah zu, wie das Rinnsal an ihrem Bein herunterlief.

Reese stieß ihn sanft von sich weg und ging in Richtung Badezimmer.

»Reese?«

Sie blieb stehen und schaute ihn von der Tür zum Bad aus an.

»Danke.«

»Wofür?«

»Dafür, dass es dich gibt.«

Sie schenkte ihm ein kleines Lächeln, nickte und schloss die Tür hinter sich.

Spike stand einen Moment lang mit einem Lächeln auf den Lippen in seinem Zimmer, nackt, wie Gott ihn geschaffen hatte. Dann schaute er auf sein Bett. Die Bettdecke war völlig zerwühlt, er konnte einen kleinen nassen Fleck auf dem Laken sehen und ein paar blonde Haare auf einem der Kissen. Es gefiel ihm wahnsinnig gut, die Spuren seiner Frau und ihrer Taten an einem Ort zu sehen, an dem er in den letzten vier Jahren allein geschlafen hatte.

Spike war so glücklich wie schon lange nicht mehr und ging zu seiner Kommode. Er schnappte sich ein paar Klamotten zum Wechseln und machte sich auf den Weg ins Gästebad, während er in Gedanken noch einmal durchging, was er im Kühlschrank hatte und was er zum Abendessen kochen würde.

# KAPITEL SECHZEHN

Reese bewunderte Gus, als das Wasser über seine Schultern, seinen Waschbrettbauch und seinen steinharten Schwanz floss, der ihr entgegenwippte. Sie waren zusammen in der Dusche. Endlich. Es war drei Tage her, dass sie zum ersten Mal miteinander geschlafen hatten.

Drei Tage purer Glückseligkeit.

Sie glaubte nicht, dass sie jemals glücklicher gewesen war. In einer Woche fing sie ihren neuen Job an, in ein paar Stunden heiratete ihr Bruder und sie hatte noch nie einen Freund wie Gus gehabt. Er war rücksichtsvoll, aufmerksam, großzügig und sexy. Zum ersten Mal in ihrem Leben hatte sie das Gefühl, dass jemand sie genau so mochte, wie sie war. In der Vergangenheit hatten andere Männer ihr gesagt, dass sie ihren Körper liebten, dass es ihnen nichts ausmachte, dass sie übergewichtig war, und dass ihre Kurven sie anmachten, aber ihre Taten hatten nicht zu ihren Worten gepasst.

Bei Gus hatte sie keinen Zweifel daran, dass er ihren Körper liebte. Er konnte seine Hände nicht von ihr lassen. Ständig legte er seine Hand auf ihren Rücken, legte seine

Handfläche auf ihren Oberschenkel, wenn sie zusammensaßen, rieb seinen Daumen abwesend über ihre Haut, wenn sie Händchen hielten, küsste sie ... die Liste ließe sich endlos fortsetzen.

Nach dem ersten Mal, als sie miteinander geschlafen hatten und sie von Isabella zurückkam, war sie zu erschöpft, um noch einmal Sex zu haben.

Gestern Abend hatte er sie wieder genommen, aber er hatte seine Bewegungen leicht und langsam gehalten, egal wie sehr sie ihn angefleht hatte, schneller zu werden, und ihm versichert hatte, dass sie nicht mehr wund war.

Heute Morgen, als ihr Wecker klingelte, war er aufgestanden und hatte die Dusche angestellt, damit das Wasser warm war, wenn sie duschen wollte. Zu ihrer Überraschung war er mit ihr hineingegangen. Und als sie ihn jetzt sah, so männlich, so verdammt gut aussehend, bewegte Reese sich, ohne nachzudenken. Sie ließ sich vor ihm auf die Knie fallen und blickte zu ihm auf, während sie nach seinem Schwanz griff.

Aber Gus hielt ihr Handgelenk fest, bevor sie ihn berühren konnte. »Das musst du nicht«, bemerkte er sanft. Sie hatte ihm gegenüber zugegeben, dass sie nervös war, ihm einen zu blasen. Sie hatte es noch nie zuvor getan. In diesem Moment verliebte sie sich noch ein bisschen mehr in ihn.

»Ich weiß. Ich möchte es. Aber wirst du ...« Ihre Stimme wurde leiser.

»Ja.« Seine Antwort kam eindeutig und ohne zu zögern.

»Du weißt doch gar nicht, was ich fragen wollte«, protestierte sie mit einem kleinen Lachen.

»Das spielt keine Rolle. Wenn du etwas willst oder brauchst, werde ich tun, was ich kann, um es dir zu geben.«

Reese schloss für einen Moment die Augen und ließ sich auf die Fersen sinken, um ihren Knien eine kurze Pause von den harten Fliesen zu gönnen. Dieser Mann brachte sie um. Sie war so sehr in ihn verliebt, dass es nicht mehr lustig war.

»Was willst du, Reese?«, fragte er.

»Sagst du mir, wie ich dich befriedigen kann? Ich möchte, dass du dich genauso gut fühlst wie ich gestern Abend, aber ich weiß nicht wie.«

»Ja, aber nicht hier. Sonst tun dir die Knie weh«, erklärte Gus. Er hielt ihr eine Hand hin und half ihr aufzustehen. Dann stellte er sich so hin, dass sie mit dem Rücken zum Wasser stand, und griff nach dem Shampoo.

Reese hatte noch nie so sinnlich geduscht wie in diesem Moment. Gus wusch ihr die Haare und spülte sie dann vorsichtig aus. Er trug eine Spülung auf, benutzte dann einen Duschschwamm mit seiner Seife und wusch jeden Zentimeter ihres Körpers, wobei er sich bei jeder Gelegenheit an ihr rieb. Dann spülte er ihr die Haare aus und ließ sie das Gleiche bei ihm tun. Als sie aus der Dusche traten, fühlte sie sich wie eine nasse Nudel ... eine sehr erregte nasse Nudel.

Nachdem sie sich abgetrocknet hatten, nahm er ihre Hand und führte sie ins Schlafzimmer.

»Wir haben nicht viel Zeit. Du sollst in einer Stunde in der Lodge sein, um Isabella zu helfen.«

Reese runzelte die Stirn. »Vielleicht sollten wir warten und ...«

»Nein«, erwiderte Gus und schüttelte den Kopf. »Wenn ich in letzter Zeit etwas gelernt habe, dann, dass ich dich lieben muss, wenn ich die Chance dazu habe, denn die Wahrscheinlichkeit ist groß, dass wir unterbrochen werden.«

Reese grinste. Er hatte nicht unrecht.

Er hob ein Kissen vom Bett auf und warf es auf den Boden. Dann zeigte er mit einem Kopfnicken darauf. »Knie dich hin, Schätzchen.«

Sie war es nicht gewohnt, Befehle zu befolgen, aber sie musste zugeben, dass sie diese Seite an ihm mochte. Außerdem hatte sie ihn gebeten, es ihr beizubringen. Sie ließ sich auf das Kissen sinken und schaute erwartungsvoll zu ihm auf.

»Öffne den Mund«, bat er mit tiefer, rauer Stimme.

Reese rutschte näher an ihn heran und stützte ihre Hände auf seine muskulösen Oberschenkel. Sie neigte den Kopf zurück und öffnete den Mund.

»Verdammt, Schatz. Ich komme sofort zum Orgasmus, wenn ich dich nur ansehe«, murmelte er. Dann griff er nach unten, nahm eine ihrer Hände und legte sie um den Ansatz seines Schwanzes. »Tu einfach, was sich richtig anfühlt«, erklärte er sanft. »Ich garantiere dir, dass mir alles, was du tust, gefallen wird.«

Reese war sich da nicht so sicher, aber da sie ihm genauso viel Lust bereiten wollte, wie er ihr bereitet hatte, beugte sie sich, ohne zu zögern, vor. Sie nahm seinen Schwanz in den Mund und sah dabei zu ihm auf.

»Verdammt. Diese großen, unschuldigen Augen. Deine Lippen um meinen Schwanz ... das ist so viel besser als in meinen Fantasien. Saug daran, Reese. Blas mir einen. Streichle meine Eier, während du meinen Schwanz bearbeitest. Ja, genau so.«

Reese senkte den Blick und machte sich an die Arbeit. Sie fuhr mit ihrer Zunge um die pralle Eichel seines Schwanzes und genoss den Widerspruch zwischen seiner weichen Haut und der Härte unter ihrer Hand und Zunge. Sie erforschte das Loch in der Spitze und spürte, wie er zuckte. Dann hob sie seinen Schwanz an und leckte über die Unterseite, woraufhin er erschauderte.

Plötzlich verstand sie, warum Frauen so etwas mochten. Die Macht, die es ihr verlieh, machte süchtig. Die Tatsache, dass Gus ihr ausgeliefert war, zu spüren, wie er vor Lust bebte, und zu wissen, dass sie dafür verantwortlich war, war berauschend.

Sie schloss ihre Faust um den Ansatz seines Schwanzes und streichelte mit der anderen Hand seine Eier, während sie begann, seinen Schwanz in ihren Mund hinein- und wieder hinausgleiten zu lassen. Er stöhnte auf und sie spürte, wie er seine Hand in ihrem nassen Haar vergrub. Sein Duft stieg ihr in die Nase. Nach Seife und ein Moschusduft, den sie nur mit Gus in Verbindung brachte.

»So ist es richtig, genau so. Verdammt, Frau, bist du sicher, dass du das noch nie gemacht hast? Denn du bist ein verdammter Profi. Im Ernst ... *verdammt*, das halte ich nicht lange aus«, warnte er sie.

Reese verstärkte den Griff um ihn. Sie war noch nicht bereit aufzuhören. Ihre Brustwarzen waren hart und sie spürte, wie sie feucht wurde. Ein Spritzer Flüssigkeit kam aus seinem Schwanz, als sie fest daran saugte, und überraschte sie. Sie zog den Kopf zurück und betrachtete ihn. Eine kleine Perle aus cremigem Sperma erblühte an der Spitze, während sie zusah. Reese beugte sich vor, tauchte ihre Zungenspitze in den Schlitz und wurde mit noch mehr salzigem, moschusartigem Genuss belohnt.

Ohne Vorwarnung griff Gus nach unten und zerrte sie auf die Beine.

Reese stieß ein leises Kreischen aus, bevor sie praktisch auf das Bett geworfen wurde. Sie sah zu Gus auf, als er auf sie draufstieg. Er nahm seinen Schwanz in die Hand und atmete tief ein, während er ihre Beine an den Knien auseinanderdrückte.

»Ich brauche dich. Jetzt. Bist du bereit für mich?«

»Ja.«

Ohne ein weiteres Wort zu sagen, drang Gus langsam in sie ein.

Sie stöhnten beide vor Lust.

»Du. Bist. Das. Beste. Was. Mir. Jemals. Geschehen. Ist!«, keuchte Gus, wobei seine Worte stakkatoartig und mit jedem Stoß kamen.

»Du hast mich nicht fertig machen lassen«, schmollte Reese.

»So gut sich dein Mund und deine Zunge an mir auch anfühlen, das hier ist viel besser«, versicherte er ihr. »Ich will in dir kommen. Dich ausfüllen. Dich von innen markieren.«

Seine Worte bewirkten, dass ihr Bauch sich zusammenzog.

»Liebkose dich«, befahl er zwischen zusammengebissenen Zähnen. »Bring dich zum Orgasmus. Ich will es spüren, bevor ich die Kontrolle verliere.«

Offensichtlich bewegte sie sich nicht schnell genug für ihn, denn er hob sich an, bis er ihre Klitoris erreichen konnte, und liebkoste sie intensiv und schnell.

»Gus!«, rief Reese, während sie versuchte, sich von ihm wegzuwenden.

»Nimm es an«, erklärte er mit fester Stimme. »Nimm, was ich dir gebe. Ich will, dass du genauso von Sinnen bist wie ich.«

Wenn er sie verrückt vor Lust wollte, so konnte er das haben. Seine Berührung war schmerzhaft und fühlte sich gleichzeitig so unglaublich gut an. Sie wusste nicht genau, ob sie wollte, dass er weitermachte oder aufhörte. Aber das war auch egal, denn er ließ ihr keine Wahl. Ihr Orgasmus näherte sich ohne Vorwarnung und ließ sie gnadenlos zum Höhepunkt zu kommen.

Sie klammerte sich an Gus, als er zustimmend grunzte und immer wieder in sie stieß, sodass Reese vor Erregung zitterte. Er vergrub seinen Schwanz bis zum Anschlag in ihr und zuckte, als er ebenfalls zum Orgasmus kam.

Sie keuchten beide schwer und Reese schaute ihm in die

Augen. Die Worte, die sie tief in ihrem Herzen spürte, sprudelten heraus, bevor sie darüber nachdenken konnte, was sie da überhaupt sagte. »Ich liebe dich.«

Einen Moment lang war sie wie gelähmt, weil sie Angst hatte, dass sie alles vermasselt hatte. Sie hatte Angst, dass er sich zurückziehen und ihr sagen würde, dass sie vorschnell gehandelt hatte. Dass er noch nicht bereit sei für etwas so Ernstes wie Liebe.

Aber stattdessen lächelte er breit und sagte: »Ich liebe dich auch, Süße.«

Ihr Herz klopfte so heftig, dass sie sicher war, dass er es sehen konnte, und eine so große Erleichterung durchströmte sie, dass sich jeder Muskel in ihrem Körper entspannte.

Gus rollte sie herum, bis sie auf ihm lag, und Reese stützte sich ab, um auf ihn herabzusehen. Er war immer noch tief in ihr vergraben, und wie immer spürte sie, wie ihre gemeinsamen Säfte aus ihrem Körper zu fließen begannen.

»Ich habe noch nie jemanden wie dich kennengelernt. Ich glaube, ich habe mich in dich verliebt, als ich gesehen habe, wie du den Wagen in Kolumbien gefahren hast«, erklärte er grinsend.

Sie lachte und schüttelte den Kopf. »Mehr war nicht nötig? Ein bisschen gekonntes Fahren?«

»Nein, das ist nicht alles. Es ist alles an dir. Setz dich auf«, erklärte er.

Stirnrunzelnd bewegte Reese sich, bis sie auf seinem Schoß saß.

»Schau«, sagte er und deutete mit seinem Kopf zwischen ihre Beine.

Sie wandte den Blick nach unten und sah, dass er immer noch tief in ihrem Körper vergraben war. Seine und ihre Schamhaare waren miteinander verwoben und ihre rosafarbenen Schamlippen spannten sich um seinen Schwanz.

»Wir sehen fantastisch zusammen aus«, erklärte er fast atemlos, als wäre er hypnotisiert. »Wir passen perfekt zusammen. Und das nicht nur körperlich. Du kannst nicht kochen, aber ich schon. Du hast Geduld und ich nicht. Du bist freundlich und kontaktfreudig, während ich eher ein Einsiedler bin. Aber wir würden beide alles tun, was nötig ist, um einem Freund in Not zu helfen. Wir sind entschlossen und erkennen eine gute Sache, wenn wir sie sehen. Ich liebe dich, Reese. Diese Worte habe ich noch nie in meinem Leben zu einer anderen Frau gesagt und ich habe auch nicht vor, sie *jemals* zu jemand anderem als dir zu sagen.«

»Gus«, flüsterte sie.

»Ich liebe es, dich so zu sehen. Du liegst auf mir, deine Brustwarzen sind hart und deine Muschi voll unserer gemeinsamen Säfte. Lehn dich zurück.«

Reese zögerte nicht, obwohl sie ihm ins Gedächtnis rief: »Gus, ich muss zur Lodge.«

»Ich weiß. Ich werde mich beeilen. Stütze dich auf meinen Oberschenkeln ab.«

In dieser Position war sie ihm ausgeliefert, aber das war Reese im Moment ziemlich egal.

Mit den Fingern fuhr er zwischen ihre Beine und wieder berührte er ihre Klitoris. Sie zuckte zusammen.

»Ganz ruhig, mein Schatz. Ich kümmere mich um dich.«

Statt der rauen, harten Berührung, mit der er sie zum Orgasmus gezwungen hatte, waren seine Finger dieses Mal sanft. Fast zu sanft. Reese bewegte sich und wollte mehr. Sie brauchte mehr.

»Noch einmal, Reese. Lass mich spüren, wie du wieder um mich herum kommst. Du hast keine Ahnung, wie wunderbar es sich an meinem Schwanz anfühlt. Es ist, als würdest du mich von innen umarmen. Zu wissen, dass ich dafür verantwortlich bin, dass du dich so fühlst, ist verdammt sexy und etwas, von dem ich so schnell nicht genug bekommen werde.«

Reese konnte nicht sprechen. Sie hatte ihr ganzes Leben davon geträumt, mit einem Mann wie Gus zusammen zu sein ... und sie hatte jahrelang davon geträumt, mit *Gus* so zusammen zu sein. Es fiel ihr immer noch schwer zu glauben, dass sie hier bei ihm war.

Dieses Mal war ihr Orgasmus nicht explosiv. Er war nicht überwältigend. Er war intim. Und sie konnte die Liebe spüren, die von Gus ausging, als er seinen Blick zwischen ihre Beine heftete, während er sie ihrem Orgasmus entgegentrieb.

Als sie auf ihm zum Höhepunkt kam, war sein Schwanz wieder steif, und als er sie anlächelte und ihre Hüften in die Hände nahm, als wollte er sie von seinem Körper herunterziehen, schob Reese seine Hände beiseite, beugte sich vor und legte ihre Hände auf seine Brust. »Du bist dran«, erklärte sie ihm, während sie ihre Hüften auf und ab bewegte.

»Reese, du musst nicht ... die Lodge ...«, keuchte er, bevor er stöhnte, als sie sich an ihm rieb.

»Ich weiß, dass ich das nicht muss. Ich will es aber. Diesmal bin ich an der Reihe, mich um dich zu kümmern«, flehte sie.

Gus nickte und starrte auf ihr Gesicht, als sie begann, ihn heftig zu reiten.

Die Nervenenden kribbelten, als sie sich aufrichtete, bis sein Schwanz fast aus ihrem Körper herausfiel, und sich dann wieder sinken ließ.

»Ja, genau so!«, stöhnte er.

Schon bald ritt Reese auf ihm, wie in ihrer Vorstellung ein Cowgirl auf einem bockenden Mustang reitet. Er hielt sich an ihren Hüften fest und grub seine Finger in ihre Haut, als er kurz davor war zu explodieren. Er biss die Zähne zusammen und Reese wusste, dass er kurz davor war, zum Höhepunkt kommen, als er sie auf den Rücken drückte und seinen Schwanz ruckartig aus ihrem Körper zog. Er beugte sich über sie und begann, sich heftig und schnell zu streicheln.

»Gus«, brachte Reese heraus, bevor Stränge von Sperma aus der Spitze seines Schwanzes über ihre Muschi und ihren Bauch spritzten.

Es war das Erotischste, was sie je gesehen hatte. Sie hatten noch nicht so lange Sex, aber jedes Mal, wenn er zum Orgasmus kam, war er in ihr gewesen.

»Verdammt, das ist so schön«, murmelte er, als er endlich fertig war. Dann schockierte er sie, indem er nach unten griff und sein Sperma auf ihrer Haut verrieb. Über ihre Schamlippen, ihr Schamhaar, ihren Bauch und sogar über ihre Brüste.

»Gus«, lachte sie. »Wir haben gerade erst geduscht.«

»Ich weiß. Es tut mir leid«, erwiderte er und klang dabei überhaupt nicht so, als würde es ihm wirklich leidtun. »Aber ich dachte nicht, dass du den ganzen Tag eine nasse Unterhose tragen willst, weil mein Sperma aus dir herausläuft.«

Da hatte er nicht ganz unrecht. »Ich glaube, der Zug ist schon abgefahren«, entgegnete sie trocken und dachte daran, dass er vor wenigen Minuten in ihr gekommen war.

Gus sah ein wenig verlegen aus. »Na gut, ich gebe es zu. Ich habe schon eine ganze Weile davon geträumt, das zu tun … ich konnte einfach nicht anders.«

Reese verdrehte die Augen, konnte sich aber ein Lächeln nicht verkneifen.

»Komm, ab unter die Dusche«, sagte er, stieg aus dem Bett und reichte ihr die Hand.

Reese ließ es zu, dass er ihr half, sich aufzusetzen. Er behielt ihre Hand in seiner, während er sie erneut ins Bad führte. »Wir kommen hier nie wieder raus, wenn wir beide gleichzeitig unter die Dusche gehen«, warnte sie ihn.

»Ich werde dir etwas zu essen machen, bevor du zur Lodge gehst«, erklärte er ihr liebevoll.

»Robert und Luna haben ununterbrochen gekocht. Da oben wird es eine Menge Lebensmittel geben«, versicherte sie ihm.

Gus zuckte mit den Schultern. »Ja, aber du magst die Art, wie ich Eier zubereite. Und ich habe dir ein paar von diesen Zimtrollen gekauft, die du so sehr liebst.«

Reese schloss die Augen, als Gus erneut die Dusche einschaltete.

»Reese? Ist alles in Ordnung mit dir? Wenn du wirklich in der Lodge essen willst, ist das okay.«

»Nein!«, rief sie und riss die Augen auf. »Ich ... ich liebe dich nur so sehr.«

»Ich liebe dich auch«, erwiderte er sanft. Er ließ den Blick an ihrem nackten Körper hinunterwandern und hielt inne, als er sah, dass sein Sperma auf ihrer Haut trocknete, bevor er sich wachzurütteln schien. »Frühstück«, murmelte er, bevor er sich nach vorn beugte und sie küsste. Es war auch kein kurzer Kuss. Es war die Art von Kuss, bei der Reese am liebsten alle ihre Pläne über den Haufen geworfen hätte, um erneut mit ihm ins Bett zu gehen.

»Ich kann es kaum erwarten, dich in deinem Kleid zu sehen, Süße«, bemerkte Gus. »Und es dir nach der Hochzeitsfeier wieder auszuziehen.« Er zwinkerte ihr zu, drehte sich um und verließ das Bad, wobei seine Pomuskeln sich anspannten, als er wegging.

Reese brauchte einen Moment, bis sie die Kraft aufbringen konnte, sich zu bewegen. Bevor sie unter die Dusche stieg, um sich abzuwaschen, schaute sie noch einmal in den Spiegel. Es hatte ihr noch nie gefallen, sich nackt zu sehen. Aber da Gus ihren Körper so sehr liebte, war sie nicht so kritisch mit sich selbst, wie sie es sonst war.

Sie hob eine Hand, strich damit über ihre Brust und spürte Gus' Sperma auf ihrer Haut. Sie lächelte und wandte sich dann dem Wasser zu. Die Uhr tickte und sie musste sich wirklich beeilen.

# KAPITEL SIEBZEHN

»Willst du, Isabella, Jack Woodall zu deinem rechtmäßig angetrauten Ehemann nehmen, ihn lieben und ehren, in guten und in schlechten Zeiten, in Gesundheit und Krankheit, bis dass der Tod euch scheidet?«

Alle Augen waren auf das Paar gerichtet, das unter dem von Hudson errichteten Bogen das Ehegelübde ablegte, aber Spike konnte den Blick nicht von Reese abwenden.

Sie stand neben ihrem Bruder, während Angelo während der Zeremonie neben seiner Schwester stand. Reese hatte Tränen in den Augen, als sie sah, wie ihr Bruder die Frau heiratete, die er liebte. Ihr hellblaues Kleid wehte leicht im Wind, und Spike hatte noch nie in seinem Leben eine schönere Frau gesehen.

Ja, Isabella war eine strahlende Braut in ihrem weißen Kleid und mit ihrem glücklichen Lächeln, aber Spike war total in Reese verliebt und es war ihm egal, wer das mitbekam.

Er zuckte zusammen, als alle um ihn herum zu klatschen begannen und Woody sich zu Isabella beugte, um sie zu küssen.

Er hatte völlig verpasst, wie sie zu Mann und Frau erklärt worden waren, aber das war ihm egal. Sein Blick fiel wieder auf Reese und er spürte, wie seine Laune sich noch mehr verbesserte, als er das pure Glück sah, das von ihr ausstrahlte.

Spike sah zu Angelo hinüber und bemerkte das kleine Lächeln auf dem Gesicht des Jungen. Er freute sich, es zu sehen. Der Teenager verbrachte immer noch die meiste Zeit allein, aber in den letzten ein oder zwei Wochen schien es Spike, dass er tatsächlich versuchte, bei den anderen Menschen in der *Zuflucht* Anschluss zu finden.

Das war eine Erleichterung.

Woody und Isabella gingen den behelfsmäßigen Gang zurück zur Lodge entlang. Es war ein kurzer Weg, denn auf der kleinen Lichtung, auf der die Zeremonie stattgefunden hatte, gab es nicht viele Stühle, die den Gang bildeten. Alle Angestellten der Lodge waren da, Woodys und Reeses Eltern und eine Handvoll Gäste, die die Chance ergriffen hatten, bei der allerersten Hochzeitszeremonie in der *Zuflucht* dabei zu sein.

Drinnen gab es einen Empfang, bei dem die Torte, die die Frauen aus der Bäckerei in der Stadt ausgesucht hatten, besonders gut zur Geltung kam. Robert und Luna hatten sich selbst übertroffen, indem sie so viel gekocht hatten, dass die doppelte Anzahl der Anwesenden hätte satt werden können.

»War das nicht schön?«, fragte Reese und stellte sich neben ihn.

Spike legte sofort seinen Arm um ihre Taille und zog sie an seine Seite. »Wunderschön«, stimmte er zu und starrte sie an.

»Ich glaube, ich habe meinen Bruder noch nie so glücklich gesehen«, sagte sie mit einem breiten Lächeln und sah dem frisch vermählten Paar noch immer zu, wie es zur Lodge schritt.

»Das hat mir so gut gefallen!«, erklärte Alaska überschwänglich neben ihnen.

»Es war toll«, bemerkte Brick und legte einen Arm um sie. »Obwohl ich nicht davon überzeugt bin, dass wir *Die Zuflucht* in einen Ort für Hochzeiten verwandeln sollten. Dafür haben wir diesen Ort nicht geschaffen und ich möchte die Gäste nicht stören, die hier sind, um sich zu entspannen und wieder gesund zu werden.«

Alaska nickte. »So sehr mir die Hochzeit von Woody und Isabella auch gefallen hat, die Organisation ist eine Menge Arbeit. Und ich verstehe, was du in Bezug auf die Gäste sagst.«

»Aber vielleicht können wir noch einmal eine Ausnahme machen«, sagte Brick mit einem kleinen Lächeln.

Zu Spikes Überraschung ging sein Freund vor Alaska auf die Knie. Er zog eine kleine Schachtel aus seiner Tasche, öffnete sie und hielt sie hoch. »Ich habe dir gesagt, dass ich einen Ring habe und dass ich dich eines Tages fragen werde, ob du mich heiraten willst. Dieser Tag ist heute. Ich liebe dich, Al. Ich habe viel zu lange nicht bemerkt, was ich direkt vor der Nase hatte, und ich habe es satt, darauf zu warten, dass du offiziell zu mir gehörst. Willst du mich heiraten? Hier in der *Zuflucht*?«

Alaska starrte Brick mit großen Augen an, dann lächelte sie und begann gleichzeitig zu weinen. »Ja! Natürlich werde ich dich heiraten, Drake!«

Dann lagen sie sich in den Armen und Brick wirbelte sie hin und her.

Spike sah Reese an und war nicht überrascht, als er Tränen in ihren Augen entdeckte.

»Hast du das *gesehen*?«, fragte sie.

Spike widerstand dem Drang, sie zu ärgern und zu sagen, dass er es natürlich gesehen hatte, denn er stand ja direkt neben ihr. Stattdessen antwortete er einfach: »Ich habe es gesehen, Süße.«

Tonka, Henley und Jasna waren auf dem Weg zurück zur Lodge, aber als sie den Tumult hörten, drehten sie sich um. Reese wurde von Spike weggezerrt und in eine Gruppenumarmung mit den anderen Frauen um Alaska gezogen.

»Das war der Hammer«, sagte Spike zu Brick.

Sein Freund grinste verlegen. »Ich weiß, dass es ziemlich blöd ist, jemandem am Hochzeitstag eines anderen Paares einen Heiratsantrag zu machen, aber ich habe mit Woody und Isabella gesprochen und sie haben mir beide versichert, dass es ihnen egal ist. Ich hatte vor, bis später zu warten. Vielleicht wenn wir tanzen oder so. Aber sie hat mir eine so perfekte Gelegenheit gegeben, dass ich nicht widerstehen konnte. Was ist mit dir, Tonka? Wann werdet du und Henley heiraten?«

Tonka lächelte. »Wir haben darüber gesprochen, vielleicht eine Weihnachtshochzeit zu machen. Jasna hat schon alles geplant. Melba wird mit den Ringen um den Hals zum Altar schreiten, Wally und Beauty werden unsere Begleiter sein und wir machen es in der Scheune, damit alle Tiere zusehen können und das Gefühl haben, dabei zu sein.«

Spike verkniff sich ein Lachen, aber Brick war nicht so zurückhaltend. »Großer Gott, Mann, ich hoffe, du schiebst dem einen Riegel vor.«

Tonka zuckte mit den Schultern. »Es ist mir eigentlich egal, wie es passiert, Hauptsache es passiert. Aber Henley wird definitiv ein Wörtchen mitzureden haben. Ich glaube, sie ist sogar dafür, dass wir in die Stadt fahren und eine standesamtliche Trauung abhalten.«

»Wäre das okay für dich?«, fragte Spike.

»Ehrlich gesagt, ja. Ich habe einen langen Weg hinter

mir und Henley hat mir geholfen, mich unter Menschen wohler zu fühlen, aber im Mittelpunkt zu stehen? Alle Augen auf mich gerichtet zu haben? Ich weiß nicht, ob mir das gefallen würde.«

»Das kann ich verstehen«, erwiderte Spike. Und das konnte er wirklich. Nachdem er Tonkas Geschichte gehört hatte, wie sein Diensthund vor seinen Augen gequält und getötet worden war, während er ihn nicht retten konnte, konnte er es ihm nicht verübeln, dass er bei sich und den Tieren bleiben wollte, um die er sich in der *Zuflucht* kümmerte.

»Ich freue mich für dich«, erklärte Brick ernst. »Henley ist fantastisch und ich glaube, ich bin neidisch, dass du eine fertige Familie bekommst, wenn du sie heiratest.«

»Jas ist anstrengend, aber sie ist ein gutes Kind«, entgegnete Tonka mit einem Nicken.

»Sie ist eine gute Ergänzung für *Die Zuflucht*«, stimmte Spike zu.

»Was ist mit dir?«, fragte Tonka Spike.

»Was soll mit mir sein?«

»Glaube nicht, dass wir nicht bemerkt haben, dass du deine Augen – oder Hände – nicht von Reese lassen kannst. Ich nehme an, es ist offiziell, dass sie nicht mit ihrem Bruder zurück nach Missouri geht?«

»Nein. Sie bleibt hier. Sie hat den Job im Labor bekommen.«

»Wirklich? Davon habe ich noch nichts gehört«, bemerkte Tonka.

»Das liegt daran, dass du die meiste Zeit unten in der Scheune verbringst«, stichelte Brick.

»Hey, ich finde, ich habe mich schon gebessert. Ich war jeden Tag zum Mittagessen in der Lodge.«

»Weil Henley dort isst«, konterte Brick.

Tonka zuckte mit den Schultern. »Glaubst du, ich will

jeden Tag mit deiner hässlichen Visage vor dem Gesicht essen?«, fragte er.

Die Männer schubsten sich gutmütig, dann wandte sich Brick an Spike. »Aber mal im Ernst. Ist sie die Eine für dich?«

»Ja«, entgegnete Spike, ohne zu zögern.

Es war gut, dass seine Freunde keine Einsprüche erhoben und sagten, dass sie noch nicht lange zusammen waren. Oder dass es vielleicht nicht sehr klug war, eine Frau bei sich einziehen zu lassen, mit der er sich gerade erst angefreundet hatte. Es war ja auch nicht so, dass sie zu sehr protestieren konnten in Anbetracht der Tatsache, wie die Dinge zwischen ihnen und ihren Frauen gelaufen waren.

»Vielleicht hat Alaska ja doch noch ein paar Hochzeiten zu planen«, überlegte Brick.

Bevor Spike antworten konnte, spürte er, wie sich ein Arm um seinen Rücken legte und Reese sich an seine Seite kuschelte. »Wir sollten zur Lodge gehen, damit wir nichts verpassen.«

»Was gibt es zu verpassen?«, fragte Brick und umarmte Alaska, als sie auf ihn zukam. »Wir setzen uns hin, essen das Festmahl und den Kuchen und dann kehren Woody und Isabella in ihre Hütte zurück und haben zum ersten Mal Sex als Ehepaar.«

»Drake!«, schimpfte Alaska und schlug ihm auf den Arm. »Das ist unhöflich.«

»Wie kann es unhöflich sein, wenn es genau das ist, was sie tun werden?«, fragte Brick.

Alaska verdrehte die Augen. »Wie dem auch sei. Komm schon, lass uns gehen.«

Spike hielt Reese zurück, als sie den anderen folgen wollte.

»Stimmt etwas nicht?«, fragte sie und runzelte die Stirn.

»Nein, überhaupt nicht. Ich wollte dich nur einen

Moment allein für mich haben, um dir zu sagen, wie schön du in diesem Kleid aussiehst. Ich hatte keine Gelegenheit, dir das zu sagen, bevor die Zeremonie begonnen hat.«

»Du siehst auch verdammt gut aus«, sagte sie mit einem kleinen Lächeln.

Spike starrte sie einen Moment lang wortlos an.

»Was? Habe ich etwas im Gesicht?«, fragte sie verlegen.

»Nein. Ich erinnere mich nur an diesen Moment. Ich stehe mit meinen Freunden auf dem Land, das mir gehört, feiere die Hochzeit eines meiner ehemaligen Teamkameraden und bin zum ersten Mal seit Langem zufrieden. Ich bin dankbar.«

Ihr Blick wurde sanfter. »Das hast du verdient. Du hast hart gearbeitet, um diesen Ort so unglaublich zu machen, wie er ist. Und du bist ein hervorragender Freund, Geschäftsinhaber und Lebensgefährte.«

»Du hast Liebhaber vergessen«, stichelte Spike.

Reese verdrehte die Augen. »Stimmt, tut mir leid. Das auch.«

»Ich bin glücklich«, flüsterte Spike. »Und das macht mir eine Höllenangst.«

»Warum?«

»Weil jedes Mal, wenn ich in der Vergangenheit gedacht habe, glücklich zu sein, etwas passiert ist, das es kaputt gemacht hat.«

Reese legte ihre Hand auf seine Wange. »Es wird nichts passieren.«

»Ich liebe dich, Reese Woodall. Ich werde alles tun, was nötig ist, um dich auch glücklich zu machen. Damit du mich nie verlassen willst. Wenn ich Mist baue, sag es mir, und ich werde es in Ordnung bringen. Ich werde mir ein Bein ausreißen, damit du weißt, wie sehr du geschätzt und geliebt wirst.«

»Ich will nur, dass du du selbst bist«, erklärte sie ihm.

»Ich will nicht, dass du dich änderst. Sei so, wie du bist, denn ich liebe diesen Mann. Auch wenn er herrisch und dominant wird. Auch wenn er mir nicht erlaubt, zwölf Schachteln Pfadfinderkekse zu kaufen, weil sie nicht gut für mich sind. Weil die anderen Sachen ... denselben Pfadfindern einen Fünfzigdollarschein zu geben, nur um sie zu unterstützen, mir ein kohlenhydratreiches Abendessen zu kochen und kein Wort darüber zu verlieren, dass ein Salat gesünder wäre, und mich genau so zu lieben, wie ich bin ... dafür sorgen, dass ich den Rest meines Lebens mit dir zusammen sein will.«

»Wir werden heiraten«, platzte er heraus.

Sie lachte. »Das hast du mir schon gesagt«, neckte sie ihn.

»Bald. Ich warte nicht bis Weihnachten wie Tonka und Henley. Ich weiß nicht, ob ich es in mir habe, romantisch zu sein und dir einen Heiratsantrag zu machen, den du verdient hast, aber du sollst wissen, dass ich für den Rest meines Lebens mit dir und nur mit dir zusammen sein will. Ich möchte Kinder haben. Eine große, laute Familie, die uns verrückt machen wird, die wir aber nicht anders haben wollen.«

Tränen glitzerten in Reeses Augen. »Das war verdammt romantisch, Gus.«

»War es das? Also gut. Wann?«

»Wann was?«

»Wann können wir unsere Hochzeit planen? Ich habe gehört, was Brick gesagt hat, und ich stimme ihm zu, dass *Die Zuflucht* nicht zum Zentrum für Hochzeiten werden sollte, aber ich will sie hier abhalten. Dort, wo wir leben, wo dein Bruder geheiratet hat.«

Reese sah verblüfft aus.

Spike runzelte die Stirn. Verdammt, er war zu schnell vorgeprescht.

»Ist das dein Ernst?«

»Ja.«

»Dann ... werde ich mit Alaska reden. Morgen. Mal sehen, welche Termine in den Zeitplan passen könnten.«

Spike lächelte. Ein breites Lächeln. »Wirklich?«

»Wirklich.«

»Ich liebe dich, Reese. So sehr.«

»Ich glaube, das ist mein Satz.«

Dann küsste Spike sie. Er hätte sie noch weiter geküsst und sie vielleicht in seine – nein, *ihre gemeinsame* – Hütte entführt, aber ein lauter Pfiff ertönte aus der Richtung der Lodge.

Er hob den Kopf und seufzte dramatisch.

Reese lachte. »Ich schätze, die wollen, dass wir da hinkommen.«

»Ja. Das war Tiny. Ich würde sein genervtes Pfeifen überall erkennen«, bemerkte Spike. Er leckte sich über die Lippen und nickte Reese zu. »Was für einen Ring willst du?«, fragte er, als sie sich auf den Weg zur Lodge machten.

»Ähm ... ich weiß es nicht.«

»Doch, das weißt du«, konterte Spike. »Du magst, was du magst, und ich möchte dir etwas schenken, das du jeden Tag tragen und nie abnehmen willst. Und wenn ich dir etwas besorge, das du hasst, wirst du das nicht tun wollen.«

»Nichts Teures«, erklärte sie schnell.

Spike schnaubte. Das kam überhaupt nicht infrage. »Was sonst noch?«

»Ich denke, etwas Unkonventionelles. Kein Solitär, der weit nach oben ragt. Er würde sich in Sachen verfangen und ich möchte ihn nicht abnehmen müssen, während ich arbeite.«

Spike machte sich eine mentale Notiz. »Diamanten?«

»Ja.«

»Gold oder Platin?«

»Das ist egal.«

»Welche Größe?«

»Siebeneinhalb.«

Er nickte. »Verstanden.«

»Gus?«

»Ja, mein Schatz?«

»Das ist verrückt ... aber es fühlt sich richtig an, weißt du?«

Er *wusste* es. »Ja, ich weiß.«

Sie drückte seine Hand. »Ich kann nicht aufhören zu lächeln. Ich freue mich für Woody und Isabella. Für Alaska. Für uns. Über meinen Job. Darüber, dass meine Sachen hierhergebracht werden. All das.«

Spike schwor sich im Geiste, alles zu tun, damit das so bliebe. Er liebte es, wenn ihr das Glück ins Gesicht geschrieben stand und jeder es sehen konnte. Er liebte es, wie sorglos und entspannt sie in diesem Moment wirkte. Natürlich würde das Leben ihnen immer wieder Steine in den Weg legen, aber er würde immer da sein, um sie davor zu bewahren, direkt getroffen zu werden. Er würde sich gern allem in den Weg stellen, was das Leben ihnen vorsetzte, nur um sie für den Rest ihrer Tage lächeln zu sehen.

---

Angelo konnte es kaum erwarten, bis der Tag vorbei war. Er hatte sich bemüht, so zu tun, als würde er sich amüsieren. Dass er sich freute, dort zu sein. Aber in Wahrheit war er unglücklich. Er war ungeduldig und wollte zurück nach Hause, aber seit ein paar Tagen hatte er nichts mehr von Pablo gehört. Er konnte zugeben, dass es schlimmere Orte zum Warten gab ... dass *Die Zuflucht* wunderschön gelegen war ... aber er war ein Stadtmensch. Ihm gefiel die Ruhe hier nicht. Er mochte das Rauschen des Windes in den

Bäumen nicht. Er wollte zurück zu der Energie der belebten Straßen. Zu der Aufregung, die das Kartell mit sich brachte. Zu den Frauen.

Es war nicht so, dass Angelo sich nicht für seine Schwester freute. Das tat er. Sie hatte sich ihr ganzes Leben lang abgerackert, und als er sie heute so entspannt und glücklich mit Woody sah, wurde ihm endlich klar, wie gestresst sie in Kolumbien immer gewesen war.

Er hatte nicht gedacht, dass es schwierig gewesen wäre, ihn aufzuziehen, aber offensichtlich war er anstrengender, als er dachte. Er hasste den Gedanken, dass er eine große Belastung für sie gewesen war.

Umso mehr Grund, nach Kolumbien zurückzukehren. Damit seine Schwester ihr Leben hier in Amerika leben konnte, ohne dass er ihr im Nacken saß.

Sie hatte ihm von Missouri erzählt und wie toll es dort sein würde, aber Angelo wusste es besser. Er nickte und stimmte ihr zu, wenn sie von ihrem neuen Leben sprach, während er ungeduldig auf eine Nachricht von Pablo wartete, in der er ihm mitteilte, dass das Geld an die Western Union Filiale in Los Alamos überwiesen worden sei. Er hatte ihm die Adresse vor über einer Woche gegeben und jedes Mal, wenn er sich meldete, sagte ihm der andere Mann, er solle sich gedulden ... wenn er sich überhaupt die Mühe machte zu antworten.

Als er allein an einem Tisch saß und sich wünschte, der blöde Empfang wäre endlich vorbei, damit er zurück in die Hütte gehen konnte – Isabella und Woody waren in einer der anderen Hütten untergebracht, die frei war, was Angelo recht war; er wollte in ihrer Hochzeitsnacht nicht das fünfte Rad am Wagen sein –, vibrierte sein Telefon mit einer eingehenden Nachricht.

Als Angelo nach unten blickte, begann sein Herz, schneller zu schlagen.

. . .

*Pablo: Es ist vollbracht. Das Geld sollte morgen da sein. Sag mir Bescheid, wann du es abholen willst, nur für den Fall, dass etwas schiefgeht.*

Angelo ließ die Finger über die Tastatur fliegen. Er war noch nie in seinem Leben so aufgeregt gewesen. Er würde endlich nach Hause zurückkehren!

*Angelo: Vielen Dank! Ich werde dir Bescheid sagen, wenn ich eine Mitfahrgelegenheit finde.*

»Du siehst aus, als hättest du gute Laune.«

Angelos Blick schoss hoch und er sah seine Schwester neben dem Tisch stehen. Schnell schaltete er das Display seines Handys aus und steckte es in seine Tasche. Er wollte auf keinen Fall, dass sie über seine Schulter las und seine Gespräche mit einem Kartellmitglied mitbekam. Sie kannte Pablo nicht, aber wenn sie zu viele Fragen stellte und erfuhr, wer er war, würde sie ihn anschreien, ihm sagen, dass er sein Leben ruinierte, und ihn nicht gehen lassen.

Aber er war kein Kind mehr und sie hatte nicht die Verantwortung für ihn. Sie konnte ihm nicht vorschreiben, mit wem er befreundet sein durfte, und er konnte gehen, wohin er wollte. Er würde zurück nach Kolumbien gehen, egal was seine Schwester sagte.

»Ich freue mich für dich«, erklärte er auf Spanisch. Es war verrückt, wie sehr er es vermisste, seine Muttersprache zu hören. Ja, er und Isabella sprachen jeden Tag miteinander, aber er vermisste es, sie auf der Straße zu hören, wenn er herumlief. Im Fernsehen und im Radio.

»Ich danke dir. Ich bin auch froh.« Isabella zog einen Stuhl heran und setzte sich neben ihren Bruder. »Aber ich mache mir Sorgen um dich, Angelo.«

»Brauchst du nicht«, entgegnete er sofort. »Mir geht es gut.«

»Das alles war sehr schwer für dich.«

»Es ist nicht deine Schuld.«

»Ich weiß, aber ich kann nicht anders, als es zu bedauern. Wir haben nie darüber gesprochen ... was ist mit dir passiert, als wir gefangen gehalten wurden?«

Angelo wollte nicht darüber reden. Nicht jetzt und auch sonst nicht. Er wollte seiner Schwester nicht eingestehen, dass er nicht wirklich gegen seinen Willen festgehalten worden war. Dass er gut versorgt worden war. Er hatte erklärt, warum er die Drogen nicht rechtzeitig abgeliefert hatte, und sich vielmals entschuldigt. Er hatte dem Kartell seine Loyalität geschworen. Ja, sein Zimmer war verschlossen gewesen, aber die kleine Gruppe im Haus hatte ihn oft rausgelassen.

Er würde Isabella nie erzählen, dass er gelogen hatte, als er sagte, er wolle in die Staaten kommen. Dass er nicht gerettet werden musste ... weil er mit den Männern zusammenarbeitete, die sie in dieses Haus gebracht hatten.

»Nichts«, antwortete er schließlich.

»Komm schon, ich bin's. Deine Schwester. Du kannst mit mir reden. Du hast mir immer alles erzählt«, beschwichtigte Isabella ihn.

»Es ist nichts passiert. Sie haben mich in den Raum eingesperrt und dann warst du da und wir sind geflohen«, erzählte Angelo ihr.

Isabella seufzte. »Okay. Aber wenn du mal jemanden

zum Reden brauchst, wenn du dich überfordert fühlst, werden wir das gemeinsam bewältigen.«

Angelo nickte.

»Danke, dass du heute hier bei mir bist. Das bedeutet mir so viel. Es gibt niemanden, den ich lieber an meiner Seite gehabt hätte als dich«, erklärte sie ihm. »Wir haben viel zusammen durchgemacht und ich weiß nicht, wie ich weitergemacht hätte, wenn du nicht da gewesen wärst und meinem Leben einen Sinn gegeben hättest.«

»Du hast jetzt deinen Mann«, entgegnete er. »Du brauchst mich nicht mehr.«

»Ich werde dich immer brauchen, Angelo«, versicherte Isabella ihrem Bruder und schüttelte den Kopf. »Und egal, wie alt du wirst, du wirst immer mein kleiner Bruder sein. Ich werde mir immer Sorgen um dich machen.«

Das gefiel ihm nicht. Ganz und gar nicht.

Langsam und widerwillig begann er, sich mit dem Gedanken anzufreunden, dass der Amerikaner sich vielleicht gut um seine Schwester kümmern könnte. Sie musste mit ihrem Leben in Missouri weitermachen. Er wusste, die Organisation würde von ihm erwarten, dass er ihr gegenüber loyal ist und sich ganz auf sie konzentriert, sobald er erst einmal tief im Kartell drin war. Nicht auf seine Familie. Und auch nicht auf seine Freunde. Er würde das Kartell leben und atmen müssen. Und das war es, was er wollte.

Für Isabella wollte er Freiheit. Die Freiheit, ihr Leben zu leben. Um mit ihrem amerikanischen Ehemann Kinder zu bekommen.

»Ich kann auf mich selbst aufpassen«, erklärte er. »Du musst mich loslassen, Isabella.«

Sie seufzte. »Ich weiß. Du bist jetzt erwachsen. Ich liebe dich, Angelo.«

»Ich liebe dich auch.«

Sie beugte sich vor und küsste ihn auf die Wange.

Isabella lächelte ihn noch einmal an und stand dann auf, um zu ihrem Mann zu gehen. Woody beobachtete sie von der anderen Seite des Zimmers aus, ließ ihr Freiraum, vergewisserte sich aber trotzdem, dass es ihr gut ging.

Angelo seufzte. Vielleicht war der Amerikaner gar kein so schlechter Mann. Er behandelte seine Schwester mit Fürsorge und es war offensichtlich, wie sehr er sie liebte. Er verstand diese Art von Liebe zwar nicht, aber er war trotzdem froh, dass Isabella sie hatte.

Als er allein war, zückte Angelo noch einmal sein Handy. Pablo hatte ihm eine weitere Nachricht geschickt, während er mit seiner Schwester gesprochen hatte.

*Pablo: Wir werden auf dich warten. Wir freuen uns darauf, von dir bewiesen zu bekommen, dass du die Mühe wert bist.*

Angelo runzelte die Stirn. Er hatte Pablo immer wieder gesagt, dass er alles tun würde, um das Geld, das er schickte, zurückzuzahlen. Und dass er tun würde, was das Kartell wollte, ohne Fragen zu stellen. Schnell schickte er eine letzte Nachricht.

*Angelo: Ich bin es wert. Das Kartell ist jetzt meine Familie.*

Drei Punkte zeigten an, dass Pablo zurückschrieb.

*Pablo: Wir werden sehen.*

. . .

Angelos Stirnrunzeln vertiefte sich. Er mochte den ominösen Klang dieser drei einfachen Worte nicht, aber er würde es ihnen beweisen. Sobald er wieder in Kolumbien war, würde er Pablo und den anderen zeigen, dass er mehr als nur ein Teenager war. Dass er jemand war, auf den sie sich verlassen konnten. Nicht nur als Drogenlieferant, wenn sie ihn brauchten, sondern auch als Sicherheitskraft. Die Position eines Vollstreckers war eine der begehrtesten im Kartell. Diese Männer wurden respektiert und gefürchtet. Angelo wollte das auch für sich. Und er würde alles tun, um es zu verdienen.

# KAPITEL ACHTZEHN

Reese seufzte zufrieden und streckte sich träge. Gus hatte sie nach dem Empfang nach Hause gebracht und stundenlang mit ihr Liebe gemacht. Er hatte jeden Zentimeter ihres Körpers verwöhnt. Er hatte sie erst mit dem Mund, dann mit der Hand zum Orgasmus gebracht und sie dann auf ein halbes Dutzend verschiedene Arten genommen: auf den Knien, mit ihr oben, im Stehen, mit dem Gesicht nach unten über dem Bett, an der Wand und schließlich – was sie am liebsten mochte – in der Missionarsstellung, wobei sie einander fest in die Augen sahen, als sie beide gemeinsam zum Orgasmus kamen. Er war rau, dann zärtlich, dann völlig enthemmt und dann liebevoll.

Sie würde nie genug von ihm und seinem Liebesspiel bekommen.

Das Bett neben ihr war jetzt leer, aber das kümmerte Reese nicht. Gus war schon vor einer Weile gegangen, aber nicht bevor er sie wach geküsst und ihr mitgeteilt hatte, dass er mit Pipe, Stone und Brick unterwegs war, um die Hauptwanderwege zu säubern und heruntergefallene Äste und andere Trümmer des Sturms von vor zwei Nächten zu entfernen.

Er hatte ihr einmal gesagt, dass die Arbeit in der *Zuflucht* ihn fit hielt. Er war froh, dass er nicht mehr kilometerweit laufen und so hart trainieren musste wie während seiner Zeit beim Militär, aber es machte ihm trotzdem Spaß, sich zu bewegen und gleichzeitig etwas Sinnvolles zu tun.

Reese beschloss, dass sie lange genug faul gewesen war, rollte sich aus dem Bett und ging ins Bad. Sie war heute wieder wund, aber auf eine angenehme Art und Weise, die sie einfach daran erinnerte, wie toll Gus in der Nacht zuvor gewesen war.

Sie duschte und ging in die Küche. Sie lächelte, als sie auf der Küchentheke einen Zettel fand, auf dem stand, dass Gus ihr bereits Kaffee zubereitet hatte, auch wenn er heute Morgen Eiskaffee und nicht heiß war. Als sie den Kühlschrank öffnete, sah sie eine Tasse mit einem Klebezettel, auf dem ihr Name stand ... und eine Zimtrolle mit einem weiteren Zettel, auf dem stand, dass sie sie sechzig Sekunden in der Mikrowelle aufwärmen solle.

Sie wusste nicht, ob Gus in Zukunft immer so lieb und aufmerksam sein würde, aber sie hatte das Gefühl, dass er es sein würde. Er war zwar in vielerlei Hinsicht ungehobelt, aber für sie war er perfekt.

Reese hatte für den Tag nicht viel geplant, außer dass sie sich mit ihren Eltern, Woody und Isabella zum Abendessen in der Stadt treffen wollte. Sie aß ihr Frühstück mit einem Lächeln auf den Lippen und wollte gerade zur Lodge gehen, um Alaska zu suchen und mit ihr über Hochzeitstermine zu sprechen, als es an ihrer Tür klopfte.

Sie runzelte die Stirn und fragte sich, wer das wohl sein mochte. Als sie die Tür öffnete, blinzelte sie überrascht, denn es war Angelo, der geklopft hatte.

»Hi. *Hola*«, begrüßte sie ihn mit einem Lächeln.

Er sagte etwas auf Spanisch zu ihr, das Reese nicht verstand. Sie hielt einen Finger hoch und hoffte, dass er verstand, dass er warten solle, während sie zurück ins Haus eilte, um ihr Handy zu holen, das immer noch auf dem Tisch neben ihrer Zimtrolle lag. Sie öffnete die Übersetzungs-App und ging zurück zur Tür. Sie hielt das Handy hoch und nickte ihm zu.

Er sprach wieder.

Als er fertig war, drückte Reese auf eine Taste in der App und sie übersetzte, was er gesagt hatte.

»Bringst du mich in die Stadt?«

Reese war erneut überrascht. Aber sie vermutete, dass es für ihn nicht ungewöhnlich war, sie zu fragen. Woody und Isabella genossen wahrscheinlich immer noch ihren ersten Morgen als Ehepaar, und sie hatte in der Vergangenheit schon oft versucht, sich mit Angelo anzufreunden und mit ihm zu reden. Außerdem hatte sie ihn schon einmal in die Stadt mitgenommen.

Sie hatte keine Ahnung, was er in Los Alamos zu tun hatte, aber es musste schwer sein, nicht so unabhängig zu sein, wie er es in Kolumbien gewesen war. Sie nickte, sprach in die App und ließ ihre Antwort dann übersetzen. »Das mache ich gern. Gib mir einen Moment, um eine Nachricht an Gus zu schreiben. Sollen wir uns vor meinem Wagen treffen?«

Mit einem Nicken bedankte sich Angelo, drehte sich um und ging zurück auf den Weg.

Reese wünschte sich, leichter mit dem jungen Mann reden zu können. Sie drehte sich um und ging zurück ins Haus, um Gus eine Nachricht zu schreiben und ihm mitzuteilen, wo sie war, falls er vor ihr zurückkam. Außerdem beschloss sie, sich eine Cargohose und ihre Wanderschuhe anzuziehen. Wenn sie zurückkam, würde sie vielleicht nach Gus und den anderen suchen und sehen, ob sie helfen konnte. Es war ein schöner Tag und sie wollte ihn nicht drinnen verbringen, vor allem weil heute Nacht ein weiterer Sturm aufziehen und ein paar Tage andauern sollte. Sie wollte so viel wie möglich in die Sonne gehen, bis der Winter auf dem Berg seinen Einzug hielt.

Als sie fertig war, schloss sie die Hütte ab und ging hinunter zu ihrem Wagen. Angelo stand daneben und schaute auf sein Handy. Sie sprach in ihr Telefon und ließ die Worte auf Spanisch wiedergeben. Es war ein bisschen mühsam, durch die Übersetzungs-App miteinander zu sprechen, aber Reese war letztendlich zufrieden, wie gut es funktionierte.

»Wohin soll ich dich fahren?«

»Ich weiß nicht, wie der Ort heißt, aber ich habe die Adresse.«

»Okay. Wie lange brauchst du denn? Ich kann zum Supermarkt fahren, während du dein Ding machst, und dich danach wieder abholen.«

»Du kannst mich einfach absetzen.«

Reese runzelte die Stirn und fragte sich, ob die App seine Worte falsch übersetzt hatte.

»Wie kommst du zurück zur *Zuflucht*?«, fragte sie.

»Ich werde schon einen Weg finden. Ich will dir nicht zur Last fallen.«

Sie wollte protestieren und ihm sagen, dass sie warten könne und dass das, was er zu tun hatte, nicht wirklich so lange dauern konnte. Aber er war eigentlich erwachsen und sie wollte nichts tun, was Angelo verärgern und dazu führen könnte, dass er nicht mehr mit ihr redete. Sie hatte das Gefühl, dass sie in ihrer Beziehung große Fortschritte gemacht hatten. Sie waren zwar nicht gerade Freunde, aber er sprach ab und zu mit ihr ... natürlich über die App.

Sie beschloss, Isabella aufzuspüren, wenn sie zurückkam, damit sie ihren Bruder suchen konnte, nickte ihm einfach zu und öffnete die Fahrertür.

Sie stiegen beide in den Wagen und Reese bemerkte, dass Angelo einen Rucksack dabeihatte. Er stellte ihn auf den Boden zu seinen Füßen. Sie fragte sich, ob er vielleicht einkaufen gehen wollte und die Tasche dazu diente, seine Einkäufe zurück in *Die Zuflucht* zu bringen. Vielleicht hatte er auch vor, seiner Schwester ein Hochzeitsgeschenk zu kaufen, was eine nette Geste wäre.

Sie war erleichtert, dass Angelo endlich mit seinem Leben hier in den Staaten vorankam, startete ihren Wagen und fuhr in Richtung Stadt.

Doch nur zehn Minuten später runzelte Reese wieder die Stirn. Die Adresse, die Angelo ihr gegeben hatte, war die einer Western Union Filiale. Sie hatte keine Ahnung, warum er dorthin wollte.

Er drehte sich zu ihr um, als sie parkte, sagte: »*Gracias*«, stieg aus dem Wagen und schloss die Tür hinter sich, ohne ihr die Chance zu geben, etwas zu erwidern.

Reese war klar, dass er wollte, dass sie ihn in der Stadt zurückließ, aber das konnte sie nicht guten Gewissens tun. Sie beobachtete durch das Fenster des Geschäfts, wie er zur Theke ging. Mehrere Minuten lang schien es viele Handgesten und intensive Gespräche zu geben, bevor Angelo sich schließlich zum Gehen wandte.

Sie hatte sich nicht vom Parkplatz wegbewegt, während er drinnen war, und als er die Tür aufstieß, stieg sie aus ihrem Wagen aus und blieb stehen, um zu warten, bis er in ihre Richtung schaute.

Dann geschahen zwei Dinge auf einmal.

Ein Mann ging auf Angelo zu – und gleichzeitig packte jemand Reese am Oberarm, so fest, dass ihr sofort die Knie weich wurden. Er sagte etwas auf Spanisch zu ihr, aber natürlich verstand sie kein Wort davon.

Sie versuchte, ihren Arm aus seinem Griff zu befreien, aber er hielt sie nur noch fester, sodass ihr die Tränen in die Augen traten. Er schob sie vom Wagen weg, und in diesem Moment bemerkte Reese, dass es noch einen dritten Mann gab. Er stand auf der anderen Seite ihres Fahrzeugs und starrte sie mit so schwarzen, toten Augen an, dass sie vor Angst erschauderte.

Die Hintertür ihres Wagens wurde geöffnet und sie wurde hineingestoßen. Gerade als sie über den Sitz auf die andere Seite klettern und wie der Blitz davonlaufen wollte, öffnete sich die Tür und der Mann mit den toten Augen stieg neben ihr ein.

Der Mann, der sie am Arm gepackt hatte, riss ihr das Handy aus der Hand, und Reese wurde flau im Magen. Verdammt! Sie brauchte das Handy. Sie musste Gus anrufen. *Die Zuflucht*. Die Polizei. *Irgendjemanden*.

Draußen vor dem Wagen bewegte sich etwas und Reese sah, wie Angelo die Tür zum Beifahrersitz öffnete, den er vor nicht einmal fünf Minuten verlassen hatte.

»Angelo!«, rief Reese. »Flieh!«

Aber entweder verstand er sie nicht oder er ignorierte sie einfach.

Der Typ, der bei Angelo war, griff nach ihrer Handtasche, nahm dem anderen Mann ihr Handy weg und drückte Angelo beide Gegenstände in die Hand, während er etwas sagte.

Angelo wich vom Wagen zurück – und einen Moment lang trafen sich ihre Blicke. Reese verstand nicht, was los war. Er sah nicht im Geringsten besorgt oder erschrocken aus. In seinem Blick lag eine leichte Verwirrung, aber das war auch schon alles. Er sprach nicht, sondern drehte nur den Kopf, um den Blickkontakt zu unterbrechen, und nahm ihre Handtasche und ihr Handy an sich.

Reese beobachtete, wie er seelenruhig auf die andere

Seite des Parkplatzes ging, das Handy in ihre Handtasche steckte und sie dann in einen Müllcontainer warf. Er ließ etwas anderes auf den Boden fallen und stampfte mehrmals darauf herum. Dann hob er die Teile des Gegenstandes auf und warf sie ebenfalls in den Mülleimer.

Er kam zurück zum Wagen, stieg ein und starrte geradeaus.

Sie saß zwischen zwei Männern auf dem Rücksitz, während Angelo und der Typ, der ihn vor der Western Union Filiale angesprochen hatte, vorn saßen. Der Wagen wurde angelassen und sie fuhren vom Parkplatz weg.

Reese wurde plötzlich klar, wie sehr sie in der Klemme steckte. Sie wusste, dass sie sich von niemandem in einem Fahrzeug mitnehmen lassen durfte, denn wenn ein Entführer sie aus der Zivilisation herausholte, war sie so gut wie tot.

Sie begann zu kämpfen. Sie kämpfte um ihr Leben.

Sie wollte nicht sterben. Sie wollte Gus heiraten! Seine Kinder bekommen. Ihren neuen Job antreten. Mit Gus und all ihren anderen neuen Freunden in der *Zuflucht* leben.

Der Mann zu ihrer Linken packte ihre Arme, mit denen sie um sich schlug, und der andere packte sie fest am Nacken, bis sie vornübergebeugt war und auf den Boden ihres Wagens starrte. Sie sagten etwas, aber das konnte Reese natürlich nicht verstehen. Sie atmete viel zu schnell und ihr war schwindelig. In gebückter Haltung fiel ihr das Atmen schwer und die Art, wie der Mann ihre Arme hinter ihrem Rücken festhielt, fühlte sich an, als wollte er sie aus ihren Gelenken reißen.

Entsetzen überkam sie. Dies passierte wirklich. Sie wurde in ihrem eigenen Wagen entführt. Gekidnappt. Irgendetwas.

Und Angelo steckte mit den Entführern unter einer Decke.

Wenn er nicht schon vor ihrer Ankunft gewusst hatte, dass das passieren würde, dann erhob er zumindest jetzt keinen Einspruch, sondern machte mit.

Sie konnte die vier Männer um sich herum reden hören. Sie stritten sich nicht, aber der Mann, der den Wagen fuhr, sprach in einem sehr intensiven Ton, als ob er das Kommando hätte und die anderen befehligte.

Tränen liefen aus Reeses Augen. Sie konnte es nicht verhindern. Sie war in der Unterzahl und dem ausgeliefert, was die Männer mit ihr machen wollten.

»Bitte, lasst mich gehen. *Por favor*«, flehte sie.

Aber sie wurde ignoriert. Die Hand in ihrem Nacken drückte weiter nach unten und ihre Arme wurden immer noch in einem eisernen Griff hinter ihrem Rücken gehalten. Sie konnte nur dasitzen, auf den Teppich unter ihren Füßen starren und beten, dass jemand etwas gesehen hatte. Etwas gehört hatte. Dass jemand die Polizei gerufen hatte und sogar eine Rettungsaktion auf die Beine gestellt wurde, um sie zu befreien.

Denn wenn das nicht der Fall war, steckte sie in großen Schwierigkeiten.

---

Spike wischte sich mit dem Arm über die Stirn und streckte seinen Rücken. Die Arbeit an diesem Morgen war hart gewesen, aber es war sehr befriedigend zu sehen, dass der Weg nun frei von Schutt und Ästen war, die der Sturm neulich hinterlassen hatte.

»Das sieht gut aus«, erklärte Pipe und der Stolz war in seiner Stimme deutlich zu hören.

»Das tut es wirklich«, stimmte Stone zu.

»Ich sage nicht, dass ich es liebe, Wege zu räumen, aber es musste getan werden. Hätten wir auf den aufkommenden

Sturm gewartet, wäre das Räumen noch schwieriger geworden«, fügte Brick hinzu.

Da sie in den Bergen lebten, gehörte es zum Leben und zu ihrem Geschäft, dass sie diesen Weg regelmäßig instand halten mussten. Er war der einfachste und deshalb auch der beliebteste bei ihren Gästen. Deshalb war es wichtig, ihn von umgestürzten Bäumen und anderem Unrat frei zu halten.

»Gibt es schon einen Termin für die Hochzeit?«, fragte Pipe Brick.

Das zufriedene Lächeln auf dem Gesicht seines Freundes ließ Spike an Reese denken und daran, wie sie den letzten Abend verbracht hatten.

»In der Tat, ja. In drei Wochen.«

»Du meine Güte!«

»Schon so bald? Wahnsinn!«

»Wow!«

»Es scheint, dass Al es kaum erwarten kann, einen Ring an meinen Finger zu bekommen«, entgegnete Brick grinsend.

»Als hättest du es nicht genauso eilig, sie öffentlich zu deiner Frau zu erklären«, bemerkte Stone und verdrehte die Augen.

»Doch, das habe ich. Aber die Sache ist die: Sie gehört mir, genauso wie ich ihr gehöre. Ich *muss* sie nicht heiraten, aber ich *will* es. Ich habe das Gefühl, dass ich so viel verpasst habe, weil ich so viele Jahre lang nicht gemerkt habe, dass wir füreinander bestimmt sind. Ich hätte es wissen müssen, als ich so viel Inspiration und Trost in dem Kreuzstich fand, den sie mir zum Highschool-Abschluss geschenkt hatte. Wäre ich nicht so sehr auf meinen Job konzentriert gewesen, hätte ich vielleicht gesehen, was ich direkt vor Augen hatte. Ich habe es satt, auf den perfekten Zeitpunkt zu warten. Kein Zeitpunkt wird jemals perfekt sein. Wir werden hier in absehbarer Zeit viel zu tun haben, also haben wir gestern Abend beschlossen, unsere Zeremonie einfach zwischen all den anderen Dingen, die hier passieren, einzuschieben.«

»Du bist ein kluger Mann. Binde sie an dich, bevor sie merkt, dass sie einen Besseren haben kann, und ihre Meinung ändert«, scherzte Pipe.

Alle lachten, außer Spike. Pipe hatte gerade seine größte Befürchtung in Bezug auf Reese geäußert. Er hatte immer noch keine Ahnung, warum sie mit ihm zusammen war. Warum sie ihn liebte. Sie könnte buchstäblich mit einem Raketenwissenschaftler oder einem Atomingenieur zusammen sein. Alles, was er hatte, war eine kleine Hütte im Wald, einen Verstand, der Probleme sah, wo es keine gab, und eine besitzergreifende, beschützende Ader, die eine unabhängige Frau wie sie im Moment wahrscheinlich nett fand, aber irgendwann erdrückend finden würde.

»Oh, oh, Spike denkt da drüben zu viel nach«, scherzte Stone. Sie waren schon fast wieder bei der *Zuflucht* und Spike wollte seinem Freund sagen, dass er die Klappe halten solle, weil er noch nicht bereit war, über seine Unsicherheiten in Bezug auf Reese zu sprechen, aber er wurde durch das Klingeln seines Telefons unterbrochen.

Und schon hob sich seine Laune. Es musste Reese sein, denn er erhielt nur sehr selten Anrufe, vor allem wenn drei der sechs anderen Menschen, die ihn telefonisch erreichen könnten, gerade bei ihm waren.

Aber es war nicht Reese. Es war Woody.

Spike fand es merkwürdig, dass der Mann ihn am Morgen nach seiner Hochzeit anrief, und nahm geistesabwesend den Anruf entgegen.

»Spike hier. Was gibt's, Woody?«

»Hast du Reese gesehen?«

Spike blieb stehen und seine drei Freunde taten es ihm

gleich und starrten ihn mit unterschiedlich neugierigen und besorgten Gesichtern an. »Heute Morgen, als ich weggegangen bin, hat sie noch geschlafen. Warum?«

»Ich kann sie nicht erreichen.«

Spike entspannte sich ein wenig. »Ich glaube, ich habe ihr Telefon heute Morgen auf dem Küchentisch gesehen, also hört sie es wahrscheinlich nur nicht im Schlafzimmer klingeln.«

»Angelo geht auch nicht an sein Telefon. Isabella macht sich Sorgen, weil er eigentlich nirgendwo hingeht. Ich habe Reese angerufen, um sie zu fragen, ob sie nach ihm sehen könnte, weil ich den ersten Morgen mit meiner Frau genießen wollte. Aber sie hat nicht geantwortet ... und ich habe ein schlechtes Gefühl.«

Spike versuchte, sich zu entspannen. Woody *wusste* nicht mit Sicherheit, dass etwas nicht stimmte, er war nur vorsichtig und versuchte, seine neue Frau zu beruhigen. Aber er wusste genau, wenn er oder Woody oder einer ihrer Teamkameraden während eines Einsatzes ein schlechtes Gefühl hatten, ließ sich das nicht so einfach abstellen.

»Ich gehe jetzt zu Tinys Hütte, um nach Angelo zu sehen«, erklärte Woody. »Aber Spike, es ist nicht so, dass Reese nicht antwortet, wenn ich anrufe. Ich weiß, was du gesagt hast, dass ihr Telefon nicht bei ihr im Zimmer ist, aber es ist schon spät. Sie ist ein Morgenmensch. Selbst wenn sie ausgeschlafen hat, sollte sie schon auf den Beinen sein.«

»Sie könnte ihr Handy vergessen haben, als sie zur Lodge hochgegangen ist«, gab Spike zu bedenken, der seinen eigenen Worten nicht glaubte.

»Irgendetwas stimmt nicht«, erklärte Woody in leisem Ton.

»Ich gehe jetzt zu meiner Hütte. Ich sehe nach Reese und rufe dich zurück, wenn ich sie gefunden habe. Pipe,

Stone und Brick sind bei mir. Ich schicke sie los, um sich mit dir in Tinys Hütte zu treffen«, entgegnete Spike, während er sich wieder auf den Weg machte.

»Danke.«

»Du musst mir nicht danken«, versicherte Spike seinem Freund. »Ich werde sie heiraten. Sie bedeutet mir alles.«

»Wir werden also wirklich wie Brüder sein ... ich könnte mir keinen besseren Mann für meine Schwester wünschen«, entgegnete Woody.

Seine offensichtliche Begeisterung fühlte sich gut an, aber Spike fiel es schwer, an etwas anderes zu denken als daran, zurück in seine Hütte zu kommen und Reese zu sehen. »Ich melde mich gleich wieder.«

»Danke.«

Sie legten beide auf und Spike erklärte den anderen schnell die Situation.

»Ich komme mit dir, um Reese zu finden«, sagte Pipe.

»Und Stone und ich werden uns mit Woody treffen. Ich bin mir sicher, dass Angelo hier irgendwo ist. Der Junge verlässt normalerweise nie das Grundstück«, erklärte Brick.

Als sie sich der *Zuflucht* näherten, teilten sie sich auf, wobei Spike und Pipe in eine Richtung gingen und ihre Freunde in eine andere.

Als Spike die Tür zu seiner Hütte aufschloss, wusste er sofort, dass Reese nicht da war. Sie fühlte sich ... leer an. Er joggte trotzdem zum Schlafzimmer und schaute hinein. Die Decke auf dem Bett war zerwühlt, aber sie war nicht da. Die Badezimmertür stand offen, also war sie auch nicht in der Dusche. Er ging zurück in die Küche und öffnete die Kühlschranktür. Der Eiskaffee und die Zimtrolle, die er für sie vorbereitet hatte, waren weg.

»Sie ist nicht hier«, bemerkte Spike.

»Sie hat es aber nicht sehr eilig gehabt, denn sie hat sich

die Zeit genommen, die Tür hinter sich abzuschließen«, stellte Pipe fest.

Spike nickte und sah sich um. »Ihre Handtasche und ihr Handy sind auch nicht da. Das bedeutet, dass sie wahrscheinlich nicht nur zur Lodge gegangen ist. Normalerweise nimmt sie ihr Portemonnaie nicht mit, um Alaska zu besuchen oder ins Restaurant zu gehen.«

Beide Männer gingen wieder zur Tür. Sie gingen jetzt etwas schneller, weil sie unbedingt in der Lodge nachsehen wollten, ob Reese dort war. Spikes Herz schlug zu schnell und er fühlte sich ein wenig zittrig. Diese Art von Angst hatte er schon lange nicht mehr verspürt, aber dieses Mal war es anders, nicht wie die Angst, die er auf einer Mission verspürte.

Hier ging es um *Reese*. Die Frau, mit der er letzte Nacht lange und langsam Liebe gemacht hatte. Die ihn mit einem Blick angelächelt hatte, der so zärtlich war, dass er kaum glauben konnte, dass er an *ihn* gerichtet war. Sie war die Frau, die er heiraten wollte. Die zukünftige Mutter seiner Kinder. Der Gedanke, dass ihr etwas zustoßen könnte, dass sie verletzt werden könnte, machte ihn fast krank.

»Ganz ruhig, Spike, mach dich noch nicht verrückt«, sagte Pipe, als könnte er seine Gedanken lesen.

Spike hätte ihm am liebsten den Kopf abgerissen. Ihm gesagt, dass er keine Ahnung hatte, wie er sich gerade fühlte. Wie sollte er auch? Er hatte keine Frau, die ihn liebte.

Zum ersten Mal taten Spike seine alleinstehenden Freunde ein wenig leid. Er wusste nicht einmal, was er verpasst hatte, bis Reese in sein Leben getreten war. Sie machte ihn zu einem besseren Menschen. Einem besseren Mann.

Sie stürmten in die Lodge und erschreckten Alaska, die hinter dem Schreibtisch saß und am Computer tippte, zu Tode.

»Du meine Güte, ihr habt mich erschreckt!«, rief sie aus. »Was ist denn los?«

»Ist Reese hier?«, rief Spike.

»Reese? Ich habe sie heute Morgen noch nicht gesehen. Warum?«

Aber Spike hielt nicht inne, um es zu erklären. Wenn Alaska sie nicht gesehen hatte, war sie nicht hier. Und wenn sie in der Lodge gewesen wäre, hätte Alaska es gewusst und es ihm gesagt.

Er drehte sich um, ging wieder nach draußen und wandte sich der Scheune zu. Auf halbem Weg blieb er stehen und starrte auf den Bereich, in dem die meisten von ihnen ihre Wagen geparkt hatten.

Reeses Escape war nicht da.

»Verdammter Mist«, rief er.

»Ihr Wagen ist verschwunden«, erklärte Pipe unnötigerweise.

»Habt ihr Reese gefunden?«, fragte Brick, als er sich mit Stone näherte. »Angelo war nicht in seiner Hütte. Woody sucht auf dem Grundstück nach ihm.«

»Reeses Fahrzeug ist nicht hier«, sagte Pipe und deutete auf den Parkplatz.

»Was ist hier los?«, fragte Tonka, der aus der Scheune auf sie zukam.

Als Spike hinter sich Schritte hörte, drehte er sich um und sah Alaska, Robert, Ryan und Jess von der Lodge aus in ihre Richtung kommen. Es hatte sich anscheinend herumgesprochen, dass etwas nicht stimmte.

»Wir können weder Reese noch Angelo finden«, antwortete Brick Tonka auf seine Frage.

»Ich habe gesehen, wie sie in ihren Escape gestiegen und losgefahren sind«, erklärte Tonka der versammelten Gruppe.

»Wann? Wie lange ist das her?«, fragte Spike eindringlich.

»Etwa anderthalb Stunden vielleicht?«

»Mist.«

»Pipe, du gehst mit Spike. Tonka, Stone und ich fahren in meinem Jeep. Wir werden Los Alamos durchsuchen. Sie können nicht weit gekommen sein. Sie sind wahrscheinlich im Supermarkt oder so«, beruhigte Brick ihn.

»Keiner der beiden geht an sein Handy«, erinnerte Spike seinen Freund.

Brick presste die Lippen zusammen. Diese Tatsache war ihm nicht entgangen, aber er hatte es offensichtlich nicht erwähnen wollen.

»Wir werden hier die Stellung halten«, versicherte Alaska. »Ich werde Owl und Tiny Bescheid sagen, dass sie für die Gäste zuständig sind.«

Ohne weitere Diskussion machten sich die fünf Männer auf den Weg zum Parkplatz.

Spike konnte kaum klar denken. Wo sollte Reese mit Angelo hinfahren? Während sie gingen, drehte er sich zu Tonka um. »Sah sie aus, als wäre sie in Not gewesen?«

»Nein. Wenn das der Fall gewesen wäre, hätte ich sie nicht gehen lassen«, erwiderte Tonka. »Sie und Angelo hatten eine kurze Diskussion, es sah so aus, als würde sie die App benutzen, die sie auf ihrem Handy hat, um mit ihm zu reden, dann stiegen sie ein und sie fuhr ganz normal weg.«

»Verdammt. Wir müssen ihr Telefon orten«, entgegnete Spike.

»Ich rufe Tex an«, sagte Brick, während er sich sein Handy ans Ohr hielt.

Spike entspannte sich ein bisschen. Ein sehr kleines bisschen. Wenn irgendjemand Reese finden konnte, dann war es Tex. Er hatte im Laufe der Jahre die Geschichten von all den Frauen gehört, die er ausfindig gemacht hatte. Er musste daran glauben, dass er auch seine Reese finden würde. Die Alternative war inakzeptabel.

»Ich fahre«, erklärte Pipe entschlossen, als sie sich dem Parkplatz näherten.

Spike hatte nicht vor, mit ihm zu streiten. Pipes Dodge Challenger war um einiges stärker als seine alte Limousine.

Die Männer stiegen in ihre Fahrzeuge und verließen den Parkplatz in Richtung Stadt. Zum ersten Mal seit Langem hatte Spike keinen Plan im Kopf. Er dachte nicht einmal daran, sich mit seinen Freunden abzusprechen. Die einzigen Gedanken in seinem Kopf galten Reese. Wo steckte sie? Hatte sie Angst? War sie verletzt? War ihr überhaupt klar, dass sie alle beunruhigt hatte, weil sie keine Nachricht hinterlassen hatte? Hoffentlich würden sie ihren Wagen auf dem Parkplatz des Lebensmittelladens finden. Sie würde sich schämen, dass sie allen so viele Sorgen bereitet hatte.

Aber tief in seinem Inneren stimmte Spike mit Woody überein, dass etwas nicht stimmte. Reese war zu rücksichtsvoll, um nicht an ihr Handy zu gehen. Er hatte keine Ahnung, was los war, aber es war nicht gut. Er spürte es bis ins Mark seiner Knochen.

Als sie in die Stadt fuhren, zog sein Leben vor seinen Augen vorbei. Ihre Hochzeit, seine ungeborenen Kinder, das Älterwerden mit Reese, all das. Es fühlte sich an, als würden seine Hoffnungen und Träume in einer Rauchwolke verschwinden – und es gab nichts, was er dagegen tun konnte.

Dann richtete er sich auf. Nein. Er hatte Reese gerade erst gefunden, er würde sie jetzt nicht verlieren. Er würde selbst gegen den Teufel kämpfen, um sie heil und gesund zurückzubekommen. Er brauchte nur einen Hinweis darauf, wo sie steckte und welchen Feind er bekämpfen musste. Nur einen. Dann würde er von dort aus weitermachen.

# KAPITEL NEUNZEHN

Sie fuhren nach Süden. Sie hatten Santa Fe hinter sich gelassen und fuhren jetzt in die Außenbezirke von Albuquerque. Die Männer neben ihr hatten ihr schließlich erlaubt, sich aufzurichten, und Reese starrte aus der Windschutzscheibe und blieb dabei so ruhig wie möglich.

Sie hatte keine Ahnung, was diese Männer von ihr wollten. Sie unterhielten sich untereinander auf Spanisch und es war äußerst frustrierend, nicht zu wissen, was sie sagten. Sie könnten darüber reden, was sie mit ihr vorhatten, und sie saß ahnungslos daneben.

Zum ersten Mal verstand sie genau, was Angelo die ganze Zeit über durchgemacht haben musste. Sie schwor sich, dass sie Spanisch lernen würde, sollte sie das hier lebend überstehen. Alles in allem war das ein verrückter Gedanke, aber im Moment war es besser, an irgendetwas anderes zu denken als an ihren möglichen Tod.

Angelo hatte nicht viel gesagt, aber ab und zu antwortete er auf eine Frage der anderen Männer. Reese dachte an Isabella, wie besorgt sie um ihren Bruder sein würde. Wie sehr es ihr das Herz brechen würde, wenn sie erfuhr, dass er etwas mit den Geschehnissen zu tun hatte.

Reese wusste nicht, ob er sie da absichtlich hineingezogen hatte oder nicht. Er *hatte* ihr gesagt, dass sie nicht zu bleiben brauche, als sie ihn abgesetzt hatte. Und sie erinnerte sich an seinen Gesichtsausdruck, als der Fahrer ihn vor der Western Union Filiale angesprochen hatte. Er war verwirrt und überrascht gewesen, ihn zu sehen. Soweit sie das beurteilen konnte, war er in der Erwartung dorthin gegangen, Geld abzuholen, das ihm jemand geschickt hatte. Aus welchem Grund sollte man sonst zu Western Union gehen? Sie nahm außerdem an, dass er sich ein Busticket besorgen und nach Hause fahren wollte, zurück nach Kolumbien. Sie wusste es natürlich nicht genau, aber das war das Einzige, was Sinn machte.

Aber statt des Geldes, das auf ihn wartete, waren es diese Männer gewesen. Kannte er sie? Es sah nicht so aus, als wollte er unbedingt von ihnen weg. Aber warum hatten sie sie mitgenommen? Warum hatten sie nicht einfach ihren Wagen gestohlen und waren abgehauen? Es machte keinen Sinn, sie ebenfalls mitzunehmen.

So sehr sie auch darüber nachdachte, Reese konnte sich keinen Grund vorstellen, warum sie sie entführen sollten ... außer den offensichtlichsten und schrecklichsten.

Der Gedanke, dass jemand sie anfassen und vergewaltigen könnte, trieb ihr die Tränen in die Augen. Und ihr wurde übel. Wenn das der Fall war, würde sie es ihnen nicht leicht machen. Auch wenn sie zu viert waren, würde sie kämpfen wie der Teufel. Sie würde dafür sorgen, dass sie ihre DNA unter den Fingernägeln hatte. Sie würde sie markieren, damit die Polizei wusste, dass sie logen, wenn sie behaupteten, sie wüssten nichts über sie, wenn sie gefasst würden.

Der Gedanke daran, dass sie sie vergewaltigen und töten und ihre Leiche irgendwo in der Wildnis von New Mexiko verrotten lassen würden, trieb ihr erneut die Tränen in die Augen. Sie weigerte sich jedoch zu weinen. Sie zwang die Tränen zurück. Sie wollte nicht, dass sie sahen, wie verängstigt sie war.

Ihre Gedanken kreisten um Gus. Wusste er, dass sie nicht mehr in der *Zuflucht* war? Sie hatte ihm eine Nachricht hinterlassen, also hätte er sie gesehen, wenn er nach dem Säubern der Wege zur Hütte zurückgegangen wäre. Aber woher sollte er wissen, wo sie steckte? Sie hatten ihr Handy in den Müll geworfen und sie hatte genügend Krimis gesehen, um zu wissen, dass die Polizei Handys benutzte, um Leute zu lokalisieren.

Verzweiflung überkam sie. Wenn sie überleben wollte, was auch immer passierte, musste sie es alleine schaffen. Es war offensichtlich, dass Angelo ihr nicht helfen würde, denn er hatte sie nicht einmal angesehen, seit sie losgefahren waren. Er tat praktisch so, als wäre sie nicht da. Als wären sie nicht mehr verschwägert.

Die Angst, die sie verspürte, seit sie auf den Rücksitz gezwungen worden war, begann, sich in etwas Neues zu verwandeln. Wut.

Erst gestern Abend hatten sie und Gus über ihre zukünftigen Kinder gesprochen. Er war zu ihr gekommen und hatte sie gefragt, wie viele Kinder sie haben wolle. Sie hatten über die Vor- und Nachteile von großen und kleinen Familien gesprochen und gemeinsam beschlossen, dass drei Kinder perfekt wären.

Sie hatte ihm sogar gesagt, dass sie die Antibabypille nicht mehr nehmen würde und sie der Natur ihren Lauf lassen würden. Sie war so glücklich gewesen. Sie war fast überwältigt von der Tatsache, dass der Mann, in den sie so verknallt war, darüber sprach, wie viele Kinder er mit ihr haben wollte.

Sie wollte das. Wollte eine Zukunft mit ihm. Wollte sehen, wie er ihre Babys im Arm hielt und sie in den Schlaf wiegte. Wenn sie Mädchen bekämen, würden sie ihn um den kleinen Finger wickeln, und ihre Söhne wären Miniatur-Gus. Der Schmerz in ihrem Herzen, weil sie wusste, dass ihre Zukunft zerstört werden könnte, bevor sie überhaupt begonnen hatte, machte ihr so zu schaffen, dass sie sich am liebsten zusammengerollt und zu schluchzen begonnen hätte.

Aber sie durfte nicht zusammenbrechen. Sie musste auf die kleinste Chance achten, die sich ihr bot, um zu entkommen. Sie konnten nicht ewig fahren, irgendwann würden sie zum Tanken anhalten müssen. Es würden Leute in der Nähe sein, sie könnte schreien, eine Szene machen. Oder sie könnte ihren Entführern sagen, dass sie pinkeln muss, und einen Zettel schreiben, während sie in der Kabine war. Oder noch besser, in Windeseile abhauen. Sie würde alles tun, um zu entkommen. Sie würde sich überlegen, wie sie zurück in *Die Zuflucht* kommen würde, sobald sie diesen Mistkerlen entkommen war.

Reese fühlte sich besser, weil sie jetzt einen Plan im Kopf hatte, auch wenn er noch so vage war, und atmete tief durch. Sie studierte den Fahrer und prägte sich alles ein, was sie über ihn in Erfahrung bringen konnte, um ihn der Polizei beschreiben zu können. Seine Haare, die Form seiner Nase, das Muttermal unter seinem Ohr. Das Gleiche würde sie mit den Männern tun, die neben ihr saßen, sobald sie die Gelegenheit dazu hatte. Sie hatte nicht vor, ein Opfer zu sein. Nie im Leben.

»Und?«, fragte Spike Tonka.

Es waren dreißig Minuten vergangen, seit sie *Die Zuflucht* verlassen hatten, und sie hatten jeden Winkel von Los Alamos nach Reeses Wagen abgesucht ... ohne Erfolg. Tonka hatte vor einem Moment angerufen, um sich zu melden.

»Nichts. Wir müssen aufhören, im Kreis zu fahren, und uns treffen, um unsere nächsten Schritte zu planen.«

Spike hatte keine Lust anzuhalten. Er hoffte, dass sie bei der nächsten Straße, dem nächsten Parkplatz, den sie passierten, Reese finden würden. Aber es gab keine Spur von ihrem Wagen. Es war, als hätte sie sich in Luft aufgelöst. »Wo?«, fragte er.

Tonka unterhielt sich kurz mit den anderen in seinem Fahrzeug, dann kam er wieder ans Handy und sagte: »East Park an der Hauptstraße.«

Spike wusste, wo das war. Er lag im Osten der Stadt und hatte einen Wanderweg, einen Spielplatz und einen Hundepark. »Wir sind in drei Minuten da.«

»Verstanden.«

Spike sagte Pipe, wo sie hinfahren sollten, starrte geradeaus, während sie fuhren, und versuchte, sich nicht von den schlimmsten Szenarien überwältigen zu lassen.

Brick und die anderen kamen ungefähr zur gleichen Zeit wie Spike und Pipe an, und direkt danach Woody.

Sie stiegen alle aus ihren Fahrzeugen aus und versammelten sich im Kreis.

»Brick hat mich vor zehn Minuten angerufen«, sagte Woody sichtlich aufgeregt. »Irgendein Zeichen von Angelo oder Reese?«, fragte er.

Alle schüttelten den Kopf.

»Ich habe mit Tex gesprochen«, erklärte Brick.

Spike machte sich auf die Nachricht gefasst.

»Er hat das Handy von Reese zur Western Union

Filiale in der Stadt zurückverfolgt. Als wir dorthin fuhren, hoffte ich, sie zu finden, aber es gab keinerlei Anzeichen von ihr.«

»Und ihr Handy?«

Brick warf ihm einen finsteren Blick zu. »Ihre Handtasche lag in dem Müllcontainer auf dem Parkplatz. Mit ihrem Handy darin.«

»Verdammt noch mal!«, fluchte Spike, drehte sich um und trat wütend gegen den Reifen von Bricks Jeep. Dadurch fühlte er sich jedoch nicht besser, sondern sein Fuß tat ihm nur noch mehr weh. Er drehte sich wieder zu Brick um. »Was noch?«

»Angelos Handy war auch da drin.«

»Also hat sie jemand gestohlen und weggeworfen?«, schlussfolgerte Pipe.

»Nein, das nicht«, erklärte Brick ernst. »Tex hat mir auch das Video einer Sicherheitskamera geschickt.« Er fummelte an seinem Handy herum und klickte auf ein paar Tasten. »Ich habe es gerade an euch alle gesendet.«

Spike holte sein Handy heraus und rief ungeduldig das Video auf, das Brick geschickt hatte. Es war körnig und war vom anderen Ende des Parkplatzes aufgenommen, aber er sah, wie Reeses Escape einfuhr. Angelo stieg aus, ging in die Western Union Filiale und verließ kurz darauf den Laden. Er wurde von einem Mann angesprochen. Reese stieg aus ihrem Wagen aus und wurde sofort von einem anderen Mann gepackt, der sie auf den Rücksitz ihres eigenen Fahrzeugs setzte, während ein dritter Mann schnell neben sie rutschte. Angelo und der Mann, der ihn angesprochen hatte, gingen beide zum Wagen – und eine Minute verging, bevor Angelo seelenruhig zum Müllcontainer ging und Reeses Handtasche hineinwarf.

Dann ging er zurück zum Wagen, stieg ein und das Fahrzeug fuhr davon.

»Was zum Teufel? Angelo hat etwas damit zu tun?«, rief Woody aus.

Spike biss die Zähne so fest zusammen, dass er nicht sprechen konnte.

»Isabella wird am Boden zerstört sein.«

Spike hatte das Bedürfnis, seinem Freund auf der Stelle die Fresse zu polieren. Isabella würde am Boden zerstört sein? Ihr Bruder hatte gerade Reese entführt, verdammt! Es war ihm verdammt egal, was die anderen gerade fühlten, nur was Reese durchmachte, war ihm wichtig.

Er atmete tief durch. Dann noch einmal. Jetzt war nicht der richtige Zeitpunkt, um sich mit seinem alten Teamkameraden zu streiten. Seine einzige Sorge galt Reese.

Bricks Handy klingelte und Spike betete, dass es Tex war, der anrief, um ihnen zu sagen, dass er eine Spur hatte, wohin die Männer Reese gebracht hatten.

»Brick ... ja ... nein, er wird nicht sauer sein ... hast du? Was stand denn da? Richtig, okay ... so viel haben wir herausgefunden ... gute Arbeit, Al. Wir werden ... ich muss auflegen ... ich liebe dich auch.«

Spikes Schultern sackten in sich zusammen. Es war offensichtlich Alaska am anderen Ende der Leitung.

»Das war Alaska«, bestätigte Brick unnötigerweise. »Sie macht sich Sorgen um Reese und ist zu deiner Hütte gegangen, Spike, und hat den Ersatzschlüssel benutzt, um reinzukommen. Sie dachte, sie sei vielleicht nur spazieren gegangen und zurückgekommen, nachdem alle weggefahren waren.«

Spike seufzte. Reese war nicht in der Hütte. Das wusste er ganz genau.

»Jedenfalls hat sie einen Zettel gefunden, den Reese für dich hinterlassen hat.«

»Sie hat mir einen Zettel geschrieben? Ich habe ihn nicht gesehen.«

»Alaska sagte, er lag auf dem Boden unter eurem Küchentisch. Er muss weggeflogen sein, als sie gegangen ist oder so. Jedenfalls stand nur kurz drauf, dass sie mit Angelo in die Stadt fährt und bald zurück ist«, erklärte Brick.

»Sie dachte wahrscheinlich, sie wäre vor dir zurück«, sagte Woody.

Spike fühlte sich etwas besser, weil er wusste, dass sie ihm eine Nachricht hinterlassen hatte, aber das half ihnen jetzt nicht weiter. Und wenn er den Zettel gefunden hätte, hätte er sich womöglich ausgeredet, sofort loszuziehen und sie zu suchen. Dann wären sie noch mehr in Rückstand geraten, als sie es ohnehin schon waren.

Der Gedanke, dass er vielleicht erst weitere zwei Stunden später erfahren hätte, dass sie entführt worden war, ließ ihn erschaudern. Es war schon schlimm genug, dass sie anderthalb Stunden hinter ihr waren ... vier Stunden hätten sich unüberwindbar angefühlt.

»Was jetzt?«, fragte Stone. »Wo wollten sie hin? Was wollten diese Männer?«

»Ich weiß es nicht. Ohne ihre Handys kann Tex sie nicht aufspüren. Er arbeitet an den Verkehrskameras in Santa Fe und in Albuquerque, aber er gab mir zu bedenken, dass es bei einem so gewöhnlichen Wagen wie dem von Reese und bei so vielen Kameras eine Weile dauern könnte«, sagte Brick.

»Ihr läuft die Zeit davon«, wetterte Spike. »Wenn sie sie irgendwo in der Wildnis aussetzen, werden wir sie nie finden.«

»Wir werden sie finden«, entgegnete Tonka.

»Wie?« Spike konnte sich die Frage nicht verkneifen. Er fühlte sich hilflos. Schlimmer als hilflos. Die Frau, die er mehr liebte, als er es je für möglich gehalten hätte, brauchte ihn, und er konnte nichts tun, um ihr zu helfen, weil er keine Ahnung hatte, wohin sie gebracht worden war.

Die Männer starrten sich alle gegenseitig an. Keiner sprach. Keiner hatte irgendeine Idee. Wer auch immer ihre Entführer waren, sie hatten einen großen Vorsprung. Und sobald sie Albuquerque erreicht hatten, konnten sie nach Osten, Westen oder sogar nach Süden in Richtung Mexiko fahren.

Dann kam Spike etwas in den Sinn. »Wir haben doch Angelos Telefon, oder? Könnte Tex es hacken? Können wir herausfinden, ob es irgendwelche SMS oder sonstige Nachrichten gibt, die uns weiterhelfen?«

»Das wäre eine tolle Idee«, bemerkte Tonka, »wenn es nicht in alle Einzelteile zerlegt worden wäre. Offenbar wollte jemand nicht, dass wir genau das tun.«

»Verdammt!«, fluchte Spike.

»Ich kann Owl anrufen«, erklärte Stone nach einem Moment. »Mal sehen, ob er einen Hubschrauber beschaffen kann. Er kann aus der Luft suchen.«

»Owl ist seit der Mission, bei der ihr beide als Kriegsgefangene genommen wurdet, nicht mehr geflogen«, gab Brick leise zu bedenken.

»Ich weiß, ich auch nicht, aber wir haben beide unsere Lizenzen auf dem neuesten Stand gehalten, und ich habe keinen Zweifel, dass er alles tun würde, um Reese zu finden.«

Spike schloss die Augen. Dies war ein Albtraum und er wusste nicht, wie er aus ihm herauskommen sollte. Der Gedanke, Reese nie wiederzusehen, sie nie wieder lachen zu hören, sie nie wieder zu berühren, war so abscheulich, dass er sich vor Schmerz krümmte. Spike lehnte sich vor, die Hände auf den Oberschenkeln, und sein Mund war plötzlich voller Galle. Er spuckte auf den Boden zu seinen Füßen und versuchte, sich nicht zu übergeben.

Eine Benachrichtigung auf Pipes Handy ertönte laut in der Stille, die die Männer umgab.

»Was zum Teufel?«, rief er aus.

Spike richtete sich auf. »Was?«

»Ich habe gerade eine Nachricht bekommen. Vier Worte und eine Karte mit einem roten Punkt, der sich nach Süden bewegt«, erklärte Pipe, wobei die Verwirrung in seinem Tonfall deutlich zu hören war.

»Von Tex?«, fragte Brick.

»Nein, von einer unbekannten Nummer.«

»Das ist er«, rief Tonka.

»Das ist wer?«, fragte Stone verwirrt.

»Der Typ, der Jasna gefunden hat. Der sie in den Bunker gebracht hat.«

»Das wissen wir nicht«, begann Brick, aber Spike ignorierte ihn und riss Pipe das Handy aus der Hand.

*Unbekannt: Ich folge ihrem Schlüsselfinder.*

Das war alles, was in der Nachricht stand. Für die meisten Menschen hätte es keinen Sinn ergeben, aber Spike hatte Reeses Schlüsselbund oft genug gesehen, um zu wissen, was es bedeutete. Sie hatte ihm erzählt, dass sie ihre Schlüssel ständig verlegte und deshalb so einen Schlüsselfinder gekauft hatte, der mit einer App auf ihrem Telefon verbunden war, sodass sie ihren Schlüsselbund lokalisieren konnte.

»Oh mein Gott. Das ist Reese«, rief er und beobachtete, wie sich der rote Punkt auf der Interstate 25 südlich von Albuquerque bewegte.

Er hörte, wie Brick mit jemandem am Telefon sprach und Tex' Namen sagte, aber seine ganze Aufmerksamkeit galt dem roten Punkt.

»Ich rufe Owl an«, erklärte Stone entschlossen.

Spike war dafür, dass seine Freunde ihre Fähigkeiten als Hubschrauberpiloten nutzten, um Reese zu finden, aber in der Zwischenzeit wollte er nicht darauf warten, dass sie einen Hubschrauber fanden, die Genehmigung zum Abheben erhielten und sie dann fanden. Er musste *jetzt* zu ihr.

»Steig ein«, erklärte Pipe, als würde er seine Gedanken lesen. »Wir fahren hinterher.« Spike nickte und drehte sich zu dem aufgemotzten Wagen seines Freundes um.

»Moment!«, sagte Tonka.

Spike drehte sich um, um ihm zu sagen, dass er keinen Augenblick länger warten würde, aber Tonka war bereits auf dem Weg zu Bricks Jeep. Sekunden später kam er mit einem Rucksack zurück. »Wir können nicht unbewaffnet gehen«, erklärte er grimmig.

»Tex versucht, die gleiche Verbindung anzuzapfen«, rief Brick.

In diesem Moment war es Spike egal. Es war ihm auch egal, wer für die Nachricht verantwortlich war. Ihn interessierte einzig und allein, dass sie eine Möglichkeit hatten, Reese aufzuspüren. Ihre Entführer hatten ihr Bestes getan, um alles loszuwerden, was eine Spur hinterlassen könnte, aber sie hatten nicht einmal an den Schlüsselbund gedacht. Und Spike auch nicht.

Wer auch immer herausgefunden hatte, dass sie Reese durch das unschuldige Ding an ihrem Schlüssel verfolgen konnten, war ein verdammtes Genie.

Mit Pipe am Steuer, Tonka auf dem Rücksitz, der sich vergewisserte, dass seine Waffen geladen und einsatzbereit waren, und Spike, der den Bildschirm des Telefons im Auge behielt, fuhren sie los und rasten in Richtung Süden.

Wie sich herausstellte, hatte Reese keine Chance, irgendetwas zu tun, als sie zum Tanken anhielten. Die Männer neben ihr rührten sich nicht von der Stelle, als sie stoppten. Selbst als sie sie anflehte, auf die Toilette gehen zu dürfen, da sie sonst die Sitze vollpinkeln würde, sahen sie sie kaum an.

Schlimmer noch, die Tankstelle, an der sie angehalten hatten, lag buchstäblich mitten im Nirgendwo. Sobald man die Außenbezirke von Albuquerque hinter sich gelassen hatten, waren Städte und Häuser nur noch selten zu finden. Unkraut wehte über die Straße und selbst wenn sie in der Lage gewesen wäre zu fliehen, hätte sie sich nirgendwo verstecken können.

Sie waren die einzigen Menschen an den Zapfsäulen und der Fahrer tankte schnell, bevor er wieder in den Wagen stieg und zurück auf die Straße fuhr.

Irgendwann hörte sie die Männer über El Paso reden und nahm an, dass das ihr Ziel war. Die Fahrt von Albuquerque nach El Paso dauerte etwa vier Stunden, und Reese fürchtete sich vor dem, was passieren würde, wenn sie in der Stadt ankamen. Ihre Angst stieg ins Unermessliche und mit jedem Kilometer, den sie zurücklegten, wurde ihre Angst größer.

Als sie sich der Stadt näherten, fingen die Männer an, sich zu unterhalten, und es klang, als würden sie sich streiten. Reese hoffte, sie könnte es vielleicht zu ihrem Vorteil nutzen, wenn sie sich über etwas stritten. Ganz abgesehen davon, dass eine Stadt auch Menschen bedeutete. Und wenn auch nur ein Mensch ihren Schrei hörte und sich Sorgen machte und die Polizei rief, konnte sie gerettet werden.

Aber wieder einmal war sie enttäuscht, als sie nicht anhielten und stattdessen die Autobahn wechselten und auf der I-10 nach Osten fuhren. Reeses Hintern tat vom langen

Sitzen weh und ihre Muskeln schmerzten vor Anspannung. Sie wollte aussteigen, herumlaufen und sich strecken, aber die Wahrscheinlichkeit, dass das geschah, war gering. Ihre Entführer hatten ein Ziel vor Augen, und sie hatte das Gefühl, dass sie nicht eher anhalten würden, bis sie es erreicht hatten.

Sie waren schon fast den ganzen Tag unterwegs und ein weiterer Tankstopp war genauso enttäuschend wie der erste. Die Männer hatten ihr erlaubt, auf die Toilette zu gehen, aber die Erfahrung war erniedrigend. Der Mann, der sie gepackt hatte, war mit ihr in die gemischte Toilette gegangen und hatte zugesehen, wie sie gepinkelt hatte. Sie hatte sich nicht einmal die Hände waschen dürfen, bevor er sie zurück zu ihrem Wagen gezerrt hatte.

Es war dumm, sich darüber aufzuregen, dass sie keine sauberen Hände hatte, wenn sie mitten in einer Entführung steckte, aber Reese konnte nicht mehr klar denken. Der Terror, der Hunger und der ständige Adrenalinstoß hatten es ihr schwer gemacht, ihren Verstand zu behalten. Sie konnte sich nur noch ein schreckliches Szenario nach dem anderen ausmalen, das sie am Ende ihrer Reise erwartete.

Als der Wagen von der Interstate abbog und an einem Schild für die kleine Stadt Marfa vorbei nach Süden fuhr, musste sie fast lachen, als sie an die berühmten »Marfa Lights« dachte. Sie hoffte tatsächlich, dass ein Außerirdischer sie beobachtete, bereit, ihr Fahrzeug aufzusaugen und sie vor dem zu retten, was passieren würde, wenn sie anhielten.

Und Reese wusste, dass *etwas* kommen würde. Die Männer um sie herum wurden unruhig, so als wüssten sie, dass etwas bevorstand. Sie betete, dass sie nicht aufgeregt waren, weil sie nach der langen Fahrt endlich über sie herfallen konnten.

In Reese wuchs erneut Entschlossenheit. Sie würden sie

nicht anfassen. Sie wollte nicht, dass ihre letzten Momente, ihre letzten Gedanken von fremden Männern geprägt waren, die sie vergewaltigten. Sie wollte sich nur an Gus in ihr erinnern. Nur an Gus' Berührung. Sie sehnte sich danach, wieder in der *Zuflucht* zu sein. In ihrem Bett. Zu lachen, wenn er sie kitzelte, wenn er mit seinen Händen über ihren Körper strich.

Sie sah ein Schild für den *Big Bend National Park* und kurz darauf fuhren sie auf einen Feldweg ab. Es war jetzt dunkel, das einzige Licht im Umkreis von mehreren Kilometern kam von den Scheinwerfern ihres Wagens.

Die Männer hatten wieder angefangen zu reden, in leisen Tönen, als hätte die Dunkelheit sie irgendwie erschreckt. Wieder einmal machte sie sich auf das gefasst, was kommen würde. Zu diesem Zeitpunkt freute sie sich schon fast auf jede Veränderung. Sie musste raus aus diesem Fahrzeug. Sie musste kämpfen – und das konnte sie nicht, wenn sie von den drei Männern eingekesselt war.

Nein. Vier. Reese zählte Angelo schon lange zu ihren Entführern. Während der letzten Stunden hatte er keinen einzigen Versuch unternommen, ihr zu helfen oder sie auch nur anzusehen. Das tat weh. Sehr sogar. Sie hatte ihr Bestes getan, um sich mit ihm anzufreunden, und so dankte er es ihr?

Zum Teufel mit ihm. Zum Teufel mit ihnen *allen*. Sie würde abhauen, sich verstecken, bis sie weg waren, und dann irgendwie nach Hause zurückkehren. Zu Gus.

---

Angelo starrte geradeaus. Er war verängstigt. So hätte es nicht laufen sollen. Als er bei der Western Union Filiale ankam, war er überrascht gewesen, als die Dame sagte, dass sie kein Geld auf seinen Namen hatte. Er war empört gegangen – und dann war Pablo aufgetaucht.

»Wir sind gekommen, um dich nach Hause zu bringen«, hatte der Mann erklärt.

Angelo hatte sich gefreut ... bis er die beiden anderen Männer gesehen hatte. Er hatte gewusst, dass sie Vollstrecker waren, aber er kannte ihre Namen nicht. Als sie Reese auf den Rücksitz ihres Wagens schoben, war er noch verwirrter gewesen.

»Nimm ihre Handtasche und ihr Handy und wirf beides weg«, hatte Pablo befohlen, nachdem er in Reeses Wagen eingestiegen war. »Dann zertrümmere dein Handy und wirf es ebenfalls weg. Wir wollen nicht, dass uns jemand aufspürt.«

Angelo hatte den Befehl fast wie ein Roboter befolgt und versuchte immer noch herauszufinden, was passiert war. Warum waren Pablo und die anderen Männer gekommen? Trauten sie ihm nicht? Er beschloss, dass das der Grund sein musste. Sie wollten ihm kein Geld geben, weil sie ihm nicht vertrauten.

Als er zum Wagen zurückkehrte, hatte er Pablo gefragt: »Warum brauchen wir sie?«

»Warum nicht?«, hatte Pablo grinsend erwidert. »Es ist eine lange Reise, wir könnten etwas Spaß gebrauchen, bevor wir zu Hause ankommen.«

In diesem Moment gefror ihm das Blut in den Adern.

Angelo machte es nichts aus, Drogen zu verkaufen. Das war sein Geschäft. Es machte ihm auch nichts aus, Gewalt anzuwenden, um dafür zu sorgen, dass ihnen das Geld, das sie verdienten, nicht gestohlen wurde. Aber Frauen zu vergewaltigen? Damit war er nicht einverstanden. Und Reese war nett zu ihm gewesen. Sie war nicht seine Freundin, aber sie lächelte immer und machte seine Schwester glücklich.

Als Pablo den Parkplatz verließ und aus der Stadt fuhr, war es zu spät, um noch etwas an der Situation zu ändern.

Angelo wagte es nicht, auf den Rücksitz zu schauen. Er konnte Reeses Blick praktisch auf sich spüren. Flehend. Als würden ihre Augen nach einem Grund fragen. Die Wahrheit war, dass er keine Antwort darauf hatte. Er hatte das nicht geplant.

Er wollte auch nicht, dass jemand erfuhr, wohin er ging und warum. Er hatte Isabella einen langen Brief geschrieben und ihn der Angestellten der Western Union Filiale gegeben, um ihn später abzuschicken, in der Erwartung, dass er die mexikanische Grenze überschritten haben würde, wenn sie ihn erhielt. Er wollte nicht, dass seine Schwester sich Sorgen um ihn machte. Ihm würde es gut gehen. Er gehörte nach Kolumbien und nicht in die USA.

Während der Fahrt verdüsterte seine Stimmung sich immer mehr. Er und Reese waren jetzt verschwägert. Er wollte nicht, dass sie verletzt wurde, aber er wollte auch nicht die Verantwortung tragen, sich um sie zu kümmern. Er musste jetzt ein Mann sein, hart. Und das konnte er nicht, er konnte Pablo nicht beweisen, dass er bereit war, alles für das Kartell zu tun, wenn er in Bezug auf Reese schwach aussah.

Also setzte er sich auf seinen Platz, starrte geradeaus und tat so, als wäre sie nicht da. Als wäre alles in Ordnung.

Angelo dachte, sie würden in El Paso haltmachen und die Nacht in einem Hotel verbringen, bevor sie sich mit demjenigen trafen, der ihnen helfen würde, über die Grenze zu kommen. Aber stattdessen fuhr Pablo weiter. Er wollte fragen, wohin sie fuhren und wie sie nach Kolumbien zurückkommen würden, aber er hielt den Mund.

Schließlich begann Pablo, den Plan zu erklären. Dass sie die Grenze von New Mexico aus nicht überqueren konnten, weil dort eine Mauer gebaut worden war. Das

Gebiet war zu offen, zu risikoreich und wurde zu stark überwacht. Aber das Land in Texas, rund um den *Big Bend National Park*, wurde überhaupt nicht überwacht. Sie mussten den *Rio Grande* überqueren, aber danach hätten sie es geschafft. Sie würden von Kartellmitgliedern empfangen, die regelmäßig ihre Leute und Drogen illegal über die Grenze brachten. Von dort aus würden sie durch Mexiko nach Südamerika und zurück nach Kolumbien reisen.

»Was ist mit dem Mädchen?«, fragte Andres. Er war der Mann, der Reese gepackt und auf den Rücksitz gezwungen hatte.

»Sie kommt mit uns über den Fluss. Sobald wir in Mexiko sind, halten wir an und übernachten irgendwo ...« Pablo grinste. »Und wir können uns mit ihr vergnügen. Wir lassen ihre Leiche irgendwo in der Wüste liegen und machen uns auf den Heimweg.«

»Ich will zuerst drankommen«, erklärte Diego.

Angelo schluckte schwer. Er kannte die beiden Männer, die Pablo mitgebracht hatte, nicht, aber sie waren groß. Und gemein. Und er hatte die Lust in ihren Augen gesehen. Er nahm an, dass ihr herzloses Auftreten sie zu guten Vollstreckern machte, aber er wollte nicht daran denken, was sie mit Reese anstellen würden.

»Ich finde, Angelo sollte dieses Privileg bekommen«, erwiderte Pablo mit einem Grinsen. »Du hattest schon mal eine Muschi, stimmt's, Junge?«

Er mochte es nicht, wenn man ihn *Junge* nannte. Und es gefiel ihm ganz sicher nicht, dass Pablo ihm unterstellte, er sei noch Jungfrau. Ja, er war bisher nur mit einem Mädchen zusammen gewesen, aber er war kein Idiot.

»Ja«, erklärte er einfach.

»Gut, dann ist es beschlossene Sache. Angelo wird sich zuerst über die amerikanische Muschi hermachen. Dann ich. Dann bist du dran, Diego. Und Andres, du kannst ihr den Rest geben.«

»Hört sich gut an«, erklärte Andres mit Freude in der Stimme.

»Dann will ich ihren Hintern«, forderte Diego. »Ich will nicht der Dritte sein, der es ihr besorgt.«

»Wie auch immer.«

Angelo schluckte schwer. Sie sprachen darüber, Reese zu vergewaltigen, als wäre sie kein lebender, atmender Mensch. Als hätte sie keinen Bruder, der sie liebte. Bei dem Gedanken, dass Isabella jetzt in Reeses Lage wäre, wurde ihm ganz schlecht. Er wusste, dass die Zusammenarbeit mit dem Kartell ihn verändern würde, dass er Dinge tun musste, die er vielleicht nicht mochte ... aber nicht das. Nicht eine Frau zu vergewaltigen, die er kannte.

»Hast du ein Problem mit dem Plan?«, fragte Pablo scharf und ließ jede vorgetäuschte Freundlichkeit fahren.

»Nein.«

»Weil ich Blödmann dich nicht abholen wollte. Aber wir konnten dir auf keinen Fall Geld schicken, nicht nachdem du es versaut hattest. Du *gehörst* dem Kartell, und wir werden ein Exempel an dir statuieren.« Als Angelo ihn anschaute, grinste Pablo. »Keine Sorge, wir werden dich nicht töten. Aber wir werden dafür sorgen, dass die anderen wissen, dass wir von ihnen erwarten, dass sie ihre Aufgaben erfüllen. Verstehst du?«

Angelo holte tief Luft und nickte. Er konnte nicht widersprechen. Er hatte es tatsächlich vermasselt. Hätte er die Drogen so abgeliefert, wie er es hätte tun sollen, wäre er jetzt nicht in dieser Lage.

Andererseits wäre Isabella dann auch nicht verheiratet und sicher in den USA. Was auch immer er durchmachen musste, es würde sich lohnen, wenn seine Schwester im Gegenzug in Freiheit und glücklich wäre.

Während sie durch die Dunkelheit in Richtung Grenze fuhren, schwor Angelo sich, alles zu tun, um Reese zu helfen. Sie hatte es nicht verdient, hier zu sein. Es war seine Schuld, dass sie entführt worden war ... und wenn sich ihm die Chance bot, ihr bei der Flucht zu helfen, würde er sie ergreifen.

# KAPITEL ZWANZIG

»Fahr schneller«, flehte Spike Pipe an.

Das war unvernünftig, denn Pipe fuhr bereits viel schneller als erlaubt. Es war wirklich nur eine Frage der Zeit, bis ein Polizist sie anhielt, aber darum würden sie sich dann kümmern, wenn es so weit war.

Spike hatte beobachtet, wie sich der kleine rote Punkt auf dem Bildschirm durch El Paso nach Osten bewegte. Ihm war ganz flau im Magen. Er hatte gedacht, sie würden in der großen Stadt anhalten, vielleicht dort übernachten, damit er, Pipe und Tonka aufholen konnten, aber sie waren einfach weiter nach Osten gefahren.

Bis sie nach Süden abbogen, in Richtung *Big Bend*.

Der texanische Park lag buchstäblich im Nirgendwo. Rundherum gab es keine Städte, nur kilometerlange Wildnis. Und es war eine andere Art von Wildnis als in der Umgebung der *Zuflucht*. Anstelle von Wäldern und Bäumen lag *Big Bend* mitten in der Wüste. Es gab ein paar sanfte Hügel ... manche würden sie sogar als kleine Berge bezeichnen ... aber es gab nicht viel Schatten oder Gras.

Vor allem aber, und das war der Grund, warum Spike

annahm, dass sie dorthin unterwegs waren, war in diesem Gebiet der Rio Grande das Einzige, was die Vereinigten Staaten von Mexiko trennte.

Ein Blitz erhellte den Himmel und Spike zuckte zusammen.

»Meine Wetter-App zeigt ein riesiges Gewitter an, das von Mexiko heranzieht«, erklärte Tonka auf dem Rücksitz. Ein Gewitter, das ihre Suche nach Reese behinderte, und das konnten sie jetzt wirklich nicht gebrauchen. Spike hatte das Gefühl, dass es fast unmöglich wäre, Reese zu finden, wenn die Männer sie erst über die Grenze gebracht hatten.

Pipe hatte mit seiner Geschwindigkeit zwar einiges an Zeit aufgeholt, aber das war nicht genug. Sie waren noch mindestens eine Stunde von der Stelle entfernt, an der der rote Punkt auf Pipes Handy blinkte. Während sich die Entführer an die Geschwindigkeitsbegrenzung hielten, um keine Aufmerksamkeit auf sich zu ziehen, hatte Pipe aus seinem Sportwagen das Letzte herausgeholt.

Tonkas Handy klingelte auf dem Rücksitz und erschreckte Spike zu Tode.

»Tonka ... okay ... ja, wir sind auf der Ostseite von Texas und fahren schnell ... *Big Bend*, ja ... alles klar, aber das Wetter hier sieht nicht gut aus ... keiner von euch will, dass wir einen Unfall bauen ... ich weiß ... okay, ja. Bis später.«

Tonka ließ weder Spike noch Pipe warten, sondern teilte ihnen sofort mit, mit wem er gesprochen hatte. »Das war Brick. Stone und Owl sind mit Tex' Hilfe mit einem Hubschrauber unterwegs.«

»Du meine Güte! Im Ernst?«, fragte Pipe.

»Das hat Brick auch gesagt«, entgegnete Tonka.

Spike schloss die Augen. Er dachte, er wüsste, was Freundschaft ist. Er dachte, er sei selbst ein ziemlich guter Freund. Aber das hier ... das übertraf alles, was er je erwartet hatte, und er würde es nie wiedergutmachen können.

Stone und Owl waren zwei der besten Hubschrauberpiloten, die das Militär je gesehen hatte. Sie waren legendäre Night-Stalker-Piloten. Sie waren gerade auf einer Mission im Nahen Osten, als sie von einer Panzerfaust getroffen wurden. Ihr Hubschrauber war abgestürzt, und irgendwie konnte Owl verhindern, dass er in Millionen Teile zerbarst, aber er und Stone wurden bei dem Absturz verwundet. Sie hatten es zwar geschafft, sich aus dem Wrack zu befreien, konnten aber der Gefangennahme durch die Militanten, die sie abgeschossen hatten, nicht entgehen.

Sie wurden zwei Wochen lang als Geiseln gehalten. Vierzehn Tage lang wurden sie gefoltert und gequält, bis ein Team der Delta Force sie befreien konnte. Keiner der beiden Männer war seitdem je wieder geflogen.

Dass sie bei diesem Mistwetter für Reese wieder in die Luft gingen, sorgte dafür, dass Spike vor Dankbarkeit am liebsten geweint hätte.

»Niemand entführt einen von uns und kommt damit davon«, erklärte Pipe streng und starrte auf die Autobahn vor ihnen.

»Verdammt richtig«, bestätigte Tonka.

Spike wollte zustimmen, aber er konnte nicht sprechen. Er war zu besorgt, ihm war zu übel und er war zu dankbar dafür, dass er eine so tolle Gruppe von Männern an seiner Seite hatte. Er konnte nur beten, dass sie nicht zu spät kommen würden. Dass es Reese gut ging. Dass die Männer, die sie entführt hatten, ihr nicht wehtaten. Solange er sie nicht mit eigenen Augen gesehen hatte, solange er nicht in der Lage war, sie in den Arm zu nehmen, um sich zu vergewissern, dass es ihr gut ging, konnte er sich nicht entspannen.

Es war jetzt völlig dunkel, und mit der Dunkelheit verzehnfachte sich Reeses Angst. Bei Tageslicht schien alles nicht so schlimm zu sein. Aber jetzt, da sie nicht mehr als drei Meter vor ihrem Wagen sehen konnte, legte sich die Angst wie eine schwere Decke auf ihre Schultern.

Die Dunkelheit brachte das Böse. Sie brachte das Schlimmste in den Menschen zum Vorschein. Und der schlimmste Ort, den sie sich vorstellen konnte, war bei diesen Männern. Angelo hatte sie immer noch nicht angesehen. Kein einziges Mal, also wusste sie, dass sie sich nicht darauf verlassen konnte, dass er ihr helfen würde. Sie wusste immer noch nicht, ob ihm klar gewesen war, was passieren würde, als er sie gebeten hatte, ihn nach Los Alamos zu fahren, aber wenn nicht, hatte er seit Beginn dieses Albtraums nichts getan, um sie zu beruhigen.

Sie war auf sich allein gestellt. Es war unmöglich, dass Gus und die anderen wussten, wo sie war. Sie war sich sicher, dass sie inzwischen wussten, dass etwas passiert war, aber sie konnten nichts tun.

Der Regen prasselte auf den Wagen und der Wind ließ ihren kleinen Ford Escape bei jeder Böe schwanken, während der Fahrer entschlossen weiterfuhr. Wo auch immer sie hinwollten, er schien fest entschlossen zu sein, dorthin zu kommen, und hatte nicht vor, das Gewitter auszusitzen.

Er lenkte den Wagen auf einen anderen Weg in der Wüste, der nicht mehr als zwei Spurrillen aufwies. Das Fahrwerk ihres Wagens schrammte an einem Felsen entlang und Reese zuckte zusammen. Sie fuhren noch etwa eine Viertelstunde weiter, bevor der Fahrer endlich anhielt und etwas zu seinen Freunden sagte.

Der Regen prasselte gegen das Dach und der Wagen

schaukelte im böigen Wind. Die drei Fremden hatten irgendeinen Streit, während sie dort saßen, und Reese presste besorgt die Lippen zusammen. Ihr gefiel die Wut nicht, die sie in ihrem Tonfall hören konnte. Bis jetzt waren alle ziemlich ruhig geblieben, was Reese geholfen hatte, nicht völlig auszuflippen.

Aber jetzt schien der Fahrer Angelo irgendwie anzustacheln, während der Mann zu ihrer Linken vehement protestierte.

Zum ersten Mal, seit Reese ihn kannte, erhob Angelo die Stimme. Er schrie etwas und die anderen Männer verstummten für einen Moment. Dann lachte der Fahrer. Er grinste Angelo an und sagte etwas, woraufhin Isabellas Bruder nach dem Türgriff langte und aus dem Fahrzeug stürmte.

Reese zuckte zusammen, als der Mann zu ihrer Linken ihr in den Nacken griff und fest zudrückte.

Sie keuchte vor Schmerz und versuchte, sich loszureißen, aber da der Mann zu ihrer Rechten so nahe saß, konnte sie nirgendwo hin. Sie versuchte, nach oben zu greifen, um die Finger des Mannes von ihrem Hals zu lösen, aber er ignorierte ihre schwachen Versuche und griff nach ihrer Brust. Er drückte eine ihrer Brüste und sagte etwas, das die anderen beiden Männer zum Lachen brachte.

Vor Angst zitterte Reese heftig. War es das? Sollte sie von diesen Männern vergewaltigt werden? Die Angst drohte ihre Muskeln erstarren zu lassen, doch dann begann sie zu kämpfen. Ihr Adrenalinspiegel schoss in die Höhe. Sie würde nicht so einfach aufgeben. Sie war den ganzen Tag ruhig und fügsam gewesen, aber jetzt war sie fertig.

Sie wirbelte zu dem Mann zu ihrer Linken und fuhr ihm mit ihren Fingernägeln über das Gesicht, um ihm die Augäpfel auszustechen.

Er schrie überrascht auf und ließ ihren Hals los, als er

eine Hand zur Verteidigung hochhielt. Der Mann zu ihrer Rechten schlang einen Arm um ihre Brust und machte ihre Hände unbrauchbar, indem er ihre Arme festhielt, aber sie konnte immer noch ihre Füße benutzen – und das tat sie auch.

Reese war froh, dass sie ihre Wanderschuhe angezogen hatte, bevor sie in die Stadt gegangen war, zog ihre Knie an und trat mit aller Kraft gegen den Mann, der ihre Brust angefasst hatte. Die drei Männer schrien jetzt alle, aber sie blendete sie aus. Sie konnte sie sowieso nicht verstehen. Sie schrie aus vollem Halse, beschimpfte sie und sagte ihnen, dass sie es ihnen nicht leicht machen würde, ihr etwas anzutun.

Sie kämpfte, als hinge ihr Leben davon ab, und das tat es wahrscheinlich auch. Reese machte sich keine Illusionen darüber, dass sie drei Männer ganz allein besiegen konnte, aber sie würde es auf jeden Fall versuchen.

Der Mann, den sie getreten hatte, tastete nach dem Türgriff und fiel praktisch aus dem Wagen, als die Tür aufging. Regen und Wind durchnässten sofort den Sitz, auf dem er gesessen hatte.

Reese war einen Moment lang stolz darauf, dass sie wenigstens einen der Männer besiegt hatte, doch dann wurde ihr das Herz schwer, als der Mann sich zurück in den Wagen lehnte und sie an den Knöcheln packte. Sie war zwischen den beiden Männern eingeklemmt, und egal, wie sehr sie sich auch wand und kämpfte, um sich zu befreien, es war sinnlos.

Der Fahrer drehte sich auf seinem Sitz. Reese wandte den Blick zu ihm, und sie sah, dass er lachte. Er *lachte* über sie. Er sagte etwas, und der Mann, der ihre Arme festhielt, begann, sich in Richtung der offenen Tür zu bewegen. Sein Freund half ihr, indem er ihre Beine anzog.

Der Regen tat weh, als er auf ihr Gesicht prasselte, aber

Reese bemerkte es kaum. Sie wurde von ihrem Wagen weggetragen. Sie hatte keine Ahnung, was ihr bevorstand, aber sie wusste genau, dass es nichts Gutes sein würde.

Angelo ignorierte das Gewitter, das um ihn herum tobte. Ihm war schlecht. Als sie anhielten, sagte Pablo ihm, dass er seine Meinung geändert habe. Sie wollten ihren Spaß mit der Amerikanerin haben, bevor sie die Grenze nach Mexiko überquerten. Sie hatten Zeit und es war ja nicht so, dass jemand sie in diesem Unwetter finden konnte. Er hatte ihm gesagt, er solle zum Kofferraum des Geländewagens gehen, Diego und Andres würden die Rücksitze herunterklappen und sie festhalten, während er zuerst an der Reihe war.

Diego hatte wieder einmal darum gebeten, der Erste sein zu dürfen, aber Pablo hatte ihm gesagt, er solle die Klappe halten, sonst käme er gar nicht zum Zug. Daraus wurde ein Schreiduell und Angelo hatte verzweifelt versucht, einen Ausweg aus dieser Situation zu finden. Er wollte Reese nicht wehtun. Und er wollte auch nicht, dass die anderen ihr etwas antaten.

Aber er hatte keine Ahnung, wie er ihr helfen konnte. Wie er das beenden konnte. Er fühlte sich schlecht, dass sie in dieser Situation war. Während der letzten neun Stunden hatte er mehr als genügend Zeit zum Nachdenken gehabt, während sie Richtung Süden gefahren waren. Angelo wusste, dass er es wieder einmal vermasselt hatte. Er hatte das Kartell direkt zu seiner Schwester geführt. Wäre Isabella anstelle von Reese bei ihm gewesen, hätten sie *ihr* vielleicht wehgetan. Dann wäre vielleicht *sie* entführt worden. Vielleicht hatten sie sogar erwartet, dass Isabella bei ihm ist. Soweit er wusste konnte es sogar sein, dass sie jemand anderen schicken würden, um sie zu holen, weil er so dumm gewesen war, ihnen den Namen der *Zuflucht* zu verraten.

Und in der Zwischenzeit hatte er Reeses Leben in Gefahr gebracht.

»Es ist beschlossene Sache«, sagte Pablo mit Nachdruck. »Erst Angelo, gefolgt von mir, Diego und dann Andres. Diego, ich habe dir schon gesagt, dass du sie in den Hintern poppen kannst, da du dich so anstellst, weil du als Dritter dran bist.« Dann wandte Pablo sich an Angelo. »Geh nach hinten. Mein Schwanz ist schon seit Stunden steif, lass uns das hinter uns bringen, damit wir nach Hause zurückkehren können.«

»Was passiert danach?«, fragte Angelo.

»Ich habe beschlossen, sie mitzunehmen. Es ist eine lange Reise nach Kolumbien ... wir werden unterwegs etwas zu tun brauchen.«

Der Mann, zu dem Angelo früher aufgesehen hatte und dem er nacheifern wollte, leckte sich über die Lippen und starrte mit einem Blick voller Lust auf den Rücksitz, der Angelo das Blut in den Adern gefrieren ließ. Er hatte Angst. Er mochte das Gefühl nicht.

»Nein«, platzte er heraus.

»Nein was?«, fragte Pablo mit harter, kalter Stimme. »Ich weiß, dass du mir nicht zu sagen versuchst, was ich tun soll, denn das wäre nicht klug ... nicht, nachdem ich den ganzen Weg hierhergekommen bin, um dich nach Hause zu holen, worum du mich gebeten, nein, *angefleht* hast.«

»Ich will sie nicht!«, schrie Angelo zu Tode verängstigt. Er hatte noch nie Angst vor Pablo gehabt, aber als er jetzt den Blick in seinen Augen sah, bereute er es, sich jemals mit dem Kartell eingelassen zu haben.

Isabella hatte recht gehabt. Diese Männer waren böse.

Aber diese Erkenntnis kam viel zu spät.

»Gut. Steig aus. Wir drei werden unseren Spaß haben und dann verschwinden wir aus diesem verdammten Land.«

Angelo wusste nicht, was er sonst tun sollte, außer dem, was ihm befohlen wurde. Wie ein Feigling verließ er das Fahrzeug mitten im Gewitter und ging davon, um nicht zu sehen oder zu hören, was als Nächstes passieren würde.

Die Schuldgefühle raubten ihm fast den Atem. Seine Brust schmerzte. Das war seine Schuld. Die Frau, die immer so nett zu ihm gewesen war, egal wie schlecht er sie behandelt hatte, sollte nun brutal misshandelt werden.

Er hörte ihre Schreie, und Tränen liefen Angelo über die Wangen und vermischten sich mit dem Regen. Selbst wenn er hundert Jahre alt werden würde, was er nicht vorhatte, würde er die Qualen, den Schmerz und die Angst in diesem Schrei nie vergessen.

Er konnte sich nicht davon abhalten, zum Wagen zurückzublicken – und zu seiner Überraschung flog Diegos Tür auf und der große Mann stolperte heraus, hielt sich eine Hand vors Gesicht und schrie vor Schmerz. Dann verschwand sein Oberkörper wieder im Wagen.

Als Nächstes bekam Angelo mit, dass Diego und Andres eine sich windende und kämpfende Reese vom Rücksitz trugen. Pablo stieg aus dem Fahrersitz und rief: »Lasst sie nicht los! Bringt sie da rüber, unter den Baum am Fluss!«

Als Angelo dorthin sah, wohin Pablo zeigte, wurde ihm zum ersten Mal bewusst, wie nahe sie am Rio Grande waren. Es war so dunkel, dass er ihn nicht gesehen hatte. Aber jetzt konnte er den Blick nicht mehr von dem rasenden Wasser abwenden. Erwartete Pablo, dass sie *hier* die Grenze nach Mexiko überqueren würden? Das Wasser floss schnell und hatte Schaumkronen. Es sah eher aus wie der Ozean während eines Tropensturms als wie ein Fluss.

Angelo hörte Reese wieder schreien und drehte sich rechtzeitig um, um zu sehen, wie Diego und Andres sie auf den Boden fallen ließen, direkt auf ihren Hintern. Er zuckte zusammen, denn er wusste, dass es wehtun musste. Aber wenn es so war, ließ sie es sich nicht anmerken. Sie rollte sich sofort zusammen, zog die Knie unter sich und versuchte aufzustehen.

Diego packte sie und sie landete mit dem Gesicht nach unten auf dem schlammigen Boden des Flussufers.

»Halt sie fest, Diego!«, rief Andres und klang dabei ganz aufgeregt.

»Nimm ihre Arme«, sagte Pablo zu Andres und nahm ein Messer aus der Scheide an seinem Gürtel. Er hielt es hoch und lächelte. »Wir müssen ihr die Hose ausziehen. Wenn sie nicht stillhält, wird sie aufgeschlitzt.«

Angelo schluckte die Galle hinunter, die ihm in der Kehle aufstieg. Wollte er wirklich dastehen und zusehen, wie das passierte?

Welche Wahl hatte er denn? Er konnte nicht Diego, Andres *und* Pablo überwältigen. Sie würden ihn töten und dann trotzdem noch mit Reese machen, was sie wollten.

Diego setzte sich auf Reese und hielt sie fest, während Pablo neben ihr kniete und sein Messer bereithielt. Reese wehrte sich noch immer und kämpfte mit allem, was sie hatte, selbst als Pablo den ersten Schnitt machte.

Angelo drehte der schrecklichen Szene den Rücken zu, weil er nicht zusehen konnte ...

Da hörte er etwas anderes als Wind, Regen und Reeses verzweifelte Schreie.

Einen Motor.

Er drehte sich um und merkte, dass die anderen es auch gehört hatten. Alle drei Männer sahen sich um und versuchten herauszufinden, woher das Geräusch kam.

Zu ihrem Entsetzen tauchte aus dem Nichts ein Hubschrauber auf, der direkt auf sie zukam und aus einer offenen Tür an der Seite einen Scheinwerfer abstrahlte.

Er landete auf Diego und den anderen – und alle erstarrten.

Durch das helle Licht konnte Angelo sehen, was die Dunkelheit verborgen hatte. Reeses tränenüberströmtes Gesicht, als sie den Kopf hob. Ihr Hemd lag neben ihr, aufgeschnitten von Pablos scharfem Messer. Das Blut quoll aus der Stelle, an der das Messer ihren Arm und ihre Schultern verletzt hatte. Andres hatte eine Hand in ihrem Nacken, mit der anderen umklammerte er ihre beiden Handgelenke. Diego saß rittlings auf ihren Oberschenkeln, eine Hand am Bund ihrer Hose. Es war offensichtlich, dass er gerade dabei war, sie Reese auszuziehen.

Und Pablo hatte seine Jeans bereits heruntergeschoben, eine Hand an seinem Messer, die andere um seinen Schwanz, und bereitete sich darauf vor, die im Schlamm kämpfende Frau zu vergewaltigen.

»*Verdammt!*«, knurrte Pablo bösartig, während er seinen Schwanz hastig in seine Hose stopfte. »Zum Fluss! Wenn wir in Mexiko sind, kann uns die Grenzpatrouille nichts anhaben!«

Angelo hatte das Gefühl, dass derjenige, der in dem Hubschrauber saß, nicht zur Grenzpatrouille gehörte. Er glaubte nicht, dass irgendjemand so verrückt sein würde, bei diesem Wetter zu fliegen ... außer einem einzigen Mann.

Spike.

Isabella hatte ihm von Woody und Spike erzählt, dass sie früher als Soldaten der Spezialeinheit für das Militär gearbeitet hatten. Sie war so aufgeregt gewesen, als klar wurde, dass Reese und Spike zusammen waren.

Angelo hatte bemerkt, wie Spike Reese ansah. Es war die gleiche Art, wie Woody seine Schwester ansah. Ihre Liebe war so stark, dass sie selbst den Teufel bekämpfen würden, wenn es darum ging, sie in Sicherheit zu bringen.

Und im Moment war Pablo der Teufel.

Und verdammt ... *Angelo* war es ebenfalls.

Er wollte auf keinen Fall in diesen reißenden Fluss springen, aber er hatte keine Wahl. Er hatte seine Brücken hier in den Staaten eingerissen. Selbst wenn er bleiben wollte, kam das nicht mehr infrage. Nicht, nachdem er für die Entführung von Reese verantwortlich war. Er hatte sich das selbst eingebrockt. Jetzt musste er seinen Mann stehen und die Konsequenzen für sein Handeln tragen.

Pablo lief einige Meter flussabwärts und griff nach einem Seil, das Angelo zuvor nicht bemerkt hatte. Es war offensichtlich dazu da, den Leuten zu helfen, den Fluss zu überqueren. Dies war kein willkürlicher Platz zum Anhalten. Das Kartell benutzte diesen Ort wahrscheinlich ständig, um Menschen über den Fluss zu bringen.

Pablo überquerte das Wasser, ohne abzuwarten, ob die anderen ihm folgten, ohne auch nur einen Blick hinter sich zu werfen, um seinen eigenen Kopf zu retten.

Angelos Hoffnungen stiegen. Das war die Chance für Reese. Sicherlich würde sie in der Eile, nach Mexiko zu kommen, zurückgelassen werden.

Seine Hoffnungen wurden sofort zunichtegemacht, als Diego Reese am Arm packte und sie auf die Beine zerrte. Dann holte er mit der Faust aus und schlug sie einmal. Zweimal. Dann riss er ihr den Arm so fest hinter den Rücken, dass Angelo Angst hatte, er würde ihn brechen.

»Wenn du nicht freiwillig mitkommst, wirst du es bereuen«, knurrte er ihr ins Gesicht.

Reese hatte natürlich keine Ahnung, was er sagte, aber sie war so benommen von dem Schlag, dass sie sich nicht einmal wehrte, als Diego sie zum Fluss zog.

Angelo eilte hinter ihnen her und war nicht überrascht, als Andres sich vor Diego drängte und loslief, ohne Reese zu helfen.

»Du – Junge«, knurrte Diego. »Pass auf sie auf. Wenn sie

es nicht auf die andere Seite schafft, werde ich es *dir* stattdessen besorgen. Ich schiebe so oder so eine Nummer, verstanden?«

Angelo starrte den großen Mann entsetzt an.

Diego stieß Reese zu ihm, griff nach dem Seil und sprang in das rauschende Wasser.

Angelo hatte keine Ahnung, wie er den Fluss überqueren und sich gleichzeitig an Reese festhalten sollte. Er war zwar groß, aber er wusste nicht, ob er stark genug war, um sie beide in der schnellen Strömung aufrecht zu halten.

Der Hubschrauber kreiste jetzt über ihnen und alle paar Sekunden erhellte der Scheinwerfer die Umgebung.

Reese sagte etwas zu ihm und Angelo sah auf sie hinunter. Ihr Gesicht war blutig von Diegos Faust und sie sah verängstigt aus. Doch dann tat sie etwas, das Angelo nie vergessen würde, egal ob er noch viele Jahre oder nur noch wenige Minuten leben würde.

Sie tätschelte beruhigend seinen Arm.

Sie wollte ihn trösten.

Sie war entführt, geschlagen und fast vergewaltigt worden, und Angelo hatte sie den ganzen Tag ignoriert, hatte nichts getan, um ihr zu helfen ... und sie tröstete *ihn*.

Das Bedauern überkam ihn mit voller Wucht. Er musste das in Ordnung bringen. Aber er hatte keine Ahnung wie.

»Beweg dich, Angelo! *Sofort!* Oder ich erschieße dich höchstpersönlich!«

Er wusste nicht, wer die Worte geschrien hatte, er hatte sie vor lauter Lärm kaum gehört, aber er konnte die Wahrheit in den Worten des Mannes hören. Er schob Reese nach vorn und griff nach dem Seil. Er zog ihre Hand hoch und legte ihre Finger vorsichtig darum.

»Wir müssen rüber«, erklärte er, obwohl er wusste, dass sie ihn nicht verstehen würde, aber er sagte es trotzdem.

Aber Reese schien ihn zu verstehen, denn sie machte

SUSAN STOKER

einen wackeligen Schritt auf das Wasser zu und griff mit der anderen Hand nach dem Seil, wobei ihre Knöchel im Scheinwerferlicht weiß wurden, als sie sich so fest wie möglich festklammerte.

Er konnte sehen, dass das Wasser Diego fast bis zu den Hüften reichte, als er die Mitte des Flusses passierte. Angelo war überrascht, dass das Wasser so flach war, aber das Kartell und andere Leute, die in die USA ein- und ausreisten, wussten offensichtlich, dass dies die ideale Stelle war, um den berüchtigten gefährlichen Fluss zu überqueren. An der Stelle, an der sie den Fluss überquerten, war das Wasser vielleicht noch relativ niedrig, aber er hatte das Gefühl, dass es schnell tiefer wurde, je weiter das Wasser flussabwärts strömte. Und wenn seine Füße unter ihm weggeschwemmt wurden, wenn die Strömung ihn erfasste, würde er so oder so ertrinken, egal ob flach oder nicht, denn er konnte nicht schwimmen.

Er schluckte schwer, als er den Fluss überquerte und das Seil mit einem verzweifelten Griff festhielt.

Durch den Sturm war die Strömung besonders stark, und Angelo hatte sofort Mühe, sich aufrecht zu halten. Er hatte eine Hand an Reeses Gürtelschlaufe und hielt sich an ihr und dem Seil fest, während sie sich mühsam auf die andere Seite vorarbeiteten.

Als sie die Hälfte der Strecke hinter sich hatten, senkte sich der Hubschrauber, bis er nur noch etwa drei Meter über den Wellen des Flusses schwebte. Der Pilot war total verrückt, aber er hatte Fähigkeiten, die Angelo nur aus Filmen kannte. Er drehte den Hubschrauber parallel zum Fluss, und Angelo konnte zwei Männer in der offenen Tür stehen sehen. Einer hielt ein Gewehr direkt auf ihn gerichtet, der andere hielt den Scheinwerfer.

Angelo hatte in seinem Leben schon viele Entscheidungen getroffen. Viele von ihnen waren schlecht. Er war ein beschissener Bruder, der nur an sich selbst dachte und erst vor Kurzem begriffen hatte, was Isabella alles für ihn geopfert hatte. Er hatte sie für selbstverständlich gehalten, hatte nicht gewürdigt, wie hart sie gearbeitet hatte, um sie beide zu ernähren und zu beschützen.

Und er hatte die bisher schlechteste Entscheidung getroffen, als er Pablo gebeten hatte, ihm bei der Rückkehr zum Kartell zu helfen.

Es war an der Zeit, ein einziges Mal in seinem Leben die richtige Entscheidung zu treffen.

Er beugte sich vor, den Blick auf den Mann mit dem Gewehr im Hubschrauber gerichtet, und schrie Reese ins Ohr: »Es tut mir leid! Sag Isabella, dass ich sie liebe.«

Dann ließ er Reeses Hose los, schwang seinen Arm nach oben und drückte mit der Handkante auf Reeses Handgelenk. Heftig.

Als sie den Halt am Seil verlor, stieß er sie mit der Schulter ... und sie fiel in den Fluss, wo sie sofort flussabwärts gespült wurde.

Erleichterung schwamm durch Angelos Adern. Sie war frei.

Der Hubschrauber neigte sich nach links und das Licht, das auf ihn gerichtet war, verschwand – kurz bevor ein großer Baum, der irgendwo flussaufwärts in den Fluss gespült worden war, gegen Angelos Beine knallte, ihn von den Füßen warf und ihn hinter Reese her ins Wasser stürzen ließ.

# KAPITEL EINUNDZWANZIG

Stone hatte Spike angerufen, als sie auf die einsame Straße nach *Big Bend* einbogen. Er teilte ihnen mit, dass er und Owl fünf Minuten von ihrem Standort entfernt waren, und wollte wissen, ob Spike abgeholt werden wollte.

Das war eine leichte Entscheidung.

Es war verrückt, bei diesem Wetter in einem Hubschrauber zu sitzen, aber wenn er so schneller zu Reese gelangen konnte, musste Spike nicht lange überlegen.

Tonka war ebenfalls in den Hubschrauber gesprungen und Pipe folgte ihm in seinem Challenger.

Spike hatte sein Handy bei Pipe gelassen, da sein Freund immer noch sein eigenes Handy benutzte, um dem roten Punkt zu folgen. Pipe hatte Stone in der Leitung gehalten und ihnen Bescheid gesagt, als der Punkt sich nicht mehr bewegte. Und er hatte sich nicht wieder in Bewegung gesetzt, was Spike ein flaues Gefühl im Magen bereitete.

Der Wagen fuhr nicht mehr, was alles Mögliche bedeuten konnte.

Tonka setzte eines der Gewehre zusammen, die er in seiner Tasche hatte, während Spike einen Hochleistungsscheinwerfer aus dem Fenster hielt und nach Reeses Wagen und den Mistkerlen Ausschau hielt, die sie entführt hatten.

Der Hubschrauber schwankte im Wind und Spike hielt sich mit eisernem Griff an der Tür fest. Er war noch nie mit Owl und Stone geflogen, aber er vertraute den beiden blind und mit seinem Leben. Verdammt, er vertraute ihnen sogar *Reeses* Leben an.

Als der Fluss in Sicht kam und er mit dem Licht nach unten leuchtete, konnte Spike nur staunend zuschauen. Der Fluss war … wild. Das war das einzige Wort, das ihm in diesem Moment einfiel. An den Stellen, an denen die Stromschnellen gegen die Felsen prallten, bildeten sich Schaumkronen, und als ein großer Baum flussabwärts getrieben wurde, konnte er sehen, wie schnell sich das Wasser bewegte.

Nur ein Verrückter würde es wagen, diesen Fluss jetzt zu überqueren. Aber er hatte das Gefühl, dass die Männer, hinter denen sie her waren – wahrscheinlich dieselben, vor denen sie in Kolumbien geflohen waren und die Woody und Isabella entführt hatten –, nicht einmal über das Risiko nachdenken würden, wenn es darum ging, nach Mexiko zu gelangen. Sie nahmen wahrscheinlich an, dass Spike ihnen nicht in das andere Land folgen würde.

Da täuschten sie sich jedoch gewaltig. Er würde jedes Gesetz brechen, einen internationalen Zwischenfall provozieren und alles tun, um Reese sicher zurückzubringen.

Sie flogen flussabwärts, und als Spike endlich eine Bewegung in der Nähe des Ufers entdeckte, richtete er den starken Scheinwerfer auf sie – und verlor fast den verdammten Verstand. Er konnte seine Reese erkennen … unten auf dem Boden, umringt von drei Männern … einer von ihnen hielt seinen Schwanz, während er auf sie herabblickte.

Er wollte sie alle auf der Stelle erschießen, aber

nachdem er für den Bruchteil einer Sekunde in dem blendenden Licht erstarrt war, machten sich die Männer wie Ratten aus dem Staub und flohen in Richtung des Flusses.

Als er sie verfolgte, sah es so aus, als hätte ein Mann eine Art Seil ergriffen, um ihm beim Überqueren zu helfen. Das Wasser stand ihm bis zu den Oberschenkeln, was nicht so tief war, wie Spike erwartet hatte. Direkt hinter ihm kam ein weiterer Mann.

Als er die Aufmerksamkeit wieder auf die drei Menschen am Flussufer richtete, sah er, wie eine der Gestalten eine andere schlug. Zweimal.

Es dauerte einen Moment, bis sein Verstand begriff, was er da sah. Die Gestalt, die geschlagen wurde, war viel kleiner als die andere.

*Reese.*

Der erste Instinkt seines Gehirns war, seinen Körper mit einer gewissen Erleichterung zu durchfluten. Sie war am Leben! Aber als ihm bewusst wurde, dass sie geschlagen wurde, sah er rot.

Der Mann, der sie geschlagen hatte, begann, den Fluss zu überqueren, und der, der zurückblieb, hob Reeses Hand an das Seil. Langsam begannen sie ebenfalls, den Fluss zu überqueren.

»Ich fliege näher ran!«, schrie Owl. »Wir dürfen nicht zulassen, dass er sie rüberbringt!«

»Ich kümmere mich darum!«, rief Tonka zurück und zielte mit dem Gewehr aus dem Fenster auf den Mann direkt hinter Reese.

Spike bekam es mit der Angst zu tun, und zwar rasend schnell. »Schieß erst, wenn du freie Schussbahn hast!«, warnte er seinen Freund.

»Verstanden«, entgegnete Tonka und blickte nicht vom Zielfernrohr des Gewehrs auf. Die Chance, dass Tonka sein Ziel traf, war gering bis gar nicht vorhanden. So wie der

Hubschrauber vom Wind gebeutelt wurde, war es unmöglich, den Mann, der Reese festhielt, ins Visier zu nehmen.

Es war verdammt frustrierend, dass Spike nur ein Licht auf die beiden richten und zusehen konnte, wie sie sich ihren Weg über den reißenden Fluss bahnten. Owl schwebte flussabwärts von Reese und ihrem Entführer, und obwohl Spikes ganze Aufmerksamkeit der Frau galt, die er mehr liebte als das Leben selbst, war er sich dennoch bewusst, wie viel Geschick es brauchte, um den Hubschrauber in der Luft zu halten.

Plötzlich blieben der Mann und Reese fast in der Mitte des Flusses stehen. Das Wasser strömte mit voller Wucht auf sie ein und tat alles in seiner Macht Stehende, um sie von den Füßen zu reißen. Der Mann sah auf, und Spike erkannte zum ersten Mal, dass es Angelo war. Einen Moment lang starrten sie sich angespannt an, dann schwang Angelo seinen Arm hoch, ließ ihn wieder sinken und schlug nach Reese.

Plötzlich fiel sie ins Wasser und verschwand sofort unter der Wasseroberfläche.

Spike brüllte vor Frustration, Wut und Angst. »*Nein! Reese!*«

»Halt dich fest!«, schrie Owl, bevor er scharf nach links abbog.

Für einen Moment verlor Spike die Stelle aus den Augen, an der Reese in den Fluss gefallen war, bevor der Fluss wieder unter ihm auftauchte.

»Geh tiefer. Ich springe in den Fluss!«, schrie Spike Owl an.

»Nein! Das ist Selbstmord!«, sagte Stone zu ihm.

»Tu es!«, brüllte Spike.

Zu seiner Erleichterung kam der Hubschrauber noch näher an das Wasser heran. Er konnte praktisch sehen, wie es gegen die Kufen plätscherte. Ohne darüber nachzudenken, was er tat, sondern einzig von dem Gedanken beseelt, zu Reese zu gelangen, sprang Spike.

Das kalte Wasser schloss sich über seinem Kopf und Spike wurde sofort kopfüber wie in einer Waschmaschine geschleudert. Sein Kopf ragte für einen Moment aus den Stromschnellen heraus und er atmete tief ein, bevor er gegen einen Felsen unter dem Wasser prallte und erneut unterging.

Als er wieder auftauchte, schaute Spike sich hektisch um. Er konnte Reese nirgends entdecken. Beinahe hätte ihn die Panik übermannt, aber er unterdrückte das Gefühl. Wenn er jetzt die Beherrschung verlor, würde Reese sterben. Das wusste er in seinem Inneren. Der Fluss versuchte erneut, ihn unter Wasser zu ziehen, aber mit aller Kraft hielt Spike den Kopf über den Wellen.

Da!

Auf der linken Seite fiel ihm etwas ins Auge. Er schwamm darauf zu, so schnell er konnte. Es war Reese! Sie war noch bei Bewusstsein und kämpfte wie wild, um den Kopf über Wasser zu halten.

»Halt dich an mir fest!«, schrie er, aber sie konnte ihn bei dem Tosen des Flusses unmöglich hören.

Gerade als er nahe genug war, um sie zu packen, verfing sich Spikes Fuß in den Felsen unter dem Wasser. Er mühte sich ab, um sich zu befreien, während er zusah, wie Reese sich immer weiter entfernte. Er grunzte frustriert und riss seinen Fuß aus dem Hindernis, ohne den Schmerz zu bemerken, der sein Bein hochschoss.

Er schwamm schneller als je zuvor, als er etwas hörte, das ihm das Blut in den Adern gefrieren ließ. Es war nicht das normale Rauschen des Flusses und des Windes. Es war schlimmer. Stromschnellen. Allein am Geräusch erkannte er, dass sie noch gefährlicher waren als die, die sie bereits durchquert hatten. Er musste zu Reese gelangen, bevor sie sie erreichten.

Er sah, wie sie versuchte, auf der linken Seite des Flusses ans Ufer zu gelangen. Sie war nahe dran, bevor sie wieder flussabwärts getrieben wurde.

Spike holte sie gerade ein, als sie die Stromschnellen erreichten.

Er griff nach ihrer Hand und sie schrie vor Angst.

»Ich bin's! Ich hab dich!«, schrie er.

Der Ausdruck von Ungläubigkeit und Erleichterung auf ihrem Gesicht würde ihm ewig im Gedächtnis bleiben. Spike legte einen Arm um ihre Taille – er merkte sofort, dass sie oben ohne in dem kalten Fluss trieb – und rief: »Füße nach vorn, egal was passiert! Kopf hoch, Hintern runter, Füße nach vorn, Reese!«

Sie nickte und schon waren sie in den Stromschnellen. Das Wasser bewegte sich schneller und riss sie mit, als wären sie nichts weiter als Badewannenspielzeug. Spike weigerte sich, sie loszulassen. Er durfte sie nicht verlieren. Auf keinen Fall.

Das Wasser spritzte über ihre Köpfe und in ihre Gesichter, Äste trafen sie, ihre Körper prallten an Felsen ab … aber sie schafften es durch die Stromschnellen. Das Wasser war bei Weitem nicht ruhig, aber Spike wusste, dass er sie ans Ufer bringen konnte, jetzt, da sich das Wasser etwas verlangsamt hatte und keine riesigen Felsbrocken mehr auftauchten, die ihnen den Kopf einzuschlagen drohten.

Mit aller Kraft schwamm Spike mit einem Arm los, um sie ans Ufer zu bringen. Sie versuchte zu helfen, aber Spike konnte sehen, dass sie schwach war. Wenn er nicht gekommen wäre, hätte sie es wahrscheinlich nicht geschafft, sich in Sicherheit zu bringen.

»Fast geschafft!«, erklärte er ihr.

Als seine Füße den Boden berührten, hätte Spike

weinen können. Er kämpfte sich aus dem Wasser, das immer noch versuchte, sie beide unter Wasser zu ziehen. Sie lag schlaff in seinen Armen, als er sie ans schlammige Ufer schleppte. Es regnete immer noch und der Wind heulte um sie herum, aber Spike bemerkte es kaum.

Er starrte auf Reese hinunter und atmete so schwer, als wäre er gerade einen Hundert-Meter-Lauf in Bestzeit gelaufen.

»Reese?«, rief er verzweifelt.

»Du hast mich gefunden«, keuchte sie.

»Ich hätte nie aufgehört, dich zu suchen, bis ich dich tatsächlich gefunden hätte«, schwor er und legte ihr eine Hand an die Wange. Als sie zusammenzuckte, runzelte er die Stirn und nahm sie weg.

»Ich bin okay«, beruhigte sie ihn.

Das war sie zwar nicht, aber sie war am Leben. Für den Moment würde Spike sich damit zufriedengeben.

»Er hat mich gerettet«, erzählte Reese ihm.

»Wer?«

»Angelo. Er hat mich in den Fluss gestoßen.«

»Das klingt nicht gerade danach, als hätte er dich gerettet«, knurrte Spike.

Aber Reese schüttelte den Kopf. »Sie wollten mich vergewaltigen, alle drei. Dann tauchte dein Hubschrauber auf. Ich bin mir ziemlich sicher, dass einer der Männer Angelo gesagt hat, er solle mich rüberbringen, sonst würde er ihn umbringen. Die anderen sind wie Feiglinge geflohen. Angelo hat mich festgehalten. Wir hätten es geschafft«, erklärte sie und runzelte die Stirn. »Aber dann ist er stehen geblieben, hat mich angesehen und meine Hand vom Seil weggeschlagen.«

»Dieser Mistkerl«, rief Spike wütend aus.

»Nein, du verstehst nicht«, erwiderte Reese und schüttelte schwach den Kopf.

Spike legte seine Hände auf beide Seiten von ihr, um sie zu beruhigen. »Beweg dich nicht, Baby. Sonst verletzt du dich noch mehr, als du es ohnehin schon bist.«

Sie umklammerte mit den Händen seine Handgelenke. »Wir hätten es geschafft«, erklärte sie. »Mich ins Wasser zu stoßen war das Einzige, was er tun konnte, um mich zu retten.«

Spike nahm einen tiefen Atemzug. Er war nicht bereit, wohlwollend an Angelo zu denken. Aber er hatte das, was Reese beschrieb, mit eigenen Augen gesehen. »Wo bist du verletzt? Haben sie ...« Er sprach nicht weiter, weil es ihm die Kehle zuschnürte. Er wollte nicht einmal darüber nachdenken, was ihr zugestoßen sein könnte, geschweige denn die Worte laut aussprechen.

»Nein. Sie hatten keine Chance. Sie haben gerade versucht, mir die Hose auszuziehen, als der Hubschrauber aufgetaucht ist.«

»Gott sei Dank!«, keuchte Spike.

»Mein Gesicht tut weh. Einer der Kerle hat mich geschlagen. Ich habe ein paar Schnittwunden, die brennen. Aber ich bin am Leben. Mit Beulen und blauen Flecken kann ich umgehen. Geht es *dir* gut?«

»Mir geht's gut.« Er bewegte sich neben ihr und ein stechender Schmerz schoss in sein Bein.

»Dir geht es nicht gut!«, bemerkte Reese und versuchte, sich aufzusetzen. »Was ist los?«

Spike half ihr in eine sitzende Position, bevor er an seinem Bein hinunterschaute und seine Hose hochzog, um seinen Knöchel zu untersuchen. Er war bereits auf das Doppelte seiner normalen Größe angeschwollen und er zuckte zusammen, als er versuchte, den Fuß zu bewegen. »Er hat sich im Fluss in Ästen oder so verfangen. Ich muss ihn mir beim Herausziehen verstaucht haben.«

»Verdammt. Wie sollen wir jetzt in diesem Unwetter von hier wegkommen? Wissen wir überhaupt, wo wir sind?«

»Die Jungs werden uns schon finden«, versicherte er ihr, während er nach ihr griff.

Obwohl sie im Schlamm saßen, es regnete, der Wind heulte und der Fluss tobte und sie beide Schmerzen hatten, fühlte Spike sich jetzt besser als den gesamten bisherigen Tag. Er hatte Reese in seinen Armen. Sie war nicht so verletzt, dass sie sich nicht wieder erholen würde, und er wusste, dass sein Team – ja, er betrachtete die anderen Männer, denen *Die Zuflucht* gehörte, als Team und nicht nur als Freunde – sie finden würde.

Er zog sie auf seinen Schoß. Sie schmiegte sich an seine Brust, legte ihren Kopf auf seine Schulter und schlang ihre Arme so fest um ihn, dass es fast wehtat.

»Okay«, murmelte sie in sein Ohr.

Ihr Glaube an ihn und ihre Freunde, ihr Durchhaltevermögen, die Tatsache, dass sie noch am Leben war ... das alles traf ihn auf einmal. Tränen liefen über Spikes Gesicht und vermischten sich mit dem Regen. Sie hatten beide großes Glück gehabt, und er wusste es.

# KAPITEL ZWEIUNDZWANZIG

Reese saß auf einem der Ledersofas in der Lodge, umgeben von ... nun ja ... allen. All die Jungs, Woody, Isabella, Alaska, Henley, Jasna, Luna, Robert, Ryan, Jess, Carly, Hudson, ihre Eltern und sogar Savannah, die Buchhalterin der *Zuflucht*. Niemand hatte geschlafen, seit sie erfahren hatten, dass sie entführt worden war, und obwohl sie es selbst miterlebt hatte, fiel es Reese immer noch schwer, die Ereignisse des vergangenen Tages zu verarbeiten.

Es war kaum zu glauben, dass sie gestern Morgen nach einer fantastischen Nacht mit Gus glücklich und zufrieden aufgewacht war, nur um Stunden später in ihrem eigenen Wagen entführt zu werden.

Ihre und Gus' Rettung war fast unwirklich gewesen. Sie hatten am Ufer des Flusses gekauert, waren klatschnass gewesen und hatten vor Adrenalin und Kälte gezittert, als Owl und Stone vorbeigeflogen waren und Tonka sie mit dem extrem hellen Licht entdeckt hatte. Zu ihrem Erstaunen hatte Owl den Hubschrauber auf einer kleinen – *sehr kleinen* – Lichtung gelandet, nicht allzu weit von dem Ort entfernt, an dem sie und Gus saßen.

Innerhalb weniger Minuten waren sie und Gus sicher im Hubschrauber. Tonka hatte sich in der Nähe ihres Wagens aus dem Hubschrauber abgeseilt, wo er sich mit Pipe getroffen hatte, und sie waren gemeinsam zurück zur *Zuflucht* gefahren.

Owl und Stone hatten sie und Gus zurück in den Norden geflogen, zu einem kleinen Flugplatz, wo Brick, Woody und Tiny sie in Empfang genommen hatten. Nach dem tränenreichen Wiedersehen von Reese mit ihrem Bruder und den anderen hatte Gus darauf bestanden, dass sie sich in der Klinik in Los Alamos untersuchen ließ. Sie stimmte nur unter der Bedingung zu, dass er seinen Knöchel untersuchen ließ. Während sie auf die Untersuchung wartete, erklärte Reese den Männern, was passiert war. Leider hatte sie nicht viele Informationen, da ihre Entführer Spanisch gesprochen hatten.

Dann nahm Gus sie mit nach Hause, entkleidete sie liebevoll, zog sie sanft in seine Arme in ihrem Bett und hielt sie die ganze Nacht lang fest.

Sie schliefen bis zur Mittagszeit, als Gus sie weckte und ihr sagte, dass sie zur Lodge aufbrechen würden. Reese wollte nicht mitgehen. Sie war sich nicht sicher, ob sie Isabella gegenübertreten konnte. Sie wollte nicht, dass die Leute die furchtbaren Blutergüsse in ihrem Gesicht sahen. Aber Gus hatte darauf bestanden, und sie hatte nicht die Kraft gehabt, ihm zu widersprechen.

Hier war sie also ... und sie war so dankbar, dass Gus nicht zugelassen hatte, dass sie sich in der Hütte verkroch. Sie brauchte das. Sie brauchte die Unterstützung und Sorge ihrer Freunde. Sie hatte die ganze Zeit, in der sie festgehalten worden war, Angst gehabt, besonders am Ende, als sie kurz davor war, vergewaltigt zu werden. Und doch war sie erstaunlicherweise hier.

Aber wie sie befürchtet hatte, war das Wiedersehen mit

Isabella ... schwierig gewesen. Lange bevor Reese und die anderen zum Resort zurückgekommen waren, hatte jemand Isabella die Nachricht überbracht, dass ihr Bruder in die Entführung verwickelt gewesen war, und soweit Reese wusste, hatte sie das nicht gut aufgenommen.

Jetzt saß ihre Schwägerin auf einem der anderen Sofas und Woody ließ sie nicht aus den Augen. Ihr Gesicht war aufgedunsen und ihre Augen waren rot, obwohl alle sie beruhigten, so gut sie konnten. Niemand gab ihr die Schuld für das, was passiert war.

»Ich wünschte, ihr hättet Owl und Stone sehen können«, erklärte Reese ernst. »Ich dachte, ich wäre erledigt, dass diese Männer mich nach Mexiko bringen würden und niemand mich je wiedersehen würde. Und dann erschien durch das Unwetter dieser Hubschrauber aus dem Nichts. Der Wind hat ihn gebeutelt, aber Owl hat ihn ganz ruhig gehalten.«

Sie schaute zuerst Owl an, dann Stone. »Danke«, flüsterte sie. »Ich bezweifle, dass es für euch sicher war, bei diesem Wetter dort oben zu sein, und ich bin überzeugt, ihr habt mindestens zehn Flugregeln gebrochen, aber ... ohne euch ...«

Reese erschauderte, und Gus legte seinen Arm um ihre Schultern und drückte sie noch fester an sich.

»Und du«, sagte sie, zog sich ein Stück zurück und starrte Gus an. »Was zum Teufel hast du dir dabei gedacht? Ich kann nicht glauben, dass du in den Fluss gesprungen bist, um mich zu retten. Bist du verrückt?«

Gus starrte sie so liebevoll und hingebungsvoll an, dass es Reese den Atem verschlug. »Hast du es noch nicht begriffen? Ohne dich bin ich nichts. Mein Leben hätte keinen Sinn mehr. Ich wäre lieber mit dir gestorben, als ohne dich weiterzuleben.«

»Sag das nicht«, hauchte sie. »Ich meine ... sag das nicht!«

»Aber es stimmt«, entgegnete er mit einem kleinen Achselzucken.

Tränen stiegen Reese in die Augen, als sie den Mann anstarrte, den sie mehr liebte, als sie es je für möglich gehalten hätte. Die Schwärmerei, die sie für ihn empfunden hatte, kam ihr jetzt, da sie ihn kennengelernt hatte, so albern und oberflächlich vor.

Das Klingeln eines Handys unterbrach den intensiven Moment und Reese drehte sich zu ihren Freunden um. Woody hielt sich sein Handy ans Ohr. Sie konnte nicht erkennen, was der Gesprächsteilnehmer am anderen Ende der Leitung sagte, aber dem Gesichtsausdruck ihres Bruders nach zu urteilen war es nichts Gutes. Er bedankte sich für den Anruf und legte auf. Er drehte sich zu Isabella um.

Reese spannte sich an und fürchtete sich vor dem, was er zu sagen hatte.

»Das war der Texas Ranger, der für den Fall zuständig ist«, erklärte er seiner Frau sanft. »Sie haben Angelo gefunden. Gott ... es tut mir so leid, Schatz. Seine Leiche wurde ein paar Kilometer weiter flussabwärts von der Stelle angespült, an der Spike und Reese aus dem Wasser gekommen sind ... er ist tot.«

Isabella brach in den Armen ihres neuen Mannes zusammen und Reese schloss vor Kummer die Augen.

»Das war nicht er«, schluchzte Isabella verzweifelt. »Ich weiß nicht, was passiert ist, aber er könnte so was niemals tun! Ich habe ihn besser erzogen, ich schwöre es!«

»Ich weiß, Schatz. Ich weiß. Ist schon gut«, beruhigte Woody sie, während er ihr mit der Hand über das dunkle Haar strich und sie zu trösten versuchte.

Reese fühlte sich furchtbar wegen ihrer Schwägerin. Sie sollte auf Wolke sieben schweben und ihre Hochzeit und ihren neuen Mann feiern. »Wenn du mich fragst, Isabella«, erklärte sie sanft, »ich glaube, es ist ihm einfach über den Kopf gewachsen. Er war die ganze Zeit unglücklich, als wir im Wagen saßen.«

Alle schwiegen und hörten ihr zu, aber Reese konzentrierte sich nur auf Isabella. Sie stand auf und spürte Gus' Hand, die sie stützte, bis sie ihr Gleichgewicht wiedergefunden hatte. Sie ging zu Isabella hinüber, setzte sich auf ihre andere Seite und nahm ihre Hände in ihre eigenen.

»Er hat mir nichts getan. Als die anderen versucht haben, mir wehzutun, hat er sich geweigert. Ich habe nicht verstanden, was gesagt wurde, aber es war klar, dass er mit ihnen nicht einer Meinung war. Ich glaube, er wollte einfach nur heim, zurück nach Kolumbien. Er hatte nicht erwartet, dass diese Männer bei der Western Union Filiale auf ihn warten würden. Ich habe die Überraschung in seinem Gesicht gesehen. Er sagte mir sogar, ich solle zurück zur *Zuflucht* fahren, nachdem ich ihn abgesetzt hatte, aber ich wollte ihn dort nicht allein lassen.«

»Wir haben uns die Überwachungsbänder angesehen«, erklärte Brick leise. »Die Männer sind nicht mit dem Wagen dorthin gefahren, sie sind einfach zu Fuß aufgetaucht. Wir vermuten, dass sie mit einem Bus in die Stadt gekommen sind.«

Reese nickte und schaute wieder zu Isabella. »Der Anführer, der das Sagen zu haben schien, war so erpicht darauf, dem Hubschrauber zu entkommen, dass er den Rest von uns ohne einen zweiten Blick zurückließ. Er kümmerte sich nur um sich selbst. Einer der anderen Männer befahl Angelo, mich hinüberzubringen. Der Fluss war so reißend, dass es schon schwierig war, ihn zu überqueren, wenn man sich nur um sich selbst kümmern musste, aber Angelo sorgte dafür, dass ich das Seil fest im Griff hatte, und hielt mich an meiner Gürtelschlaufe fest, damit ich nicht wegge-schwemmt wurde.«

»Aber du wurdest weggeschwemmt«, entgegnete Isabella verwirrt, während ihr immer noch die Tränen über die Wangen liefen.

»Nein, wurde ich nicht. Wir haben mitten im Fluss halt-gemacht«, erklärte Reese ihr. »Ich war verwirrt. Ich wusste nicht, warum wir angehalten hatten. Ich schaute auf und sah Gus seitlich aus dem Hubschrauber hängen ... und dann weiß ich nur noch, dass dein Bruder schrie, dass es ihm leid tut, und er mich bat, dir zu sagen, dass er dich liebt.«

»Das hat er gesagt? Auf Englisch?«, fragte Isabella erstaunt.

Reese schenkte ihr ein sanftes Lächeln. »Nein. Aber ich weiß, was *lo siento* bedeutet, und ich habe dich und Woody oft genug sagen hören, dass ihr euch liebt, um das auch zu verstehen. Ich musste nur das Wort nachschlagen, das ich nicht kannte. ›Sagen.‹ Er hat dich geliebt, Isabella. So sehr. Ich glaube, er hat bereut, was passiert ist, und er hat das Einzige getan, was er tun *konnte*, um es wiedergutzumachen.«

»Was hat er getan?«, flüsterte sie.

»Er hat mich gezwungen, das Seil loszulassen, und mich dann ins Wasser gestoßen.«

»*Madre de Dios*«, flüsterte Isabella.

»Es war die einzige Möglichkeit«, beharrte Reese. »Wenn ich es über den Fluss geschafft hätte, hätten diese Männer zu Ende gebracht, was sie angefangen hatten. Sie hätten mich so sehr missbraucht, dass ich nicht sicher bin, ob ich es überlebt hätte. Angelo tat das Einzige, was ihm einge-fallen ist, um mich zu retten.«

»Aber der Fluss ... du hättest ...« Isabella verstummte und sie weinte noch stärker.

»Aber ich bin es nicht. Gus hat mich rechtzeitig erreicht und wir haben es beide rausgeschafft.«

»Ein Baum wurde flussabwärts getrieben. Er hat Angelo voll getroffen, gleich nachdem er Reese gestoßen hatte«, bemerkte Stone. »Ich habe es vom Cockpit des Hubschraubers aus gesehen. Es gab nichts, was er hätte tun können, um das zu verhindern ... außer vielleicht, gar nicht erst in der Mitte des Flusses haltzumachen. Aber selbst wenn er es auf die andere Seite geschafft hätte ... ich glaube nicht, dass er überlebt hätte.«

»Warum nicht? Was hast du gesehen?«, fragte Woody.

»Die drei anderen Männer warteten auf der anderen Seite des Flusses mit Messern in den Händen. Ich glaube, sie hätten ihn in dem Augenblick getötet, in dem er das Festland betreten hätte.«

Alle waren einen Moment lang still.

»Ich bin stolz auf Angelo«, sagte Reese und brach das Schweigen. »Es war ein Fehler, seine Freunde zu kontaktieren und sie um Hilfe zu bitten, um zurück nach Kolumbien zu kommen, aber am Ende hat er getan, was er konnte, um mich zu retten. Um Wiedergutmachung zu leisten.«

»Es tut mir so leid!«, erklärte Isabella und noch mehr Tränen liefen ihr über die Wangen.

»Nein, mir tut es leid«, konterte Reese.

»Ich dachte, du würdest mich hassen«, gab Isabella zu.

»Und ich dachte, *du* würdest *mich* hassen«, konterte Reese.

Die beiden Frauen fielen sich in die Arme und umarmten sich fest.

Reese spürte jemanden in ihrem Rücken und wusste sofort, dass es Gus war. Er war für sie da, nur für den Fall, dass sie ihn brauchte.

Sie wich von Isabella zurück und schenkte ihr ein trauriges Lächeln.

Die Stimmung war gedämpft, der vergangene Tag hatte seinen Tribut gefordert, aber Reese war noch nie so dankbar für die Mitarbeiter der *Zuflucht* gewesen wie in diesem Moment.

Als die nächsten Stunden vergingen, kamen alle nacheinander zu ihr und sagten ihr, wie erleichtert sie waren, dass es ihr gut ging und sie wieder zu Hause war. Sie alle befahlen ihr, sich zu entspannen und nicht zu viel zu arbeiten. Robert drohte ihr, dass er sie an einen Stuhl in der Küche fesseln würde, sollte er sie zu viel arbeiten sehen, damit er ein Auge auf sie haben könnte.

Auch zu Isabella waren sie freundlich und sprachen ihr ihr Beileid aus.

Carly und Luna weinten beide, als sie Reeses zerschrammtes Gesicht betrachteten, aber Jess wurde wütend. Richtig wütend. Es war klar, dass sie wollte, dass die Leute, die ihr wehgetan hatten, dafür bezahlten, aber da das nicht möglich war – sie waren im Moment irgendwo in Mexiko oder vielleicht sogar in Bogotá –, ließ sie ihren Frust an der Wäsche aus, die gewaschen werden musste. Sie stürmte aus der Lodge, nachdem sie Reese gesagt hatte, wie erleichtert sie war, dass sie zurück war.

Ryan folgte ihr, aber bevor auch sie ging, umarmte sie Reese lange und innig. Es schien, als wollte sie etwas sagen, aber schließlich lächelte sie nur und ging Jess hinterher.

Reese liebte es, mit ihren Freunden zusammen zu sein, aber obwohl sie sehr lange geschlafen hatte, war sie beim Abendessen so erschöpft, dass sie kaum noch die Augen offen halten konnte.

Gus bemerkte das natürlich und sagte den anderen, dass er Reese zurück in die Hütte bringen würde.

Alle umarmten sie vorsichtig, da sie immer noch große Schmerzen hatte. Als Woody sich von ihr verabschieden wollte, hielt er sie besonders lange fest. Dann zog er sie zurück und streichelte zärtlich ihre schmerzende Wange. »Ich liebe dich, Reesie.«

»Ich liebe dich auch. Aber nenn mich nicht so«, neckte sie ihn.

Er lächelte traurig. »Ich werde dich in Missouri vermissen. Ich weiß nicht, ob ich dich überhaupt hierlassen kann, besonders jetzt.«

»Du hast keine andere Wahl, großer Bruder. Außerdem glaube ich nicht, dass Gus mich für eine ganze Weile aus den Augen lassen wird. Bei ihm bin ich sicher.«

Woody nickte. »Ja, das bist du. Er war immer derjenige, auf den wir zählen konnten, wenn es bei den Missionen schiefging. Gut zu wissen, dass sich das nicht geändert hat. Er ist gut für dich, Schwesterherz.«

»Ich liebe ihn. So sehr«, flüsterte Reese.

»Ich weiß. Das ist der einzige Grund, warum ich ohne dich abreise.«

»Aber erst in ein paar Tagen, oder?«, fragte sie, weil sie nicht wollte, dass er jetzt schon ging. »Isabella ist am Boden zerstört, weil sie Angelo verloren hat, und ich möchte nicht, dass sie in eine neue Stadt zieht und keine Freunde hat, während sie versucht, mit ihrer Trauer umzugehen.«

»Wir bleiben noch eine Weile hier. Ich möchte, dass Isabella etwas Zeit mit Henley verbringt«, beruhigte ihr Bruder sie. Er sah jemanden hinter ihr an und richtete dann sein Augenmerk wieder auf sie. »Außerdem glaube ich, dass wir noch einen weiteren Grund haben zu bleiben ...«

Reese runzelte die Stirn. »Was soll das heißen?«

Aber Woody lächelte nur, beugte sich vor und küsste sie auf die Stirn, bevor er sich wieder zu Isabella drehte, die mit Jasna und Henley sprach.

Gus legte seinen Arm um ihren Oberkörper und Reese lehnte sich dankbar an ihn zurück. »Was sollte das denn?«, fragte sie.

»Komm, treten wir den Heimweg an, damit du die Füße hochlegen kannst.«

»Du bist derjenige, der die Beine hochlegen sollte. Ich weiß, dass dein Knöchel ziemlich wehtun muss. Aber, Gus? Was verschweigst du mir?«

»Sobald wir zu Hause sind, mein Schatz. Dann werden wir reden.«

Gus war so stur, dass man ihn nicht überreden konnte. Und es machte ihr nichts aus, dass er sie beschützen wollte. »Na gut«, erklärte sie ein wenig verärgert.

Aber ihre gespielte Verärgerung brachte ihren Mann nicht aus der Ruhe. Er lenkte sie um die Möbel herum und hielt ihre Taille fest umschlungen, während sie zur Tür gingen.

Sie wurden von ihren Eltern aufgehalten, die immer noch überwältigt davon waren, dass es ihrer kleinen Tochter gut ging. Schließlich eiste Gus sie von ihnen los und sie machten sich wieder auf den Weg zu ihrer gemeinsamen Hütte.

Ehe sie sichs versah, lag Reese mit einer Decke zugedeckt auf dem Sofa, während Gus damit beschäftigt war, das Abendessen aufzuwärmen. Sie hatte protestiert und gesagt, er sei derjenige mit einem verletzten Knöchel, aber er hatte sie ignoriert und darauf bestanden, für sie zu kochen. Ausgerechnet Hühnersuppe. Er erzählte ihr, dass er sie immer gegessen hatte, wenn er krank war, und dass sie auf wundersame Weise »alles heilen kann, was einen plagt«.

Wie sollte sie da widersprechen? Sie konnte es nicht. Tatsache war, dass sie nicht die Einzige war, die im Moment Schmerzen hatte. Auch Gus hatte einige Schläge einstecken müssen, während sie im Fluss gewesen waren. Nein, er hatte keinen Schlag ins Gesicht bekommen, kurz bevor er baden gegangen war, aber trotzdem.

Nur widerwillig ließ sie sich von ihm verwöhnen, denn

damit verwöhnte er sich selbst. Sie aßen ihre Suppe in geselligem Schweigen. Reese hatte nicht das Bedürfnis, die Stille mit Geplapper zu füllen. Sie fühlte sich in Sicherheit, warm und hatte Gus an ihrer Seite.

All die Dinge, über die sie sich früher Sorgen gemacht hatte, erschienen ihr jetzt dumm. Sie würde ihre Liebsten nie wieder als selbstverständlich ansehen. Sie würde sich keine Gedanken mehr über schmutziges Geschirr, ein ungemachtes Bett oder Dreck auf dem Boden machen. Das alles war unwichtig im Vergleich zu dem, was ihr fast passiert wäre.

Als sie mit dem Essen fertig waren, brachte Gus ihre Schüsseln in die Küche und kehrte sofort zurück. Er zog sie an sich, bis sie praktisch auf seinem Schoß saß, aber das machte Reese nichts aus. Sie schmiegte sich an ihn, lehnte ihren Kopf an seine Brust und hörte das Pochen seines Herzens unter ihrer Wange.

»Also ... ich habe nachgedacht ...«, erklärte Gus.

Als er nicht weitersprach, hob Reese den Kopf und sah ihn an. »Ja?«

»Was hältst du davon, morgen zu heiraten?«

Reese blinzelte und starrte ihn schockiert an. »Wie bitte?«

»Wenn ich gestern etwas gelernt habe, dann, dass man das Leben nicht als selbstverständlich ansehen sollte. Ich liebe dich und ich will, dass du meine Frau wirst. Warum warten? Dein Bruder und Isabella sind hier, genauso wie deine Eltern. Es gibt keine Wartezeit; sobald wir unsere Lizenz haben, können wir die Zeremonie abhalten. Ich kann anrufen und eine standesamtliche Trauung arrangieren, gleich nachdem wir morgen die Lizenz bekommen haben.«

»Meinst du das jetzt ernst?«

»Ja.«

Reese biss sich auf die Lippe. »Aber mein Gesicht ... die blauen Flecke ...«

Gus nahm ihren Kopf zwischen seine Handflächen und küsste sie sanft. Er löste seine Lippen nicht von ihr und bei jedem Wort, das er sprach, stießen seine Lippen auf ihre. »Die blauen Flecke in deinem Gesicht tun mir jedes Mal weh, wenn ich sie sehe. Aber sie machen mich auch so verdammt dankbar, dass du noch hier bist. Bei mir. In meinen Armen. Wenn du willst, kannst du Alaska und Henley bitten, dir beim Schminken zu helfen, um sie zu verdecken, aber tu es nicht für mich. Wir können mit dem Fotografieren warten, bis du geheilt bist, wenn du dich dann besser fühlst. Ich will einfach nur, dass du zu mir gehörst und dass ich zu dir gehöre. Für immer. Was denkst du? Wenn du wirklich warten willst, werden wir das tun, aber alles in mir drängt darauf, dich zu heiraten. Meinen Ring an deinen Finger zu bekommen.«

Er zog sich zurück, damit er ihr Gesicht sehen konnte, ließ sie aber nicht los.

Reese griff nach seinen Handgelenken, während sie ihn musterte. »Was ist, wenn das nur eine Kurzschlussreaktion auf das ist, was passiert ist? Wenn du es später bereust?«

»Das ist es nicht, und das werde ich auch nicht.«

»Ich habe keinen Ring für dich«, erklärte sie mit einem Stirnrunzeln.

»Wir können morgen auf dem Weg zum Standesamt anhalten und einen besorgen. Ich habe deinen Diamantring noch nicht besorgt, aber wir können unsere Eheringe zusammen aussuchen.«

»Du meinst das wirklich vollkommen ernst.«

Gus nickte.

Und zum ersten Mal sah sie die Unsicherheit in den Augen ihres Mannes. Sonst war er immer selbstbewusst und nahm alles in die Hand. Aber jetzt … war er tatsächlich besorgt.

»Ja«, flüsterte sie.

»Ja?«, fragte er, als hätte er sie nicht richtig verstanden.

Reese nickte. »Ja, lass es uns tun. Wir werden morgen heiraten und später eine Party feiern, wenn wir Zeit haben, sie zu planen. Mit Bildern, Kuchen, schicken Kleidern – eine Feier des Lebens. Aber erst einmal machen wir das für uns.«

»Ich liebe dich«, erklärte Gus und seine Lippen zitterten.

»Ich liebe dich auch«, erwiderte Reese mit einem breiten Lächeln. Zum ersten Mal seit über vierundzwanzig Stunden war ihr nicht nach Weinen zumute. Sie warf ihre Arme um Gus und drückte ihn fest an sich. Dabei schmerzte das Handgelenk, auf das Angelo geschlagen hatte, ein wenig.

Aber sie ignorierte es. Nichts konnte ihr Glück im Moment trüben. Sie würde Mrs. Reese Fowler sein. Und zwar morgen. Es war buchstäblich ein Traum, der in Erfüllung gegangen war.

# EPILOG

»Wie weit ist es noch?«, fragte Reese und klang dabei verdammt ungeduldig.

Spike grinste. »Du warst schon mal hier«, erinnerte er sie.

»Ich weiß, aber das war etwas anderes. Ich wusste nicht, wohin wir gehen und was mich erwartet. Und«, fügte sie mit einem Glitzern in den Augen hinzu, »ich wusste nicht, was passieren würde, wenn wir dort ankommen.«

»Vielleicht bist du nicht mehr ganz so begeistert, wenn wir dort *ankommen*«, warnte Spike.

»In unserer Höhle Liebe zu machen, mit deinem Ring an meinem Finger und meinem an deinem? Natürlich werde ich begeistert sein«, informierte sie ihn.

Der letzte Monat war voller Höhen und Tiefen gewesen. Ihre Hochzeit war alles, was Spike sich gewünscht hatte, und mehr. Woody und Alaska waren die offiziellen Trauzeugen, aber der Raum war voll von ihren Freunden. Ihre Eltern weinten und waren überglücklich, dass ihre beiden Kinder nun verheiratet waren.

Reese hatte ihren neuen Job im *Los Alamos National*

*Laboratory* angetreten und liebte ihn über alles. Das Geschäft in der *Zuflucht* lief so gut wie immer.

Was nicht so gut war, waren Reeses Albträume. Der erste hatte sie überrascht und sie hatte Spike gesagt, dass sie ehrlich gesagt nicht wusste, warum sie ihn gehabt hatte, denn alles in allem war das, was ihr passiert war, nicht so schlimm gewesen. Er hatte darauf bestanden, dass sie mit Henley sprach, und obwohl das half, wachte sie gelegentlich immer noch um sich schlagend und schreiend auf.

Dann war da noch die Sache mit den Kartellmitgliedern, die in Mexiko verschwunden waren. Sie wussten, wo Reese wohnte, und das gefiel Spike und den anderen Eigentümern der *Zuflucht* gar nicht. Sie waren zwar von ihren Sicherheitsmaßnahmen überzeugt, aber sie konnten ihre Frauen nicht immer im Auge behalten und wollten sie nicht auf das Gelände der *Zuflucht* beschränken.

Brick und Alaska hatten beschlossen, ihre eigene Hochzeit zu verschieben, bis sich die Lage ein wenig beruhigt hatte und sie sicher waren, dass das Kartell auf keinen Fall zurückkommen würde. Spike wusste, dass Reese es hasste, dass ihre Freundin warten musste, aber Alaska versicherte ihr, dass es nichts an ihrer und Bricks Beziehung änderte, ob sie verheiratet seien oder nicht. Sie hatten so lange gewartet, um zu heiraten, da konnten sie auch noch ein bisschen länger warten.

Spike und die Jungs hatten sich auch mit Tex über denjenigen unterhalten, der den Schlüsselfinder an Reeses Schlüsselbund geortet hatte, und er war nicht näher dran herauszufinden, wer ihnen geholfen hatte, als an dem Tag, an dem er die Nachricht erhalten hatte, dass Jasna wohlbehalten in einem der Bunker auf dem Grundstück zu finden war.

Wer auch immer es war, er war sehr geschickt darin, seine Spuren zu verwischen, was, wie Tex zugab, nicht nur aus persönlicher Sicht frustrierend war – er war stolz auf seine eigenen Fähigkeiten –, sondern auch, weil solche Fähigkeiten oft dadurch zustande kamen, dass jemand einen sehr guten Grund hatte, unauffindbar zu bleiben.

Aber Spike hatte heute eine gute Nachricht erhalten, die er Reese mitteilen wollte.

Er war am Vortag zur Höhle gewandert, während Reese bei der Arbeit war, um sie für sie vorzubereiten. Er hatte definitiv die Frau seiner Träume gefunden, denn anstatt die Nase zu rümpfen und ihn für verrückt zu erklären, dass er tatsächlich die Nacht in einer kalten, dunklen Höhle verbringen wollte, war sie überglücklich gewesen.

Er ging Hand in Hand mit ihr, und obwohl es jetzt, da der Winter in den Bergen Einzug hielt, kühl war, spürte er die Kälte überhaupt nicht.

»Ich hätte nie gedacht, dass ich hier landen würde, als ich mich entschied, nach Bogotá zu gehen, um Woody zu finden«, bemerkte Reese leise.

»Ich auch nicht«, stimmte Spike zu, als er ihre verschränkten Hände anhob und ihre Finger küsste, die seine eigenen umschlossen.

Als sie sich der Höhle näherten, wurde Spike langsam nervös. Er hoffte, dass ihr gefiel, was er vorbereitet hatte. Er wusste nicht, ob es reichte, um es zu etwas Besonderem zu machen. Dies waren im Grunde ihre Flitterwochen. Seit ihrer standesamtlichen Trauung waren sie sehr beschäftigt gewesen. Er wollte es nicht einmal riskieren, mit ihr zu schlafen, bevor sie nicht vollständig geheilt war.

Reese hatte jedoch andere Vorstellungen. Sie hatte seine Zurückhaltung nur ein paar Tage nach der Zeremonie geduldet, bevor sie ihm unmissverständlich gesagt hatte, dass er in der Hölle schmoren würde, wenn er nicht sofort mit seiner Frau schliefe.

Während der letzten Wochen war er vorsichtig mit ihr

gewesen, weil er wollte, dass ihre schmerzenden Muskeln heilen und ihre blauen Flecke abklingen, aber heute Abend waren sie beide mehr als bereit, ihrer Leidenschaft freien Lauf zu lassen.

Als sie die Höhle erreichten, atmete Spike tief durch, ließ ihre Hand los und schob sie nach vorn. »Geh schon. Schau es dir an und sag mir, was du denkst«, forderte er sie auf.

Mit einem breiten Lächeln ließ Reese sich nicht zweimal bitten. Sie ging voraus und betrat die Höhle. Spike folgte ihr und sah sie mit offenem Mund vor dem Eingang stehen.

Am Tag zuvor hatte er eine aufblasbare Matratze, ein paar Decken, zwei Kissen, Blumen und ein Dutzend Kerzen mitgebracht. Er drängte sich an ihr vorbei, stellte seinen Rucksack ab, in dem sich Essen, Kleidung und eine zusätzliche Decke befanden, und zog ein Feuerzeug heraus. Er zündete alle Kerzen an, die er strategisch im Raum platziert hatte, und trat zurück.

Das Licht, das auf den Wänden tanzte, hob die Felszeichnungen hervor und ließ sie fast lebendig werden.

»Das ist ... oh, Gus ... das ist unglaublich!«

Lächelnd und mit einem Gefühl der Erleichterung drehte Spike sich um und zog seine Frau in seine Arme. »Ich liebe dich, Mrs. Fowler.«

»Ich liebe dich auch, Mr. Fowler«, erklärte sie mit einem kleinen Grinsen, während sie ihn anstarrte.

»Ich habe dir einmal gesagt, dass ich dich hierher zurückbringen würde, um die Männer und Frauen zu ehren, die vor uns hier waren. Die vielleicht genau an dieser Stelle lagen, wenn auch nicht auf einer aufblasbaren Matratze mit Kissen und Decken, und die Liebe mit dem Menschen machten, ohne den zu leben sie sich nicht vorstellen konnten.«

»Das hast du«, stimmte sie zu. »Ich glaube, das ist das

Romantischste, was jemals jemand für mich getan hat. Nein, ich *weiß*, dass es das ist.«

»Gut. Ich möchte, dass du glücklich bist, Reese.«

»Das bin ich.«

Er lächelte sie an. Er wünschte sich nichts sehnlicher, als sie auf den Boden zu legen, sich auszuziehen und auf der Stelle mit ihr zu schlafen, aber zuerst musste er ihr noch etwas mitteilen. Die Neuigkeiten, die er an diesem Morgen erfahren hatte.

»Setz dich, Süße«, drängte er und führte sie zum Bett.

Sie runzelte die Stirn. »Was ist los?«

»Nichts. Aber ich muss noch etwas mit dir besprechen, bevor wir essen.«

Sie setzte sich. »Was ist es? Spuck es aus, denn ich sehe, dass es dir auf der Seele brennt.«

»Eigentlich ist es etwas Gutes. Ich habe heute Morgen mit Tex gesprochen.«

Reese runzelte die Stirn. »Deinem Hacker-Freund?«

»Ja, mit genau dem. Ich habe erwähnt, dass er ein Navy SEAL war und sein Leben der Hilfe für andere gewidmet hat. Er hat einen Freund, der in Hawaii lebt. Ein weiterer SEAL. Sein Name ist Baker.«

»Baker. Ist das sein Nachname?«, fragte Reese.

»Nein, sein Vorname.«

»Er ist einzigartig. Das gefällt mir.«

Spike lachte leise. »Also, wie dem auch sei, Baker hat Beziehungen. Nicht so wie Tex, aber trotzdem Beziehungen. Er kennt Leute, die Leute kennen. Leute, die nicht unbedingt auf der richtigen Seite des Gesetzes stehen. Ich will damit sagen, dass wir uns keine Sorgen machen müssen, dass das Kartell eines Tages auftaucht, um sich zu rächen oder dich in die Finger zu bekommen.«

»Warum nicht?«, flüsterte Reese.

»Dieser Typ, Baker? Er hat ein paar Leute angerufen. Er

hat bestimmten mächtigen Leuten klargemacht, dass *Die Zuflucht* und alle, die mit ihr zu tun haben, tabu sind.«

»Und mehr war nicht nötig? Sie haben einfach zugestimmt?«, fragte Reese skeptisch.

»Nun ... nein. Baker kennt Leute.«

Reese runzelte die Stirn und sah frustriert aus. »Ich verstehe das nicht.«

»Das musst du auch nicht«, erwiderte Spike. »Du sollst einfach nur wissen, dass es vorbei ist. Pablo und seine Männer werden nicht zurückkehren. An ihnen wurde ein Exempel für den Rest des Kartells statuiert. Es wurde sehr deutlich gemacht, dass das gesamte Kartell, so wie sie es kennen, von innen heraus implodieren wird, wenn *irgendjemand* jemals wieder auch nur einen Fuß nach New Mexico setzt.«

»Ist dieser Baker *so* einflussreich?«, fragte Reese.

»Ja.« Spike hielt den Atem an, um nicht noch mehr zu erklären. Je weniger sie wusste, desto besser war es für sie. Sie brauchte nicht zu wissen, wie die dunkle Seite der Welt funktionierte. Er hasste es, dass sie von der Lust, dem Geld und der Macht, die bestimmte Branchen hervorrufen können, ohnehin schon zu sehr getroffen worden war. Und genau das war das Kartell. Im einfachsten Sinne des Wortes war es ein Geschäft. Und Geld war ihr oberstes Ziel. Baker hatte offensichtlich Einfluss auf diejenigen, die das Kartell wie ein Kartenhaus zum Einsturz bringen konnten.

»Okay«, entgegnete Reese, nachdem sie sein Gesicht einen Moment lang studiert hatte.

»Okay?«, fragte er.

»Ja. Wenn du sagst, dass wir sicher sind, werde ich dir glauben. Ich vertraue dir, Gus. Mit meinem Leben. Mit dem Leben von allen in der *Zuflucht*. Unseren Freunden.«

Spike schloss erleichtert die Augen. Er liebte diese Frau.

So verdammt sehr. Er öffnete die Augen und schob Reese zurück, bis sie auf der Matratze lag. »Wie hungrig bist du?«

»Reden wir über Lebensmittel oder etwas anderes?«, fragte sie mit einem Funkeln in den Augen, während sie ihre Hände unter den Saum seines Hemdes gleiten ließ und seinen Rücken streichelte.

Sein Schwanz wurde sofort steif und sehnte sich nach ihrer Berührung. Nach ihrem Mund. Er brauchte seine Frage nicht zu verdeutlichen, denn er hatte seine Antwort bereits erhalten. Abrupt stand er auf und ließ seine Hände zu dem Gürtel um seine Taille wandern. »Die Klamotten – runter damit«, stöhnte er.

Aber er brauchte sich nicht zu bemühen. Sie hatte es bereits eilig, sich auszuziehen, während sie den Blick nicht von ihm abließ.

Dies würde schön werden. Mit Reese zu schlafen war immer schön.

***

»Nicht zu fassen, dass Alaska uns dazu überredet hat«, brummte Pipe, während er seine Fliege zurechtrückte. Er hatte das Gefühl, als würde sie ihn erwürgen. Es war schon sehr lange her, dass er einen Smoking getragen hatte, und er war nicht gerade begeistert, jetzt einen zu tragen.

»Oder?«, erwiderte Owl und verzog das Gesicht. »Ich denke, wenn jemand hier sein sollte, dann ist es Brick. Oder sogar Tiny. Das sind die Hübschen.«

Pipe nickte. Die langen Ärmel verdeckten die meisten seiner Tätowierungen, aber die auf seinen Händen und Fingern waren noch über den Manschetten der Jacke zu sehen. Er stach aus dem Raum voller hoher Tiere und herausgeputzter Männer und Frauen heraus. Sein Haar war zu lang, sein Bart zu buschig, sein Akzent unpassend. Im

Grunde genommen war er der Letzte, der bei dieser Spendenaktion dabei sein sollte. Als Alaska das erste Mal davon gesprochen hatte, Geld für die Veteranen zu sammeln, war er sofort dafür gewesen. Er hatte gesagt, er würde gern alles tun, was nötig sei. Bis er erfahren hatte, dass die Veranstaltung nicht nur am anderen Ende des Landes in Washington, D. C. stattfand, sondern auch noch eine Junggesellenauktion beinhaltete.

Da war es schon zu spät. Alaska, Henley, die kleine Jasna und sogar Reese waren schon ganz aufgeregt.

Da war er also, zusammen mit Owl.

»Wie lange müssen wir noch bleiben?«, fragte Owl.

Pipe seufzte. »Du? Du bist ein Zuschauer, du kannst jederzeit gehen. Obwohl ich es zu schätzen weiß, dass du den ganzen Weg auf dich genommen hast, um mir den Rücken zu stärken. Ich? Ich bin der Drittletzte, der versteigert wird. Dann muss ich mich mit derjenigen, die mich gekauft hat, gut stellen, bevor ich von hier verschwinden kann.«

Owl lachte leise. »Das klingt so verkehrt.«

Pipe verzog die Lippen. Das tat es auch. Die ganze Idee von Junggesellenversteigerungen, jemanden aus irgendeinem Grund zu »kaufen«, war in seinen Augen lächerlich und überholt.

Sein Handy vibrierte und er holte es heraus. Er betete, dass es Brick war, der einen Notfall meldete, wegen dem er und Owl sofort zurück nach New Mexico in *Die Zuflucht* fliegen mussten, um sich darum zu kümmern.

Doch so viel Glück hatte er nicht.

*Alaska: Danke, dass du das machst. Ihr werdet so viel Geld sammeln, ich weiß es!*

. . .

Pipe seufzte. Der einzige Mensch, der ihn hierherbringen konnte, in diesen Smoking und vor einen Haufen Frauen, die ihm eine Heidenangst einjagten, weil er nicht in ihrer Liga spielte, war Alaska. Oder eine der anderen Frauen, die jetzt mit seinen Freunden in der *Zuflucht* lebten.

*Pipe: Du schuldest mir was.*

Alaska schickte einen Haufen Emojis als Antwort und Pipe steckte sein Handy zurück in die Tasche.

»Alaska oder Henley?«, fragte Owl.

»Alaska.«

Sein Freund nickte und fuhr mit einem Finger unter seinen Kragen. »Du musst zugeben, dass die Frauen nicht besonders hübsch sind«, bemerkte Owl, als sie sich in dem überfüllten Ballsaal umsahen.

Es waren etwa dreihundert Leute anwesend. Pipe sollte sich unter die Gäste mischen und mit den Frauen und vielleicht auch Männern plaudern, die später für ihn bieten könnten. Es sollte eine Chance sein, die Leute kennenzulernen und sie ihn kennenlernen zu lassen, um hoffentlich die Gebote bei der Auktion zu erhöhen.

Aber Pipe war noch nie gut im Small Talk gewesen. Er war zu ungehobelt. Also blieb er an der Seite des Raumes, lehnte sich an die Wand und betete, dass der Abend schnell verging.

Zwanzig Männer sollten heute Abend versteigert werden. Diejenige, die sie gewann, würde ein Abendessen mit dem ersteigerten Junggesellen bekommen. Das war alles, was versprochen wurde, aber Pipe hatte das Gefühl, dass einige der Frauen, die den Raum umkreisten und wie

Hyänen auf der Jagd nach ihrer nächsten Mahlzeit aussahen, sich mehr erhofften.

Von ihm würden sie es nicht bekommen. Das Abendessen war alles, wofür Pipe sich freiwillig gemeldet hatte. Er wollte oder brauchte keine Frau. Nein, er war vollkommen zufrieden damit, Single zu sein.

Nachdem er die SAS, die britische Spezialeinheit, verlassen hatte, war er verloren gewesen. Er hatte zu viel gesehen und getan, um in ein »normales« Leben zurückzukehren. Er sah hinter jeder Ecke böse Jungs. Als er das Militär verließ, hatte er sich tätowieren lassen, und es war ihm egal, dass viele Leute wegen seiner Tattoos auf ihn herabblickten. Es machte ihm auch nichts aus, dass die Leute vor ihm zurückschreckten, weil sie misstrauisch waren. Es war ihm sogar lieber.

Die Einladung, bei der *Zuflucht* mitzumachen, war für Pipe ein Rettungsanker gewesen. Er war nach Amerika gegangen, nach New Mexico, ohne zu überlegen. Er liebte das, was er und seine Freunde aufgebaut hatten. Es war wirklich eine Zuflucht. Nicht nur für sie, sondern auch für die Männer und Frauen, die dorthin kamen, um ihrem Leben für kurze Zeit zu entfliehen.

Und weil er wirklich an die Mission der *Zuflucht* glaubte, nämlich denjenigen zu helfen, die unter einer posttraumatischen Belastungsstörung litten, egal ob sie vom Militär waren oder nicht, war er hier. Um Geld zu sammeln, um noch mehr Menschen helfen zu können.

»Wie spät ist es?«, fragte Pipe Owl.

Sein Freund lachte. »Zwei Minuten später als das letzte Mal, als du mich gefragt hast.«

»Verdammter Mist«, fluchte Pipe.

»Komm schon. Lass uns ein bisschen herumlaufen. Wenn du weiterhin so finster dreinschaust, vergraulst du vielleicht alle Frauen und niemand bietet auf dich.«

»Oh, das wäre großartig«, hauchte Pipe. Er holte tief Luft und stieß sich von der Wand ab. Er konnte das durchstehen. Er hatte es Alaska versprochen.

---

Cora Rooney holte tief Luft. Sie wollte nicht hier sein. Sie passte nicht hierher. Sie wusste es, und jeder, den sie traf, wusste es. Sie hatte viel Geld für die Eintrittskarte für diese Gala ausgegeben, nur um die Chance zu haben, eine Verabredung mit Bryson »Pipe« Clark zu ergattern, die sie sich gar nicht leisten konnte. Sie hatte alles über den Mann und *Die Zuflucht* gelesen, was sie finden konnte. Sie wusste alles über seine Zeit beim Militär und über die anderen Männer, denen *Die Zuflucht* gehörte. Sie waren alle auf die eine oder andere Weise ehemalige Soldaten der Spezialeinheit.

Und sie brauchte sie.

Sie hatte mehrere E-Mails geschrieben und um eine Chance gebeten, mit einem von ihnen zu sprechen, aber sie waren alle unbeantwortet geblieben. Sie hatte sogar ein paarmal angerufen, aber niemand hatte sie je zurückgerufen. Cora konnte verstehen, dass sie kein Interesse daran hatten, mit jemandem zu sprechen, der die Hilfe brauchte, die nur sie bieten konnten. Aber es war trotzdem extrem frustrierend.

Die letzten drei Monate waren eine Enttäuschung nach der anderen gewesen, und sie war verzweifelt. Deshalb war sie auch hier. Sie trug keine Designerkleidung, ihr Make-up war bestenfalls amateurhaft und ihre Haare waren nicht zu einer schicken Hochsteckfrisur frisiert wie bei den meisten anderen Frauen. Sie trug keine Diamanten um ihren Hals oder ihre Handgelenke.

Cora hatte so viele ihrer Habseligkeiten verkauft, wie sie konnte, um das Geld aufzutreiben, das sie benötigte, um heute Abend erfolgreich zu sein. Sie hatte geknausert und gespart und alles in ihrer Macht Stehende getan, um an mehr Geld zu kommen. Es war reines Glück, dass sie den Flyer mit der Ankündigung der Junggesellenauktion heute Abend gesehen hatte. Es wurde Geld für Veteranen gesammelt, und als Cora gesehen hatte, dass einer der Männer aus der inzwischen bekannten und erfolgreichen *Zuflucht* dabei sein würde, war sie fest entschlossen, alles zu tun, um daran teilzunehmen.

Und jetzt war sie hier.

Sie war verdammt nervös. Gesellschaftliche Zusammenkünfte waren nicht ihre Stärke, aber wenn sie Erfolg haben wollte, musste sie sich zusammenreißen ... und nett sein. Das war eine weitere Sache, die nicht zu ihren Stärken gehörte. Sie war zu unverblümt. Zu ungeduldig. Und sie vertraute niemandem in diesem Raum. Das hatte sie auf die harte Tour gelernt. Sie vertraute nur einem Menschen in ihrem Leben ... und diese Frau war der Grund, warum sie heute Abend hier war.

Cora atmete tief durch und suchte den Raum ab. Sie hatte weder Pipe noch irgendjemand anderen aus der *Zuflucht* gesehen und sie hoffte, dass er nicht abgehauen war. Gerade als sie dachte, dass ihre ganze Planung umsonst war, erblickte sie einen bärtigen Mann am anderen Ende des Raumes.

Ihr verschlug es den Atem.

Bryson Clark war ein erstaunlich gut aussehender Mann, auch wenn er momentan einen finsteren Blick aufsetzte. Vielleicht gerade deshalb. Er lächelte nicht und machte auch keinen großen Aufstand um die albernen Frauen in diesem Raum. Er sah aus, als wäre er lieber woanders.

Aus irgendeinem Grund zog das Cora noch mehr zu ihm hin. Vielleicht könnte sie vor der Auktion mit ihm reden. Ihr

Anliegen vortragen. Und sie müsste nichts von dem Geld ausgeben, das sie gespart hatte, um sich eine Verabredung mit ihm zu kaufen.

Sie machte einen Schritt auf ihn zu – aber es war zu spät. Über den Lautsprecher ertönte eine Männerstimme, die alle Junggesellen, die an der Auktion teilnehmen würden, aufforderte, sich hinter der kleinen Bühne zu versammeln, die an einem Ende des Raumes aufgebaut worden war.

Cora verfluchte ihr Pech. Der Zug, mit dem sie zum Veranstaltungsort gefahren war, hatte einen technischen Defekt gehabt und sie war viel zu spät angekommen. Zu spät, um mit Pipe oder den anderen zu reden, die mit ihm aus der *Zuflucht* gekommen waren.

Entschlossenheit stieg in ihr auf. Sie musste diese Verabredung ersteigern. Sie würde jeden Dollar ausgeben, den sie hatte, wenn es sein musste. Die Chance, mit Pipe unter vier Augen zu sprechen und ihm zu erklären, warum sie ihn und seine Freunde brauchte, war buchstäblich eine Frage von Leben und Tod. Er *musste* ihr einfach helfen ... Sie hatte keine Ahnung, was sie als Nächstes tun sollte, wenn er es nicht tat. Sie hatte sich an die Polizei, das FBI und die Medien gewandt, aber niemand hatte ihr geglaubt.

Sie hatte noch eine Chance, jemanden dazu zu bringen, ihr zuzuhören, ihr zu *glauben*.

Cora schloss für einen Moment die Augen und flüsterte: »Es muss klappen. Bitte, es muss klappen.« Dann öffnete sie die Augen, straffte die Schultern und ging zusammen mit allen anderen im Raum auf die Bühne zu.

# BÜCHER VON SUSAN STOKER

## Die Zuflucht in den Bergen
*Zuflucht für Alaska*
*Zuflucht für Henley*
*Zuflucht für Reese*
*Zuflucht für Cora*
*Zuflucht für Lara*
*Zuflucht für Maisy*
*Zuflucht für Ryleigh*

## Das Bergungsteam vom Eagle Point
*Ein Retter für Lilly*
*Ein Retter für Elsie*
*Ein Retter für Bristol*
*Ein Retter für Caryn*
*Ein Retter für Finley*
*Ein Retter für Heather*
*Ein Retter für Khloe*

## SEALs of Protection: Legacy
*Ein Beschützer für Caite*

*Ein Beschützer für Brenae*
*Ein Beschützer für Sidney (1 July)*
*Ein Beschützer für Piper (1 Aug)*
*Ein Beschützer für Zoey (1 Sept)*
*Ein Beschützer für Avery (1 Dec)*
*Ein Beschützer für Kalee (1 Mar)*
*Ein Beschützer für Jane*

## Die SEALs von Hawaii:
*Die Suche nach Elodie*
*Die Suche nach Lexie*
*Die Suche nach Kenna*
*Die Suche nach Monica*
*Die Suche nach Carly*
*Die Suche nach Ashlyn*
*Die Suche nach Jodelle (11 Juli)*

## Delta Team Zwei
*Ein Held für Gillian*
*Ein Held für Kinley*
*Ein Held für Aspen*
*Ein Held für Jayme*
*Ein Held für Riley*
*Ein Held für Devyn*
*Ein Held für Ember*
*Ein Held für Sierra*

## Mountain Mercenaries:
*Die Befreiung von Allye*
*Die Befreiung von Chloe*
*Die Befreiung von Morgan*
*Die Befreiung von Harlow*
*Die Befreiung von Everly*
*Die Befreiung von Zara*

*Die Befreiung von Raven*

## Ace Security Reihe:
*Anspruch auf Grace*
*Anspruch auf Alexis*
*Anspruch auf Bailey*
*Anspruch auf Felicity*
*Anspruch auf Sarah*

## Die Delta Force Heroes:
*Die Rettung von Rayne*
*Die Rettung von Emily*
*Die Rettung von Harley*
*Die Hochzeit von Emily*
*Die Rettung von Kassie*
*Die Rettung von Bryn*
*Die Rettung von Casey*
*Die Rettung von Wendy*
*Die Rettung von Sadie*
*Die Rettung von Mary*
*Die Rettung von Macie*
*Die Rettung von Annie*

## SEALs of Protection:
*Schutz für Caroline*
*Schutz für Alabama*
*Schutz für Fiona*
*Die Hochzeit von Caroline*
*Schutz für Summer*
*Schutz für Cheyenne*
*Schutz für Jessyka*
*Schutz für Julie*
*Schutz für Melody*
*Schutz für die Zukunft*

**SUSAN STOKER**

*Schutz für Kiera*
*Schutz für Alabamas Kinder*
*Schutz für Dakota*

## Eine Sammlung von Kurzgeschichten

*Ein langer kurzer Augenblick*

# BIOGRAFIE

Susan Stoker ist die New York Times, USA Today und Wall Street Journal Bestsellerautorin der Buchreihen »Badge of Honor: Texas Heroes«, »SEAL of Protection«, »Die Delta Force Heroes« und einigen mehr. Stoker ist mit einem pensionierten Unteroffizier der US-Armee verheiratet und hat in ihrem Leben schon überall in den Vereinigten Staaten gelebt – von Missouri über Kalifornien bis hin zu Colorado. Zurzeit nennt sie die Region unter dem großen Himmel von Tennessee ihr Zuhause. Sie glaubt ganz und gar an Happy Ends und hat großen Spaß daran, Geschichten zu schreiben, in denen Romantik zu Liebe wird.

Besuchen Sie Susan im Netz!
www.stokeraces.com
facebook.com/authorsusanstoker
twitter.com/Susan_Stoker
bookbub.com/authors/susan-stoker

instagram.com/authorsusanstoker
Email: Susan@StokerAces.com